DUMONT

Nach langer Zeit ist Elias der erste Mann, den Clara wirklich näher kennenlernen will. Und Elias stellt erstaunt fest, dass er sich bei Clara nicht ständig an einen anderen Ort wünscht. Sie genießen die ersten gemeinsamen Wochen in vollen Zügen. Stück um Stück erfahren sie mehr voneinander. Alles scheint zu passen, auch die vorherigen Leben. Dennoch macht der Altersunterschied der älteren Clara Angst. Elias wiederum weiß nicht so recht, wie man im Leben zu etwas steht, denn als Schauspieler versteht er es, sich immer wieder aus der Wirklichkeit ins Spiel zu retten. Als Clara ein Jobangebot in einer anderen Stadt annimmt, kommt es zum ersten Konflikt, denn sie will auf keinen Fall eine Fernbeziehung führen. Elias kann sich nicht sofort entscheiden, mit ihr zu gehen. Voller Wut trennt sie sich kurzerhand von ihm. Eine voreilige Entscheidung, wie sie bald feststellt, denn als Elias' Ex-Freundin sich mit Nachrichten von ihm meldet, gerät ihr ganzes Leben ins Wanken …

Ewald Arenz, 1965 in Nürnberg geboren, hat englische und amerikanische Literatur und Geschichte studiert. Er arbeitet als Lehrer an einem Gymnasium in Nürnberg. Seine Romane und Theaterstücke sind mit zahlreichen Preisen ausgezeichnet worden. Mit ›Alte Sorten‹ (DuMont 2019) stand er auf der Liste „Lieblingsbuch der Unabhängigen" 2019 und auf den Spiegel-Bestsellerlisten. Sein Roman ›Der große Sommer‹ (DuMont 2021) erhielt 2021 die Auszeichnung „Lieblingsbuch der Unabhängigen". Der Roman ›Die Liebe an miesen Tagen‹ (DuMont 2023) stand als Hardcover auf Platz 1 der Spiegel-Bestsellerliste. Der Autor lebt mit seiner Familie in der Nähe von Fürth.

Ewald Arenz

Die Liebe an miesen Tagen

Roman

DUMONT

Von Ewald Arenz sind bei DuMont außerdem erschienen:

Alte Sorten
Der große Sommer
Das Diamantenmädchen
Ein Lied über der Stadt
Der Duft von Schokolade
Zwei Leben

Das bei der Produktion dieses Buches entstandene CO_2 wurde durch die Finanzierung von Klimaschutzprojekten kompensiert: climate-id.com/17531-2110-1001/de

2. Auflage 2024
DuMont Buchverlag, Köln

Umschlaggestaltung: Lübbeke Naumann Thoben, Köln
Umschlagabbildung: Newspaper and Coffee © Tomasa Martín
Satz: Angelika Kudella, Köln
Gesetzt aus der Aldus Nova Pro
Druck und Verarbeitung: CPI books GmbH, Leck
Gedruckt auf säurefreiem und chlorfrei gebleichtem Papier
Printed in Germany
ISBN 978-3-7558-0503-8

www.dumont-buchverlag.de

I

Wie schnell der Garten verwildert war! In den ersten Jahren war sie immer noch herausgefahren. Im Spätwinter die Apfelbäume beschnitten. Im März das Frühbeet bepflanzt. Im Juni Johannisbeeren geerntet … alles Dinge, die sie vorher nie getan hatte. Alles Dinge, die Paul ihr gezeigt hatte. Waren es nicht immer die Frauen, die Gartenarbeit liebten? Ihr hatte das nie viel bedeutet, aber sie hatte immer gemocht, Paul dabei zuzusehen. Weil er so sehr in dem aufging, was er gerade tat.

Clara stieg aus dem Auto. Die Tür schlug heftiger zu als beabsichtigt. Es war ungewöhnlich windig. Unbeständig und kühl – so waren diese frühen Apriltage bisher gewesen. So wie sie. Unbeständig und kühl. Aber etwas hatte sich geändert, etwas war in Bewegung gekommen. Deswegen war sie so lange nicht hier gewesen, und deswegen war sie jetzt kurz entschlossen hergefahren.

Das Häuschen erschien ihr wie immer, wenn sie angekommen waren. Die blau gestrichenen Läden zugeklappt. Das Dach womöglich noch ein wenig niedriger als früher. Der alte Weinstock, dessen Stamm sich müde an die Fassade lehnte, hatte noch nicht ausgetrieben. Der Wein kam immer spät. Aber die Heckenrose am Zaun mit ihren jahrelang ungestutzten Ranken sah aus, als hätte sie Angelschnüre in Richtung des Hauses ausgeworfen. Das Rot der letztjährigen Hagebutten eine leuchtende Verlockung gegen den wilden, wolkeneilenden Himmel an diesem winddurchwehten blauen Frühlingstag. Wenn sie es so fotografierte, würde es sicher nicht so schwer sein, einen Käufer zu finden. Sie nahm die Kamera und versuchte ein paar Bilder. Ein wenig von der Stimmung konnte sie einfangen. Der Stimmung um das Haus. Nicht von der, die in ihr war und die sie eigentlich nicht anrühren mochte, um sie nicht zu zerstören. Sie klappte den Briefkasten auf. Der Schlüssel lag noch immer darin, begraben unter uralter Werbung. Und dann, wie mit einem starken Windstoß, war doch alles da. Die Erinnerung an die vielen Male, die sie gekommen waren, um zu renovieren, zu streichen, alte Möbel herzubringen, die sie auf Trödelmärkten gekauft hatten, und schließlich, um einfach ein Wochenende hier zu sein. Diese kleinen, schon fast vergessenen Zufriedenheiten, die erst im Rückblick zu Glück wurden. Dass man die Augenblicke nicht genug genossen hatte! Dass immer eine Kleinigkeit nicht gepasst hatte! Wenn Clara daran zurückdachte, fiel es ihr schwer, zu verstehen, dass sie das damals nicht aufgesogen hatte, in sich hineingetrunken, bis sie von diesem Glück satt war, erfüllt, so erfüllt, dass sie müde wurde und ihr weich die Lider zufielen vor Glück. Sie straffte sich und nahm die Kamera wieder hoch. Das würde nicht noch einmal passieren. Nie wieder.

Später saß sie auf der Veranda, die sie miteinander gebaut hatten. Sie hatte sich einen der Stühle aus dem Holzschuppen geholt und ihn gegen die Mauer gekippt. Sie liebte es, so zu sitzen. Schon seit der Schule. In der Schwebe; immer um diesen Punkt der Balance herum, den man nur für wenige Augenblicke halten konnte, ohne sich anzulehnen oder wieder nach vorne zu fallen. Manchmal leuchtete die Sonne rot vor ihren geschlossenen Augen auf, und sie spürte eine flüchtige Wärme im Gesicht, dann zog in rascher Folge wieder eine Wolke vorbei und es wurde ebenso schnell kühl. So allein und so still hatte sie noch nie hier gesessen. Die Stille ließ die alten Bilder aufsteigen. Sollten die Erinnerungen ruhig kommen, sie hauten sie nicht mehr um. Eine Bö fegte um die Hausecke, traf Clara und sie riss reflexhaft die Beine hoch, um nicht hintüberzukippen der Stuhl landete hart auf den Beinen, und sie musste lachen. Die Erinnerungen vielleicht nicht, aber der Wind. Die Realität. Das Heute. Nur, weil man im Gestern überlebt hatte, hieß das noch nicht, dass es nun wieder klappen würde.

Sie sah die Fotos durch. Ein paar Aufnahmen von den Innenräumen musste sie noch machen. Gerade war der Himmel ziemlich frei und das Licht innen sicher schöner.

Sie ging zurück ins Haus. Es war, als träte man in eine winterliche Kirche. Das Haus war seit Ewigkeiten nicht mehr geheizt worden, und die Kälte nahm ihr den Atem. Dabei schien die Sonne durch die Fenster und zeichnete alles freundlich und weich. Das lichtbraune Holz des niedrigen Tischs. Die verblichenen Polster der alten Sessel aus den Fünfzigerjahren. Sogar die verwaschen altweißen Kacheln der kleinen Küche. Alles sah honigwarm aus, ließ sich wunderbar fotografieren und war doch eiskalt. Sie atmete auf, als sie durch die Vordertür wieder ins Freie trat. Der Wind kam ihr auf einmal freundlich mild vor.

Das Museum meiner Liebe, dachte Clara. Zu verkaufen.

2

Elias rollte die schmale Gasse zwischen dem Friedhof und den ältesten Häusern der Stadt bis zum Kopf der Treppe, die in den unteren Teil der Stadt führte, stieg ab und nahm das Rad auf die Schulter. Er hätte wie sonst auch die längere Strecke um den Friedhof herum nehmen können, aber dieser Weg war der schönere. Diese Apriltage, bevor der Frühling mit Macht kam, die waren die schönsten. Wenn es noch kühl war und windig, so wie heute, aber die Sonne durch die ziehenden Wolken hindurch schon überall lichte, flüchtige Versprechen auf die Mauern und den Asphalt und die vorbeifahrenden Straßenbahnen zeichnete. Versprechen von etwas, das er gar nicht richtig benennen konnte. Manchmal quälte ihn das. Wie verlorene Töne eines wunderbaren Songs, die zu einem herüberwehten. Ein Song, den man unbedingt ganz hören wollte, aber man konnte nicht einmal genau sagen, aus welcher Richtung die Töne kamen, und wenn man anfing zu gehen, dann war man schon zu laut, um sie noch hören zu können. In solchen Momenten fühlte sich die Alltagszufriedenheit immer leer an. Als ob es viel mehr geben müsste.

Es war noch früh, und er hatte viel Zeit. Er hätte Vera nicht so früh verlassen müssen, aber manchmal hielt es ihn einfach nicht mehr bei ihr. Dann lag er neben ihr wach, hörte ihr ruhiges Atmen, und die Gedanken strömten durch seinen Kopf, ohne dass er einen davon weiterverfolgte. Es war, als ob man sich selbst beim Denken zusähe. Diese Morgenmomente waren die ehrlichsten. Genau dann hielt er es nicht mehr aus, dort zu liegen, weil er das Gefühl hatte, am falschen Ort zu sein. Hier am Fuß der Treppe in der morgenkühlen Stadt zu stehen, das fühlte sich richtig an. Er stieg auf und fuhr gemächlich die Straße zur Stadtmauer entlang. Es gab da einen Vorgarten, auf den er sich jeden Frühling freute. Er gehörte zu einer der wenigen Villen aus der Gründerzeit, die es in der Vorstadt noch gab. In dem Garten stand eine uralte Magnolie, deren Zweige bis über den zweiten Stock reichten. Jedes Jahr, seit er das erste Mal hier gewesen war, freute er sich wieder auf die Blüte. Es lag etwas Beruhigendes und Vertrautes darin, dass sich jedes Jahr die Knospen öffneten. Wenn er im Winter den Zaun passierte, über den die Zweige der Magnolie hingen, hielt er manchmal an, um die Ansätze der Knospen zu betrachten. Die kamen immer wieder. Er würde irgendwann nicht mehr vorbeikommen.

Flüchtig dachte er an Vera. Nicht, sagte er sich selber. Warum mussten Beziehungen immer schwierig sein? Warum konnte sie ihn nicht einfach lassen, wie er war?

Er war an dem Vorgarten angekommen, stützte sich mit einem Fuß auf den Sandsteinsockel und hielt sich am eisernen Zaun fest. Noch hatten sich die Blüten nicht geöffnet. Die brauchten wohl noch ein paar Tage. So sollte es sein. An den Magnolienknospen zupfte auch keiner, damit sie sich öffneten. Entweder blühten sie oder eben nicht. Ja, dachte Elias, als er sich abstieß und in die Pedale trat, Menschen waren keine Pflanzen und Beziehungen keine Magnolien. Aber das Bild war trotzdem passend.

Obwohl er ungewöhnlich früh kam, stand Mareike schon auf der Bühne und schob die Kübel mit den Gummibäumen hin und her. Elias setzte sich in den kleinen Zuschauerraum und sah amüsiert zu. Mehr hätte er auch nicht tun können. Mareike hatte großartige Ideen, konnte sie aber nicht immer so mitteilen, wie man das von einer Regisseurin erwartete. Er mochte die Atmosphäre eines Theaters am Morgen. Sie war in fast allen Häusern, in denen er bisher gespielt hatte, ähnlich. Die Stille, bevor die Techniker kamen oder die anderen Schauspieler. Es roch ganz leicht und trocken nach Schminke und unverwechselbar nach verbranntem Staub unter den Scheinwerfern. Das würde es irgendwann nicht mehr geben, dachte er, wenn sie auch hier LED-Scheinwerfer bekämen. Ob er es merken würde? Oft merkte man ja lange Zeit gar nicht, dass etwas fehlte. Wie alte Leute, die immer schlechter hörten und erst merkten, dass sie die Vögel nicht mehr akustisch wahrnahmen, wenn sie über ihnen scheinbar lautlos in den Bäumen sangen.

»Sieht das so besser aus?«, fragte Mareike atemlos, als sie alle Kübel in eine Reihe an den vorderen Bühnenrand gezerrt hatte. Elias hob beide Hände in einer unschuldigen Geste.

»Kommt darauf an, was du willst«, meinte er. »Wenn du uns auf diese Weise sagen möchtest, dass wir dir nicht gut genug sind … dass die Zuschauer uns besser nicht beim Spielen sehen sollten, dann ist es gelungen.«

»Man muss die Bühne nicht ganz sehen!«, sagte Mareike, komplett in ihrer Idee gefangen. »Ihr räumt sie dann nach und nach weg. Im Laufe des Stücks. So wie die Wahrheit auch nach und nach ans Licht kommt.«

Es war gar keine so schlechte Idee.

»Zimmerlinden und Gummibäume sind also unsere Lebenslügen. Hm«, machte Elias, »ich hatte es immer geahnt.«

Er hatte nur einen Scherz machen wollen, aber es waren diese Augenblicke, in denen sein Beruf so großartig war. Auch der Applaus, klar. Nach einem intensiven Spiel am Rand der Bühne stehen, wenn man allmählich aus der Rolle zurück ins Leben glitt und die Zuschauer wieder wahrnahm und merkte, dass man selbst es war, dem der Beifall galt. Das auch, ja. Aber die tiefen Augenblicke waren meistens die stillen, so wie jetzt. Die, in denen in seinem Inneren plötzlich ein Wort widerhallte wie in einer Kathedrale. Lebenslüge.

»Tja«, sagte er zu Mareike, während er aus dem Zuschauerraum zu ihr auf die Bühne stieg, »es gibt wohl kein richtiges Leben im falschen.«

»Guter Satz«, sagte Mareike nachdenklich. »Wirklich gut. Den könnten wir fürs Programmheft verwenden.«

»Ich weiß.«

Er war für eine Sekunde versucht, nichts weiter zu sagen.

»Ist nicht von mir. Hätte er aber sein können«, fügte er lächelnd, schnell, hinzu. Mareike grinste gutmütig.

»Die Probe fängt erst in einer halben Stunde an. Du musst noch nicht spielen.«

Sie kannte ihn schon ganz gut, dachte er, während er quer über die kleine Bühne in die Garderobe ging, die sich fast direkt anschloss. Das Theater war nicht groß. Im Treppenaufgang hingen die Plakate der Produktionen der letzten Jahre. Ein paar Jugendstücke. Eine Minioper. Natürlich ein Stück von Sarah Kane … das hatten sie nicht hingekriegt. Es war nicht schlecht, hier zu sein, dennoch vermisste er manchmal die großen Häuser. Den ganzen Apparat um einen herum. Man hatte dort immer das Gefühl, dass sich alles um einen drehte, selbst wenn man keine Hauptrolle spielte. Hier mussten sie sich sogar selbst schminken. Aber dafür konnte er Jule öfter sehen.

Er trat ans Fenster und sah in den Hinterhof hinab. Auf drei Seiten rote, fensterlose Ziegelfassaden. Er hätte noch enger gewirkt, wenn da nicht die große Linde in der Mitte gewesen wäre, die sich über die wenigen Tische wölbte.

Damals hatte sich alles richtig angefühlt. Mona und er, kurz nach der Schauspielschule. Das Theater: eine ganz neue Welt. Und sie beide neu an der Küste angelandet; voller Lust, sie zu durchstreifen, zu erforschen, zu entdecken. Alles, was dort war. Alles sein können, was man wollte. Aber vor allem: Kämpfende und Liebende.

Bühnenfechten. Dabei hatten sie sich kennengelernt. Die Fechtmeisterin war wirklich einmal Fechterin gewesen und zeigte ihnen ab und an die echten Stöße, Ausfälle, Paraden. Mona, die so sanft sein konnte, war dabei wild. Wenn du ohne blaue Flecken aus der Stunde kommst, ist es nicht richtig, hatte sie einmal lachend gesagt. Und sie beide immer zusammen: Stockkampf. Schwertkampf. Bühnenprügeleien. Die waren das Beste. Einmal hatten sie auf der Straße eine Schlägerei gemimt. Hatten die Leute zusammenlaufen und die Polizei rufen lassen, um sich dann, mitten aus den Ohrfeigen heraus, zu küssen und lachend Hand in Hand davonzurennen.

So war auch ihr erster Sex gewesen. Wie Bühnenfechten: Sie hatten wohl beide das Gefühl gehabt, dass sie nur so taten, als ob; dass alles noch ein Spiel war, niemals ernst sein konnte. Es war großartig. Und als Mona dann schwanger war … Jule hätten sie niemals anders nennen können als eben Jule. Wie hätte die Tochter von zwei einundzwanzigjährigen Theaterverrückten sonst heißen sollen? Und so wie sie ineinander verliebt gewesen waren, so waren sie dann in Jule verliebt. Bis irgendwann aus dem Bühnenfechten die echten Kämpfe wurden. Darüber, wie das Leben jenseits der Bühne aussehen sollte.

Wir können nicht spielen, dass wir zusammenleben, hatte Mona geschrien. Wir müssen es wirklich.

Alles ist nur ein Spiel, hatte er zurückgeschrien und es auch wirklich so gemeint. Wie anders sollte man das Leben sonst leben?

Sie hatten sich getrennt, wie sie sich gefunden hatten, aber es war ein ungleicher Kampf. Wie konnte man mit einem Schaudegen ein echtes Florett parieren? Er zerbricht, und das Florett trifft dich und geht durch dich hindurch, und plötzlich kannst du nicht mehr atmen vor Schmerz, weil deine Liebe auseinanderfliegt wie in einer Explosion. Liebe alleine reichte nicht. Liebe war wie ein weiches Metall. Sie musste erst im Alltag gehärtet werden, um biegsam und fest zugleich zu sein. Wie ein Florett. Mona hatte das verstanden. Ihm hatte das Gefühl gereicht, und der Alltag hatte ihn nicht interessiert.

Er stieß das Fenster auf und atmete die kühle Frühlingsluft, den Blick nachdenklich in die noch lichte Linde gerichtet. Damals …

Und trotzdem: Was für ein Glück Mona gewesen war. Für ihn. Für Jule. Weil sie trotz allem nie vergessen hatte, wie und weshalb sie sich damals ineinander verliebt hatten. Wenigstens das hatte zwischen ihnen die letzten fünfzehn Jahre gehalten.

Überhaupt hatte Mona recht gehabt: Man konnte das Leben nicht spielen. Wahrscheinlich war er deswegen zu früh zur Probe gekommen. Weil er schon wieder mit einer schwierigen Beziehung spielte.

»Diesmal aber«, vertraute er der Linde halblaut an, »diesmal aber kein Kind.«

3

Clara lehnte sich zurück, legte den Brief neben die Teetasse auf den Tisch und sah aus dem offenen Fenster in den wolkenzerfetzten Aprilhimmel.

Schweine!

Ein Brief! Sie waren nicht mal mutig genug, sie zu einer Besprechung ins Büro zu holen und ihr zu sagen: Sorry, Clara, du weißt, es läuft nicht gut. Alle Zeitungen müssen sparen. Du hast doch sowieso nicht Vollzeit gearbeitet. Schau dich einfach nach was anderem um.

Nein. Ein Brief.

... bedauern wir, Ihnen mitteilen zu müssen, dass aufgrund unumgänglicher Einsparmaßnahmen ... eine Weiterbeschäftigung ist deshalb nur unter veränderten Bedingungen ... würden wir uns freuen, Ihre Entscheidung innerhalb der nächsten vierzehn Tage ...

All das wusste sie selbst: Welche Zeitung brauchte noch Fotografinnen? Für das, was die Zeitung an Fotos benötigte, reichte das Handy zehnmal. Dafür musste man keine ausgebildete Fotografin einstellen.

Verdammt! Sie hatte immer angenommen, dass es notfalls genau andersherum laufen würde. Dass sie die Stelle behalten würde, weil sie in Teilzeit arbeitete und weniger kostete. Aber anscheinend rechnete es sich mehr für sie, Stefan zu behalten. Der hatte außerdem noch kleine Kinder. Konnte sie auch verstehen. Sozialer Verlag. Mitarbeiterfreundlich. Aber leider nur zu den anderen.

Clara sah wieder aus dem Fenster. Gestern war der Frühling in der Luft gewesen. Heute trieb feiner Regen durch das Grau. Manchmal wehte die Feuchtigkeit in Schwaden herein. Eigentlich mochte sie das, aber jetzt gerade ließ es sie frösteln.

Sie nahm den Brief noch einmal in die Hand. Auf Honorarbasis! Da konnte sie gleich Pizza ausfahren.

Sie stand auf, weil sie irgendetwas tun musste. Weil sie nicht einfach sitzen bleiben konnte, wenn man ihr gerade den Boden unter den Füßen weggezogen hatte. Sie ging durch die Küche in ihr Arbeitszimmer und trat dort auf den kleinen Balkon. Schön. Jetzt musste sie sogar rechnen, ob sie sich diesen Blick in den Hinterhof noch würde leisten können. Sie hing sehr an der Wohnung. Es hatte damals fast ein halbes Jahr gedauert, bis sie endlich aus der anderen, viel zu großen Wohnung hatte ausziehen können und diese hier gefunden hatte. Die beiden Kastanien im Hinterhof. Ein Balkon, der ihr erlaubte, über die Häuser hinweg auf das breite, gemütliche Kupferdach der Schule mit dem imposanten Glockenturm zu sehen. Im Sommer konnte man von hier aus das Falkenpaar sehen, das dort nistete, und an den Abenden den unbeschwerten Flug der Schwalben. Obendrein eine lebendige Gegend. Sie wohnte gerne in der Stadt. Sie korrigierte sich in Gedanken: Sie wohnte gerne hier in der Stadt.

Ein kurzer Moment der Panik, dann atmete sie tief ein und erinnerte sich: Es gab viel Schlimmeres als das. Das hier war gar nichts. Sie verhungerte nicht. Sie musste nicht sofort ausziehen. Ihre Wohnung war immer noch ihre Wohnung, und der Kühlschrank war zumindest gestern Abend noch ordentlich gefüllt gewesen. Und außerdem war da noch das Häuschen. Warum war sie manchmal so? Warum erlaubte sie sich diese völlig unbegründete Angst? War das so, wenn man nicht mehr jung war? Ja. Sie war gekündigt. Aber das war alles. Sie musste sich etwas Neues suchen. Das ging tausend anderen auch so.

In Wirklichkeit war es keine schlimme Nachricht. Als Paul damals nach Hause gekommen war, hatte sie sich eben darüber geärgert, dass er wieder keinen Joghurt besorgt hatte. Normalerweise stand sie eher auf, aber an diesem Freitag hatte er so früh gehen müssen. Auf dem Frühstückstisch hatte das leere Joghurtglas gestanden. Eine dieser Kleinigkeiten. Lächerlich, wenn sie heute daran dachte. Aber vielleicht verhielt man sich so, wenn man noch nicht wusste, was im Leben tatsächlich Bedeutung hatte. Dass man dann versucht, den anderen zu ändern, um nicht selbst gelassener sein zu müssen. Dass man am anderen zieht, ohne zu merken, dass man dadurch von ihm verlangt, einen selbst weiterzubewegen. Weil man nämlich stillsteht, wenn man so etwas tut.

Das leere Joghurtglas war wichtiger gewesen als die eigentliche Frage, als Paul vom Arzt nach Hause gekommen war. Vielleicht auch, weil man nie damit rechnet, dass diese Dinge einem selbst zustoßen. Man ist nie Teil der Statistik, die man liest.

Hast du Joghurt mitgebracht? Er war schon wieder alle. Warum …

Er war anders gewesen, als er die Tür aufgeschlossen hatte. Nicht bleich, wie es immer in den Büchern hieß. Nur anders.

Nein, hatte er still gesagt. Vergessen. Ich … der Arzt hat gesagt, ich soll ins Krankenhaus.

Was?

Sofort. Ich soll sofort ins Krankenhaus.

Sie hatte nicht gleich verstanden. So ist das manchmal. Etwas hören und etwas verstehen ist nicht das Gleiche.

Wieso?

Paul hatte sich an den Tisch gesetzt und wie verloren auf das Frühstück gesehen, das noch so freundlich dastand. Die Toastscheiben auf dem Tellerchen. Die gekochten Eier wie immer eingeschlagen in den roten Topflappen. Die Quittenmarmelade orangefarben im Morgensonnenlicht. Und, natürlich, das leere Joghurtglas.

Es hat gleich zu bluten angefangen, hat der Arzt gesagt. Er ist nicht mal bis in den Magen gekommen. Am Mageneingang ist ein Geschwür, und das hat gleich geblutet. Sie haben wahrscheinlich Krebs, hat er gesagt.

Damals, wie lächerlich, war das erste Gefühl Empörung gewesen. Wie konnte der Arzt einfach so etwas sagen? Wie konnte er so gefühllos, so unglaublich herzlos, so grausam sein?

Heute, dachte sie und sah auf den Brief mit der Kündigung, heute würde ich wollen, dass man mir die Dinge sofort sagt.

Was für ein Arschloch!

Paul hatte nur die Schultern gehoben, und sie hatte sich auf einmal entsetzlich gefühlt. Wegen des Joghurts. Weil auf einmal alles gefühllos erschien, was sie vorher gesagt und getan hatte. Das Frühstück. Ihr kleiner Ärger, der mit all dem seit Jahren Ungesagten zwischen ihnen zu einer unerklärten Wut auf ihn geworden war. Einer Wut, die sie in dem Moment nur noch auf den Arzt lenken konnte, weil Paul hilflos am Tisch saß.

Dieses Arschloch. Das kann gar nicht sein. Woher will er das wissen, wenn er den Magen nicht spiegeln konnte? Es kann alles Mögliche sein!

War es dann auch gewesen. Alles Mögliche. Und dazu gehörte auch Magenkrebs. Selbst bei jemandem, der gerade Mitte dreißig war.

Eine Kündigung war gar nichts.

Sie trat zurück in ihr Zimmer und an das Regal mit den alten Alben. Sie waren auf dem Rücken alle beschriftet. Das Papier längst völlig vergilbt, aber die Jahreszahlen in Tusche immer noch gut lesbar. Sie mochte, wie sich der früher schwarze, jetzt dunkelgrau verblichene schwere Karton anfühlte. Hatte sie schon immer gemocht. Rau. Ein wenig staubig. Sie setzte sich auf den Dielenboden und schlug das Buch einfach irgendwo in der Mitte auf. Ein Abzug, auf dem nur vier, fünf leere Tassen zu sehen waren. Der Zauber lag in den genauen Art-Deco-Linien der Formen: schmale dreieckige Henkel am dünnen, fast durchscheinenden Porzellan der Tassen, die das Dreieck verspielt wiederholten. Das Licht dagegen umspielte die scharfen Konturen der Porzellanränder und ließ sie durch einen feinen, kaum wahrnehmbaren Dunst weich und ihre Schatten wie dunkle Teiche erscheinen, über denen die Tassen schwebten. Das konnten kein Schwarzweißfilter auf Instagram und kein Effekt auf TikTok. Abzüge wie diese hatten bewirkt, dass sie Fotografin werden wollte. Schon als Kind, als die Alben noch bei Tante Elly im Atelier gestanden hatten, waren diese Bilder Fenster gewesen, durch die man neugierig hineinsehen konnte, in andere Häuser, Städte, Länder. Ja, in Welten sogar. In ihnen lag etwas zutiefst Tröstendes; eine Art Versprechen, dass es mehr gab als das eigene Leben.

Wahrscheinlich hatte sie deswegen irgendwann aufgehört, Paul zu fotografieren. Weil das Versprechen gebrochen war.

Sie sah sich das Foto noch einmal an. Wie hatte man vor hundertfünfzig Jahren glauben können, dass Fotos das Ende der Kunst wären? Sie erzählten ihre Geschichten nur auf andere Art. So, wie sie Geschichten erzählen wollte … und es in den letzten Jahren gar nicht mehr getan hatte.

Sie klappte das Album zu, stellte es zurück und stand auf. Geschichten erzählen.

Sie musste lächeln. Zeitung – das hatte sie ja sowieso nie für immer machen wollen.

4

Es war zu kühl, um draußen zu sitzen. Das Blau des Morgens war längst verschwunden und der Himmel einheitlich grau. Elias konnte Vera durch das große Fenster des Cafés am Lutherplatz an dem kleinen Tisch sehen, den sie am liebsten nahm. Sie las und sah versunken und dabei sehr schön aus. Die Haare zum Pferdeschwanz gebunden, das um eine freche Kleinigkeit zu stupsnasige Profil, das Buch in ihrer Hand. Wie für ein Foto.

Ich liebe die Bilder, dachte er, als er das Rad an einen Laternenpfahl schloss, die Bilder, nicht sie. Aber das war auch die Abmachung gewesen. Verlieb dich nicht in mich, hatte sie am Anfang lachend gesagt, als sie das erste Mal für zwei Tage verreist waren und am frühen Morgen in einem viel zu weichen Doppelbett in einer Pension lagen.

Werde ich nicht, hatte er damals ebenso lächelnd geantwortet und dabei das kleine überhebliche Gefühl unterdrückt, das hieß: Ich nicht. Aber du.

Sie sah auf, als er hereinkam, und legte das Buch auf den Tisch.

»Lange Probe? War Mareike zufrieden?«

Sie küssten sich flüchtig. Er setzte sich zu ihr auf die Bank. Vera mochte, wenn sie nebeneinandersaßen, wenn sich ihre Beine berührten, wenn er die Hand auf ihren Rücken legte. Am Anfang hatte er sich ihr immer gegenüber gesetzt, weil er fand, dass es schöner war, sich ins Gesicht sehen zu können, wenn man miteinander sprach. Aber vielleicht hatte sie recht.

Du hast gerne einen Tisch zwischen uns, oder? Immer ein bisschen auf Distanz.

Seitdem setzte er sich neben sie. Aber er tat es nur für sie. Weil sie es so lieber hatte.

»Ach was«, sagte er leicht, »Mareike ist nie zufrieden. Aber das ist ja gut. Ich mag das lieber als Regisseure, die einen nicht richtig führen. Die einem nie sagen, was sie sich eigentlich vorstellen. Und dann probierst du was, und sie ...«

»... sagen: Mach bitte keine Angebote«, ergänzte Vera seinen Satz. Im selben Ton.

Warum gefiel ihm das nicht? Genau so erzählte er selbst doch auch. Aber es war, als nähme sie etwas an sich, das ihr nicht gehörte. Diese Theatersprache, diese alten Scherze zwischen Kollegen, die man immer wieder machte, das ... es war einfach, als ob ihr nicht zustünde, auch in diesem Ton zu sprechen. Aber – egal. Es gab ja immer etwas, das einen am anderen störte. So wie sie nicht leiden konnte, wenn er sich ihr gegenübersetzte. Wahrscheinlich musste man das einfach hinnehmen. Es gab nichts Perfektes.

»Ja, so ungefähr«, sagte er. »Ach, ich glaube, es kann ganz gut werden. Du wirst es ja sehen.«

Vera freute sich.

»Hast du eine Karte für mich gekriegt?«

»Ja. Kein Problem – ich bin der Hauptdarsteller.«

Sie lachte.

»Es ist ein Zweipersonenstück ...«

»Eben«, sagte Elias zufrieden, »siehst du?«

Sie nahm ihr Handy aus der Handtasche.

»Fährst du mit mir ein Haus ansehen? Wir könnten einen Ausflug machen. Da ist ein See ganz in der Nähe. Hast du Lust?«

Es gab ein paar Bilder, die sich selbst auf dem kleinen Display sehr hübsch ausnahmen. Er mochte alte Häuser. Die Bilder erinnerten ihn an die großen Räume seiner Kindheit, den Hausgang mit Solnhofener Platten, die im Sommer unter den nackten Füßen so wunderbar kühl waren, die schwere eichene Haustür.

»Wozu? Ich kann mir kein Haus kaufen.«

Warum war er so brüsk? Eigentlich hatte er Lust auf einen Ausflug. Es war … vielleicht war es einfach diese Art, ihn zu fragen. Er riss sich zusammen.

»Warum schaust du dir Häuser an? Du bist doch gerne in deiner Wohnung. Sie ist perfekt. Vor allem das Schlafzimmer.«

Er lächelte. Lehnte sich zu ihr hinüber und küsste sie. Manchmal überkam ihn das, und dann stieg in ihm ein warmes Gefühl für sie hoch. Das waren die schönen Augenblicke.

»O ja, das Schlafzimmer.« Sie lehnte ihr schlankes Bein an seines. »Warum bist du heute Morgen so früh weg?«

»Ich musste Mareike mit der Bühne helfen.«

Es war wahr und nicht wahr. Er nahm das, was sich später zufällig ergeben hatte, als Grund, weil er den eigentlichen nicht fassen konnte.

Die Bedienung kam, und er bestellte. Das Café war nur zur Hälfte besetzt. Die Musik leise und unaufdringlich. Das Zischen der Kaffeemaschine, das gedämpfte Klappern von Geschirr, das durchscheinende Gewebe aus Gesprächen, von denen man nur die Stimmung mitbekam, die man aber nicht verstand – er liebte das.

»Also, kommst du mit?«

Er nickte.

»Klar. Und wenn da ein See ist, gehen wir schwimmen.«

Er sagte es ganz ernst.

»Es ist April!«, rief Vera, aber dann merkte sie: Er zog sie nur auf. Ihre Züge hellten sich auf.

»Fein! Ich freue mich. Ich freue mich sehr!«

Sie trank aufgeregt ihren Cappuccino aus. Das war so hübsch an ihr. Man konnte ihr alles ansehen, jede Gefühlsregung. Ihr Gesicht war ein offenes Buch.

»Möchtest du noch einen?« Er deutete auf ihre leere Tasse. »Meiner kommt wahrscheinlich erst, wenn wir gegangen sind. Anscheinend wirst du bevorzugt bedient.«

»Weil ich hübscher bin«, sagte sie.

Er lehnte sich zurück.

»Die meisten Kellner orientieren sich am Portemonnaie, weniger am Aussehen ihrer Gäste. Ich habe Geld mit. Du hast wahrscheinlich keins dabei. Die Bedienung weiß es nur noch nicht und glaubt, du seist wohlhabend.«

»Weil ich hübscher bin«, wiederholte Vera.

Elias seufzte übertrieben.

»Wenn du es oft genug wiederholst, merke ich es mir vielleicht irgendwann. Nutz es aus und mach die Bedienung aufmerksam. Ich hätte jetzt wirklich gerne einen Kaffee.«

Sie winkte dem Kellner, und er bemerkte sie genauso wenig, wie er Elias bemerkt hatte. Sie mussten beide lachen. In solchen Augenblicken, wenn man einfach an der Oberfläche blieb, fühlte es sich gut an und nicht falsch.

5

»Annemarie ist schon wieder weg. Ich muss mich jetzt erst mal hinlegen.«

Die Stimme ihres Vaters klang brüchig und alt. Wann hatte das angefangen?, dachte Clara flüchtig, während sie automatisch auf dem Display nach der Zeit sah. Papa war nie ein sportlicher, junger Typ gewesen. Immer ein Denker. Bedächtig. Nein, dachte sie und musste bei der Erinnerung spöttisch den Mund verziehen, nicht bedächtig. Verloren und unglaublich langsam in allen Alltagsdingen. Außer beim Reden. Da war er immer energisch, fast feurig gewesen. Wahrscheinlich war es das, was ihre Mutter dazu gebracht hatte, ihn zu heiraten. Wo sie doch in so vielen Dingen das genaue Gegenteil war. Reden, das konnte er. Denken konnte er. In praktischen Dingen war er so verloren, wie sie in ihnen geschickt gewesen war.

»Weißt du, wo sie hin ist?«

»Was?«

Clara drehte die Augen nach oben. Das sah er am Telefon zum Glück nicht.

»Papa! Kannst du bitte dein Hörgerät benutzen, wenn du mich anrufst?«

»Die Batterien sind leer. Da kannst du mir auch welche mitbringen. Das sind diese kleinen …«

Clara unterbrach ihn.

»Papa! Bitte! Weißt du, in welche Richtung sie gegangen ist?«

»Nein. Ich muss mich jetzt hinlegen. Ich habe Unterzucker gehabt und jetzt … kannst du kommen? Oder bist du in der Zeitung?«

Das fragt er mich jetzt, dachte sie. Nachdem wir schon drei Minuten telefoniert haben.

»Nein, ich bin nicht in der Zeitung. Die haben mir gekündigt. Was ist mit Jan? Kann der nicht fahren?«

Das Interesse ihres Vaters erwachte, ging aber in eine völlig andere Richtung.

»Wieso haben die dir gekündigt? Was ist passiert? Dürfen die das denn einfach so?«

Clara musste widerwillig lächeln. Wieso war ihr Vater so? Vergaß alles andere, sobald ein Thema auftauchte, das ihn interessierte. Sie könnte jetzt vermutlich noch eine halbe Stunde zuhören, wie er ihr dozierte, was juristisch erlaubt war und was nicht, wieso die Weltfinanz – was immer sie sein mochte – letztlich ihre Kündigung zu verantworten hatte, und so würde es weitergehen, ohne dass sie ein Wort sagen musste. Oder besser: ohne dass sie ein Wort sagen konnte. Das war wahrscheinlich auch der Grund, weshalb Jan einen möglichen Anruf nicht angenommen hatte. Sie kürzte das Gespräch brüsk ab.

»Papa, ich fahre jetzt. Bis später.«

»Ist gut«, antwortete er und legte auf. Ohne Gruß. Vermutlich bereits mit all den rechtlichen Implikationen beschäftigt, die eine Kündigung seiner Tochter für den Weltfrieden bedeuteten.

Als sie aus dem Haus trat, spürte sie den feinen Nieselregen im Gesicht. Regen machte ihrer Mutter nicht viel aus. Besser Regen als Schnee. Im Winter war es immer viel schlimmer. Die Tage waren kurz und kalt und gefährlich. Jetzt, im Frühling, konnte nicht so viel passieren. Außer natürlich, dass sie sie nicht fand.

Sie brauchte über eine halbe Stunde bis in die westliche Vorstadt. Trotz allem gefiel ihr das, diese plötzlichen Ausbrüche aus dem Alltag. Wie wenn Hochwasser war oder heftiger Schneefall in einer Winternacht allen Verkehr stillstehen ließ. Ein Innehalten, das sie nicht selbst zu verantworten hatte. Eine Ausnahmesituation, in der andere Regeln galten. Nicht zur Arbeit gehen, alles unterbrechen, was man sonst tat, nur noch ein einziges klares Ziel vor Augen haben: die Situation bewältigen. Sie war ziemlich gut darin. Schwierigkeiten hatte sie mehr damit, in den Alltag zurückzukehren.

Die Wohnung ihrer Eltern lag in einem ziemlich hässlichen Mehrfamilienhaus, aber das Viertel war ganz hübsch. Man konnte die Dorfstruktur noch erkennen, auch wenn die Neubauten der Achtzigerjahre sie eingekreist und fast überwuchert und manche alte Bauernhöfe sich in Parkplätze mit Supermarkt verwandelt hatten. Zum Glück war sie längst aus dem Haus gewesen, als ihre Eltern die Wohnung gekauft hatten.

Wo war Mama? Sie fuhr langsam die Anwohnerstraßen ab, langsam genug, damit sie auch einen Blick in die Vorgärten und die Einfahrten werfen konnte. Hinter ihr hupte es immer wieder; sie machte eine ungeduldige Handbewegung aus dem Fenster, damit das andere Auto sie überholte, und setzte den Blinker. Der Wagen zog mit aufröhrendem Motor an ihr vorbei, um ihr auf diesem Wege mitzuteilen, dass sie zu langsam war. Das wusste sie selbst. Aber sie konnte sich ja kein Warnlicht aufs Dach montieren: Suche meine demente Mutter.

Meistens wanderte ihre Mutter in Richtung Innenstadt. Aber eben nicht immer. Es konnte genauso gut sein, dass sie durch irgendetwas abgelenkt wurde und dann in das nächstbeste Haus ging, wenn die Tür offen stand.

Systematisch fuhr sie Straße um Straße ab und hatte bei jeder Kurve den Gedanken, dass ihre Mutter gerade dann in der Straße hinter ihr auftauchte. Egal. Nicht suchen war auch keine Lösung. Sie schlich an einem älteren Mann vorbei, der im Regen seinen Hund ausführte. Als er zu ihr hinübersah, gab er ein Zeichen, anzuhalten. Clara stoppte und ließ das Fenster hinunter.

»Suchen Sie jemanden?« Der Mann deutete hinter sich. »Da war gerade eine alte Dame mit einer Katze auf der Schulter ... die war etwas desorientiert ... aber sie wollte sich nicht helfen lassen.«

Clara lächelte.

»Danke. Genau. Das ist meine Mutter. In diese Richtung?«

Der Mann nickte und deutete auf eine der Seitenstraßen. Sackgasse. Deswegen war sie nicht hineingefahren. Clara wendete. In der schmalen Straße erkannte sie ihre Mutter sofort an dem energischen Gang. Wie bitter das war! Mama hatte immer Angst davor gehabt, gebrechlich zu werden. Und das war sie nicht. Mit Mitte siebzig ging sie kein bisschen wie eine alte Frau. Aus der Entfernung hätte man sie für fünfzig halten können. Sie hielt neben ihr an, sah aus dem Fenster zu ihr hoch und war erleichtert.

»Hallo, Mama.«

»Toni!«, sagte ihre Mutter. »Da bist du ja endlich.«

Ungeduldig, aber erfreut, als ob sie seit Stunden verabredet gewesen wären. Ihre Haare waren durch die Feuchtigkeit etwas gekräuselt. Ihre Wangen rot vom Laufen. Die Katze auf ihrer Schulter hatte sie fest im Griff. Sie ging sofort um das Auto herum, um einzusteigen.

»Ich bin Clara, Mama.« Namen waren Schall und Rauch, und vielleicht war Tochter eben einfach Tochter. Ganz gleich, welche. Immerhin erkannte sie noch, dass sie zueinander gehörten.

»Na, wo wolltest du denn hin?«

Ihre Mutter deutete auf die Katze.

»Die …«, ihr fiel das Wort nicht ein. »Die … Flieger. Die Katze ist weggerannt, und die Flieger wollten sie … schroten.«

Clara übersetzte im Kopf. Raubvögel. Töten.

»Mama«, sagte sie beruhigend, »Raubvögel schlagen keine Katzen.«

»Ja ja«, sagte ihre Mutter. So wie früher, wenn sie keine Lust auf Diskussionen hatte, weil sie völlig anderer Ansicht war und sich sowieso nicht umstimmen lassen würde. Die Angst, dass Bussarde die Katze holen würden, die stammte noch aus gesunden Zeiten und war schon mindestens drei Katzengenerationen alt. Obwohl … man wusste ja nicht, wann das anfing. Vielleicht war das damals schon ein erstes Zeichen gewesen, und sie hatten es alle nicht bemerkt.

Mama hatte den Gurt zu sich gezogen und versuchte nun, die Zunge in die Lüftungsschlitze zu stecken. Clara half ihr.

»Sollen wir einen Kaffee trinken gehen?«

Das funktionierte fast immer. Mama hatte es immer geliebt, ins Café zu gehen. Das haben wir Kinder wohl geerbt, dachte Clara, oder wir sind von Anfang an so konditioniert worden. Plötzlich kam die Erinnerung an einen Wintervormittag – es musste ein Samstag gewesen sein. Mama hatte sie alle vier in eine Konditorei mitgenommen, wo sie einen Freund getroffen hatte. Aber es gab für die Kinder immer nur zwei Tassen Kakao, die man sich teilen musste. Papa hatte die Kanzlei erst aufgemacht und Mama immer zu wenig Geld gehabt. Seltsame Kindheit. Aber auch schön.

»Gerne!«

Wie leicht man ihr eine Freude machen konnte. Als Clara in der Sackgasse zurücksetzte, hatte sie einen Anflug von schlechtem Gewissen. Vielleicht war sie einfach nicht oft genug bei ihren Eltern.

»Weißt du was, Mama?«, sagte sie kurz entschlossen. »Vergiss den Kaffee. Wir gehen jetzt Sekt trinken. Du, die Katze und ich.«

Mama lachte wie früher.

Aus dem Nieselregen war richtiger Regen geworden, als sie wieder nach Hause fuhr. Sie nahm nicht den direkten Weg, sondern kreuzte fast so langsam wie vorhin durch Nebenstraßen und Gassen. Es war nicht viel Verkehr. Als ob die anderen Autos nicht nass werden wollten. Die Bäume in ihrem Viertel waren nicht mehr ganz kahl, aber heute sahen sie fast so aus wie im Herbst. Der Regen nahm allem ein wenig die Farbe. Die Hausdächer. Die Vorgärten. Das Kopfsteinpflaster: die ganze Stadt, die im Frühling manchmal so leuchten konnte, ein verwaschenes Pastell. Das Bild hatte eine verlorene Schönheit.

Sie stellte das Auto ab, nahm die Kamera und stieg aus. Es war schwer, Regen zu fotografieren. Obwohl es so wunderbare Regenfotos gab, sah man darauf eigentlich nie den Regen selbst, sondern nur, was er mit Stadt und Menschen tat. Das junge Paar, das sich gemeinsam den Mantel des Mannes über die Köpfe hielt und lachend über die Straße rannte. Die ältere Frau mit dem Kopftuch aus durchsichtigem Plastik, das es irgendwie aus den Siebzigern bis ins Heute geschafft haben musste. Schwer vorstellbar, dass die Frau das Ding schon in ihrer Jugend getragen hatte. Sie sah unglaublich altmodisch aus. Der glänzende Asphalt. Die Gischtfontänen, wenn ein Laster durch die Pfützen im Rinnstein fuhr. Die Straßenbahn, die durch die fast leere Stadt glitt. Clara versuchte, diese Bilder einzufangen, aber den fallenden Regen, das unablässige Rauschen, die graue Luft – das würde man auf den Fotos nicht sehen können oder zumindest nicht so, wie es in Wirklichkeit aussah.

Sie streifte durch den Regen und nahm hin, dass sie immer nasser wurde. Nein, sie genoss es sogar, weil sie endlich wieder etwas spürte, das über die Alltagsempfindungen hinausging. Der Regen schaffte es, dass die Einsamkeit sich in etwas verwandelte, das Alleinsein hieß. Er machte sie auf eine sanfte Weise traurig; eine Trauer, die nicht schmerzte, sondern in der ein Trost lag wie ein flüchtiges, kaum wahrnehmbares Aroma. Wie Wasser leicht süß schmeckte, wenn man zuvor etwas sehr Bitteres gegessen hatte, auch, wenn es nur Wasser war und sonst nichts. Es war lange her, dass sie sich so gefühlt hatte. Der Regen fiel wunderbar gleichmäßig, und da waren nur sie und der Regen.

Am Beethovendenkmal gab es eine Treppe nach unten in den Park. Als sie an ihm vorbeiging, fiel ihr das erste Mal in all den Jahren auf, wie ungewöhnlich es war, dass Beethoven saß. Sonst standen sie doch immer alle, die großen Männer. Goethe und Schiller und Bismarck und all die Wilhelms. Bestenfalls saßen sie auf einem Pferd, wodurch sie nur noch größer wurden. Aber der Beethoven hier – der saß. Zwar auf einer Art Thron, aber er saß und blickte missmutig über sie hinweg in die Stadt. Sie verzog den Mund. Ja, das gefiel ihr. Wahrscheinlich hatte er niemals für die Statue Modell gesessen, aber wenn es so gewesen wäre, dann sicher mit dieser leichten Verachtung für die Welt. Dieser ungnädige Blick … ihre Mutter sah auch so aus, wenn sie sie fotografieren wollte. Und das schon sehr lange. Als sie sich selbst nicht mehr schön fand, wollte sie keine Bilder mehr von sich haben. Das jedenfalls hatte sie noch nicht vergessen. Clara hatte ganz am Anfang die Idee gehabt, die Eltern jedes Jahr zu fotografieren. Immer am gleichen Tag. Aber ihre Mutter hatte irgendwann nicht mehr mitgemacht. Da war sie vielleicht Mitte vierzig gewesen und eine schöne Frau. Jünger als sie selber heute … Sie dachte daran, wie ihr Vater vorhin ihre Mutter begrüßt hatte, als Clara sie nach Hause gebracht hatte. Vor zwanzig Jahren hätte sie nicht geglaubt, dass ihre Eltern jemals so innig miteinander sein würden. Früher hatten sie immer sehr für sich gewirkt, nie miteinander, als führten sie ihre Leben unabhängig voneinander. Musste wahrscheinlich auch so gewesen sein, wenn sie so zurückdachte. Keine gemeinsamen Urlaube. Mama war die Königin gewesen und Papa ein rebellischer Fürstbischof. Sie lächelte in der Erinnerung. Wie es wohl war, miteinander alt zu werden?

Sie schüttelte den Gedanken ab und stieg die Treppen hinunter in den Park. Ein vergessener Ball lag unter einem der Büsche, an dessen erstem frischen Grün die Tropfen perlten. Ein gutes Bild. Sie machte ein paar Aufnahmen. Es spiegelte wider, was sie nur schwer benennen konnte: dieses schwebende Gefühl zwischen Trauer und Leichtigkeit, das sie – genauso wie echtes Glück – immer nur haben konnte, wenn sie allein war.

Als sie die Kamera senkte, tropfte es aus dem Saum ihres Pullovers. Jetzt war sie richtig nass. Zeit, nach Hause zu gehen. Das erste Mal seit Jahren fühlte es sich nicht an, als würde der Frühling wieder schal werden und keines seiner Versprechen erfüllen können. Sie verstaute die Kamera in der Tasche und zuckte die Schultern, denn vielleicht war auch das nur wieder ein Gefühl.

6

Sie fuhren mit ihrem Auto. Elias' Wagen war schon wieder in der Reparatur. Während sie die Vorstadt durchquerten, sah er schweigend aus dem Fenster, wie die Gärten größer wurden und die Bebauung lockerer und sich dann das Land weitete. Er mochte diesen plötzlichen Übergang ins Offene. Der Himmel war von einem leichten Grau, und in die Kronen der Kastanien entlang der Landstraße war ein lichter grüner Schleier geworfen. Manche Felder waren schon angesät, andere waren noch fahl. Dieses Nebeneinander von noch nicht und schon spiegelte auf seltsame Weise sein Inneres. Dieses Gefühl, das im Frühling am stärksten war: dass alles noch kommen würde. Dass er auf etwas wartete. Dass sich in diesem Jahr erfüllen müsste, worum es eigentlich ging, das Leben.

»Woran denkst du?«

Vera fuhr gut. Ab und zu warf sie einen Blick auf ihr Handy, obwohl die Straße die ganze Zeit geradeaus ging.

»Daran, dass es Gefühle gibt, die man nur im Frühling hat.«

Vera sah kurz zu ihm hinüber.

»Verliebtheit?«, fragte sie. Ihr Lächeln öffnete eine Tür, durch die er nicht gehen wollte. Warum tat sie das immer wieder? Zuneigung einfordern, ein Geständnis. Klar, man konnte nicht anderthalb Jahre … na ja … zusammen sein, ohne Gefühle füreinander zu haben. Aber er wollte nicht nach diesen Gefühlen gefragt werden. Weil er in solchen Augenblicken feststellen musste, dass er für Vera nicht so empfand, wie es sein sollte. Dass er mehr nahm, als er gab.

»Ich bin gegen Liebe«, antwortete er leicht, »Liebe bringt immer alles durcheinander und ist für alle großen Kriege der Weltgeschichte verantwortlich.«

»Was für ein Blödsinn. Du hast bloß keine Lust, es zuzugeben, weil du dich dann angreifbar machst. Weil man schwächer wird, wenn man liebt.«

Die Landschaft wurde sanft hügelig, und er dachte, dass er sich die Gegend für eine Fahrradtour merken musste. Und weil ihm die Wendung nicht gefiel, die das Gespräch nahm, kehrte er zu ihrer ersten Frage zurück.

»Im Vorfrühling ist alles offen. Es ist ein Gefühl, als könnte alles passieren, auch das Große. Da ist dann so eine … es ist eigentlich keine richtige Sehnsucht. Ich kann das schwer sagen … es ist so, als ob es an einem zöge; sachte, aber immer spürbar. In die Ferne und nach oben, und du darfst für einen Moment nicht mal atmen, weil du für diese wenigen Augenblicke meinst, dass es wirklich irgendwo ein großes Glück gibt, das für eine Sekunde hell in der Ferne aufblitzt, wenn du nur still genug bist. Und dann wüsstest du, in welche Richtung du gehen müsstest. Zum Glück.«

Vera sah ihn nicht an, als sie nach einer kleinen Pause sagte: »Wenn du so redest, dann … ich weiß dann, was ich an dir mag. Wie kannst du nur so sensibel sein, und dann ist dir so oft alles ganz egal?«

Elias lachte und legte ihr die Hand auf den Oberschenkel.

»Ich bin Schauspieler. Die Sensibilität spiele ich nur.«

»Idiot«, sagte sie halb im Scherz, halb ernst, aber sie ließ seine Hand, wo sie war.

Vermutlich wäre der Weg nicht länger als zwanzig Minuten gewesen, aber sie fuhren zweimal an der fast unsichtbaren Abbiegung vorbei. Die Karte auf Veras Handy war nicht detailliert genug, und Elias hatte behauptet, das sei gar keine Straße, sondern nur ein Feldweg, der sie bestenfalls zu einem Lebkuchenhaus führen würde. Sie fuhren einen großen Umweg, bis sie schließlich doch auf der schmalen Straße endeten, die sie in den kleinen Ort führte. Es gab ein großes Wirtshaus, es gab eine Kapelle, und es gab eine Bäckerei.

»Soll ich dort mal nach Lebkuchen fragen?«

Elias lachte.

»Ja, ich geb's zu, du hattest recht. Die Straße war richtig. Aber das heißt nicht, dass es hier keine Hexe gibt. Du hast doch die Besitzerin noch gar nicht gesehen, oder? Wo ist das Haus?«

Sie stiegen aus. Vera überprüfte noch einmal die Adresse.

»Holzgasse 18. Das muss dahinten sein.«

Sie liefen an der Kapelle vorbei über den kleinen Dorfplatz, der hauptsächlich durch eine Linde in der Mitte zu erkennen war, und dann in die Holzgasse. Elias gefiel das Dorf. Überhaupt nicht schick. An der niedrigen Mauer um die Kapelle und den kleinen Friedhof bauchte sich der Putz hie und da und war an manchen Stellen schon abgefallen. Elias klopfte im Vorübergehen mit dem Knöchel gegen eine der Blasen. Es klang hohl, und er widerstand der Versuchung, sie einzudrücken und den Putz abzubröckeln. Das hatte er als Kind gerne gemacht.

Auch die Häuser in der Gasse waren einfach; es gab noch zwei bewirtschaftete Bauernhöfe.

»Sieh mal.« Er deutete auf die Steintafel unter dem Giebel eines zweistöckigen Hauses. Die Grundmauern waren unverputzt und aus schwerem Jurakalk. Gebrochene Quader, nicht geschnitten. Vera sah hoch und las laut.

»Rottner. 1896. Das gefällt dir, oder?«

Elias hob die Hände in einer Geste der Kapitulation.

»Natürlich gefällt es mir. Das ist wie Heimkommen. Ich bin in so einem Dorf aufgewachsen. Aber glaube mir – das trügt.« Er deklamierte wie auf der Bühne. »Hinter all diesen schönen Mauern ist Enge. Enge des Herzens. Enge des Gefühls.«

Vera lachte.

»Na, jetzt wohnst du ja in der Stadt.«

»Nein«, sagte er wieder im Gesprächston, »natürlich ist das schön. Ich vermisse das oft. Einen Garten. Feuer machen können. Nackt auf die Terrasse gehen, wenn ich Lust dazu habe. Und ich verstehe, was dir gefällt. Aber du kannst dir kein Haus leisten, und ich kann mir kein Haus leisten.«

»Es ist doch nur so, als ob wir ins Museum gingen«, sagte Vera leicht. »Ich mag das. Du siehst, wie die Leute wohnen. Ihre Häuser erzählen Geschichten. Du doch auch, oder?«

Sie hatte recht. Er mochte das. Eigentlich. Aber es war wie so oft – es fühlte sich an, als wäre er dazu aufgefordert. Er wusste, es war eine kindliche Trotzreaktion, von der er nicht einmal sagen konnte, woher sie kam, aber sobald sie es aussprach, wollte er es sich auf einmal nicht mehr gefallen lassen.

Sie gingen ein paar Meter schweigend. Elias zählte die Hausnummern. Die Gasse machte eine Kurve nach links, es gab ein langes Anwesen, eigentlich eine Wiese mit einer baufälligen Scheune darauf. Sie war nicht mehr winterbraun, auch auf ihr lag schon ein durchsichtiger Teppich von Grün. Auf dem Dach saß eine Singdrossel, und ihr einsamer Gesang, dieses lockend sehnsüchtige Pfeifen und das vergnügte Gezwitscher dazwischen erinnerte ihn daran, wie sich für ihn als Kind der Frühling angefühlt hatte. Er blieb stehen und sah hoch zum First der Scheune. Die zwei Fahrspuren, die unter dem morschen

Tor hindurch hineinführten, waren mit groben Steinen gepflastert, zwischen denen das Gras wuchs. Ein schönes Bild.

»Komm«, sagte Vera, »die Frau wartet sicher schon.«

»Ja«, sagte Elias. »Lassen wir die Frau nicht warten.«

Dann kam das Haus. Es war klein. Und ausgesprochen hübsch. Es war wohl vor einigen Jahren frisch gestrichen worden, aber die Farbe war schon wieder sanft verblichen. Eine verwilderte Heckenrose am Zaun wucherte so groß, dass ihre Ranken bis über das kleine Holztor reichten. Wenn Heckenrosen hundert Jahre so wuchsen, dachte Elias, dann konnte man sich schon vorstellen, dass man ein Schwert brauchte, um sich den Weg zum Schloss freizuschlagen. Aber das hier war kein Schloss. Es war wenig mehr als ein anderthalbstöckiges Häuschen.

»Da steht ein Auto.« Vera wies auf den Wagen, der vor dem Zaun parkte. »Vielleicht ist sie drinnen oder im Garten.«

Sie suchten nach einer Klingel. Es gab keine. Vera schob das Törchen am Zaun auf, und sie gingen zur Haustür. Sie war verschlossen, und auch dort gab es keine Klingel.

»Ich geh mal außenrum«, sagte Elias.

»Ich warte hier«, sagte Vera und versuchte, durch eines der Fenster zu sehen.

Der Garten war groß. Links und rechts führte jeweils ein schmaler Weg aus Backsteinen um das Haus herum. Auch der war, wie es aussah, lange nicht benutzt worden, und zwischen den Ziegeln spitzte das erste Grün hervor. Er bückte sich unter den Zweigen eines Holunders hindurch und stolperte, als er um die Hausecke bog, weil da unvermittelt die hölzerne Veranda begann, die zwanzig Zentimeter höher lag.

Clara hatte mit halbem Ohr Stimmen vor dem Haus gehört, aber nicht damit gerechnet, dass es schon die Interessenten sein würden. Es konnte noch nicht so spät sein, sie hatte das Handy im Auto gelassen und nicht auf die Glocken geachtet. Sie war ein weiteres Mal durch das Haus gegangen – es sollte außer den Möbeln nichts Privates mehr vorhanden sein. Obwohl alles privat war. Die Farbe an den Wänden, die Fliesen, die abgebeizten und geölten Türstöcke … was man so machte, wenn man sich eine Ruine kaufte, dachte sie mit einem kleinen Lächeln. Wenn man keine Ahnung hatte, wie viel Arbeit das in Wirklichkeit war. Ganz früher hatte sie manchmal von großen Herrenhäusern gesponnen … gut, dass sie nie in die Verlegenheit gekommen war, Geld aus dem Fenster werfen zu müssen. Selbst dieses Häuschen war ein Loch gewesen, aus dem man nicht mal ein Echo hörte, wenn man Geld hineinwarf.

Im Haus war es eiskalt. Man musste ein wenig warme Luft hereinlassen. Sie öffnete die Glastüren und sah, wie ein Mann auf die Veranda stolperte, kurz in die Knie ging, aber sofort wieder hochkam.

»Das hatte ich schon lange nicht mehr«, sagte Clara.

Elias rieb sich kurz über das Knie, aber er war nicht schwergefallen. Die Frau lehnte sich an den Türrahmen. Sie trug ein Kostüm; es sah ungewohnt modisch aus und passte gar nicht zu diesem kleinen Haus. Ob sie die Maklerin war? Vera hatte nichts davon gesagt.

»Was?«, fragte er.

Clara sah ihn kurz an. Man konnte schwer sagen, ob er Mitte dreißig oder doch schon über vierzig war. Auf jeden Fall jünger als sie. Er hatte etwas Jungenhaftes an sich, aber es gab auch ein paar feine Linien um seinen Mund, die … na, man wusste es nicht.

»Dass ein Mann vor mir auf die Knie geht, bevor er sich vorstellt«, sagte Clara trocken. »Das hatte ich lange nicht mehr.«

»Ich finde es so herum viel passender. Außerdem brauche ich mich dann nicht zu entschuldigen, dass ich einfach in Ihren Garten gekommen bin. Soll ich mich jetzt noch vorstellen, oder reicht Ihnen erst mal der Kniefall?«

Elias gefiel ihre Antwort, und deshalb war er frech. Manchmal gab es Leute, die anders reagierten als die meisten. Ganz selten. Solche, die nicht vorgaben, zu erschrecken, und dann fragten: Haben Sie sich wehgetan?, wenn es doch offensichtlich war, und weil man es eben so machte.

»Ich war eigentlich mit einer Dame verabredet«, sagte Clara jetzt. »Gehören Sie dazu, oder sind Sie zufällig auf meine Veranda gefallen?«

»Die Dame ist vorn und wartet auf Sie. Ich bin nur zur Unterhaltung dabei. Ist es wirklich Ihre Veranda, oder sind Sie die Maklerin?«

Clara musste lachen.

»Die Maklerin? Ich? Sehe ich so aus?«

Elias warf einen Blick in den Garten. Alte Obstbäume und dazwischen ein paar junge. Ein schiefer, uralter Schuppen. Ein völlig verwildertes Frühbeet, von dem man gerade noch den Betonrahmen erkennen konnte. Eine der Scheiben der hölzernen Abdeckung war gesprungen. Dann sah er wieder zu Clara.

»Im Vergleich zum Garten schon.«

Es gefiel ihr, dass sie nicht gleich wusste, was er ernst meinte und was nicht. Sie sah an sich hinunter. Wie lange war es her, dass sie so ein Gespräch geführt hatte? So leicht. Es ging um nichts, nur um das Vergnügen, sich geschickt Bälle zuzuspielen.

»Ich hatte die Wahl«, sagte sie, »entweder einen Gärtner oder eine Schneiderin.«

Elias lächelte.

»Wenn Sie sich eine Schneiderin leisten können, warum verkaufen Sie dann das Haus?«

Sein Ball hatte das Netz berührt.

»Denken Sie mal nach«, antwortete sie spöttisch, »oder schauen Sie sich mein Kostüm an.« Er musste lachen. Glück gehabt, dachte sie. Sie hätte die Frage nicht im Ernst beantworten wollen.

»Kommen Sie, wir öffnen Ihrer Frau.«

Sie stieß die Verandatür ganz auf. Elias trat ins Haus. Es war sehr kalt.

»Wir sind nicht verheiratet.«

»Ist das gut oder schlecht?«, fragte Clara und schüttelte schon unwillig den Kopf, bevor sie die Frage ganz gestellt hatte. Es ging sie nichts an. Es war eigentlich bloß eine Revanche für die Frage, warum sie das Haus verkaufte, und für die Frage konnte er nichts. Er hatte sie in ihrem kurzen Spiel gestellt und nicht, um sie zu verletzen.

»Sehr hübsches Haus. Ich mag es, wenn es nicht kaputtrenoviert ist. Wenn man die Ahnen nicht aus den Mauern vertreibt.«

Er sagt tatsächlich Ahnen, dachte Clara. Und konnte es nicht lassen zu bemerken: »Und Sie mögen es nicht, dumme Fragen zu beantworten.«

Sie waren an der Haustür.

»So wie Sie«, gab Elias schnell zurück, »so wie Sie.«

Clara öffnete die Tür.

»Hallo«, sagte sie und streckte die Hand aus, »Clara Wagenbach.«

»Vera Steiner«, sagte Vera unbekümmert und frisch; und mit Blick auf Elias: »Haben Sie sich schon kennengelernt?«

Fotogen, dachte Clara, sehr hübsch, und ärgerte sich im selben Augenblick. Wieso war das ihr erster Gedanke? Sie war doch keine zwanzig oder dreißig mehr, und außerdem hatte sie diesen Selbstvergleich nie leiden können. Und trotzdem. Manchmal waren ihr andere Frauen wie ein Spiegel und warfen ein Bild zurück, das nicht so war, wie sie sich selbst sah.

Elias war nicht schnell genug. Clara sagte leicht: »Ihr Mann ist schon vor mir auf die Knie gefallen. Ich fürchte, ich kann trotzdem nicht mit dem Preis runtergehen. Kommen Sie rein.«

Vera sah fragend zu Elias.

»Ich bin ihr auf der Veranda vor die Füße gestolpert. Nicht sehr elegant.«

Vera lachte.

»Typisch. Zu ungeduldig.«

Es stimmte nicht, dachte er, er war nicht so ungeduldig. Klar stolperte er manchmal oder flog sogar hin, aber das lag daran, dass er nicht gerne langsam ging. Er rannte immer. Nicht aus Ungeduld, sondern weil er es gerne tat. Zum ersten Mal fiel ihm auf, dass Vera sich nie schnell bewegte. Er hatte sie noch nie schnell laufen sehen. Er dagegen ... er konnte keine Treppe langsam nehmen. Wie seine Mutter. Die rannte auch heute noch.

Clara ging in das kleine Wohnzimmer voran. Die Luft von draußen hatte es endlich etwas wärmer und freundlicher gemacht. Vielleicht war es gerade deshalb ein komisches Gefühl, dieses Paar hineinzuführen. Weil es mehr an den Ort erinnerte, den sie damals hatten. Kalt wäre einfacher und entfernter gewesen. Sie drehte sich um. Die Frau war stehen geblieben.

»Das ist sehr hübsch hier«, sagte sie, »toller Geschmack. Haben Sie das alles selbst gemacht?«

Clara nickte.

»Es hat ein paar Jahre gedauert.«

Es hatte wirklich lange gedauert, und manchmal hatte sie

das Gefühl gehabt, dass nur noch diese gemeinsame Arbeit sie zusammenhielt. Aber dann war es ganz anders gekommen.

Elias sah Vera zu, wie sie vor dem Ofen in die Knie ging und die Klappe öffnete. Ein Zug stieß in den Raum und brachte den kalten Geruch von erloschenem Holzfeuer mit sich.

»Verkaufen Sie das Haus mit der Einrichtung?«, fragte Elias. Es interessierte ihn auf einmal wirklich.

»Das hängt davon ab«, sagte Clara. »Ich kann sie jedenfalls nicht mitnehmen. Meine Wohnung ist zu … sie ist schon ausgestattet. Ich kann das Haus natürlich räumen, wenn Sie es leer haben wollen.«

»Manches gefällt mir sehr gut«, sagte Vera schnell. »Darüber kann man ja immer noch sprechen, wenn wir uns dafür entscheiden.«

Wenn wir uns dafür entscheiden! Wieso sagte sie das? Spielte sie gerade Verliebt, verlobt, verheiratet?

»Keiner von uns beiden kann sich dieses Haus leisten«, sagte er knapp.

Das kam unerwartet. Clara sah die ungeduldige, ärgerliche Bewegung, die Vera Steiner mit dem Kopf machte. Und dann, wie sie gleich wieder gewinnend lächelte.

»Wir denken noch über die Finanzierung nach.«

Elias wollte gerade sagen, dass er sich ganz sicher keine Gedanken darüber machte, mit Vera ein Haus zu kaufen, aber Clara sagte nur: »Wenn es bei großen Entscheidungen keinen Streit gibt, sind Sie kein richtiges Paar. Harmonie bedeutet meistens Desinteresse.«

Elias musste lachen. Und da war sie wieder, diese überraschende Leichtigkeit. Eigenartige Frau. Vera lächelte. Clara ging in die kleine Küche voran. Die Solnhofener Platten auf dem Boden waren noch da. Elias betrachtete die leichten Kuhlen, die hundert Jahre immer gleiche Wege in den Stein geschliffen hatten. Die Kacheln an den Wänden waren in starken Farben gehalten; leuchtend und wie ein Akzent aus der Gegenwart in diesem alten Haus. Es sah frisch aus, fand er. Vera sah sich die Küchenhexe an.

»Gibt es nur diesen Herd? Sie kochen auf Holzfeuer?«

»Damit wird das ganze Häuschen geheizt. Der Ofen ist wasserführend. Sozusagen die Zentralheizung. Das hier war nicht dafür gemacht, für immer hier zu leben.«

Nein, war es nicht, dachte sie, aber das hatte sie damals noch nicht gewusst.

»Schick«, sagte Elias. »Und das Holz ist im Garten? Romantisch.«

»Wenn Sie im Winter morgens um sechs anschüren müssen, damit es warmes Wasser gibt, finden Sie das nicht mehr schick«, entgegnete Clara trocken.

»Ah, sehen Sie«, gab Elias zurück, »jetzt weiß ich, warum Sie das Haus verkaufen wollen. Sie sind keine Frühaufsteherin.«

Er hatte den Ball wieder aufgenommen. Zweiter Satz. Egal, ob die beiden das Haus kaufen wollten oder nicht – der Mann hatte Witz.

»Ich will das Haus gar nicht verkaufen«, sagte Clara in gespieltem Ernst. Dieses schnelle Hin und Her fühlte sich überraschend leicht und schön an. »Ich bin Sozialpsychologin und arbeite seit drei Jahren an einer Studie über Entscheidungsfindung in Paarbeziehungen. Das Haus gehört der Universität.«

Vera sah verunsichert zwischen Clara und Elias hin und her und verstand nicht sofort.

»Lassen Sie«, klärte Clara sie heiter auf, »es ist nicht wahr. Ich bin Fotografin. Aber anscheinend spielt Ihr Mann gerne. Wollen Sie das obere Stockwerk noch sehen?«

Vera nickte.

»Er ist Schauspieler. Deshalb. Ja, gerne. Wenn es oben genauso hübsch ist wie hier unten, bleiben wir gleich hier.«

Elias folgte Clara und Vera die sehr schmale und steile Treppe nach oben. Warum musste sie sagen, dass er Schauspieler war? Es war einfach ein Beruf, aber sie sagte es immer ein bisschen so, als würde sie sich mit ihm schmücken. Das war nicht fair von ihm. Sie mochte einfach, wenn er auf der Bühne stand. Und es war in Ordnung, auf den anderen stolz zu sein, oder? Jedenfalls in einer normalen Beziehung … ach, er wusste einfach nicht mehr, was das zwischen ihnen war.

Der erste Stock war wenig mehr als ein ausgebauter Dachboden mit zwei großen Zimmern. Aber die großzügigen Dachgauben ließen das Licht und die Farben des Aprilhimmels herein und machten alles hell. Die beiden Räume waren Schlafzimmer. Einfach ausgestattet. Ein Teppich. Ein Bett. Eine Kleidertruhe im linken Raum, im anderen ein kleiner, nicht restaurierter Bauernschrank, dessen Türen schief in den Angeln hingen. Durch die Dachschräge hatten beide Räume etwas Stilles an sich.

Zwei Schlafzimmer, dachte er. Zwei Einzelbetten. Psychologie von Paarbeziehungen … er musste bei dem Gedanken lächeln.

Clara öffnete das Fenster auf der Gartenseite.

»Von hier aus können Sie das ganze Grundstück sehen.«

Weitläufig, dachte Elias. Aber nicht zu offen. Der Holzzaun musste schon sehr alt sein. Hinter den noch lichten Obstbäumen konnte man den kleinen Turm der Kapelle erkennen. Ein Bauerngarten eben. Die alten Beete waren noch zu sehen, auch wenn sie wohl schon seit Jahren nicht mehr bepflanzt worden waren, und die Wege dazwischen.

Clara und Vera gingen schon wieder nach unten, aber er blieb noch am Fenster stehen. Es war schön hier. Wirklich schön. Also: Warum verkaufte sie das Haus wirklich? Für einen Augenblick malte er sich das andere Leben aus. So ein Ort wie dieser. Stille. Natur. Aber gleichzeitig wusste er, wie sehr er es liebte, auf der Bühne zu stehen, den Trubel der Premieren, das Leben in der Stadt zu haben. Wahrscheinlich stand man immer in dieser Spannung zwischen zwei Leben.

Was machte er noch da oben? Clara unterhielt sich mit Vera Steiner. Oder besser: Vera Steiner unterhielt sie. Es war leicht, ihr zuzuhören. Das Gespräch perlte dahin, ohne dass sie viel dazu tun musste. Vielleicht ein bisschen naiv in ihren Ansichten, aber dabei doch klug. Das widersprach sich nicht, und das ließ sie charmant sein. Clara konnte verstehen, was er an ihr fand, und sie kam sich plötzlich schwerfällig vor. Diese Unbekümmertheit hatte man nur, wenn man noch nicht richtig vom Leben berührt worden war. Oder vielleicht hatte sie diese Art Leichtigkeit auch noch nie gehabt.

Elias kam herunter. Clara bemerkte, wie Veras Blick ihm folgte. Als ob sie nicht sicher gewesen wäre, dass er wieder auftauchen würde. Seltsam.

»Gefällt es Ihnen?«

Clara wollte wieder nach draußen. Sie wollte das Haus hinter sich lassen. Dass man für all diese Dinge einen Notar brauchte. Am liebsten hätte sie einfach an Ort und Stelle einen Vertrag gemacht und sich das Geld geben lassen. Aber so funktionierte es nicht.

»Ich bin begeistert«, sagte Vera Steiner fröhlich. »Wir haben einen ganz ähnlichen Geschmack. Es ist wirklich wunderhübsch. Aber natürlich müssen wir das noch ein bisschen besprechen.«

Elias stand jetzt neben ihr. Das Spiel ärgerte ihn. Es war nicht in Ordnung, der Frau Hoffnung zu machen, dass sie das Haus kaufen würden. Es war einfach unfair, aber er wollte Vera nicht bloßstellen. Schließlich war er mitgekommen und hatte mitgespielt. Wieder etwas, das gerade so typisch für ihn war: das Richtige sehen und dann nicht tun. Er war wütend auf sich selbst.

»Wir müssen gehen. Ich habe noch Probe.«

Vera sah ihn überrascht an. Er hatte es sehr brüsk gesagt.

Was ist mit ihm?, dachte Clara. Es wäre spannend, die beiden zu fotografieren. Kein harmonisches Paar. Und spannend im eigentlichen Sinne – zwischen den beiden lag die ganze Zeit so etwas wie ein elektrisches Feld. Sie unterdrückte ein Lächeln: Wahrscheinlich kriegt sie jedes Mal einen Schlag, wenn sie sich berühren. Er knistert vor Energie … was ist das mit den beiden?

»Ich … wollten wir nicht noch zum See?«, fragte Vera überrascht. Ihr Lachen war fort.

»Das schaffen wir nicht mehr.«

Vera sagte nichts weiter, aber Clara konnte sehen, dass ihr das nicht gefiel. Sie schien sich zusammenzureißen, drehte sich zu ihr um und strahlte sie wieder, so gut sie konnte, an.

»Ich rufe Sie an. Vielen Dank. Ein sehr schönes Haus, wirklich.«

Clara nickte. Dann warf sie ihm einen Blick zu. Als er es merkte, entspannte er sich für einen Moment.

»Ja«, sagte auch er, aber so, als ob er darüber nachdächte, »es ist ein schönes Haus. Danke, dass wir es sehen konnten.«

Er streckte die Hand aus. Sie nahm sie. Kein elektrischer Schlag, aber … gut. Sie fühlte sich gut an und warm.

»Kein Kniefall zum Abschied?«, fragte sie spöttisch.

Elias gab sofort ihre Hand frei, riss einen imaginären Dreispitz vom Kopf und ließ sich elegant auf ein Knie. Dann war er, ohne ein Wort zu sagen, schon wieder auf den Beinen und vor Vera und Clara aus der Tür. Clara lachte überrascht.

»Sie haben einen spannenden Mann.«

»Ja«, antwortete Vera trocken. »Das ist nicht immer einfach.«

Clara stand noch am Zaun, als sie abfuhren. Er sah nicht zu ihr herüber, als der Wagen den Garten passierte. Trotzdem ging sie seltsam heiter zurück ins Haus.

7

Sie fuhren schweigend zurück. Kein echtes Schweigen, sondern eines, das von außen betrachtet nach Reden klang, ohne dass aber das Wesentliche ausgesprochen wurde: Schau mal, die Pappeln fangen schon an, grün zu werden, und: Was probt ihr heute?, und: Da ist die Abbiegung. Sätze, die dumpf klangen, weil eine weiche Wand aus aufgeschäumten Erwartungen zwischen ihnen stand. Erwartungsschaumstoff, dachte Elias und fand die Vorstellung lustig, aber auch ein Lachen hätte sich in diesem Moment wie erstickt angehört. Schalltoter Raum.

»Wir hätten noch Zeit für den See gehabt.«

Elias zuckte die Schultern. Wie konnte er ihr erklären, dass es nicht um den See ging, sondern darum, dass sie … dass er … alles, was er erklären wollte, hörte sich schon in seinem Kopf falsch und missverständlich an. Er fragte einfach, was ihm als Erstes in den Kopf kam.

»Warum hast du's ihr nicht gesagt? Sie hat mich zwei- oder dreimal deinen Mann genannt. Wieso hast du sie nicht korrigiert?«

Es war nicht das Wesentliche, aber es kam dem eigentlichen Punkt ein Stückchen näher.

Vera fuhr ruhig weiter, aber er konnte sehen, dass ihr Griff ums Lenkrad fester wurde.

»Ist es wichtig, was irgendeine fremde Frau denkt? Ist es wichtig, ob sie denkt, dass wir verheiratet sind?«

In Elias stieg plötzlich Wut auf. Er wusste nicht genau, warum.

»Ja«, sagte er hart, »ist es. Wir sind nicht verheiratet. Wir ...«, er stockte und sagte nicht, dass sie nicht einmal ineinander verliebt waren. Es klang zu hart. Und vor allem, dachte er, klang es zu traurig.

»Ja?«, fragte Vera knapp. »Was sind wir dann?«

Er sah aus dem Fenster. Schwieg. Sie waren auf das kurze Stück Autobahn eingebogen und fuhren an den Gewerbegebieten der Stadt vorbei. Da war nichts Grünes, über das man hätte sprechen können. Ja. Was sind wir?

»Du willst nicht, dass sie denkt, wir sind verheiratet, weil du dir immer alle Optionen offenhältst.«

Er brauchte einen Augenblick, bevor er verstand, was sie meinte.

»Du meinst, dass ich sie attraktiv finde? Dass ich mit ihr ins Bett will?«

Er beschwor die Vorstellung absichtlich grob herauf.

»Weiß ich nicht«, antwortete Vera, und er konnte hören, dass sie auf einmal den Tränen nahe war, und er hasste sich dafür, dass er trotzdem nicht auf sie zuging und es ihr leichter machte. »Ich sehe doch, wie du mit ihr sprichst. Dieser Kniefall am Schluss ... was war das? Das ist ... mit mir hast du niemals so geflirtet. Nie.«

»Unsere Geschichte hat anders angefangen«, antwortete Elias. Das stimmte und war trotzdem nicht wahr. Er hatte nicht mit ihr geflirtet, weil es nicht nötig gewesen war. Sie hatte ihn mehr gewollt als er sie. Sie wussten es beide. Und sagten es nie.

»Sie ist älter als du. Und noch viel älter als ich.«

Sie sagte es so trotzig naiv, dass er lachen musste. Und sie nach einer Sekunde auch. Für diesen Moment war kein Schaumstoff zwischen ihnen.

»Es ist ein hübsches Haus«, sagte er leicht.

»Ich wusste, dass es dir gefallen würde«, sagte Vera. »Hast du noch Zeit, mit zu mir zu kommen? Wir sind ja nicht zum See …«

Elias nickte schweigend. Weil ich weder richtig Ja noch Nein sagen kann, dachte er voller Verachtung für sich selbst.

8

»Du willst das Haus verkaufen? Im Ernst? Weil du deinen Job verloren hast?«

Jan klang belustigt. Aber das war oft so. Es gab einen bestimmten Ton zwischen ihnen, den andere nicht immer gleich verstanden. Nur weil er sich nicht so anhörte, war er nicht weniger besorgt.

Clara stand auf der Leiter und reichte ihm Bücher aus dem obersten Regal. Die Fenster im Wohnzimmer ihrer Eltern standen offen. Das machten sie beide immer zuerst, wenn sie ins Haus ihrer Eltern kamen, und manchmal lachten sie darüber, weil ihr erster Weg immer der zum Fenster war.

»Hat es früher auch schon so gerochen«, fragte Clara, »als wir noch zu Hause gewohnt haben?«

Jan grinste.

»Als du ausgezogen warst, nicht mehr so sehr. Beantworte die Frage.«

Er warf das Buch achtlos in den Karton, holte es dann noch einmal heraus und las den Titel.

»*Transzendentale Betrachtungen des römischen Rechts. Nahtoderlebnisse antiker Juristen.* Wenn Papa merkt, dass das fehlt, sind wir tot.«

»Deswegen machen wir das, solange er beim Arzt ist«, sagte Clara. »Eines Tages kippt eines dieser Regale um und erschlägt ihn. Wieso kann er seine Bücher nicht senkrecht einstellen?«

»Es ist gegen seine religiöse Überzeugung«, versuchte Jan eine Erklärung. »Wenn er ein Buch einfach so aus dem Regal nehmen könnte, dann wäre es ja nur ein einziges, das er in die Hand nimmt. Auf seine Weise gehen für jedes Buch, das er lesen will, zehn andere durch seine Hände, die ihn interessieren könnten. Also, warum verkaufst du das Haus?«

Clara schwieg einen Moment. Vom Esszimmer her konnten sie ihre Mutter hören, die leise mit sich selbst sprach, während sie Schubladen aufzog und das Besteck zählte. Jan hatte ihr Musik angestellt; das half oft. Irgendetwas aus den frühen Siebzigern. Die Vormittagssonne zeichnete schräge Vierecke durch die offenen Fenster auf das Parkett. Es war eine sehr friedliche Atmosphäre. Clara deutete auf das Chaos in den Bücherregalen.

»Weil ich nicht so enden will. Mit lauter Ballast. Mit verstaubten und nutzlosen Dingen, die längst verstummt sind. Die mir eigentlich nichts mehr zu sagen haben. Und ich hatte es schon inseriert, bevor ich die Kündigung gekriegt habe.«

Jan lächelte unschuldig zu ihr hoch.

»Kleine Sünden bestraft Gott sofort.«

Clara lächelte zurück.

»Gott merkt, dass ich das Haus verkaufen will, und findet, ich brauche dann keinen Job mehr? Ich glaube, Gott hat keine Ahnung von den heutigen Lebenshaltungskosten.«

Ihre Mutter kam ins Wohnzimmer. Wenn sie zu Hause war, sah sie nie sehr verwirrt aus.

»Was soll ich machen?«

Jan stellte einen zweiten Karton neben seinen.

»Pack doch die Bücher in die Kiste«, sagte er weich. »Schau, aus dieser hier in die andere.«

Sie fing sofort an. Sie packte auch eine Vase mit ein und zwei

Gläser, die herumstanden, einen Schlüsselanhänger und das angebissene Brötchen, das sie in der Hand hatte. Dann sah sie plötzlich unsicher zu Clara auf.

»Mach ich das rechteckig, Toni?«

Jan legte ihr den Arm um die Schultern.

»Ganz ausgezeichnet rechteckig, Mama. Findet Toni auch, oder?«

Er sah zu ihr hoch. Grinste wieder. Clara wiegte den Kopf. Manchmal war es einfach nur lustig.

»Ja, Mama«, sagte sie, »findet Toni auch.«

Ihre Mutter hörte auf zu packen, sah sie beide mit großen Augen an und fragte dann heiter: »Wer ist Toni?«

Jan und Clara lachten zusammen los, und nach einem Moment lachte ihre Mutter mit.

Später saß Clara mit Jan auf der kleinen Terrasse über dem Garten, der immer mehr verwahrloste.

»Wir sollten was unternehmen«, meinte Jan nachdenklich mit Blick auf die verwilderte Hecke und das alte Laub vom letzten Herbst, »Papa schafft das nicht mehr.«

»Ja, sollten wir.« Clara sah ihren Bruder an und fügte hinzu: »Wird aber nie passieren, das wissen wir beide, oder?«

Jan lehnte sich zu ihr und versuchte, sie aus dem Stuhl zu schubsen. Sie wehrte sich lachend. Wie früher. Jan atmete schwer, als er aufgab.

»Immerhin habe ich es als Erster gesagt!«

Es gab nicht viele, mit denen sie so vertraut war.

»Da war ein Paar, das hat sich das Haus angesehen. Die waren … irgendwie seltsam.«

»Haben sie dich gefragt, ob dein Haus einen schalldichten Keller hat, oder was meinst du mit seltsam?«

Clara schloss die Augen. Wenn sie zwischen den Wolken durchkam, war die Aprilsonne schon sehr kräftig.

»Das ist doch nichts Seltsames. Jeder braucht so einen Keller.«

Es gehörte zu ihrem Spiel, sich gegenseitig zum Lachen zu bringen. Überraschendes zu sagen. Viele verstanden nicht, dass sie als Geschwister auch Freunde sein konnten. Und diese Schnelligkeit im Gespräch, dieser rasche Witz, der war ihr bei dem Schauspieler auch aufgefallen. Sie stellte erst jetzt fest, dass er sich gar nicht mit Namen vorgestellt hatte. Aber vielleicht als er selbst.

»Nein, sie haben sehr gut zusammengepasst. Äußerlich. Aber … innerlich gar nicht. Es gab keine … sie haben nicht miteinander geklungen, würde ich mal sagen. Und der Mann hat mir gefallen. Schauspieler.«

»Schau an, Schwester. Endlich.«

Jan hatte sich ihr zugewandt. Sie öffnete die Augen einen winzigen Spalt und sah verschwommen, dass er lächelte.

»Sieht er gut aus?«

Clara dachte nach.

»Na ja. Schon irgendwie. Nicht landläufig gut. Er ist witzig. Und ich glaube, er ist ein ganzes Stück jünger als ich. Deshalb brauchst du nicht zu lächeln, denn ich habe sowieso keine Chance.«

»Aber wieso nicht? Du siehst doch noch gut aus.«

Er hatte es so dahingesagt, aber Clara setzte sich abrupt auf.

»Jan! Sag einer Frau niemals, wirklich niemals, dass sie noch gut aussieht. Das ist das Schlimmste, was es gibt.«

Er sah sie überrascht an.

»Im Ernst jetzt?«

»Ja«, sagte sie, »im Ernst. Wenn ich noch gut aussehe, dann

heißt das, ich habe keine Zeit mehr. Ich werde alt. Meine Chancen verringern sich. Ich bin bald nichts mehr wert auf diesem Scheißmarkt der Beziehungen. Also, wenn du irgendeine Frau kennenlernst, sag ihr nie, nie, nie, dass sie noch gut aussieht, klar?«

Jan grinste.

»Du siehst sehr gut aus, Schwester. Du hast nur deshalb Schwierigkeiten, weil dein Schauspieler offensichtlich Teil eines Paares ist. Eines Paares, das dein Haus kaufen und da den Traum von der kleinen Familie leben will.«

»Davon mal ganz abgesehen«, bestätigte Clara und schloss die Augen gegen die Sonne.

Mama kam auf die Terrasse.

»Da seid ihr ja!«, begrüßte sie sie, als wären sie eben erst gekommen. »Ich will jetzt nach Hause.«

»Du bist zu Hause, Mama!«, sagte Jan freundlich.

Ihre Mutter sah sich um und deutete auf die Terrassentür.

»Aber die wandern alt«, sagte sie dann. Clara stellte ihr einen Stuhl hin. Eigentlich hatten sie Glück. Viele Leute wurden mit der Demenz immer aggressiver. Ihre Mutter war in den letzten Jahren netter geworden.

»Trotzdem, Mama. Du wohnst hier. Schon lange.«

»Na ja«, antwortete ihre Mutter. »Na ja.«

»Aber vielleicht gefällst du ihm auch. Egal, wie alt er ist.«

Jan nahm den Faden wieder auf. Außerdem war er einfach neugierig. Sie kannte ihn.

»Jan! Was willst du von mir? Interessierst du dich für ältere Frauen?«, fragte sie ihn. »Kennst du irgendjemanden, der eine ältere Frau hat? Hast du schon jemals was mit einer älteren Frau gehabt? Männer suchen sich jüngere Frauen aus. Außer sie sind abnormal, und mit so jemandem will ich keine Beziehung. Wie könnte ich jemals sicher sein, dass er mich nicht nach fünf Jahren satthat und dann doch eine Jüngere nimmt?«

Mama hörte interessiert zu. Man wusste nie, ob sie noch etwas verstand oder nicht. Jan wehrte sich vehement.

»Ich bin von einer Frau entjungfert worden, die war zweiunddreißig und ich achtzehn.«

»Du warst schon immer ein Spätentwickler«, sagte Clara spöttisch. »Aber ja, ich finde ihn attraktiv. Dabei weiß ich nicht mal seinen Namen. Es lohnt nicht, darüber nachzudenken. Und außerdem hat er eine sehr hübsche Freundin. Ein bisschen naiv, aber nicht dumm, und – ich sage es gerne noch einmal – hübsch.«

Jan lehnte sich zurück. So als hätte er gerade gewonnen.

»Was?«, fragte Clara ein klein wenig unsicher. »Was?«

»Ich kann nur sagen«, imitierte Jan ihren Vater in hohem Ton, »das ist nicht das Ende dieses Verfahrens.«

»Idiot!«, sagte Clara. Aber wenn ich ehrlich bin, dachte sie, also ganz ehrlich: Ich fände es spannend. Nicht das Ende des Verfahrens … vielleicht … nein. Anfang einer Geschichte. So sollte es sein. Spannend und schön. Und jetzt gerade wollte ich, ich wäre jünger.

»Jan«, sagte sie bestimmt und wie um sich selbst Sicherheit zu geben, »ich kenne nicht einmal seinen Namen. So. Und jetzt gehen wir.«

»Ja!«, rief ihre Mutter erfreut und sprang auf. »Endlich!«

9

Elias klemmte sich die Bäckertüte zwischen die Zähne und schloss die Tür zu seiner Wohnung so leise wie möglich auf. Jule schlief sicher noch. Sie war dieses Wochenende überraschend gekommen.

Ich würde dich gerne in der Premiere sehen, hatte sie am Telefon gesagt. Und dass sie tags darauf einfach den Nachmittagsunterricht schwänzen würde, um ein bisschen mehr Zeit zu haben. Er hatte sich sehr gefreut. Es war jetzt viel besser zwischen ihnen. Als sie zwölf oder dreizehn gewesen war, waren sie oft nicht gut miteinander ausgekommen. Er viel zu weit weg, am Landestheater in Schleswig-Holstein. Sie mitten in der Pubertät, und dann hatte Mona einen neuen Freund gefunden, der eigentlich ganz okay war, aber so spießig, wie man nur sein konnte. Er hatte Jule viel zu wenig gesehen, und wenn, fast immer mit schlechtem Gewissen. Es war ein Glück, dass er sich mit Mona immer gut verstanden hatte. Wenn er jetzt zurückschaute: Sie hatte eine Menge auffangen müssen.

Er zog die Schuhe aus und ging in die Küche, um Tee zu kochen. Die Wohnung war nicht sehr groß, aber sie lag so hoch, dass man über die Stadt sehen konnte, und das gefiel ihm. Besonders an einem Tag wie diesem.

Ich mag es, meiner Tochter Frühstück zu machen. Wieso entdeckt man manche Sachen so spät?

Er öffnete beide Fensterflügel. Die Luft war kühl, aber man

merkte, dass der Frühling allmählich wirklich kam. Über die Dächer des Viertels ragte der Turm des Michaelsklosters. Allein für diesen Blick hatte er damals die Wohnung genommen. Plötzlich musste er an Clara Wagenbach denken. Wie sie auf ihrer Veranda gestanden hatte. In diesem streng-eleganten Kostüm. Er musste an sie denken, wie man überrascht ein Bild an der Wand wahrnahm und sich fragte, ob es schon immer da gehangen hatte. So empfand er es in diesem Moment: als ob der Gedanke schon immer da gewesen wäre.

Er setzte Wasser auf. Nahm die Teller aus dem Regal und gab die Brötchen in einen Korb. Es war noch so still. Er liebte die leisen Geräusche des Frühstückmachens. Die abgemessenen Bewegungen. Es war wie ein Tanz der kleinen Dinge.

Musik. Leise und unaufdringlich. Sie verstärkte die kühle Stille, bewirkte, dass die Bewegungen so schwerelos wurden wie im Wasser. Ob sie gerne schwamm? Er dachte an ihr Kostüm und lachte vor sich hin. Sie würde sicher einen Badeanzug tragen, niemals einen Bikini. Er würde gerne sehen, wie sie schwamm.

Er hielt inne, ging über die Diele leise zum Arbeitszimmer und klinkte genauso leise die Tür einen Spalt auf. Jule schlief noch. Die Wohnung war zu klein, als dass sie ein eigenes Zimmer hätte haben können. Aber wenn sie hier war, dann bekam sie das Arbeitszimmer. Sie sah sehr nach Mona aus, wie er sie damals kennengelernt hatte. Jule war nur ungefähr vier Jahre jünger als ihre Mutter damals, als er sich in sie verliebt hatte. Sie beide einundzwanzig. Damals war alles unbedingt gewesen. Ohne Alternativen. Damals hatte er gedacht: Mona. Liebe meines Lebens. Er schloss die Tür wieder. Na ja. In mancher Hinsicht stimmte es. Mona war … er konnte sie eigentlich nicht Freundin nennen. Sie war gleichzeitig mehr und weniger … auf jeden Fall einer der wenigen Fixpunkte. Nicht nur, weil sie Jules Mutter war. Als er zwischendurch einmal so pleite gewesen war, dass er den Unterhalt nicht mehr zahlen konnte, hatte sie kein Wort darüber verloren. Weil sie eine dieser ganz wenigen Personen war, die auch nach einer Beziehung nie vergaßen, weshalb man sich einmal geliebt hatte.

Er goss den Tee ab. Nahm die Eier aus dem Wasser. Für einen Augenblick waren die Dinge im Gleichgewicht.

Jule sah während des Frühstücks noch verschlafen aus, und Elias erinnerte sich, dass er als Jugendlicher auch immer lang geschlafen hatte. Das konnte er längst nicht mehr.

»Kann sein, dass Vera heute Abend auch kommt. Ist das okay für dich?«

Jule lachte und zog ihr Knie auf den Stuhl.

»Papa! Irgendwelche Freundinnen kommen doch immer. Das macht mir nichts aus. Echt nicht.«

Es war ihm trotzdem ein bisschen unangenehm. Wenn Jule da war, wollte er nicht, dass Vera kam. Er ging auch nicht zu ihr. Es waren zwei Welten, und er wollte sie auseinanderhalten.

»Ist sie so richtig deine Freundin?«

Jule schnitt ein Brötchen auseinander und sah sich suchend auf dem Tisch um.

»Gibt es Schinken?«

Elias stand auf, hob mahnend den Zeigefinger und deklamierte laut: »Höre, Tochter! Ich war schon Vegetarier, als die Grünen das Wort noch gar nicht kannten. Bei deiner Geburt schon. Fahr zurück in die Hölle, von wannen du kommen bist, Satansbrut, und führe mich nicht in Versuchung!«

Jule lachte.

»Also ist er im Kühlschrank?«

Elias nickte. In gespielt beleidigtem Ton: »Entschuldige, dass ich mal was vergessen habe!«

Jule holte den Schinken aus dem Kühlschrank, belegte ihr Brötchen, biss hinein und fragte schließlich mit vollem Mund: »Also?«

Er zögerte kurz, bevor er den Kopf schüttelte. Nicht weil er Vera damit verriet oder weil er es Jule nicht sagen wollte. Sondern weil er auch nicht gewollt hätte, dass seine Tochter so eine Beziehung führte. Unverbindlich. Ungewiss. Ohne den anderen in sein Leben zu lassen. Er wollte, dass sie ihm ihren Freund vorstellen würde. Oder ihre Freundin. Egal. Aber er wollte, dass sie sich irgendwann richtig verliebte und sich in so eine Liebe hineinwarf mit allem, was sie war und hatte. Dieses kleine Gefühl der Unebenheit in ihm fühlte sich auf einmal groß an. Es gibt kein richtiges Leben im falschen … ja, super. Es half auch nicht, das immer sinnlos zu wiederholen, ohne dass etwas geschah.

»Ich …«, begann er, stockte und schenkte sich noch einmal Tee ein, »ich glaube, ich tauge nicht für die Liebe. Oder nicht mehr. Mit Vera, das ist mehr …«

Jule hielt sich die Ohren zu und sang laut und unmelodisch: »Lalalalalala … ich höre dir nicht zu … ich will mit meinem Vater nicht über solche Sachen sprechen … lalalala!«

Das hatte sie von ihm. Es war trotzdem komisch. Er musste lachen.

»Ich wollte nicht über Sex reden!«

»Lalalalalala!«

»Willst du noch ein Ei?«

Jule nickte, nahm die Finger aus den Ohren und hob die Schultern.

»Das ist doch schon immer so bei dir. Immer kommt irgendeine Freundin zu den Premieren. Früher hat mir das was ausgemacht, weil ich … da habe ich immer gedacht, dass ich keine andere Mutter will. Dass ich niemanden will, der mir irgendwas zu sagen hat. Aber das war ja auch nie so. Also, ist sie die Richtige?«

»Vielleicht gibt es die gar nicht«, antwortete er zögernd. »Oder nur auf der Bühne. Diese ganz große, eine, richtige Liebe. Das wünscht man sich, und davon träumt man immer, aber in Wirklichkeit … vielleicht ist es eben so, dass man immer Kompromisse machen muss.«

Jule hob erneut die Schultern und sah ihn eindringlich an.

»Glaubst du das echt? Dass es keine große Liebe gibt? Ich glaube das schon. Vielleicht findet man sich nicht, das kann sein. Das weiß ich nicht. Aber dass es so eine Liebe gibt, das glaube ich schon. Also ist sie nicht die Richtige.«

Das war keine Frage mehr. Das war eine Feststellung.

Jules Worte berührten ihn eigentümlich. Ihre Gewissheit. Sie redeten selten so ernst miteinander.

»Ich bin ja wirklich ein großartiges Vorbild.«

Es hatte leicht klingen sollen, heiter, aber irgendwie kam es nicht so heraus. Jule stand auf und küsste ihn über den Tisch hinweg auf die Wange.

»Papa! Du bist ein toller Schauspieler. Und zu einem guten Vater hab ich dich auch hingekriegt. Und vielleicht wirst du noch irgendwann für irgendwen die große Liebe. Also, was willst du?«

Sie ließ sich zurück in ihren Sitz fallen. Blickte kurz auf ihr Handy und nahm sich noch ein Brötchen. Sie war mit sich im Reinen.

Er nicht. Und seine Tochter sah das genau. Er versuchte trotzdem ein Lächeln. Es genügt aber nicht, dachte er dann ernüchtert. Es genügt nicht, zwei Rollen gut zu spielen. Niemand würde einen Schauspieler nehmen, der nur zwei Rollen kann. Ich sollte in allem gut sein. Oder es wenigstens versuchen.

»Sollen wir einen Ausflug machen? Ich muss erst um sechs im Theater sein.«

Sie sah kurz auf.

»Ach, lass. Ich muss noch ein bisschen was für die Schule tun. Okay?«

Er nickte. Manchmal war es schwierig, die richtige Nähe zu finden. Wie war er mit achtzehn gewesen? Jedenfalls nicht so sicher wie sie. Aber andererseits auch nicht so … jung. So unbeschwert.

»Hast du eigentlich einen Freund, Tochter? Oder … eine Freundin?«

Es war eine ganz spontane Frage. Einfach aus dem Gedanken an sein junges Selbst. Damals hatte sich fast alles darum gedreht. Und das war, wenn er ehrlich war, immer noch so. Wenn es in Jules Leben etwas so Wesentliches gab, dann sollte er es wissen, oder?

»Neugieriger Vater! Mama fragt mich das auch immer. Obwohl … sie fragt mich immer bloß nach einem Freund.«

Jule grinste und riss sich noch ein Stück Hörnchen ab.

»Ich werde es dir zu gegebener Zeit mitteilen, alter Mann«, nuschelte sie mit vollem Mund; vielleicht auch, um eine kleine Verlegenheit zu verbergen. »Gerade nicht.«

Ein sehr warmes Gefühl schoss in ihm hoch, hob ihn aus dem Stuhl. Er stand auf, trat hinter seine Tochter und fuhr ihr mit beiden Händen durchs Haar.

»Au«, sagte sie lachend. »Ist das dein hilfloser Versuch, mir deine Liebe zu zeigen? Indem du mich an den Haaren ziehst?«

»Man muss dich von der Schule nehmen«, gab Elias zurück. »Du bist schon viel zu klug für ein Mädchen.«

Er floh, bevor ihn die Brötchen treffen konnten.

10

Sie zog sich mit zusammengebissenen Zähnen an den Ringen hoch. Noch einer. Einer ging noch. Einer musste noch gehen. Achtzehn, wiederholte sie im Geist, achtzehn. Am Anfang hatte sie nicht mal einen geschafft. Sie kannte nicht viele Frauen, die Klimmzüge machten. Trotzdem war es ein Kampf, den sie nicht gewinnen konnte. Keiner konnte ihn gewinnen.

»Verflucht«, presste sie heraus und bekam mit letzter Kraft das Kinn auf die Höhe ihrer Handgelenke, bevor sie sich erschöpft sinken ließ und die Ringe freigab. Keuchend trat sie ans offene Küchenfenster. Die Ringe an der Decke im Flur hatten schon für viele Kommentare gesorgt, die sich aber meistens ähnelten und nicht so wahnsinnig einfallsreich waren. Sie atmete tief. Die Luft war sehr kühl und gut. Der Morgenhimmel war klar, womöglich hatte es heute Nacht sogar Raureif gegeben.

Die Sit-ups noch. Sie ging zurück in den Flur, legte sich auf die Matte und stellte die Füße gegen die Wohnungstür, bevor sie die Arme hochnahm, ohne die Hände hinter dem Kopf zu verschränken. Drei, sechs, neun, zwölf, fünfzehn … sie zählte in Dreiergruppen, während sie versuchte, so hoch wie möglich zu kommen. Neunundsechzig, sinnlos, zweiundsiebzig, sinnlos … es war wie ein paradoxes Mantra. Irgendetwas trotzdem zu tun. War das ganze Leben nicht so? Dass man irgendwas trotzdem tat? Obwohl? Ungeachtet dessen. Jetzt gerade.

Ein bisschen gelaufen war sie immer. Und Rad gefahren. Aber mit dem Sport hatte sie damals angefangen. Nach Paul.

Paul hatte manchmal so kluge Sachen gesagt. Lächelnd, aber trotzdem ernst.

Du hast etwas in dir, an das ich nicht herankomme.

Dann hatte er nachgedacht und sich verbessert.

Oder das ich nicht herausholen kann. Du auch nicht. Aber es ist trotzdem da. Ein anderer Mann als ich schafft das vielleicht.

Oder keiner, hatte sie damals geantwortet. Etwas anderes konnte man schwer sagen, wenn man nebeneinander im Bett lag und gerade miteinander geschlafen hatte. Komisch. Sie konnte sich nur an diese vertraute Stunde erinnern. Sie wusste nicht mehr, was vorher gewesen war. Zusammen duschen? Oder war sie spät heimgekommen und hatte sich an ihn geschmiegt, noch kühl von der Abendluft? Sie wusste es nicht mehr. Den Sex hatte sie auch vergessen, aber nicht das Gespräch danach.

Etwas in ihr, an das er nicht herankam. Und sie auch nicht.

Sie musste an den Schauspieler denken. An sein Lachen. Sie hatte es nur einmal gehört. Nicht viele lachten so frei, so echt.

Siebenundachtzig, neunzig, dreiundneunzig. Nicht daran denken. Ordentlich arbeiten. Zu einem richtigen Programm waren die Übungen aber erst geworden, nachdem ihr das erste Mal bewusst geworden war, dass Mama dement wurde. Dass es nicht mehr nur Erinnerungslücken waren oder Eigenheiten, die im Alter eben stärker wurden. Ihr Vater glaubte es ja bis jetzt nicht. Aber damals war es wie ein Schock für sie gewesen. Für ihre Geschwister auch. Mama. Ausgerechnet! Mama, die immer so stark gewesen war. Die alleine mit ihnen in Urlaub gefahren war, weil Papa es nie rechtzeitig schaffte, eine Vertretung für die Kanzlei zu besorgen, Termine abzusagen, Ordnung in seinen Kalender zu bringen. Als ob für ihn der Sommer und die Ferien jedes Mal wie eine komplette Überraschung gekommen wären. Mama, die für Papa die Konten geführt hatte, die immer im Kopf hatte, welche Fälle wann anstanden, welche Mandanten wann kamen, wer die zuständige Richterin am Familiengericht war.

Aber so war es eben. Das wusste keiner besser als sie. Nichts war sicher. Nichts war für immer. Und deswegen – oder besser: trotzdem – hatte sie mit den Übungen angefangen. Jeden Morgen. Fast ausnahmslos, außer wenn sie auf Reisen war. Und es waren nach und nach mehr geworden. Liegestütze. Klimmzüge. Sit-ups. Unterarmstütz – erst eine halbe Minute, dann eine, dann eine Minute zwanzig … wahrscheinlich war sie ungewöhnlich fit für eine arbeitslose Fotografin. Oder ungewöhnlich bekloppt.

Hundertzwanzig. Aus. Sie blieb schnell atmend liegen und dehnte die Arme seitlich, so weit es ging. Dann stand sie auf und räumte die Matte weg. In einem komischen Zwiegefühl von Stolz und Selbstverspottung. Als ob Sport gegen Demenz wirkte. Oder gegen das Älterwerden. Oder eine Garantie gegen oder für irgendwas wäre. Am Ende gewannen sie doch immer. Der Tod und die Vergesslichkeit und die Krankheit und die Hässlichkeit und die Schwäche. Es war unausweichlich. Aber für heute waren sie alle wieder vor die Tür gedrängt. Für heute, für jetzt fühlte er sich gut an, dieser Augenblick der Stärke. Morgen war morgen.

In der Redaktion räumte sie ihren Schreibtisch, der eigentlich nie ihrer gewesen war. Viel war es nicht. Ein paar Mappen. Ladegeräte, die zweite Fototasche. Krimskrams, der sich ansammelte und plötzlich völlig unwichtig war. Sie warf fast alles weg. In dem großen Büro war noch nicht viel los. Sie hatte zugesehen, möglichst früh zu kommen, um den üblichen Gesprächen auszuweichen. Tut mir leid für dich … hätte ich nie gedacht … gerade du, du bist doch viel besser als … verstehe ich nicht … lass uns mal … wenn ich was für dich … Davon hatte sie damals nach Paul schon genug gehabt. Sie meinten es alle gut, aber trotzdem brauchte sie das nicht. Clara packte alles in den kleinen Rollkoffer, den sie mitgebracht hatte. Eigentlich war sie erst in zweieinhalb Wochen endgültig entlassen, aber sie hatte noch Urlaub, und die drei Tage darüber würde sie ganz sicher nicht mehr kommen. Was sollten sie machen? Sie entlassen?

Im Treppenhaus traf sie Richard. Richard war in Ordnung. Er deutete auf ihren Koffer.

»Ich habe es schon gehört. Soll ich irgendjemanden erschießen?«

Clara lachte. Richard war ganz sicher der Letzte, der irgendjemanden erschießen konnte. Sie mochte ihn. Er dagegen liebte sie vermutlich. Jedenfalls behauptete er das immer in dem scherzhaften Ton, unter dem stets ein unausgesprochener kleiner Schmerz liegt. Er war ungefähr so alt wie sie und irgendwann Chef der politischen Redaktion geworden. Keiner hatte eine Ahnung, wieso. Er war viel zu nett. Ihm fehlte alles, was man angeblich zum Chef brauchte. Ellenbogen. Härte. Und führen konnte er auch nicht. Wahrscheinlich taten die anderen in der Redaktion das, was er anordnete, nur, weil er so nett war.

»Schön, dass wir uns noch mal sehen«, sagte Clara. Es freute sie wirklich. »Ruf mich an, wenn die Zeitung endgültig pleite ist und du einen Job brauchst.«

»Das ist eigentlich mein Text«, sagte Richard lächelnd. Manchmal zeigte er echten Humor. »Aber dich werde ich wirklich vermissen.« Er zögerte kurz, dann sagte er schnell: »Hast du Lust, heute Abend mit mir ins Theater zu gehen? Die Kulturredaktion hat keine Zeit. Ich habe zwei Karten. Und danach trinken wir was, und ich überzeuge dich davon, dass ich der richtige Mann für dich bin, okay?«

Clara musste lachen, weil Richard genau wusste, wie absolut chancenlos er war, aber vielleicht war er auch einfach nur auf diese sehr unbeholfene Art charmant, um sie zu trösten. Manchmal erinnerte sie seine Art ein wenig an Paul.

»Ich weiß nicht. Eigentlich …«

Eigentlich hatte sie nichts vor. Die Abende waren viel zu oft lang und leer. Wenn das Wetter schön war, ging sie manchmal aus dem Haus, aber sie wusste nicht recht, wohin mit sich. Sie hatte dann keine Lust auf Kneipen oder Kino, aber zu Hause zu sein fühlte sich so an, als würde man gutes Essen wegwerfen. Vergeudung. Dabei war sie doch noch gut, oder?

»Okay«, sagte sie schließlich. Es war vielleicht nicht schlecht. »Dann können wir wenigstens ordentlich auf meine Kündigung anstoßen. Dazu kann ich dich jetzt sicher nicht bringen.«

»Na ja«, gab Richard zu bedenken, »es ist halb zehn. Die meisten Journalisten trinken gar nicht mehr so viel. Das ist ein Klischee.«

»Wahrscheinlich gehe ich doch nicht mit dir aus«, sagte Clara boshaft und griff nach ihrem Rollkoffer.

»Ich hole dich ab!«, rief er ihr durchs Treppenhaus hinterher.

Es kam ihr vor, als wären die Abende unvermittelt lang geworden. Nach diesem trüben Winter, in dem die dunklen Nachmittage fast unbemerkt in eine frühe Nacht übergegangen waren, nach einem sehr kalten Vorfrühling, der den fehlenden Schnee des Winters gebracht hatte, war dieser frühe April unvermittelt zum Sommerversprechen geworden. Sie lehnte sich nach vorne auf die eiserne Brüstung ihres kleinen Balkons und versuchte, die Klarheit aus der Luft zu schmecken, in der noch keiner der süßen Düfte des kommenden Frühlings lag. Sie schmeckte nicht mehr nach schmelzendem Schnee, nicht nach Regen, noch nicht nach dem ersten Grasschnitt oder nach Lindenblüten oder dem Abendregen auf heißem Asphalt. Ihre Klarheit hatte keinen Geschmack, aber sie machte ihr auf schöne und frische Weise die Brust weit.

Der helle Abendhimmel, unruhig mit hoch treibenden Wolken und mit wilden Farben über den fast schwarzen, scharfen Linien des Schuldachs … sie fühlte sich plötzlich wie damals, mit fünfzehn. Wie sie nachts durch die Stadt gestreift war, immer auf der Suche nach dem Leben, das da irgendwo sein musste. Allein, aber nicht einsam und voller Gewissheit, dass alles noch kommen würde. Alles.

Es klingelte. Richard war da. Sie ließ die Balkontür offen, als sie zurück in die Wohnung ging. Sie wollte diese klare Luft in allen Räumen spüren, wenn sie später zurückkam.

II

Premierenabend. Egal, ob das Theater klein oder groß war – diese Mischung aus nervöser Gespanntheit, Vorfreude, wütendem Ärger über die eine Szene, die nicht richtig fertig gearbeitet war –, diese Mischung war immer ähnlich. Vor dem Fest, dachte Elias, das war es. Die Stimmung vor dem Fest. Mareike gab sich keine Mühe, ihre Nervosität zu verbergen. Sie rauchte eine nach der anderen und war schlecht gelaunt. Er hatte schon einmal mit ihr gearbeitet und wusste, dass sie sich am liebsten versteckt hätte. Sie konnte es nicht leiden, sich mit dem Premierenpublikum die fertige Vorstellung anzusehen, weil sie für sie niemals fertig war. Sie winkte ihm kurz zu, als sie ihn sah, aber so, dass er wusste: Man ließ sie am besten in Ruhe.

In Ruhe lassen.

Vera hatte angeboten, ihn abzuholen.

Ich trinke dann noch was, während du dich fertig machst.

Ich liebe es, schon so früh im Theater zu sein.

Ich mag diese Stimmung.

Ich. Ich. Ich. Sie merkte nicht, wie oft es ihr nur um sich ging, und hätte es empört abgestritten. Es passte nicht in ihr Bild von sich. Und … klar, sie wollte auch gar nicht so sein. War es aber trotzdem immer wieder. Deswegen, und auch wegen Jule, hatte er abgelehnt. Schroffer, als es nötig gewesen wäre. Außerdem war er den ganzen Nachmittag draußen gewesen und fast etwas zu spät zurückgekommen.

Das Haus … nach heute Morgen hatte es ihn noch einmal dorthin gezogen. Sein Auto war immer noch in der Werkstatt, also war er mit dem Rad in den Zug gestiegen. Zuerst hatte er gar nicht geplant, dorthin zu fahren. Die Gegend hatte ihm schon beim ersten Mal gefallen, und so war er durch diesen kühlen, hellen Nachmittag gefahren, hatte den Gegenwind genossen und war irgendwann durch das Dorf gekommen.

Das Haus. Als er davorstand, kam der Song von allein. Vielleicht lag es an den Heckenrosen. Julie London. A Cottage for Sale. Die melancholische, lässig-rauchige Stimme. Alle Sehnsucht, aller Schmerz in mühelose Töne verpackt. So müsste man spielen können.

Er sang vor sich hin, als er das Rad an den Zaun lehnte und in den Garten ging. *Our little dream castle* … Man hörte nie mehr jemanden auf der Straße singen. Wenn man auf der Straße sang, schauten sie einen an, als hätte man einen an der Klatsche. Besoffene grölten vielleicht mal. Fußballfans. Aber die sangen nicht, die schrien rum und glaubten, das wäre ein Lied. Nicht einmal Kinder. Er hatte schon lange niemanden mehr auf der Straße einfach vor Freude singen hören.

The roses you planted … Na ja, die Heckenrosen hatte wahrscheinlich niemand gepflanzt. Die wuchsen von alleine. Sein Ärmel verfing sich in den Ranken, und er zog sich einen Dorn ein, als er über den Zaun stieg.

Er hörte das Summen schon, bevor er zur Veranda kam, wo er letztes Mal seinen Kniefall hingelegt hatte. Das Summen erfüllte den Garten, und es war, als würde es in seinem Bauch, in seiner Brust mitvibrieren. Ein Summen wie aus einer mächtigen Orgel. Der Mirabellenbaum, den er letzte Woche noch kahl gesehen hatte, war zu einer Wolke geworden. Eine Wolke von Weiß, eine Wolke von Blüten, in denen Zehntausende von

Bienen tanzten. Er blieb stehen. Ganz still. Das Summen umhüllte ihn, als stünde er in einer unsichtbaren Glocke, die zu Mittag geschlagen hatte und deren Nachklang alles an ihm leicht mitbeben ließ.

Ja. Wahrscheinlich sangen Bäume so.

Ein einziges tausendstimmiges, tausendflügeliges Summen vor Freude, dass der Frühling kommt.

Elias stand da, als könnte er sich mit diesem Ton anfüllen.

Später, als er durch den späten Nachmittag zurück zur Bahnstation rollte, kribbelte es immer noch leicht in seinen Fingerspitzen. Es wurde noch schnell sehr kühl an diesen Frühlingsabenden, und er stand in den Pedalen, um sich warm zu fahren. Der Frühling kommt, dachte er. Jetzt kommt er wirklich. Manchmal brauchte es nicht mehr. Einen blühenden Baum und einen Bienenschwarm und ihren gemeinsamen Gesang.

Elias war schon fertig geschminkt und im Kostüm und stand im Dachgeschoss über der Bühne an dem kleinen Fenster, aus dem man hinab auf den Vorplatz sehen konnte, der jetzt immer voller wurde. Mareike rauchte, er ging vor Premieren auf den Dachboden. Einen Schnürboden gab es hier nicht – das Haus war zu klein dafür.

Da unten standen sie mit Sekt und mit Bier. Undefinierbare Gesprächsfetzen klangen herauf. Lachen.

Viele Strickmützen, lässige Kappen, Hüte. Farbige Westen. Secondhandmäntel und sehr viele schwarze Hosen bei Frauen und Männern. Nicht unbedingt nur das Stadttheaterpublikum. Off-Theater eben. Wer sich als Künstler fühlte, ging ins Theater, um sich dort noch mehr als Künstler zu fühlen. Jedenfalls mehr als die Schauspieler auf der Bühne, die es ja doch nie ganz richtig machen konnten, wenn man den Pausengesprächen zuhörte.

Elias holte tief Luft. Er war nicht fair. Vielleicht war er selbst nur nicht da, wo er sein wollte.

Er dachte noch einmal an das Summen. Und an den Song.

Our little dream castle … with every dream gone …

Dann grinste er. Ohne Spiegel und alles. Richtete sich auf. Jetzt war erst mal Premiere. Showtime!

12

Sie waren zu spät. Anscheinend hatte die Kulturredaktion doch nicht zwei Karten an der Kasse hinterlegen lassen, sondern nur eine. Richard – wie immer viel zu nett – hatte angeboten, unten in der Kneipe zu warten, bis die Vorstellung vorbei war. Es war ihm sichtlich und schrecklich peinlich.

»Das kommt überhaupt nicht infrage!«

Es war viel einfacher, sich für andere einzusetzen als für sich selbst. Clara trat an die Kasse. Höflich, aber sehr bestimmt.

»Es ist nie komplett voll. Selbst wenn ausverkauft ist – irgendjemand kommt immer nicht.«

Die Frau im Kassenhäuschen war schon in der Defensive. Sie wusste nicht genau, wo der Fehler lag, ob bei der Zeitung oder beim Theater. Sie suchte nach einem Ausweg. Das war gut. Clara wechselte zu einem versöhnlichen Ton und zeigte ihr einen.

»Es ist zehn vor acht. Geben Sie mir einfach eine von den zurückgelegten Karten.«

Auf den Karten stand immer: Bis 15 Minuten vor Vorstellungsbeginn abzuholen, aber alle Kassen warteten trotzdem immer fast bis zum letzten Einläuten. Die Kassiererin zögerte, dann nahm sie eine der Karten von dem schmalen Stapel und reichte sie Clara. Richard seufzte und sah sie an. Bewundernd. Jetzt sieht er wirklich ein bisschen verliebt aus, dachte sie. Er hatte sich vor Jahren schon scheiden lassen. Oder besser: Seine

Frau hatte sich von ihm scheiden lassen. Und irgendwie hatte es dann wohl nicht mehr geklappt.

»Das kriege ich in diesem Leben nicht mehr hin. Diese Mischung aus Höflichkeit und Bestimmtheit ...«

Clara lächelte. War das ein schönes Kompliment?

»Musst du nicht. Such dir die richtige Frau dazu.«

Er lächelte. Erst da fiel ihr auf, dass er das missverstehen konnte. Aber gesagt war gesagt.

Wegen der verschiedenen Karten saßen sie nicht nebeneinander. Es war ihr nicht unrecht. Vielleicht hätte sie doch nicht mitgehen sollen. Sie wollte keine Hoffnungen wecken. Der Abend sollte leicht sein. Aber vielleicht wollte er genau dasselbe. Einfach einen leichten Abend und nichts weiter. Sich nicht gewollt, aber wenigstens für ein paar Stunden nicht ungewollt fühlen. Und allein. Sie drehte sich um und lächelte Richard kurz zu. Natürlich hatte er ihr den Platz weiter vorne überlassen, aber das Theater war nicht groß. Der Zuschauerraum mehr wie ein Kino mit Klappsesseln. Ihre Knie stießen beinahe an die Lehne des Vordersitzes, dafür war die Atmosphäre familiär.

Es gab keinen Vorhang. Auf der noch dunklen Bühne standen große Kübel mit Zimmerlinden, Gummibäumen und Zitronenbäumchen wie eine Hecke. Clara nahm das Programmheft auf. Sie hatte *Tod eines Handlungsreisenden* immer gemocht. Dieses Spiel um ein eigentlich gelungenes Leben, das daran scheitert, dass man lieber ein anderes leben will. Das falsche. Dann fiel ihr auf, dass da nur zwei Namen standen. *Tod eines Handlungsreisenden* mit nur zwei Rollen? Wie sollte das gehen? Ihre Vorfreude auf einen leichten Abend verschwand mit dem Licht im Zuschauerraum. Sie hatte ganz sicher keine Lust auf einen experimentellen Theaterabend.

Sie warf Richard einen kurzen Blick über die Schulter zu. Er hielt das Programm direkt vor die Augen und nahm sie nicht wahr. Er sah ein wenig verloren aus … es war ganz gut, dass sie nicht nebeneinandersaßen.

Auf einmal gab es Tumult in den hintersten Reihen. Zuerst dachte sie, einer der Zuschauer sei zu spät. Der Mann, der sich mit höflichen Entschuldigungen stetig murmelnd durch die Reihen schob und alle zum Aufstehen zwang, wirkte so hilflos wie Richard vorhin. Aber er wurde immer lauter, während er sich zur Bühne durchzwängte, lachte, klopfte diesem auf die Schultern, zwang jenen zum Händeschütteln und schob sich schließlich zwischen den Topfpflanzen auf die Bühne.

Ach was!, dachte sie überrascht und ein kleines bisschen amüsiert. Wie kam das denn? Es war der Schauspieler. Dessen Namen sie immer noch nicht kannte, obwohl er schon vor ihr auf den Knien gelegen hatte. Der Zufall war sicher gar nicht so groß – in irgendeinem Theater musste er ja arbeiten. Aber dass sie ausgerechnet in seine Vorstellung … Sie sah noch einmal in das Programmheft und suchte den Namen. Elias also. Ein eigenartiges Gefühl machte sich in ihr breit. Ob er sie erkannt hatte, als er gerade durchs Publikum gegangen war?

Er erzählte. Man wusste nicht, zu wem er sprach. Durch die Pflanzen und das raffinierte Bühnenlicht sah man immer nur vage Silhouetten, und sie konnte nicht einmal sehen, ob er da wirklich allein war. Er erzählte von dem Autounfall, den er gerade gehabt hatte. Wegen der tief stehenden Sonne. Und weil er so in Gedanken gewesen war. Er sprach so, dass er ihr dieselbe Geschichte auch neulich im Garten hätte erzählen können, und sie hätte es ihm selbstverständlich geglaubt. Und das war ziemlich gut. Er spielte nicht, als ob er spielte. Dann kam irgendwann Bewegung in die Pflanzen. Eine junge Schauspielerin begann, Topf für Topf an die Seite zu zerren. Elias in der Rolle von Loman … nein, Elias als Loman redete und redete. Er lachte übertrieben herzlich, wenn er seinen unsichtbaren Söhnen von seinen Erfolgen erzählte, die es alle nicht gab. Wenn er von ihren großartigen Karrieren sprach, die es nie geben würde. Er war witzig. Er war selbstironisch und überhaupt nicht so tragisch, wie sie sich den Handlungsreisenden immer vorgestellt hatte. Kein Heinz Rühmann. Kein Dustin Hoffman. Ein Entertainer, der es nur nie auf eine Bühne geschafft hatte.

»Mein ganzes Leben ist ein Wettlauf mit dem Recyclinghof«, sagte er in einem falsch vorwurfsvollen Ton zu dem Kühlschrank, der nur als Tür an einer der Wände befestigt war. »Wenn ich dich bezahlt habe, gehst du kaputt.«

Dabei drehte er sich dem Publikum zu, sah Clara und zwinkerte. Alle lachten. Sie auch, obwohl sie eigentlich nicht wusste, weshalb. Trotzdem – sie wusste nicht, ob er sie erkannt und ihr zugezwinkert hatte oder ob das zum Spiel gehörte und er sowieso irgendjemand ins Auge gefasst hätte.

Richard kam mit dem Sekt, als die Pause schon halb vorbei war.

»Die Bedienung wirkte ein bisschen überrascht darüber, dass es Leute gibt, die in der Pause etwas trinken wollen. Schnelligkeit ist nicht eine ihrer Qualitäten«, sagte er heiter und reichte ihr ein Glas. »Auf den Abend.«

»Danke, dass du mich mitgenommen hast«, sagte Clara und trank einen Schluck. »Es ist viel besser, als ich dachte. Der Hauptdarsteller … er macht das … ich weiß nicht, wie er das macht. Man hat die ganze Zeit das Gefühl, dass er …«, sie stockte. Wie machte er das denn jetzt wirklich? Es war einfach so, dass er ihr nahekam. Dass sie ihm glaubte. Obwohl er die tragischsten Dinge wie Witze erzählte. Man lachte, und gleichzeitig wusste man, dass da noch mehr war.

»Er spielt sich nicht in die Köpfe«, sagte Richard wie nebenbei. »Er spielt sich in dein Gefühl.«

Clara warf ihm einen kurzen überraschten Blick zu. Manchmal traf er genau ins Schwarze, ohne es zu merken.

»Deswegen gefällt er dir auch«, fügte er mit einem kleinen wehmütigen Lächeln hinzu und hob sein Glas ein wenig.

»Ach, wie schön, dass Sie auch da sind!«

Es war die Frau, die ihr Haus angesehen hatte. Die Freundin von Elias. Clara konnte sich nicht gleich an ihren Namen erinnern.

»Vera«, sagte die andere. Fröhlich. »Vera Steiner.« Sie streckte ihre Hand Richard entgegen.

»Und Sie sind …«, sie sah kurz zwischen Clara und Richard hin und her. »Sie sind verheiratet?«

»Ungefähr so wie Sie«, sagte Clara mit einem halben Lächeln, »wir sind Kollegen. Waren Kollegen«, verbesserte sie sich sorgfältig. »Wir feiern meine Entlassung mit einem Theaterabend. Werden Sie mein Haus kaufen?«

Warum tat sie das? Es wäre nicht nötig gewesen, sie aus der Fassung zu bringen. Sie hatte nicht boshaft sein wollen. Die Frau konnte nichts dafür, dass ihr gekündigt worden war. Aber es schien Vera Steiner nichts auszumachen, oder sie überhörte die Spitze höflich. Sie lächelte nicht mehr, aber sah Clara offen an und fragte: »Wo haben Sie denn gearbeitet? Und ich … ich muss mich entschuldigen. Wir haben im Augenblick gar nicht das Geld, um Ihr Haus zu kaufen. Es war nur so … es sah im Internet so wunderhübsch aus, und ich wollte es unbedingt ansehen. Aber es reicht einfach nicht. Jedenfalls im Moment nicht. Es tut mir wirklich leid, dass Ihnen gekündigt wurde … das wusste ich nicht.«

Sie war ein wenig bestürzt und vor allem so kindlich ehrlich, dass Clara ihr nicht böse sein konnte, obwohl es sie ärgerte. Andererseits … sie verbot sich den Gedanken. Aber er ließ sich nicht verbieten und war ganz hinten in ihrem Kopf eben doch da. ›Andererseits‹ war eigentlich nur ein Name. Elias. Sie hätte ihn nicht kennengelernt, wenn diese Frau Steiner nicht ihr Haus … Schluss. Einfach nur ein komischer Zufall, dieser Theaterabend. Aber es war schwer, nicht daran zu denken.

»Wie finden Sie ihn?«

Richard antwortete, als Clara zögerte: »Sehr gut. Ich finde es … ja, sehr gut. Völlig anders, als das Stück sonst inszeniert wird. Aber … doch. Wirklich gut.«

Vera Steiner hatte nicht danach gefragt, wie er das Stück fand. Das war für sie vermutlich auch nicht so wichtig. Ihr ging es darum, wie man ihren Freund fand. Und Richard dachte vielleicht, dass sie das Stück nicht mochte, und hatte für sie einspringen wollen.

Sie musste unwillkürlich lächeln und hob schnell das Glas, damit man es nicht sah. Ihr Zögern hatte nichts damit zu tun. Sie wollte nur … sie wollte Vera Steiner nicht sagen, wie gut sie ihren Freund … sie wollte ihren Stolz nicht füttern. Vera bemühte sich darum, es nicht zu zeigen, aber sie konnte diesen Besitzerstolz nicht verstecken. Wie es wohl war, wenn man einem fast alles vom Gesicht ablesen konnte?

Vera wandte sich ihr zu.

»Und Sie? Sie mögen es nicht so, oder?«

Die Einläuteklingel kam rechtzeitig.

»Ich sag's Ihnen, wenn er gestorben ist«, antwortete Clara kurz und konnte es dann doch nicht lassen, ein wenig boshaft hinzuzufügen: »Wenn er das so gut hinkriegt wie seinen Kniefall, dann wird es mir sehr gut gefallen.«

Er kriegte es hin. Clara wusste nicht genau, wie er es machte. Sie konnte immer auch den Mann sehen, der in ihrem Garten gewesen war, aber dieser Mann war auch Willy Loman, der unsicher auf den Rändern der Pflanzkübel balancierte wie auf dem Berg seiner Lebenslügen. Willy Loman, der seine Söhne nicht mehr verstand, weil er immer andere Jungen sah, die ihm die Sicht auf seine Kinder verstellten.

Clara war jetzt sicher, dass er sie gesehen hatte. Wenn er zu seiner unsichtbaren Frau sprach, zu seinem unsichtbaren Chef und zu seinen unsichtbaren Söhnen, dann streifte sein Blick immer wieder den ihren, blieb manchmal hängen. Nur für ein Wort vielleicht. Und dann lachte er wieder und versuchte wie im Spaß, Samen in die Fugen zwischen den Bühnenbrettern zu versenken, damit er etwas in der Erde hatte, bevor es dunkel wurde. Clara musste an Paul denken. Wie gerne er gepflanzt hatte. Dass sie das noch immer berührte!

Loman wurde zum Ende hin ganz ruhig. Fast heiter saß er in der Abendstimmung zwischen seinen Kübelpflanzen auf dem Boden und hörte den großartigen Plänen seiner Söhne für den nächsten Tag zu. Nur sprach da keiner. Was immer sie sagten – alles schloss sie nur aus seinen halben Antworten, seinem Kopfnicken, seinem seltsam verqueren, falschen Stolz, der da um ihn leuchtete und nicht weniger wurde. Wahrscheinlich waren sie deswegen längst fort. Weil sie nicht mehr ertragen hatten, dass er immer die falschen Söhne sah. Dass sein ganzes Leben eine vollkommen unnötige Lüge war. Dann stand er lächelnd auf und verschwand hinter der Wand aus Benjamin und Gummibaum und Zimmerlinde, und man hörte ein Auto starten.

Die junge Schauspielerin kam, und auf einmal ließen die Tröge sich leicht bewegen; sie standen auf Rollen, was man jetzt erst sah. Man hörte den Motor von Lomans Auto aus der Ferne, während die junge Frau die Pflanzen an den Seiten eines Grabes anordnete, das allmählich erschien. Erst als Kontur, dann immer deutlicher. Dann stoppte das Motorengeräusch abrupt, und es war sehr still. Auf dem projizierten Grabstein leuchtete schwach sein Name auf. Eine Zeit lang stand die Frau an Lomans Grab. Sah sich um. Wartete. Aber es kam niemand. Dann ging auch sie.

Es brauchte ein wenig, bis der Applaus begann. Elias und die junge Frau traten an den Bühnenrand. Fassten sich an den Händen. Verbeugten sich. Der Applaus hörte nicht auf. Clara klatschte auch, aber es fiel ihr schwer. Nicht weil es ihr nicht gefallen hätte. Es war großartig. Wann hatte sie sich das letzte Mal so einfangen lassen? Was war das für ein seltsames Gefühl? Er hatte so unglaublich intensiv gespielt … sie erinnerte sich, was Richard gesagt hatte. In dein Gefühl. Clara fiel ein, was sie in der Pause zu seiner Freundin gesagt hatte, und das nahm ihr etwas von dem Vergnügen. Dumm. Dumm und gedankenlos.

Egal, dachte sie. Jetzt war jetzt. Sie klatschte nun richtig. Wie zum Trotz.

13

Er ließ sich Zeit beim Abschminken und Umziehen. Nicht um aus der Rolle zurückzufinden. Manchmal sagten Kollegen so etwas. Koketterie. Wenn man Zeit brauchte, aus der Rolle zurückzufinden, hatte man sie nicht richtig im Griff. Es war mehr, um den zweiten Auftritt hinauszuzögern. Auf Premierenfeiern sagte natürlich niemand die Wahrheit, und daher wusste er am Schluss einfach nicht mehr, ob das Stück funktioniert hatte. Wie gut es funktioniert hatte. Und natürlich, ob er gut genug gewesen war.

Wie komisch das ist, dachte er. Ich weiß, was ich kann. Ich weiß, dass ich gut gespielt habe. Aber gut genug? Das weiß ich nie. Dieses Stück zwischen gut und sehr gut, über das immer die anderen entscheiden.

Jule klopfte an den Türrahmen. Sie war atemlos, als wäre sie gerannt, und sah ganz aufgeregt aus.

»Du warst toll, Papa. Richtig toll.«

Sie umarmte ihn.

»Fandest du?«

»Ja«, sagte Jule. »Und was für eine geile Idee mit den Pflanzen.«

»Du findest, die Pflanzen haben besser gespielt als ich?« Er zog die Augenbrauen hoch. Ließ ein lang gezogenes »Scheiße!« folgen. Und war doch stolz über das Lob seiner achtzehnjährigen Tochter.

»Kommst du runter?«

Ihre Aufregung steckte ihn an. Dabei hatte sie schon eine ganze Reihe von Stücken mit ihm gesehen. Sie war Theater so gewohnt, dass sie einmal eine Aufführung mit einem einzigen Wort vernichtet hatte: Langweilig!

Er packte sie spielerisch im Nacken, wo er eine kleine Schwellung spürte.

»Ich komme! Und was hast du da?«

Sie duckte sich lachend weg.

»Papa, du bist abnormal. Du wirst mir jetzt keine Pickel ausdrücken. Beherrsch dich!«

»Ich kann machen, was ich will«, antwortete Elias hoheitsvoll und versuchte, sie zu fassen zu bekommen, »ich bin ein Star! Und so kannst du nicht unter die Leute. Das ist ganz rot!«

Jule wich zurück und schob sich rückwärts aus der Garderobe.

»Perverser alter Mann! Du und Mama – ihr seid besessen. Niemand sonst drückt an den Pickeln seiner Kinder rum.«

Er verfolgte sie. Sie wechselte schnell das Thema: »Welche von den beiden ist denn nun Vera?«

Er verstand nicht gleich und blieb stehen.

»Wie? Was meinst du mit beide?«

»Da waren zwei Frauen, die dich die ganze Zeit angeschaut haben. Ich hab sie beobachtet.«

Er schob sie zur Treppe.

»Ah. Jetzt erklärt sich deine Begeisterung. Du hast das Stück also gar nicht gesehen. Aber was das Ansehen betrifft: Alle haben mich angeschaut. Das nennt man Publikum.«

»Nicht so wie die beiden. Also, welche jetzt?«

Ja, so ist meine Beziehung zu Vera, dachte er flüchtig. Meine Tochter fragt mich nach fast zwei Jahren, wie sie aussieht. Er hob beide Arme in einer Geste der Resignation.

»Du triffst sie doch vermutlich gleich. Übe dich in Geduld.«

Von unten klangen Musik und Lachen und das wilde Durcheinander von Gesprächen herauf. Jule sprang die Stufen hinunter. Wie ein Kind. Ein sehnsüchtig warmes Gefühl schoss in ihm hoch, und er dachte: Dieser Augenblick. Sie ist schon so erwachsen. Dieser Moment, wenn der bleiben könnte, er wäre für den ganzen Abend genug. Diese vertraute Leichtigkeit zwischen ihm und Jule.

»Komm jetzt!«, rief sie ungeduldig. »Alle warten auf dich.«

Er atmete tief ein.

»Ich komme.«

14

»Sie waren sehr gut.«

Es war laut. Aus den Lautsprechern über der Bar hörte man bestenfalls Fetzen irgendwelcher Rockklassiker. Die Leute redeten, lachten, tranken, riefen. Das Auf und Ab des Lärms hörte sich ein bisschen an, als wäre man am Meer. Man musste also entweder auch schreien oder sich sehr weit zum anderen vorbeugen, wenn man einigermaßen normal laut sprechen wollte. Elias nickte ernsthaft und sagte: »Niemand siezt sich auf einer Premierenfeier. Wenn du unbedingt willst, können wir das morgen wieder tun. Aber jetzt nicht. Elias.«

»Ich weiß«, sagte Clara. »Ich habe das Programm gelesen. Ich bin Clara.«

Sie hatte geschwankt, als Richard nach dem Stück vorgeschlagen hatte, noch etwas essen zu gehen. Und dabei eigentlich schon gewusst, dass sie noch bleiben wollte.

»Fandest du's wirklich gut? Auf Premierenfeiern sagt dir nie jemand die Wahrheit.« Er lächelte und sah nach unten. »Ich würde sie heute Abend auch nicht hören wollen. Also, lüg mich an.«

»Du warst furchtbar. Ich habe noch nie jemanden so jämmerlich unbeholfen spielen sehen.«

Ihr gefiel, wie er sofort fast erschrocken den Kopf hob.

»Echt jetzt? Ich war unbeholfen?«

»Du wolltest angelogen werden.«

Sie lachten beide. Clara sah hinüber zur Bar, wo Vera stand und sich mit irgendjemandem unterhielt.

»Was hat deine Freundin gesagt? Fand sie dich auch gut?«

Clara hatte noch mit Richard an einem der Stehtische Wein getrunken und beobachtet. Beobachtet, wie Elias und seine Kollegin mit der Regisseurin in den Raum gekommen waren. Wie ihn Vera gleich nach dem Beifall für die drei umarmt hatte … sie war klug genug gewesen, sich nicht sofort neben ihn zu stellen. Wie aber danach jede ihrer Bewegungen, jeder ihrer Blicke, jedes Lachen gesagt hatte: Mein. Mein. Mein.

»Sie mag das Stück nicht. Mich darin schon.«

Elias wusste nicht genau, was es war. In ihrer Frage lag nichts von … Konkurrenz, Eifersucht oder so etwas. Sie hatte einfach gefragt. Er hatte gesehen, dass sie ihn vorhin beobachtet hatte. Aber nicht wie jemand, der auf irgendeine ungesagte Weise Ansprüche stellte. Nicht wie … ja, nicht wie eine Jägerin, die Wild beobachtete. Eher so, als ob es ihr nicht um seine Beziehung zu Vera ginge, sondern darum, wie sie zusammen aussahen. Nicht mehr. Nicht weniger. So, wie Mareike sich über die Bühne Gedanken gemacht hatte und über die Pflanzen.

»Zu düster?«

Elias zuckte die Schultern.

»Ich weiß es nicht. Sie mag nicht, wie Loman sich bis zum Ende belügt. Sie mag Ehrlichkeit. Das ist etwas …«, er konnte nicht sagen, dass es etwas Schönes an ihr war. Dabei stimmte es doch, oder? Das war etwas Schönes. Sie war auch meistens ehrlich. Oft mehr als andere. Aber sie trug ihre Ehrlichkeit wie einen glänzenden Schild vor sich her. Er ließ den Satz unvollendet.

»Wir belügen uns alle. Und so ganz ehrlich ist sie auch nicht immer, oder? Immerhin habt ihr beide mein Haus angeschaut und habt gar kein Geld dafür.«

Sie lächelte ihn an. Sie fand es nicht schlimm. Leute waren so. Immerhin hatte sie ihn dabei kennengelernt. Sie mochte ihn. Das war auf jeden Fall klar.

»Ehrlichkeit sich selbst gegenüber wird überschätzt. Warum redest du mit mir?« Clara zeigte spöttisch auf die Gruppe junger Leute an einem großen Tisch gleich neben dem kleinen Premierenbuffet, das jetzt schon ziemlich kahl aussah. Nur von dem sehr organisch aussehenden Quinoasalat war noch ein trauriger Rest da. »All die kleinen Mädchen, die dich bewundern … siehst du nicht, wie sie dich ansehen? Natürlich siehst du es … wieso bist du nicht dort?«

Elias sah sie an. Ihr Gesicht ist wie ihr Name, dachte er. Klar. Nicht landläufig schön. Hübsch hätte man zu ihr nie sagen können. Eine strenge Schönheit vielleicht. Es gab nicht viel Weiches in diesen Zügen.

»Weil eines von den kleinen Mädchen meine Tochter ist, zum Beispiel. Die dort, schau.«

In Claras Magen gab es einen kleinen Stich. Tochter. Jetzt, wo er sie ihr zeigte, sah sie die Ähnlichkeit.

»Sie hat nicht viel von Vera.«

Elias musste lachen.

»Das liegt vermutlich daran, dass sie nicht Veras Tochter ist. Ich bin einer von diesen dummen Künstlern, die viel zu früh Kinder kriegen, weil sie vor lauter Lebensgier nicht denken.«

Clara sah zwischen seiner Tochter und Elias hin und her.

»Hat sich daran etwas geändert?«

Sie konnte bei der Frage ihr Lächeln nicht ganz unterdrücken. Elias mochte, wie dieses kleine Lächeln ihre Lippen sofort weichmachten.

»Nicht viel«, sagte er zwischen Selbstironie und Ehrlichkeit. »Nicht sehr viel, fürchte ich.«

Es gab eine kleine Pause zwischen ihnen. Die Musik wurde noch etwas lauter. Elias sah, wie Vera ihm einen Blick zuwarf. Ihn anlächelte. Ihm einen Handkuss durch die Luft zusandte. Für mich, dachte er kurz, oder für Clara? Damit sie wusste, woran sie war?

»Diesmal hast du meine Frage nicht beantwortet.«

Clara hatte an ihre erste Begegnung gedacht.

»Was?«, fragte Elias. Er verstand nicht gleich. »Was meinst du?«

»Warum du mit mir sprichst.«

Elias hob überdramatisch die Hand an die Stirn und deklamierte: »Brauche ich für alles, was ich tue, einen Grund?«

Clara legte den Kopf ein wenig schief. Er wich aus. Warum?

»Für alles nicht. Aber deine Freundin steht da drüben und wirft dir Kusshändchen zu. Ich will nicht … dieses Spiel will ich nicht spielen.«

Elias wurde ernst.

»Ich auch nicht«, sagte er. Und dann, ohne zu überlegen: »Ich war heute Nachmittag noch mal bei deinem Haus.«

Jetzt war Clara wirklich überrascht.

»Wieso?«

Elias hob die Schultern. Diese kleine Geste der Hilflosigkeit rührte sie.

»Kann ich nicht sagen. Ich weiß es nicht. Mir hat der Garten gefallen. Wusstest du, dass deine Mirabelle blüht?«

Mit einem Mal, völlig unvermittelt, fühlte sie sich aus dem Gleichgewicht gebracht. Bis jetzt war alles noch offen und richtig gewesen. Das Stück. Der Abend. Das Gespräch. Schön, auch bewegend vielleicht, weil das Stück so intensiv gewesen war und diese Feier so entspannt lebendig. Aber wenn sie an diesem Abend bis zu diesem Moment leichtfüßig über Land, ja, fast getanzt war, stand sie nun plötzlich an der Küste einer unbekannten See. Umkehren oder in ein Boot steigen?

»Wieso?«, fragte sie noch einmal. Aber die Frage kam in einem anderen Ton heraus, als sie es beabsichtigt hatte, fast geflüstert.

Elias nahm einen Schluck von seinem Sekt, wie um die Stimme frei zu bekommen.

»Ach«, sagte er, so leicht er konnte, »ich war nur auf der Suche nach der Wahrheit.«

In dem Lärm um sie herum war ihr Tisch auf einmal ein schalltoter Ort.

»Hätte ich das nicht sagen …«

Clara unterbrach ihn knapp und deutete in Veras Richtung.

»Wenn du nach Wahrheit suchst, dann tu das besser bei deiner Freundin.«

Elias stellte sein Glas auf den Tisch. Wie ernst sie auf einmal war!

»Ich hatte es nicht geplant. Ich war mit dem Rad unterwegs. Ich mache das oft vor Premieren oder so. Und dann … ja, vielleicht hat es mich einfach noch mal hingezogen«, endete er hilflos. Hörte sich nicht sehr nach einer Erklärung an. Vielleicht war es das, was Clara berührte.

»Geh mal zu deiner Freundin. Sie sieht schon die ganze Zeit zu dir herüber.«

Sie lächelte dabei. Elias fühlte sich seltsam erleichtert.

»Du bleibst aber noch etwas, oder?«

Clara musste nicht überlegen.

»Ja«, sagte sie.

15

Die kleinen Grüppchen, die zum Rauchen hinausgingen, kamen immer seltener zurück. Die Musik war lauter geworden und Richard längst gegangen. Es hatte ihr ein wenig leidgetan. Sie wusste nicht, ob er sich von dem Abend mehr erwartet hatte, und er war natürlich viel zu höflich, um sich anmerken zu lassen, wenn es so war. Eine brüderliche Umarmung zum Schluss: Ich bin jetzt wirklich müde.

War er vielleicht auch tatsächlich gewesen. Vom Warten. Sie auch?

Der Raum wurde weiter. Das war auf jeder Feier der Moment, in dem sich entscheidet, ob sie ausplätschert oder noch einmal an Fahrt gewinnt. Irgendwohin. Elias sah sich nach Vera um. Gut, dass Jule schon gegangen war, dachte er. Irgendwie war es gar nicht dazu gekommen, dass die beiden sich getroffen hatten. Eine Erleichterung.

Clara stand mit ihrem Glas in der Hand vor einem der Plakate, die überall an den Wänden hingen, und betrachtete es. Elias sah zwischen Vera und Clara hin und her. Clara hatte etwas Bestimmtes an sich in den Dingen, die sie tat. Sehr konzentriert. Und sie war allein.

»Wollen wir gehen?«

Vera hatte ihren Wein ausgetrunken und war nicht mehr ganz nüchtern. Elias deutete auf Mareike, die mit ihrem Freund und den Technikern ein Stück weiter unten an der Bar stand und, noch immer hochgeputscht vom Erfolg des Abends, nicht aufhörte zu trinken.

»Ich bleibe noch. Du kannst ruhig schon gehen.«

Es hörte sich unfreundlicher als gewollt an.

»Kommst du dann nach?«

Sie drängte sich an ihn. Er spürte ihre Wärme, die er doch eigentlich mochte. Eigentlich. Immer war da dieses kleine Wort zwischen ihnen. Eigentlich hatte er gern Sex mit ihr. Eigentlich reiste er gerne mit ihr. Eigentlich genoss er es, mit ihr auszugehen. Aber da war immer etwas, das eigentlich von wirklich schied. Wirklich gern mit ihr auszugehen. Wirklich bei ihr sein zu wollen – ohne Einschränkung.

Tja. Das wäre wahrscheinlich das, was man Liebe nennt, dachte er.

»Weiß ich nicht. Warte nicht auf mich.«

»Warum bist du so gemein?«

Es stimmte. Es hatte hart geklungen. Aber es war ja wahr. Er wusste es nicht. Und er ertrug nur schwer, wenn sie etwas getrunken hatte. Weil sie dann … weil sie dann ihre Gefühle nicht mehr versteckte. Je mehr sie an ihm zog, desto mehr wich er zurück.

Unser kleines Arrangement ist auch eine von diesen Lügen, dachte er. Du liebst. Ich nicht. Ich tue so, als würde ich deine Liebe nicht bemerken, und du tust so, als wäre meine Kühle eine gut versteckte Liebe.

»Ich wollte dich nicht verletzen.«

Sein Ton wurde weicher. Das immerhin stimmte.

»Ich weiß es einfach noch nicht. Ich kann jetzt noch nicht gehen.« Er wies auf Mareike und ihre Freunde, die angefangen hatten zu tanzen. Und sah, wie Clara ihr Glas abstellte.

»Okay«, sagte Vera. Sie nahm ihr Handy heraus und sah nach

der Zeit. »Du weißt, wo der Schlüssel ist. Komm später, ja? Oder schreib mir.«

Er begleitete sie zur Tür. Half ihr in den Mantel. Er mochte es, höflich zu sein, und sie mochte, dass er solche Dinge für sie tat. Die Tür aufhalten. Aufstehen, wenn sie in den Raum kam. Sie vorangehen lassen.

»Bis später«, sagte sie und küsste ihn.

Sag das nicht, dachte er, warum tust du das? Bis später heißt: Ich rechne mit dir.

»Ja, mal sehen«, antwortete er.

»Habt ihr gestritten?«

Elias war zu ihr an den Stehtisch gekommen. Mit zwei kleinen Flaschen Bier.

»Nein. Ja … irgendwie. Ohne Worte. Mich langweilt das manchmal so.«

Clara lächelte und hob ihr Bier.

»Auf dich. Du warst großartig. Wirklich großartig.«

Elias stieß mit ihr an. Ein ehrliches, festes Geräusch, als die Flaschenböden sich trafen.

»Warum kann es nicht einfach sein?«

Clara lachte. Es war ein freies Lachen.

»Weil es nie einfach ist. So ist das Leben nicht gemacht.«

Die Musik wurde noch lauter. Elektronisch. Cool. Mit ziehendem, lockendem Bass und Melodien von wispernden Telefonstimmen aus der Charlestonzeit. So, dass man sich bewegen wollte.

»Tanzen?«

Er nickte.

16

Es war sicher schon zwei Uhr, als sie aus der Theaterkneipe kamen. Drinnen tanzten und tranken sie immer noch. Es war tagsüber klar gewesen, deswegen hatte es sich sehr abgekühlt. Trotz der Lichter der Stadt konnte man ein paar Sterne sehen. Clara atmete weiß aus. Die Kälte tat gut.

Sie hatten gar nicht viel gesprochen. Getanzt. Noch ein wenig getrunken, dann wieder getanzt. Mareike war so gelöst und so voller Fröhlichkeit gewesen, dass sie beide mitgerissen hatte und alle anderen auch. Bis schließlich der ganze Laden tanzte.

»Deine Regisseurin ist witzig.«

Elias nickte.

»Muss sie auch sein. Ich glaube, manchmal ist es ganz schön schwierig, mit mir zu arbeiten. Ich kann es nicht leiden, wenn Regisseure nicht wissen, was sie mit dem Stück eigentlich wollen. Ich kann viel besser spielen, wenn ich weiß, wo es hingehen soll.«

Sie sahen beide für einen Moment in den Himmel. Die Luft war so frisch.

»Und jetzt?«

Clara hatte noch keine Lust, nach Hause zu gehen, aber der Abend war eigentlich vorbei.

»Hab ich nicht gerade gesagt, dass ich klare Ansagen brauche?«, grinste Elias sie an. »Was denkst du? Wie kommst du heim?«

Sie zuckte die Schultern.

»Keine Ahnung. Richard hatte mich mitgenommen. Taxi vielleicht. Und du?«

Er kopierte sie. Ziemlich gut. Hob die Schultern wie sie.

»Keine Ahnung! Taxi vielleicht?«

Sie musste lachen.

»Warte mal eben«, sagte er, »ich muss noch mal rein.«

Clara lehnte sich an die Ziegelwand. Ganz früher hätte sie jetzt eine geraucht, am Ende eines Abends. Aber das war schon wirklich lange her.

Elias kam wieder heraus und ging zu dem Fahrradständer im Hofeingang. Clara folgte ihm. Elias zog das Theaterfahrrad heraus. Ein E-Bike mit einer großen Kiste vorne.

»Taxi!«, sagte er lachend. »Soll ich dich heimfahren?«

Clara lachte auch. Was für eine schöne Idee.

»Darf ich fahren? Ich habe erst einmal ein E-Bike ausprobiert.«

Elias glitt bereitwillig in die Kiste. Seine Beine hingen lässig über den Rand.

»Das war von Anfang an der Plan. Du fährst. Ich bin Ballast.«

Clara schob das Rad auf die Straße, schob an und stieg auf. Sie schwankten, bevor sie Schwung gewann, und beinahe wären sie umgekippt, aber dann nahmen sie Fahrt auf.

Die Straßen waren leer. Weil es mit der Unterstützung durch den Motor so leicht ging, wurden sie richtig schnell, und Clara fuhr sich warm. Über rote Ampeln hinweg und schräg über alle Fahrbahnen auf die andere Seite und dann immer weiter in die Oststadt. Es war großartig, durch die kalte Frühlingsnacht zu fahren.

»Hat das Ding eine Hupe?«, rief sie nach vorne, als sie einen Betrunkenen umkurvte, der gerade vom Gehsteig auf die Straße wankte.

Elias schüttelte den Kopf, kramte in seiner Tasche und holte seinen Schlüsselbund heraus. Clara sah, wie er einen von ihnen mit dem Bart nach oben an die Lippen hielt. Ein scharfer Pfiff.

»Würde das reichen? Ich kann auch einfach schreien.«

Sie lachte.

»Pfeifen reicht. Ich komme mir vor wie eine Lokomotive.«

Sie bog überraschend ab, und Elias musste sich festhalten, als sie über das Kopfsteinpflaster hinunter zum Park ratterten.

»Wohnst du im Park? In irgendeinem Zelt?«

Clara lenkte auf einen der kleinen Wege. Radfahren war hier verboten. Aber heute Nacht war gar nichts verboten.

»Ich habe ein Haus auf dem Land. Wenn ich nicht dort bin, schnorre ich mich einfach bei Bekannten durch. Ich brauche keine Wohnung.«

»Das erklärt dann auch, wieso du dich so teuer anziehen kannst. Plünderst du die Kleiderschränke deiner Bekannten, wenn sie dir gerade in der Küche einen Kaffee machen?«

Es fühlte sich leicht an, so zu spielen. Solche Unterhaltungen waren, wie Kinder Fangen spielten: nur zum Vergnügen rennen, lachend versuchen, sich zu fangen, nirgendwohin wollen. Spielen um des Spielens willen. Rennen um des Rennens willen. Nicht mehr.

»Hast du Lust auf eine kleine Stadtrundfahrt?«

Clara lenkte das Rad schon wieder zurück auf die Straße und in Richtung des Villenviertels.

»Immer«, sagte Elias. Er schlug den Mantel enger um sich. Wenn man sich nicht bewegte, wurde es ganz schön kalt. Aber er hätte gerade nirgendwo anders sein wollen als in dieser Fahrradkiste.

»Allerdings wohne ich schon seit Jahren hier. Zeig mir etwas Neues.«

»Das war der Plan«, sagte Clara.

Sie fuhren durch nächtlich stille Straßen. Es war so kühl, dass es fast ein wenig nach Schnee roch. Im April … Ein schmaler Mond stand schräg über einsam blinkenden Ampeln. Sie waren schon fast in der Vorstadt, als Clara an einer Tankstelle abbog und hügelan fuhr. Das war eine Gegend, die Elias tatsächlich kaum kannte, und den kleinen Park, in den sie jetzt einbogen, kannte er gar nicht.

»So geht eine Stadtrundfahrt nicht«, rief er nach hinten zu Clara. »Du musst Sachen erklären. So etwas wie: Und hier, meine Damen und Herren, sehen wir den Ort, an dem Erich der Schmale im Jahr 1756 seine fünfte Frau enthauptete und sich dann vom Leben enttäuscht in die Tiefe stürzte.«

Clara atmete schnell. Trotz des Motors musste sie sich hier ganz schön anstrengen.

»Das mit der Enthauptung ist eine Legende. Sie hat ihn hinuntergeschubst und dann ihre eigene Enthauptung mithilfe einer Wassermelone vorgetäuscht, der sie ihre Haare angeklebt hat. Alle Stadtführer erzählen das immer falsch. Ganz üble Betrügerin. Außerdem sind wir gleich da.«

Es war ein gewundenes Sträßchen, auf dem sie unter den erst ganz zart belaubten Birken und Linden weiter nach oben fuhren. Nach der letzten Biegung sah Elias einen breiten, niedrigen Turm auftauchen, den er noch nie gesehen hatte.

»Wir sind wo?«, fragte er, als Clara anhielt und er vorsichtig ausstieg, damit sie das Gleichgewicht nicht verloren.

»Sternwarte. Warst du hier schon mal?«

Er schüttelte den Kopf. Sie stellte das Rad ab. Er reichte ihr die Flasche Bier, die er aus dem Theater geschmuggelt hatte.

»Nachts sind sowieso alle Orte anders. Aber hier war ich noch nie. Das sieht … das ist sehr hübsch.«

Eine eigenartige Verlegenheit war plötzlich zwischen ihnen. Vielleicht, dachte Clara, als sie einen Schluck nahm, weil wir jetzt ganz sicher nicht mehr auf einem Heimweg sind. Das ist wie der Beginn einer Geschichte.

Der Turm war niedrig, aber sehr breit. Um den großzügigen Eingang liefen – in der Dunkelheit nur ganz schwach golden glänzend – Blumenranken im Putz. Jugendstil. Die Fenster im ersten Stock leicht oval geformt. Das verspielte Geländer um die Dachterrasse sah schwarz aus, aber man konnte ahnen, dass es eigentlich ein dunkles Grün war.

»Bei Tag ist es vermutlich ganz nett«, bemerkte er boshaft, als sie um den Turm herumgingen.

Clara lächelte.

»Ja. Aber bei Tag kannst du nicht sehen, was ich dir zeigen will.«

Sie hatte das Schlüsselkästchen gefunden, das ein wenig versteckt neben der kleinen Hintertür angebracht war, und gab den Code ein.

»Ach was«, sagte Elias. Das gefiel ihm. »Du bist voller Überraschungen.«

»Nö«, antwortete sie trocken, als sie zurück zur Haupttür gingen, »das waren dann alle. Aber du bist doch wahrscheinlich auch mit fünfzehn oder sechzehn in irgendeinen Verein eingetreten, oder?«

»Das Übliche«, gab er zu, während er ihr durch das Treppenhaus nach oben folgte. Sie hatte das Licht nicht angemacht. Damit man nicht geblendet werde, hatte sie gesagt.

Auf der Terrasse standen sechs verschieden große Fernrohre auf stabil aussehenden Stativen. Clara trat neben Elias ans Geländer, und sie sahen beide in den Himmel hinauf.

»Dass das nie aufhört«, sagte er leise. »Es gibt Dinge, die verlieren ihre Faszination nie. Feuer. Fließendes Wasser oder das Meer. Der Sternenhimmel in solchen Nächten.«

»Frisch gebackenes Brot«, sagte Clara. »Wein. Sex.«

Sie schwiegen. Dann ging sie zu einem der Fernrohre, nahm die Schutzhülle ab und stellte die richtige Höhe ein.

»Schau«, sagte sie und deutete auf das Teleskop, »so hast du den Mond wahrscheinlich noch nie gesehen.«

Als er durch das Teleskop den Mond betrachtete, legte sie ihre Hand leicht auf seinen Rücken. Eine Geste der Vertrautheit. Die sich gleichzeitig sehr erotisch anfühlte. Clara hatte recht gehabt. Er hatte den Mond tatsächlich noch nie so gesehen. Am Himmel stand er als schmale Sichel, durch das Rohr konnte Elias ihn ganz sehen. Schattenhaft zwar, aber doch ganz.

»Geht es näher?«, fragte er leise. »Kann ich mehr von der Oberfläche sehen?«

»Komm hier rüber.«

Clara nahm die Hülle von einem anderen Teleskop.

»Mit dem kannst du sogar den Mann im Mond sehen.«

Sie stellte es ihm ein. Er lachte leise.

»Was?«, fragte Clara.

»Ach, Terrasse. Sternklare Nacht. Zwei, die sich den Mond ansehen. Das wäre so ein Romeo-und-Julia-Moment.«

»Viel zu kitschig«, sagte sie ironisch. Aber sie hatte so etwas Ähnliches gedacht. Er stellte sich ans Teleskop.

»Manchmal bin ich sehr für Kitsch. Funktioniert ja oft auch bei gebildetem Publikum. Oha!«

Das galt dem Mond. Die scharfen Ränder der Krater, das harte Licht-Schatten-Spiel, diese ganz und gar fremde Oberflächenstruktur, die so gar nicht mehr vertraut nach dem Mond aussah, den er kannte – das hatte eine eigenartige Faszination. Er trat einen Schritt zurück.

»Bist du oft hier?«

»Schon lange nicht mehr. Früher habe ich gerne Sterne beobachtet. Und fotografiert. Zu Hause habe ich mir dann, wenn ich nicht schlafen konnte, die hundert unterschiedlichen Nachthimmel angesehen. Vielleicht bin ich deswegen sogar Fotografin geworden. Die Unendlichkeit hat mich immer fasziniert. Wie klein man wird, und trotzdem ist man da.«

Es war ganz windstill hier oben. Sicher ging es schon auf vier Uhr zu. Wie lange war es her, dass sie das letzte Mal eine Nacht durchgemacht hatte?, fragte sich Clara.

»Danke«, sagte Elias. »Man vergisst manchmal, wie weit die Welt ist. Ich habe schon lange nicht mehr so weit gesehen. Das hilft.«

»Hilft wobei?«

Clara deckte die Teleskope wieder ab. Wieso erzählte man sich nachts ganz andere Dinge als tagsüber? Es war, als spräche man nachts mit einer anderen Stimme. Offener. Leichter.

»Klarer zu denken«, antwortete Elias. »Um das zu vermeiden, könnten wir noch was trinken.«

Fremde Vertrautheit. Ließ sich die Stimmung zwischen ihnen so benennen? Sie sprachen miteinander, als würden sie sich schon lange kennen, aber trotzdem war da dieses Prickeln der Fremdheit.

Sie standen nebeneinander am Rand der Terrasse und sahen in den Nachthimmel. Clara spürte die Wärme, die von Elias' Hand neben ihr auf dem Geländer ausging, so nah waren sie sich. Keine Berührung. Nur die Wärme.

»Der Zauber des Anfangs«, sagte Elias leise, »wieso kann er nicht immer bleiben? Wieso kann man sich nicht immer um diese Kleinigkeit fremd bleiben, damit man die wahre Nähe nicht verliert?«

Clara sah den Mars rötlich leuchten. Früher, mit fünfzehn, da hatte sie sich das große Abenteuer gewünscht. So was, wie die erste Frau auf dem Mars zu sein. Wo war die Sehnsucht nach dem Abenteuer geblieben?

»Weil sie immer alle alles vom anderen wissen wollen. Weil sie glauben, das sei die wahre Liebe«, sagte sie sarkastisch und mit einer leichten Verachtung. »Weil sie keine Geheimnisse ertragen.«

Ja, dachte Elias. Es war wie eine große Erleichterung, dass Clara klar aussprach, was er schon so oft gedacht hatte.

»Komm«, sagte er, »mir ist kalt. Lass uns noch was trinken.«

Es gab keine geöffnete Kneipe mehr. An einer Tankstelle ließen sie sich von einem müden Tankwart zwei viel zu teure Fläschchen Pennerglück verkaufen. Wodka, mit dem sie neben dem Fahrrad stehend feierlich anstießen. Von einer entfernten Stadtkirche schlug es fünf Uhr.

»Lohnt sich fast nicht mehr, ins Bett zu gehen.«

Elias hatte einen Fuß auf den Rand der Kiste gestellt. Er sah gut aus, dachte Clara. Sie spürte auf einmal die Jahre sehr deutlich, die sie älter sein musste.

»In meinem Alter braucht man seinen Schlaf«, sagte sie bemüht leicht. Elias sah sie überrascht an.

»Ich habe keine Ahnung, wie alt du bist. Ist das wichtig?«

»Manchmal schon.«

Clara sah ihn an. Er sah sie an.

»Das Alter ist nie egal«, sagte sie.

»Nein«, gab er zu, »vielleicht nicht. Aber …«, er wusste zunächst nicht, wie er es sagen sollte.

»Trink noch einen Schluck«, sagte sie boshaft, »dann fällt dir sicher was Charmantes ein.«

Er leerte die Flasche. Der billige Schnaps brannte sich zum Magen durch, und das Gefühl war wie damals, mit sechzehn, als sich alles, alles so unfassbar spannend angefühlt hatte. Dass es das noch gab! Dass er das spüren konnte! Er schleuderte die leere Flasche weit von sich und schrie: »Ich werde mir von keinem Kalender vorschreiben lassen, was ich fühlen soll!«

Clara lachte befreit.

»Hier wohne ich.«

Clara stieg ab und Elias aus der Kiste. Er rieb sich die Hände. Jetzt war ihm richtig kalt. Im Osten konnte man ganz leicht die Dämmerung erahnen, aber es war noch so dunkel, dass man sich nicht richtig sehen konnte.

»Gehst du noch schlafen?«, fragte er. »Ich weiß nicht, ob ich jetzt noch ins Bett gehe.«

»Mal sehen«, sagte Clara.

Sie wussten nicht, wie sie sich trennen sollten. Und sie standen zu nah beieinander. Er hätte sich zu ihr geneigt, wenn sie … sie hatte sich ihm zugewandt, und es war eine hohe Spannung zwischen ihnen, die sich eigentlich nicht mehr mit Worten lösen ließ. Es war eine Spannung zwischen ihren Körpern, die nach Entladung verlangte.

Wie sie sich wohl anfühlt, dachte Elias, als er so leicht, wie es ihm möglich war, sagte: »O, wilt thou leave me so unsatisfied?«

Er will, dass ich den ersten Schritt mache, dachte sie und drehte sich, um die Haustür aufzuschließen und etwas Zeit zu gewinnen, bevor sie sich wieder zu ihm wandte und in einem Ton antwortete, der sich nicht einordnen ließ, der irgendwo zwischen Ironie und Lächeln lag: »What satisfaction canst thou have tonight?«

Elias hob die Hand wie zum Gruß.

»Ich bin so froh, dass du deinen Shakespeare kennst.«

Clara verneigte sich theatralisch.

»Vielen Dank für das Taxi, Romeo. Ich werde Sie wieder buchen.«

Elias verbeugte sich auch.

»Jederzeit, meine Dame.«

Dann schloss sie die Haustür, und Elias stieg zum letzten Mal in dieser Nacht auf das Rad.

Das ist jetzt nicht wahr, dachte Clara, als sie die Treppe zu ihrer Wohnung hochstieg, das kann echt nicht sein. Was für ein Scheiß. Ich habe mich verliebt.

17

Es gab so viele Sachen, die mit der Kündigung kamen, an die sie vorher nicht gedacht hatte. Oder nicht hatte denken wollen. Sie fühlte sich noch gar nicht arbeitslos, aber sie musste trotzdem aufs Arbeitsamt, wenn sie Geld haben wollte.

»Bitte eine Nummer ziehen!«, hatte der müde aussehende Wachmann am Eingang gesagt. Wachmänner am Eingang. Sie war das letzte Mal mit achtzehn zur Berufsberatung im Arbeitsamt gewesen, die sie von der Schule aus hatten machen müssen. Damals hatte es keine Wachmänner am Eingang und keine Nummernautomaten gegeben.

»Ich habe einen Termin«, hatte sie erwidert.

Er hatte auf die lange Schlange vor dem Eingang und die ausnahmslos besetzten Stuhlreihen in den Gängen gedeutet.

»Sie müssen auch mit Termin eine Nummer ziehen.«

Also hatte sie eine Nummer gezogen. Und saß fast eine Stunde später in einem vollkommen gesichtslosen Bürozimmer vor einer Frau, die zehn Jahre jünger war als sie. Mindestens.

»Abitur. Studium im achten Semester abgebrochen, Wechsel zur Hochschule für Fotografie in Hamburg …«

Als ob sie ihre eigenen Abschlüsse nicht kannte. Sie war völlig übernächtigt, und eine Berufsberatung war so ziemlich das Letzte, was sie gerade wollte.

»Können wir das etwas abkürzen? Ich hatte mir sowieso überlegt, vielleicht selbstständig zu arbeiten.«

Die junge Frau am Schreibtisch sah das erste Mal von Claras Antrag auf.

»Sie müssen dem Arbeitsmarkt zur Verfügung stehen, wenn Sie Arbeitslosengeld beziehen. Wenn Sie sich selbstständig machen, müssen Sie uns das melden.«

Ja, würde sie machen. Kein Problem.

»Wenn Ihr Antrag durch ist, dann ruft ein Kollege Sie an und macht einen Beratungstermin mit Ihnen aus. Sie müssten die Kontoverbindung hier noch ergänzen. Sie haben zunächst mal Anspruch auf ein Jahr Arbeitslosengeld.«

»Und wie viel ist das?«, fragte Clara.

Die junge Frau zuckte mit den Schultern.

»Das hängt natürlich von Ihrem letzten Gehalt ab, und dann kommen noch ein paar andere Faktoren dazu. Wenn Sie wollen, kann ich das mal für Sie ...«

Claras Handy vibrierte. Es durchzuckte sie kurz. Ob Elias ... sie sah auf das Display. Eine unbekannte Nummer.

»Entschuldigung«, sagte sie rasch, »darf ich da eben rangehen?«

Die junge Frau nickte, als Clara das Handy schon am Ohr hatte und sich meldete.

»Polizeidienststelle Süd«, kam eine nicht unfreundliche Frauenstimme von der anderen Seite, »es geht um Ihre Mutter ...«

Clara erschrak nicht richtig, aber sofort war eine Spannung in ihr, wie um für jeden Angriff bereit zu sein.

»Ja? Ist sie weggelaufen? Hat mein Vater Sie angerufen?«

Ihr Vater tat das manchmal, wenn er weder Jan noch sie erreichen konnte. Er hatte ein grenzenloses Vertrauen zur Polizei, das seine Kinder so nicht teilten.

»Nein, sie ist bei uns. Sie müssten Sie aber abholen kommen. Sie darf nicht mehr selbst fahren.«

Anscheinend war ihre Mutter wieder einmal mit dem Auto gefahren. Und natürlich erwischte es wieder sie.

»Ich komme. Das dauert aber ein bisschen.«

Clara legte auf und sah zur Sachbearbeiterin. Eigentlich nicht schlecht, der Anruf. Die perfekte Entschuldigung, jeden langwierigen Termin abzukürzen.

»Ich muss meine demente Mutter bei der Polizei abholen. Sind wir so weit fertig?«

Die Frau war plötzlich wie umgewandelt. Interessiert. Freundlich. Höflich.

»Ich kann den Antrag für Sie fertig machen«, bot sie an. »Nur noch hier unterschreiben. Zur Not rufe ich Sie einfach an; Ihre Nummer habe ich ja.«

So konnten Leute auch sein, dachte Clara, als sie unterschrieb. Aber warum brauchte es dazu immer erst eine kleine Katastrophe oder einen Notfall?

Die Frau brachte sie sogar zur Tür ihres Minibüros.

»Viel Glück mit Ihrer Mutter.«

Glück, dachte Clara, als sie die Treppen hinunterging, Glück nützte nichts mehr. Dement war dement. Vor fünf Jahren hätte Mama es brauchen können. Jetzt war es einfach zu spät.

»Hallo, Clara!«

Mama war furchtbar aufgeregt. Ihre Wangen hochrot wie sonst nie und ihr Haar durcheinander. Und anscheinend hatte sie sich eingenässt. Auf ihrer Hose war ein großer nasser Fleck zu sehen. Großartig. Dafür hatte sie diesmal ihren Namen richtig gesagt. Man konnte wahrscheinlich nicht alles haben.

Die Polizistin war sehr freundlich, aber auch deutlich.

»Der Arzt müsste Ihrer Mutter das Autofahren längst verboten haben. Sie ist in der Stadt achtundzwanzig Kilometer zu schnell gefahren. Zum Glück hatten wir da eine bemannte Geschwindigkeitsmessung. Wie können Sie Ihre Mutter in dem Zustand überhaupt hinters Steuer lassen?«

Als ob sie immer noch zu Hause wohnte und auf ihre Mutter aufpasste.

»Wo wolltest du denn hin, Mama?«

»Heim!«, antwortete ihre Mutter immer noch aufgeregt und voller Wut, die sie nicht mehr richtig in Worte fassen konnte. »Diese Bären haben … ich wurde mich aufgehalten. Ich … die sollen verschwinden.«

Manchmal kam es doch noch überraschend klar heraus.

»Mama«, versuchte Clara sie zu beruhigen, »die können nichts dafür. Die Polizisten müssen dich aufhalten, wenn du zu schnell bist.«

»Schnell!« Mama lachte verächtlich, und Clara musste unwillkürlich mitlachen. Ihre Mutter war immer schnell gefahren. Vermutlich hatte sie die achtundzwanzig Kilometer zu viel einfach für angemessen gehalten.

»Wir müssen das an die Führerscheinstelle weitergeben. Ihre Mutter darf nicht mehr Auto fahren. Das Auto können Sie jederzeit abholen, aber Ihre Mutter darf nicht mehr fahren.«

Warum wiederholte sie das immer wieder? Mama war sowieso schon völlig durch. Und manches verstand sie ja immer noch.

»Wie haben Sie mich denn überhaupt gefunden? Hat meine Mutter Ihnen … hat sie meinen Namen gesagt? Oder ihren?«

Vielleicht war sie manchmal noch klarer, als Clara dachte.

»Das Kennzeichen«, sagte die Polizistin. »Ihr Vater war nicht zu erreichen, da haben wir Ihren Bruder und Sie angerufen.«

Manchmal war es gruselig, dass die Polizei einen jederzeit

finden, jederzeit anrufen konnte. Clara sah Mama an. Die nasse Hose musste ihr furchtbar unangenehm sein.

»Gibt es hier … kann ich meine Mutter kurz duschen?«

Die Polizistin schüttelte bedauernd den Kopf.

»Die Dusche ist nur für Personal. Das geht leider nicht. Ist leider nur für Personal.«

Die wiederholte sich wirklich ständig. Ihre Mutter hielt den Autoschlüssel eisern fest. Wo hatte sie den überhaupt gefunden? Ihr Vater sollte ihn eigentlich immer wegschließen. Aber ja … Papa. Wahrscheinlich hatte er einfach auf dem Tisch gelegen, so wie früher. Und Autofahren war das Einzige, was ihre Mutter immer noch konnte. Sie wusste zwar nicht, wohin, aber solange Papa neben ihr saß, war es bisher immer gut gegangen. Clara hatte keine Ahnung gehabt, dass sie manchmal tatsächlich noch alleine fuhr.

»Mama, komm, wir gehen jetzt.«

In diesem Augenblick tat sie ihr einfach furchtbar leid. Und mit einem Mal war die Erinnerung wieder da, als ihre Mutter sie damals von der Polizei abgeholt hatte; damals, als sie mit dem Gras erwischt worden war. Wie sie sich vor sie gestellt hatte. Laut und sicher und bestimmt: Was wollen Sie denn? Sie haben sicher noch nie was falsch gemacht! Sie haben sicher nur perfekt brave Kinder, die es nicht mal bei Rot über die Straße schaffen. Das ist meine Tochter, und ich nehme sie jetzt mit nach Hause.

Die Polizisten hatten ihr nicht viel entgegenzusetzen gehabt. Sie waren ziemlich überrascht davon gewesen, dass sie nicht zerknirscht oder wütend auf ihre Tochter war. Vielmehr verhielt sie sich so, als müsste sie Clara aus ihren Klauen befreien. Ihre Mutter war immer so energisch gewesen, wenn es um ihre Familie ging. Es war so ungerecht …

Später, als sie Mama duschte und wieder anzog, fiel ihr erst auf, wie hilfsbedürftig sie in Wirklichkeit schon war. Vielleicht wollte man das als Tochter einfach nicht wahrhaben. Mama stand hilflos mit ihrem Pullover in der Hand da und wusste nicht recht, wie sie ihn überstreifen sollte. Dieser Scheißsatz von den Alten, die wieder zu Kindern wurden, fiel ihr ein, als sie ihr die Arme in die Ärmel führte. Was sollte das? Sie jedenfalls wollte nicht wieder Kind werden, wenn sie alt war. Erwachsen zu werden war schwer genug gewesen. Sie wollte auch nicht, dass ihre Mutter wieder Kind wurde. Trotzdem: Sie konnte nichts dagegen tun.

»Sie werden den Medizinischen Dienst zur Begutachtung schicken. Oder eine Psychiaterin oder so«, meinte Papa düster. »Womöglich versuchen sie, uns das Haus wegzunehmen.«

Clara verdrehte die Augen.

»Papa! Du bist Jurist! Du weißt ganz genau, dass sie euch das Haus nicht wegnehmen können, außer du verkaufst es. Und natürlich muss jemand kommen. Wir brauchen eine Pflegestufe für Mama. Das geht so nicht weiter. Ich kann sie nicht jeden zweiten Tag suchen oder von der Polizei abholen.«

»Wenn sie entmündigt wird, dann entmündigen sie mich auch bald.«

Manchmal war ihr Vater unerträglich.

»Ehrlich, Papa! Ganz ehrlich: Selbst wenn es eine Weltverschwörung gibt, warum sollten sie dann ausgerechnet euch entmündigen? Weil sie euer Haus haben wollen? Kannst du bitte, bitte einmal logisch nachdenken? Wenn Mama nicht ins Heim soll, brauchen wir eine Vierundzwanzigstundenpflege. Du kommst doch selbst kaum noch klar. Lass Jan und mich das einfach machen, ja?«

»Du hast keine Ahnung, wie viele Rechtslücken es gibt. Und ich bin wichtiger, als du glaubst«, murmelte ihr Vater etwas störrisch. »Auch wenn ihr mir nie glaubt. Das ist alles ein großer Plan.«

Die Mutter dement und der Vater psychotisch! Kein Wunder, dass sie so geworden war, wie sie war. Immerhin war Papa noch klar genug, sich ab und zu über seinen eigenen Verfolgungswahn lustig zu machen.

»Du könntest dich doch undercover bei denen einschleichen«, meinte er jetzt lächelnd, »dann kriegst du das Haus doch noch. Als Journalistin kriegst du das doch hin, oder?«

»Ich bin Fotografin, Papa. Und gekündigt außerdem. Aber ich probier es gerne mal. Kommt ihr jetzt klar?«

Ihr Vater nickte. Vielleicht lag es daran, dass sie eine sehr kurze – oder sehr lange – Nacht hinter sich hatte, dass ihr heute besonders auffiel, wie gebrechlich auch er geworden war.

»Scheiß auf das Alter«, fluchte sie leise, aber erbittert, als sie durch den Garten zu ihrem Auto ging. Nach einem Blick auf ihr Handy stellte sie fest, dass Elias ihr nicht geschrieben hatte. Anscheinend hatte sie heute ein besonderes Problem mit dem Alter, weil sie sich gerade wie eine Vierzehnjährige benahm.

18

Sie standen am Bahnhof. Jule hatte noch geschlafen, als Elias nach Hause gekommen war. Manchmal, wenn er sie beim Schlafen betrachtete, empfand er etwas wie eine schöne, schmerzhafte Sehnsucht oder fast so etwas wie eine atemlose Furcht, die er früher nicht gekannt hatte. Sie würde nicht mehr lange Kind sein. War es schon fast nicht mehr. Wieso hatte er das früher nicht viel stärker gespürt und die Zeit genossen? Es war etwas so Großartiges, eine Tochter wie Jule zu haben.

»Du siehst ganz schön müde aus«, sagte Jule. »Wann bist du heimgekommen?«

»Und du bist ganz schön frech. Um fünf oder halb sechs oder so. Ich kann absolut nicht verstehen, dass die Bäckereien hier nicht alle schon längst pleite sind, wenn sie erst um sieben Uhr öffnen.«

Sie wanderten zum Bahnsteig, an dem Jules Zug bereits wartete. Er griff sie im Nacken, wie er es schon getan hatte, als sie noch klein war.

»Pass auf dich auf. Und auf Mona. Na ja … die wird es nicht nötig haben.«

»Mach ich.«

Elias musste lachen.

»Sag nicht ›Mach ich‹ in meinem Tonfall. Sag es so, dass du es wirklich machst. Versprich es! Und komm bald wieder. Es war richtig schön, dass du da warst.«

Jule warf ihren Rucksack in den Einstieg.

»Ja, fand ich auch, Papa. Danke für das Geld.«

Sie umarmten sich, plötzlich halb verlegen.

»Schreib, wenn du angekommen bist!«, rief er in das Türensignal hinein. Jule salutierte spöttisch. Die Türen schlossen sich. Der Zug ruckte an.

Als Elias dem Zug nachsah, wurde ihm auf einmal schlagartig klar, dass er sich heute von Vera trennen musste, wenn er sich selbst – und ihr gegenüber – noch irgendwie ehrlich sein wollte. Er wusste zwar nicht genau, was das heute Nacht gewesen war, aber eines stand fest: Es hatte so etwas mit Vera nie gegeben.

Wahrscheinlich, weil ich so etwas mit ihr auch nie gewollt hatte.

In dieser Nacht war zwischen ihm und Clara mehr Nähe gewesen, als er je mit Vera hatte … oder haben wollte.

Um ihn herum schoben sich die Leute durch die Bahnhofshalle. Kofferrollen klickten über die Fugen in den Bodenplatten. Automatische Durchsagen zu Verspätungen und Gleisänderungen hallten über die Bahnsteige. Elias war stehen geblieben, hörte und sah das alles. Was hatte er erwartet? Einen dramatischen Soundtrack? Die Reisenden und alle Züge in Zeitlupe, weil er plötzlich das Gefühl hatte, dass er an einem Endpunkt angelangt war? Dass er sein Leben so nicht weiterführen konnte? Er setzte sich wieder in Bewegung und musste auf einmal lächeln. Eigentlich war der Bahnhof mit seinen Brezenverkäufern, dem Geruch nach dünnem Kaffee aus den Bäckereibuden, den Blumenläden, der Buchhandlung und dem alltäglichen Hin und Her, den tausend Gefühlen der Reisenden – Erleichterung, Freude, Schmerz, Ärger, kleines und großes Glück – ein wunderbarer Ort, um aus einem falschen Leben auszusteigen.

Er stand vor ihrer Wohnungstür und läutete. Vera sollte eigentlich schon zu Hause sein, der Freitag war ihr kurzer Tag. Er wusste zwar, wo der Schlüssel versteckt war, aber es fühlte sich nicht mehr richtig an, ihn zu benutzen, als könnte er ein- und ausgehen, wie er wollte.

Vera öffnete und sah so freundlich und offen aus wie immer.

»Eigentlich hatte ich dich heute Nacht erwartet. Aber jetzt ist auch schön. Ich bin eben heimgekommen. Magst du einen Kaffee?«

Egal, wie alt er wurde: Solche Gespräche zu führen, lernte er wohl nie. Auf einmal war alles Vertraute unsicher. War es noch richtig, sich Kaffee machen zu lassen? Er nickte. Er folgte ihr in die Küche, setzte sich dorthin, wo er immer saß, spielte mit dem Zuckerstreuer wie immer. Dennoch sah sie sein Unwohlsein.

»Warum bist du nicht mehr gekommen?«, fragte sie, während sie Kaffee in das Sieb des Kännchens gab und es zuschraubte. »Magst du Sahne?«

»Danke«, sagte er mit trockenem Mund und schüttelte den Kopf, »lieber schwarz. Ich …«, er wusste nicht, wie er beginnen sollte. Nervös rieb er an seinem Ringfinger, der juckte und ein wenig geschwollen war von dem Dorn, den er sich in Claras Garten eingezogen hatte. Das schien viel länger als nur einen Tag her zu sein.

»Ja?«, fragte sie und setzte sich ihm gegenüber. »Kein Kuss? Was ist los? Bist du sauer, weil ich gestern so früh gegangen bin?«

»Es war ja nicht so früh«, antwortete er. »Nein. Ich bin überhaupt nicht sauer. Ich … es geht nicht mehr. Wir können so nicht weitermachen.«

Noch bevor der Kaffee fertig war! Aber in diesen Gesprächen gab es keine Diplomatie und kein Richtig oder Passend. In diesen Gesprächen konnte man nur alles falsch machen.

»Was meinst du?«, fragte Vera. »Machst du gerade Schluss mit mir?« Ihre Stimme war immer noch ruhig, aber ihrem Gesicht sah er an, dass sie getroffen war. »Hast du … war da was heute Nacht?«

Ja. Da war etwas gewesen heute Nacht, aber er konnte nicht genau sagen, was. Er wusste es ja nicht. Er schwieg einen Moment.

»Hast du mit dieser Frau von dem Haus geschlafen? Clara?«

Er verneinte.

»Aber ich war noch unterwegs mit ihr.«

»Die ist viel älter als du!«

Es klang ungläubig. Plötzlich war er fast wütend, dass sie das sagte. Warum spielte ihr Alter eine Rolle?

»Das weiß ich nicht. Kann sein«, sagte er. Warum redeten sie über solchen Unsinn? Er versuchte, seine Gedanken zu ordnen.

»Vera, wir lieben uns nicht. Oder … ich weiß nicht, ob du mich doch auf irgendeine Weise liebst. Ich … ich …«, es war so schwer, das Richtige zu sagen. »Ich liebe dich nicht. Wir sind irgendwie ein Paar geworden, weil wir beide am Anfang … ich weiß es nicht. Ich weiß nur, dass du am Anfang zu mir gesagt hast, ich solle mich auf keinen Fall in dich verlieben.«

Sie hatte plötzlich Tränen in den Augen. Sie stand auf und nahm das zischende Kännchen vom Herd. Stellte ihm und sich eine Tasse hin. Schenkte ein. Der Kaffee duftete viel besser als der im Bahnhof.

»Ich war da längst in dich verliebt«, sagte sie. »Und eigentlich …«

Er wusste, was sie sagen wollte. Ja, eigentlich hatte er das gewusst, und er hatte einfach so getan, als glaubte er ihren Worten. Wobei doch offensichtlich war, dass sie liebte. Und er nicht. So einfach war es und so falsch. Sie setzte sich wieder.

»Ist es das?«, fragte sie. »Du kommst nach gestern Abend zu mir und sagst mir, dass du Schluss machst? Was ist dazwischen passiert? Was … hast du dich in sie verliebt?«

Elias sah nach draußen. Es hatte zu schneien begonnen. Aprilwetter. In der Nacht hatte es schon nach Schnee gerochen, aber der Himmel war noch klar gewesen. Ein seltsames Gefühl der Unwirklichkeit erfasste ihn auf einmal.

»Ich glaube nicht«, sagte er und begriff im selben Augenblick, dass er das gar nicht sagen konnte. Er wusste es einfach nicht. Aber das reichte doch schon. Er hatte keine Ahnung, wie er Vera das erklären konnte.

»Es ist falsch, was wir machen«, setzte er zu einer hilflosen Erklärung an. »Für uns beide. Du machst dir vor, wir seien ein richtiges Paar, und ich tue so, als würde ich es nicht bemerken.«

Jetzt weinte sie richtig. Er konnte nicht anders, als aufzustehen und sie in den Arm zu nehmen. Sie ließ es geschehen und lehnte ihr Gesicht an seine Schulter.

»Du lässt dich nur nicht ein!«

Sie hatte recht. Er hatte sich wirklich nicht auf sie eingelassen. Von Anfang an nicht. Und sie hatte ihn darin noch bestärkt, vielleicht, weil sie wusste, dass es zwischen ihnen niemals weitergegangen wäre, wenn sie das verlangt hätte. Damals, vor fast zwei Jahren.

»Weil ich … es geht nicht. Ich kann nicht. Und wenn ich es täte, wäre es falsch.«

Sie fuhr hoch. Plötzliche Wut zwischen den Tränen.

»Das hat dich bisher auch nicht gestört, wenn du mit mir geschlafen hast. Nie.«

Ja. Es stimmte. Natürlich stimmte es. Eine Welle von Scham schoss in ihm hoch.

»Ich weiß«, sagte er leise.

Eine ganze Weile sprachen sie nicht. Ihr Weinen hörte allmählich auf, aber ihr Gesicht lag noch immer an seiner Schulter. Es war, als würde diese Umarmung nie enden, als könnte man sich nie wieder aus ihr befreien.

»Es tut mir leid«, flüsterte er. »Ich hätte es nicht so weit kommen lassen dürfen.«

Sie missverstand ihn und hob den Kopf.

»Was habt ihr denn gemacht?«

»Nein, das habe ich nicht gemeint«, antwortete er rasch. »Ich meinte uns.«

»Aber irgendwas ist heute doch anders als gestern.«

»Vielleicht«, begann er stockend, »vielleicht gibt es Momente im Leben, in denen man plötzlich weiß, dass sich etwas ändern muss. Dass es mit einem selbst so nicht weitergehen kann. Wir … irgendwie haben wir doch immer gewusst, dass es keine Zukunft für uns gibt, oder?«

»Weil du keine wolltest! Was ist heute Nacht passiert?«

»Es ist schon gestern Abend passiert. Noch bevor ich gespielt habe. Ich habe gemerkt, dass ich das bin. Dass ich Loman bin. Dass mich nichts von ihm unterscheidet. Dass ich auch ein falsches Leben führe. Wahrscheinlich ist mir das heute Nacht richtig klar geworden. Weil ich …«, er zögerte, aber jetzt war der Moment, in dem er ehrlich sein sollte, »weil ich lieber mit Clara unterwegs war als mit dir. Obwohl nichts weiter passiert ist.«

Das stimmte nicht wirklich. Man musste sich nicht küssen. Man musste sich nicht berühren. Das begann alles schon lange davor. Damit, dass man die Gesellschaft der einen mied und der anderen suchte.

»Du hast immer gedacht, das wird noch mit uns. Dass ich dich lieben lerne.«

Vera stand abrupt auf.

»Hat nicht geklappt«, sagte sie brüsk, mit vom Weinen schwerer Stimme. »Geh. Du kannst gehen. Du musst nicht hier sitzen und mir beim Weinen zusehen.«

Es war so deutlich zu sehen, dass sie genau das nicht wollte. Dass sie ihn bei sich haben wollte. Aber es gab keinen Ausweg.

»Vera«, sagte er hilflos. Er hatte sie nicht verletzen wollen, aber eine schlechte Beziehung laufen lassen, nur weil der andere sie für eine gute hält, war genauso falsch, wie den anderen zu betrügen. Und natürlich – es hatte ihm gefallen, dass sie ihn mehr liebte als er sie. Man war dann immer der Stärkere. Nur am Ende nicht mehr.

»Es tut mir leid, Vera«, sagte er sehr leise. »Ich hätte es nicht so weit kommen lassen dürfen. Ich hätte längst Schluss machen sollen.«

Ehrlich, aber dumm. Vera sah ihn fassungslos an.

»Du meinst, du wolltest schon lange Schluss machen? Seit wann denn? Seit wann belügst du mich eigentlich?«

Sie hatte rote Flecken auf den Wangen.

»So meine ich das doch nicht! Ich habe gemeint, dass es schon lange so … dass es ein Ungleichgewicht zwischen uns gibt. Und ich hätte das sagen sollen.«

»Hast du ja immer wieder. Und du bist immer wieder zu mir zurückgekommen. Ist das keine Liebe?«

Ja. Es war nicht das erste Mal, dass sie Schluss gemacht hatten. Mal er. Mal sie. Aber diesmal war es anders.

Er schwieg. Nicht weil es nichts zu sagen gegeben hätte. Die Sätze und Wörter türmten sich in seinem Kopf auf, und er wusste nicht, wo er anfangen sollte, um das zu erklären, was sie doch eigentlich beide wussten: Auch wenn es viele schöne Momente gegeben hatte, innige, leuchtende Augenblicke, unbeschwerte Tage, leidenschaftliche Nachtstunden – im Ganzen fuhr ein Zug auch dann zum falschen Ziel, wenn man in ihm gegen die Fahrtrichtung ging. Denn irgendwann war das Ende des Zuges erreicht, und man stellte fest: Ich habe mich die ganze Zeit belogen. Ich war einfach im falschen Zug. Das war heute.

Wie schön der Schnee aussah, der sich auf dem Fensterbrett anhäufte. So schneite es eigentlich immer nur im Frühjahr. Heftig und in großen, schweren Flocken, als wollte der Winter noch schnell all den Schnee loswerden, den es in den eigentlichen Wintermonaten nicht gegeben hatte. Die Stadtgeräusche schafften es schon nicht mehr bis zum Fenster. Das Schweigen zwischen ihnen wurde immer dichter, und jedes Wort, egal welches, wurde immer schwerer, noch bevor es gesagt war.

»Ich …«, er musste sich räuspern. Seine Stimme war belegt. »Ich gehe jetzt.«

»Du kommst sowieso wieder«, sagte sie wie in kindlichem Trotz. »So ist es immer gewesen. Warum machst du das? Gibt dir das einen besonderen Kick?«

»Du weißt, dass es nicht so ist«, sagte er hilflos. »Ich gehe jetzt.«

Er stand auf. Zögerte noch einmal kurz, aber dann ging er in den Flur und nahm seinen Mantel. Die Schuhe hatte er gar nicht ausgezogen. Auf der Bühne wäre das ein Zeichen für sie gewesen, dass er nicht bleiben wollte. Er ging noch einmal zur Küchentür.

Es gab keinen richtigen Abschiedsgruß. Auf Wiedersehen war genauso falsch wie ein oberflächliches Tschüss. Und ein Lebewohl war viel zu dramatisch. Sie nahm es ihm ab.

»Lebwohl. Ich will dich in der nächsten Zeit nicht sehen. Eigentlich nie mehr.«

Jetzt musste er – vielleicht, weil der Druck so groß war – ein Lachen unterdrücken. Hochdramatisch. Als wären sie Teenager. Das war so ganz und gar Vera. Aber dann sah er sich wie in einem Sekundenfoto an ihrer Stelle. Wie sie fühlte. Was hätte er anderes sagen können, wenn er sie liebte?

19

Es ist so lange her, dachte Clara. So lange, dass ich gar nicht mehr weiß, was man macht, wenn man verliebt ist. Die Gedanken verwirbeln mit den Gefühlen, und auf einmal ist alles Musik.

Es hatte sie nicht in der Wohnung gehalten, als sie von ihren Eltern nach Hause gekommen war. Es hatte auf dem Rückweg schon zu schneien begonnen, und der Verkehr war immer langsamer geworden. Keinen Tag in diesem düsteren Winter hatte es so geschneit wie heute. Ein bisschen Pulver für zwei Wochen vielleicht. Ein paar nasse, rasch schmelzende Flocken an manchen Morgen. Meistens war es einfach grau gewesen. Neblig, nie richtig kalt und nie richtig sonnig. Aber heute schien es einfach nicht aufzuhören. Sie war nur kurz nach oben gegangen, um Handschuhe und die Kamera zu holen und sich die Stiefel anzuziehen. Vor der Haustür war sie stehen geblieben, im Vorgarten an der Treppe zur Straße, und sah in den Himmel. Oder eigentlich nicht, denn alles, was sie erkennen konnte, war der unaufhörlich fallende Schnee. Es war, als ob sie zusehen konnte, wie die Flocken da oben dreißig, vierzig Meter über ihr zu Millionen aus dem Nichts entstanden, denn weiter reichte der Blick gar nicht. Und es war sehr still. Der Schnee war so überraschend gekommen, dass sie keines der üblichen Wintergeräusche hörte: das Kratzen der Schneeschippen auf dem Asphalt, das hektische Schaben durchdrehender Räder, den hässlichen Motorenlärm der Schneefräsen. Vom Ring blinkte es schwach orange durch die Schneeluft, aber man hörte die Räumwagen nicht. Sie stieg die Treppen hinunter und ging die Straße entlang bergauf. Es war fantastisch. Auf den Ästen und Zweigen stand der Schnee in schmalen Graten zehn, fünfzehn Zentimeter hoch. Sie fotografierte, wie die Häuser der Altstadt, die Krone der Stadtmauer und die spitzrunden Dächer der Türme zu weichen Silhouetten wurden, wie der Schnee allem die Farbe nahm und dabei ein eigenes Bild schuf. So paradox es war, hier brauchte man Farbaufnahmen, die alle Nuancen des Weiß wiedergaben: den kleinen roten Farbtupfer eines geparkten Autos, das unter dem Schnee fast verschwunden war, das leuchtende Gelb eines zu großen Anoraks, in dem ein Grundschulmädchen fast versank, während es vergnügt den Gehsteig entlangschlitterte. Sie musste lächeln, als sie die Kamera sinken ließ. Genau das war es. Dieses Gefühl der großen Ausnahme. Dass heute alles anders war als sonst. Und genau so war es ja auch. Außen Sturm. In ihr Sturm. Eine kleine, freundliche Katastrophe. Niemand kam pünktlich zur Arbeit, die Straßenbahnen fuhren nicht und nicht die Busse. Und in ihr ein Wirbel von Gefühlen, von denen sie nicht geglaubt hatte, dass sie noch einmal zu ihnen fähig wäre.

Überall zogen kleine Gruppen von Kindern und Jugendlichen durch die verschneite Stadt – anscheinend hatten auch die Schulen entweder früh Schluss gemacht oder gar nicht geöffnet. Ausnahmesituation. Und fast alle, die Clara sah, schienen gut gelaunt. Es konnte ja keiner etwas dafür, dass man heute nicht pünktlich war, nicht zur Arbeit erschien; dass es war, als wären für einen Tag überraschend alle Pflichten aufgehoben. Clara begann, die Menschen zu fotografieren. Die Schüler, die sich mit Schneebällen bewarfen. Die alte Dame, die sich mit ihrer viel zu großen schwarzen Handtasche Schritt für Schritt unsicher voranschob, bis eine der Schülerinnen ihr in einer altmodischen Geste den Arm anbot. Was für ein Glück sie hatte: Solche Augenblicke festzuhalten gelang so selten. Es war eine fast romantische Szene.

Sie hätte ihre Freude über so eine plötzliche Freundlichkeit gerne geteilt. Mit Elias.

Sie blieb stehen und nahm ihr Handy heraus. Sie hatten keine Nummern getauscht, das hatte nicht in die Nacht gepasst. Doch die digitale Welt hatte auch ihr Gutes. Es gab keinen Schauspieler mehr ohne Instagram-Account. Es dauerte trotzdem etwas, bis sie ihn gefunden hatte. Sehr aktiv war er nicht, aber wenn sie Glück hatte, sah er diese Nachricht trotzdem.

Kleiner Winterspaziergang nach durchwachter Nacht?

Sie zögerte, bevor sie auf Senden tippte: Sorry, Clara, es war total schön, aber du weißt ja, ich habe eine Freundin. Sorry, Clara, ich kann heute nicht. Morgen auch nicht. Übermorgen nicht und überhaupt nie. Sorry … ohne Namen. Konto blockiert. Hey, Clara, eigentlich fand ich es …

Nein. Kein eigentlich mehr.

Sie sandte die Nachricht ab. Wenn er sie nicht mehr sehen wollte, damit würde sie klarkommen. Vielleicht nicht heute, aber sie würde es schaffen. Sie musste über sich selbst grinsen. Wem machte sie da was vor? Sie würde klarkommen, aber es würde wehtun, und sie hoffte natürlich, dass … ihr Handy summte.

Ja. Wo bist du?

Auf einmal war da eine Aufregung tief in ihrem Magen. Wie ein kleiner innerlicher Stoß. Sie dachte kurz nach. Dann ein kleines Lächeln nur für sie allein: An so einem Tag, an dem ohnehin alles anders war, konnte man auch so tun, als sei man Touristin in der eigenen Stadt.

Ich gehe zum Domplatz und warte dort. Gut?

Es dauerte kaum ein paar Sekunden, dann war seine Antwort da.

Dreizehn Minuten. Bis gleich.

Dreizehn Minuten! Jeder andere hätte zehn Minuten oder eine Viertelstunde geschrieben. War das Pedanterie oder nur Lust an der Genauigkeit?

Sie hätte auch durch die engen Gassen zum Dom hochgehen können, aber das hätte wahrscheinlich länger gedauert als dreizehn Minuten, also nahm sie die Treppen. Wenn hier bereits jemand vor ihr hochgelaufen war, hatte der immer noch fallende Schnee die Spuren längst wieder bedeckt. Sie musste mit den Füßen den Stein suchen; die Stufen waren zu runden Hügelchen geworden, in denen man tief versank und leicht ins Rutschen kam, wenn man den Schnee nicht ein wenig beiseiteschob. Ihr wurde warm, und es war eine Lust, durch diesen seltsamen Wintertag mitten im Frühling zu wandern. Sie nahm die letzten Stufen und stand auf dem Platz. Ein Auto rollte fast unhörbar und sehr vorsichtig im Schritttempo quer über das vollkommen zugeschneite Kopfsteinpflaster. Die ganze Stadt war ein Wintermärchen mitten im April. Viel Spaß beim Hinunterfahren, dachte sie mit einer kleinen Schadenfreude. Das würde nicht lustig werden.

Hier oben auf dem großen freien Platz wirbelten die Flocken so sehr umeinander, dass die beiden Türme des Doms nur noch unscharfe Linien waren. Ob man das einfangen konnte? Sie nahm die Kamera wieder zur Hand.

»Du siehst aus wie Anna Karenina.«

Elias hatte sie bereits eine Minute früher auf der Treppe vor sich bemerkt und war ein wenig langsamer gegangen, um sie zu beobachten. Es war das erste Mal, dass er sie bewusst aus der Ferne sah. Sie bewegte sich auf eine besondere Art. Die meisten Menschen konnten nicht gehen. Die Freude am Zusammenspiel der Muskeln, am Gehen, Laufen, Rennen, das war ihm immer wichtig gewesen. Auf der Schauspielschule hatte er die Bewegungsstunden am meisten geliebt. Weil man auf der Bühne allein mit dem Körper so viel ausdrücken konnte; Hass und Liebe und Verzweiflung und Mut und Zufriedenheit, ohne nur ein Wort sagen zu müssen. Aber draußen musste man erst einmal jemanden finden, der wirklich gehen konnte und sich nicht nur auf irgendeine Weise vorwärtsschob. Jemand, der einfach und natürlich gehen konnte, ohne dabei falsch auszusehen. Clara ging so.

Sie drehte sich nicht zu ihm um, sondern versuchte weiter, die Türme einzufangen.

»Anna Karenina hat keine digitale Spiegelreflexkamera gehabt und war auch keine Fotografin.«

»Ach, verdammt«, sagte Elias, »ich hatte gehofft, du hättest wenigstens dieses Buch nicht gelesen. Warst du in deinem letzten Leben Buchhändlerin? Und hast du keine Angst vor militanten Tierschützern und ihren Farbbeuteln?«

Wie leicht es war! Als hätten sie ihr Gespräch nur für fünf Minuten ausgesetzt. Clara ließ die Kamera sinken und wandte sich ihm zu. Er sah gelöst aus, als ob er sich wirklich freute, sie zu sehen.

»Die finden mich heute nicht«, sagte sie und knöpfte den Mantel auf. »Zu viel Schnee.«

Sie öffnet ihn, als ob sie ihre Flügel ausbreitete, dachte er. Was für ein Bild mitten im Schneetreiben.

»Das ist der Persianer meiner Mutter. Ich glaube, die Schafe werden nicht mehr lebendig, wenn ich ihn nicht trage. Wenn ich ihn schon im Winter kein einziges Mal anhatte, dann wenigstens an so einem heiteren Frühlingstag.«

Sie drehte sich um sich selbst. Elias lachte.

»Kiki, die kokette Kokotte«, deklamierte er.

»Was?« Clara verstand nicht. Elias deutete auf ihren Pelzkragen.

»Das Persianerlamm wird auch Karakul genannt. Vielleicht, damit das süße Lamm nicht vorkommt ... Und das ist eine Sprechübung für Schauspieler. Kiki, die kokette Kokotte wünscht sich eine Khakijacke mit Karakulkragen. Und ich bin Koko, der knackige Kokosnussknabe ...«

Clara lachte nun auch.

»Wollen wir drei, du, ich und mein Karakulkragen, zusammen in den Rosengarten gehen?«, fragte sie.

Es war dieser Wintertag mitten im Frühling. Das Singen der Vögel passte so gar nicht zum wirbelnden Weiß. Es klang wie ein Versprechen, das gegeben wurde, wenn man es am wenigsten erwartete. Ein Versprechen, dass alles anders würde. Dass es in ihm nicht kalt bleiben musste.

Sie schlenderten durch die Toreinfahrt des bischöflichen Palais' in den Hof und von dort zum Rosengarten. Clara blieb im Bogen des Eingangs stehen.

Sie hat einen Sinn für Bilder, dachte Elias. Oder sie tat es gar nicht absichtlich. Dann war es noch viel schöner.

Sie sah in den Garten und dann zu ihm.

»Gut, dass der Schnee da ist. Für die Rosen wäre es sowieso noch viel zu früh. Nur leere Sträucher.«

»Ja«, stimmte Elias zu, »so sieht es viel romantischer aus.«

Sie gingen zwischen den Beeten zur Mauer. Auf den schmalen Wegen lag der Schnee knöchelhoch und unberührt. Außer ihnen war niemand hier.

»Ist das wichtig?«, fragte Clara unvermittelt, noch bevor sie an der Mauer angelangt waren, von wo man auf die Stadt sehen konnte.

»Ist was wichtig?«

Elias verstand nicht gleich, was sie meinte.

Clara drehte sich, wie um alles zu erfassen. Den weißen Himmel, der so nah über ihnen hing. Die weichweißen Silhouetten der Rosensträucher. Die üppige Mauerkrone aus Schnee, hinter der die Dächer der ganzen Stadt unter ihnen lagen. Wie oft sah man das alles so? Vielleicht alle paar Jahre einmal, wenn überhaupt.

»Dass es romantisch ist. Ist das wichtig?«

Elias folgte ihrer Bewegung und überlegte kurz. Wieso fragte sie das? Und war es wichtig?

»Ich finde, es ist wichtig, dass es schön ist. Ja, doch. Es ist wichtig. Man muss alles mitnehmen, alles aufnehmen, was schön ist. So viel gibt es ja nicht davon, oder?«

Sie standen nebeneinander und sahen beide auf die Stadt. Sie nahm die Kamera hoch. Auch wenn das Foto nie so sein konnte, wie das, was sie jetzt sah. Kein Panoramafoto, keine Weitwinkelaufnahme. Sie konnte immer nur einen Ausschnitt einfangen. Das Ganze sah die Kamera nie, auch weil sie keine Gefühle aufnehmen konnte.

»Ich habe es anders gemeint«, sagte sie mit einem Lächeln in der Stimme. »Ich habe schon gemerkt, dass du … dass es dich immer nach dem Schönen gelüstet«, schloss sie in bewusst übertriebenem Ton.

Elias neigte ganz leicht den Kopf und lächelte sie an.

»Tut es«, gab er zu. »Wahrscheinlich stehe ich deswegen hier.«

»Deswegen ist Vera deine Freundin?«, fragte Clara. Sie ärgerte sich im selben Augenblick über ihre Frage. Aber gesagt war gesagt. Und … ja, sie wollte es wissen.

»War.«

Elias' Stimme klang trocken. Es fühlte sich komisch an, das zu sagen. Es war ihm unangenehm, es Clara zu erzählen. Weil sie dann denken musste, er hätte allein wegen ihr …

»Ich musste … ich habe mich getrennt. Nach heute Nacht … und gestern Abend … ich …«

Er stotterte. Ihm fehlten die richtigen Worte.

Clara war überrascht. Und seltsam berührt. Wegen mir? Es lag ihr auf der Zunge. Ein prickelndes und gleichzeitig ängstliches Gefühl im Magen.

»Wegen heute Nacht?«, fragte sie stattdessen zögernd. Und dann, um der Frage schnell die Bedeutung zu nehmen: »Wir hatten nicht mal Sex.«

Er lachte nicht. Sie hatten beide die Hände im Schnee auf der Mauer. Nebeneinander. Ohne sich zu berühren. Elias sah, wie die Flocken auf ihren Handrücken schmolzen. Der Schnee kühlte die kleine Wunde am Finger, die sich entzündet hatte. Wie das passte … er hatte sich auch entzünden lassen.

»Nicht deswegen … oder nicht nur. Ich … es ist schwer zu sagen. Es ging einfach nicht mehr.«

Sie schwiegen. Die Stille war fast perfekt. Nur die Vögel sangen trotz des Schnees noch immer. Schließlich holte Clara tief Luft und nahm ihren Mut zusammen.

»Elias«, sagte sie fest, »ich denke, … ich habe mich in dich verliebt.«

Er wartete. Sehr überrascht. Wusste nicht, ob er etwas sagen sollte. Wie klar sie war!

Clara sah ihn an und wusste in diesem Moment, dass sie alles an ihm mögen würde. Das machte es für sie noch schwerer.

»Ich habe mich in dich verliebt. Ich weiß nicht, wie es dir geht.«

Er wollte etwas sagen, aber sie hob die Hand, wie um ihm zu sagen, dass er noch warten sollte.

»So … falls es …«, sie atmete tief aus und fing noch einmal an. »Wenn es für dich auch so ist, dann … ich wünsche mir, dass es so ist. Wenn es aber so ist, dann kann unsere Geschichte nicht so anfangen.«

Das Schneetreiben ließ allmählich nach. Sie richtete sich auf, ließ aber ihre Hand neben der seinen liegen. Sie schmolzen sich allmählich gemeinsam zum Stein durch. Eiskalt. Sie spürte die Finger kaum noch.

»Aber du hast ja gesagt – wir hatten nicht mal Sex. Hättest du denn … hätte es so anfangen sollen?«

Leichter Ton, doch er wollte dem Gespräch gar kein Gewicht nehmen. Sie antwortete nicht.

»Was meinst du?«, fragte er schließlich in das weiße Schweigen zwischen ihnen.

Clara sah auf ihre nebeneinanderliegenden Hände und lächelte.

»Dass es so nicht losgehen kann. Du kannst nicht aus einer Beziehung in die nächste stolpern. Mal so gesagt.«

Sie nahmen die Hände fast gleichzeitig von der Mauer. Elias drehte sich zu ihr.

Die Abdrücke nebeneinander sehen gut aus, dachte er.

»Warum eigentlich nicht?«, fragte er. Er hatte noch nie darüber nachdenken müssen, hatte alles immer so genommen, wie es kam. Aber gerade jetzt fühlte es sich so an, als würde in ihm etwas von Grund auf umgekehrt. Es war anders als vorher. Alles. Er sah sie an, und ihr Gesicht mit dem kleinen herben Zug um die Mundwinkel sah klar aus und offen und so wunderbar widersprüchlich wie der Schnee an diesem Frühlingstag. »Was macht denn den Unterschied? Denkst du, es ist anders, wenn ich einen Monat warte oder drei oder ein Jahr?«

Clara beugte sich vor, aber sie küsste ihn nicht, wie er einen Augenblick erwartet hatte. Sie war ihm so nah, dass er ihren schönen Geruch wahrnahm. Ein Duft irgendwo zwischen Bitterorange und hellem, frischem Holz. Ihre Lippen waren so nah an seinem Ohr, dass er ihre Wärme spürte.

»Ich wäre dann ein Jahr älter«, flüsterte sie spöttisch vergnügt. Dann richtete sie sich wieder auf.

»Ich auch«, antwortete Elias. »Aber nicht klüger und wahrscheinlich nicht sehr viel anders, und ich habe das Gefühl … nein, ich stehe jetzt an einer Weggabelung. Jetzt. Hier. Heute.«

Clara sah über die Dächer der Stadt. Es fiel fast kein Schnee mehr, und der Himmel begann aufzuklaren. War es so? Jetzt? Hier? Heute? Ihr Atem flog auf einmal, als wäre sie zum Domplatz hochgerannt.

»Ist das so für dich? Und du weißt, wohin du abbiegen willst?«

Clara sah das Lächeln in seinen Mundwinkeln warten. Er nickte.

»Ja. Ich kann hier an der Gabelung stehen bleiben, wenn du willst. Drei Monate. Meinetwegen auch ein Jahr. Aber ich weiß jetzt schon, dass ich nicht mehr abbiegen will. Ich will den geraden Weg nehmen.«

Er lächelte jetzt wirklich und sah nach unten. Er ist aufgeregt, sah Clara erstaunt. Er zittert.

»Du bist dann nur ein Jahr älter«, fügte er genauso spöttisch wie sie an, »und willst du … wollen wir wirklich dieses ganze Jahr … nicht erleben?«

Er hat wir gesagt, dachte Clara.

»Im Film wäre das jetzt der Augenblick, in dem wir uns küssen«, sagte sie und legte ihre Hand wieder in ihren Abdruck auf der Mauer. » Es ist so lästig, dass man nichts Romantisches mehr tun kann, weil man sich immer so vorkommt, als würde man die Filme und die Fotos nachspielen.«

Elias lachte.

»Ich bin der Schauspieler. Das ist mein Text. Aber weißt du was?« Er trat hinter sie und legte die Arme um sie. »Es ist mir egal. Wir waren zuerst da. Und ich kenne keinen Film, der im Schnee im April spielt.«

Sie spürte seine gekreuzten Hände über ihrem Bauch. So eine schöne Geste. Wann hatte sie sich das letzte Mal so umfangen lassen? Es war Jahre her.

»Das ist alles sehr hübsch«, sagte sie. »Aber was ist jetzt mit diesem Kuss? Wenn dir Klischees doch so egal sind?«

Sie zitterten beide. Er spürte ihre Spannung. Weil die Worte nicht ausreichten, um die Gefühle zu tragen.

»Ich stehe immer noch an der Weggabelung«, erinnerte er sie. Seine Stimme flirrte. »Die Ampel ist irgendwie auf Gelb hängen geblieben.«

Clara löste seine Hände und drehte sich zu ihm um.

»Grünes Licht«, sagte sie in schwebendem Ton wie am Morgen nach einem langen Schlaf. »Auf all meinen Straßen.«

20

»Das dürfte die kürzeste Spanne gewesen sein, die jemals jemand Single war«, sagte Jan in überaus ernsthaftem Ton. »Der Mann macht mit seiner Freundin Schluss und fällt dir zehn Minuten später in die Arme. Muss ich mir Sorgen machen?«

Sie standen unter dem hellen, unglaublich blauen Aprilhimmel auf der Terrasse der Krankenhaus-Cafeteria und tranken Kaffee aus den unvermeidlichen und unverwüstlichen Keramikbechern. Er war nicht so grauenvoll, wie sie ihn in Erinnerung hatte, aber richtig gut war er auch nicht. Der Schnee war fast völlig weggetaut, und die kleinen Schneeberge an den Wegrändern auf dem Gelände lagen belächelt und wie vergessen in der Frühlingssonne. April eben. Von einem Tag auf den anderen war alles verwandelt. Noch immer taute es und tropfte und rieselte es von den Dächern, aber in den Kronen der alten Ulmen des Klinikparks hing das frische Grün wie ein Schleier. Es war das erste Mal seit Pauls Tod, dass sie Jan in der Klinik besuchte. Im Grunde war es abergläubisch dumm, dass sie nie wieder hier gewesen war. Schließlich hatte ihn nicht die Klinik umgebracht. Hier hatten sie alles getan, um ihm zu helfen, es hatte nur nicht funktioniert.

»Ich finde, du müsstest dir Sorgen machen, wenn er meinem Charme nicht sofort verfallen wäre. Er ist … er ist unglaublich leicht und ernsthaft zugleich. Ganz komisch.«

Sie standen Schulter an Schulter.

»Ist es falsch, Bruder? Denkst du, wir hätten … ich hätte warten sollen?«

Jan trank einen Schluck und dachte nach. Das liebte sie so an ihm. Er musste nicht reden, um etwas zu sagen. Wenn es ihm wirklich ernst war, nahm er sich Zeit.

»Ich kenne ihn ja nicht«, sagte er dann, »aber ist das nicht gut? Dass er sofort weiß, er will mit dir zusammen sein? Gibt ja sonst nicht so viele, die das wollten …«, fügte er boshaft an.

»Riskierst du keine Abmahnung, wenn du dich außerhalb deiner Pausen mit einer Frau auf der Terrasse triffst?«, fragte Clara zurück. »Und wenn du behauptest, dass wir verwandt sind, sage ich unter Tränen, dass du mich angefasst hast.«

Jan lachte.

»Vielleicht ist Mama ja nur dement, weil sie ihre Kinder vergessen will«, überlegte er laut. »Ich würde dich jedenfalls gerne aus meinem Gedächtnis streichen.«

»Würdest du nicht«, antwortete sie trocken. »Du hast niemanden, mit dem du so über alles sprechen kannst wie mit mir.«

»Du auch nicht«, gab Jan zurück. »Wie ist der Sex?«

Clara musste lachen.

»Woher soll ich das wissen? Wir haben nur rumgeknutscht.«

Obwohl es wahr war, dass sie sich alles erzählen konnten – sie musste dem einen Kuss zwischen Elias und ihr etwas von der Bedeutung nehmen, indem sie Knutschen sagte. Als ob es nicht ganz ernst gewesen wäre. Weil sie dieses besondere, herausgehobene Gefühl noch nicht teilen konnte. Wie das Negativ eines besonderen Bildes, das man nicht zu früh aus dem Entwickler nehmen durfte. Das Bild war entstanden, im Schnee, aber in ihr begannen sich eben erst die Konturen abzuzeichnen. Es war noch nicht ganz da.

»Seine Hände fühlen sich gut an.«

Jan warf die Arme in die Luft.

»Hände! Hände! Hände!«, rief er theatralisch. »Du willst doch Sex, oder?«

Clara stieß ihn in die Seite.

»Das unterscheidet mich von dir«, sagte sie lachend, »als Frau kann ich jederzeit so viel Sex haben, wie ich will. Kein Problem. Ihr Männer habt es schwerer.«

Jan hatte die Augen geschlossen und sein Gesicht der Sonne zugewandt. Er sieht gut aus, dachte sie, er hat ein scharfes Profil. Wenn man ihn nicht kannte, würde man nicht glauben, wie lachlustig er war. Er wirkte oft viel ernster, als er war.

»Ich weiß«, sagte er. »Aber ich habe mir nicht mal die Namen gemerkt, wenn du mir davon erzählt hast.«

»So viele waren es nicht!«

Seltsames Gefühl. Irgendetwas zwischen leisem Stolz, dass sie einen Mann haben konnte, wenn sie wollte, und so etwas … wie Verlegenheit? Weil sie schon immer von Anfang an wusste, ob aus den ersten paar Nächten mehr werden würde? Weil sie oftmals bereits nach der ersten die Lust verlor, den Mann kennenzulernen? Weil Sex so einfach und dabei manchmal einfach traurig war, aber das Reden so anstrengend?

»Warte«, sagte Jan und nahm einen letzten Schluck Kaffee, »ich zähle sie gern für dich zusammen.«

Er stellte die leere Tasse auf den Boden, nahm einen Block aus der Brusttasche seines Kittels und fing an zu notieren.

»Dieser Lehrer aus Braunschweig. Der, den du auf Tinder kennengelernt hast.«

Er grinste boshaft. Clara riss ihm den Block aus der Hand und warf ihn über die Brüstung der Terrasse zwischen die Bäume.

»Jan!«, drohte sie ihm lachend. »Hör auf damit. Geh sofort wieder rein. Deine Patienten sterben dir weg.«

»Glücklicherweise bin ich kein Unfallchirurg«, sagte Jan entspannt. »Bei uns in der Orthopädie sterben die Patienten immer erst nach Jahren.«

»Ich hätte auch was Richtiges lernen sollen. Dass man mit zwanzig immer glaubt, man sei ein Genie … und dann ist man arbeitslose Fotografin.«

Es passierte gerade so viel, dass es ihr schwerfiel, nicht nur zu wissen, dass sie arbeitslos war, sondern es auch zu glauben. Sie fühlte sich nicht so.

»Brauchst du eigentlich gerade Geld?«

Was für ein Glück es war, Geschwister wie Jan zu haben.

»Noch nicht. Ich sag dir Bescheid, wenn ich meinem neuen Geliebten teure Geschenke machen will.«

Jan setzte einen Fuß auf die Brüstung und betrachtete die Bäume im Park.

»Er ist noch nicht dein Geliebter«, bemerkte er spöttisch, »ihr müsst erst Sex haben. Was ist das Problem?«

Ja. Was war das Problem? Oder war es gar keins? Einerseits wollte sie unbedingt. Sie wollte wissen, wie er sich anfühlte. Außerdem fehlte ihr der Sex schon lange. Andererseits … sie wollte nicht, dass es … dass sie sich … verdammt!

»Ich will wohl nicht … ich will einfach nicht enttäuscht werden.«

»Ein häufig geäußerter Wunsch!«, kommentierte Jan in gespielter Zurückhaltung. »Ich hätte Ihnen jetzt gerne eine Packung Satisfactio Forte aufgeschrieben, aber anscheinend hat jemand meinen Rezeptblock weggeschmissen.«

»Ich glaube, dass du mir kein Rezept ausstellst, weil dann herauskommt, dass du gar kein richtiger Arzt bist.«

Jan zuckte glaubhaft zusammen, sah sich theatralisch nach allen Seiten um und zischte dann: »Nicht so laut!«

Er sah sie an, als ob er auf Beifall wartete. Dann lachten sie beide los.

Als sie das letzte Mal vor fast zehn Jahren hier gewesen war, hatte sie gedacht, dass sie nie wieder lachen würde.

»Wann seht ihr euch denn wieder? Heute Abend?«

Clara hörte die Vögel in den Ulmen. Es gab immer einen Morgen im Frühling, an dem es war, als ob plötzlich alle sängen. Als Kind hatte sie das schon so erlebt. Da fing alles an. Ab da wurden die Tage plötzlich lang.

»Eher nicht. Er spielt ja jeden Abend, glaube ich. Ich weiß nicht.«

Jan drehte sich zu ihr und begann, ihren Oberkörper abzutasten. Sie wehrte sich überrascht lachend.

»Was machst du?«

»Ah!«, triumphierte er und zog ihr das Handy aus der Brusttasche. »Du hast doch eins.«

»Was?«

Er hielt ihr das Handy hin.

»Ich kann dich gerne dahin führen, wo wir hier früher einmal ein klinikeigenes Telegrafenbüro hatten. Das ist aber schon seit vierzig Jahren der Computerraum. Moderne Kommunikation und so. Das hier ist ein Te – le – fon. Man kann heute Leuten damit viel einfacher mitteilen, dass man sie sehen will. Schreib ihm.«

Clara wollte ihm das Telefon wegnehmen.

»Er soll schreiben«, sagte sie.

»Lieber Elias«, tat Jan so, als schriebe er, »lass uns heute Sex haben.«

»Jan!«

Er reichte ihr lächelnd das Telefon.

»Ich muss rein. Schreib ihm einfach. Es gibt nichts, was du

falsch machen kannst. Du willst keine Spiele spielen und du willst niemanden, der Spiele spielt. Also tu du's auch nicht. Wenn es ihm nicht richtig ernst ist, dann weißt du's immerhin gleich. Schreib ihm. Du musst ihn kennenlernen, bevor du dich richtig verliebst und dann womöglich nicht mehr aus der Sache rauskommst. Ich …«, er zögerte kurz, aber dann sagte er schnell: »Ich will nicht, dass du unglücklich bist.«

Sie umarmten sich rasch. Clara blieb noch einen Augenblick in der Sonne stehen. Irgendwie war es immer einfacher, anderen Ratschläge zu geben. Von außen sah immer alles viel klarer aus. Sie musste lächeln. Jan hatte recht. Sie wollte Elias kennenlernen. Von innen und von außen. Und von außen möglichst bald.

21

Er hätte ihr gerne geschrieben, aber das ging gerade nicht. Im Studio musste das Handy ausgeschaltet sein, sonst tickerte es in der Aufnahme. Auch wenn man das im Monitor gar nicht hörte. Und als er heute Morgen zum Funk geradelt war, hatte er es zu früh gefunden. Er wollte nicht, dass sie das Gefühl hatte, er würde sie bedrängen. Zwischendurch hatte er dennoch angehalten und eine Nachricht angefangen. Es war noch ganz schön frisch, aber es würde ein Sonnenvormittag werden. Ein richtiger Frühlingstag. Gleichzeitig hatte er Bilder von Schnee und von ihr in diesem witzigen Karakulkragen im Rosengarten und von ihren gar nicht so schmalen kräftigen Händen auf der verschneiten Mauer vor Augen. Er wusste nicht, was ihn an ihr so faszinierte. War sie spannend? Interessant? Auf jeden Fall attraktiv. Auf eine herbe, verschlossene Weise. Und dazwischen immer wieder diese völlig überraschende Offenheit. Ich glaube, ich habe mich in dich verliebt. Das sagte sonst niemand sofort. Alle waren doch immer vorsichtig mit ihren Gefühlen.

»Entschuldigung, können wir das noch mal machen, bitte? Du hast das gerade so ein bisschen weggesprochen.«

»Oh, klar. Verzeihung.«

Der Regisseur ging ihm auf die Nerven. Ja, vielleicht war er etwas unkonzentriert. Clara … was war los mit ihm? Er war doch sonst nicht so unkonzentriert. Seit Mona hatte er sich nicht mehr so erlebt, und alles erinnerte ihn gerade an damals.

Damals hatte sich auch alles miteinander verwoben. Die Wirklichkeit. Und das Stück, das sie zusammen spielten. Die Liebe und die Kämpfe. Immer war alles halb Spiel und halb Wirklichkeit gewesen, und manchmal konnten sie beides nicht mehr auseinanderhalten. Ob der Streit, den sie im Stück geführt hatten, nicht auch ein wahrer Streit war. Ob die Liebesszene im Stück ihre Liebesnächte nicht noch verstärkte, widerspiegelte und immer intensiver zwischen ihnen klingen ließ, ohne dass die anderen es mitbekamen. Der Zauber des Geheimen und dabei so Offenbaren. Nur, dass es heute keinen Grund mehr gab, seine Gefühle zu verstecken.

»Bitte den letzten Absatz noch mal. Du hast da … könntest du dich konzentrieren, bitte?«

Die Stimme des Regisseurs im Monitor klang amüsiert. »Du hast gerade Clara statt Aouda gesagt.«

Eine plötzliche Hitze schoss in ihm hoch. Aber auch so etwas wie Freude. Eine umfassende Fröhlichkeit. Hatte er wirklich? Clara? O Mann, es wäre schön, jetzt einfach draußen zu sein und zu ihr zu fahren. Weder das Studio noch der Regieraum hatten ein Fenster. Wahrscheinlich schien die Sonne ohne Ende, und er war hier noch für die nächsten drei Stunden gefangen und sprach den Phileas Fogg ein, der sich gerade in Indien befand und die Maharani Aouda gerettet hatte. Und der in den Dialogen mit ihr manchmal einfach einen so unfassbar dämlichen Text hatte, dass er sich im Stillen fragen musste: War Jules Verne so blöd gewesen oder lag es an der Übersetzung oder an der Hörspielfassung? Oder hatte Jules Verne einfach gewollt, dass dieser Phileas Fogg zu blöd war zu erkennen, dass er längst in Aouda verliebt war?

Aouda. Clara.

Ja. Verdammt. Er war auch verliebt. Und er hätte ihr jetzt

gerne geschrieben. Dass die Zeit plötzlich wieder so ein Gewicht hatte! Auf einmal waren drei Stunden wieder eine lange Zeit. So wie damals, als er das Leben nicht erwarten konnte. Als alles sofort sein musste, weil alles so neu und so wunderbar und so magisch war. Und das … er hätte nicht gedacht, dass sich das Leben noch einmal so anfühlen würde.

»Noch einmal bitte.«

Er musste über sich selbst lächeln. Großartiges Gefühl.

»Aouda, ich werde Sie nicht in Mumbai lassen können. Die Gefahr für Sie ist zu groß …«

Schwachsinniger Text. Aber das Gefühl in Phileas Elias Fogg, das hinter diesem Satz stand, das war echt.

Sie hatten das Studio bis Mittag und brauchten tatsächlich fast bis zum Schluss für die zwei Kapitel. Er atmete auf, als er endlich aus dem Gebäude treten konnte. Das Rundfunkgelände war eigentlich ein Park, zu dem fast niemand Zugang hatte. Die Gebäude lagen wie verstreut auf Lichtungen. Wenn der riesige Sendemast zwischen Fernseh- und Radiotrakt nicht gewesen wäre – es hätte auch eine teure Rehaklinik sein können. Elias mochte das Hörfunkgebäude. Man sah ihm die Fünfzigerjahre überall an. In den Regieräumen gab es sogar immer noch die Tonbandschneidetische. Weil man die damals so komplett eingebaut hatte, war es wahrscheinlich zu aufwendig gewesen, sie herauszureißen. Daher standen die Bildschirme der elektronischen Schnittpulte einfach auf einer Platte über den Tonbandgeräten, die man manchmal sogar noch brauchte, wenn man eine besondere Aufnahme aus dem Archiv haben wollte.

Als er auf dem Weg zu seinem Rad das Handy anschaltete, ploppte eine Nachricht nach der anderen auf. Allerdings keine von Clara. Dafür eine von Vera, und er erschrak für einen Moment. Aber sie hatte ihm bloß wortlos ein Foto von einer Zeitungskritik geschickt. Er war neugierig, aber er konnte sie noch nicht lesen. Wenn sie nichts taugte, dann war er … er hasste es, dass ihn schlechte Kritiken doch immer berührten. Wenn einer sagte, dass ihm das nichts ausmachte, glaubte er ihm nicht. Er konnte sich an fast jeden Verriss erinnern, den er jemals gelesen hatte. Und es hatte ihm immer etwas ausgemacht, immer. Selbst wenn er die Kritik falsch und nicht gerechtfertigt fand, sie traf ihn trotzdem.

Und dann war da noch eine Nachricht von Mareike: *Das Hamburger Theaterfest will unser Stück. Nicht wegen dir. Wegen der exzellenten Regie. Wollen wir uns auf billigen Ruhm und Kommerz einlassen? Außerdem: Hättest du Zeit für zwei Vorstellungen in Tübingen, Sonntag/Montag? Wir könnten für eine Absage einspringen.*

Er wusste, dass Mareike ein paar Intendanten eingeladen hatte, aber meistens führte das zu nichts. Und vor allem nicht so schnell. Das war so cool. Gott, ein richtiger Erfolg, das war wirklich lange her gewesen. Er grinste, als er zurückschrieb: *Ich weiß nicht … ich bin mir eigentlich zu schade für solche Sachen. Hamburg! Hamburg ist cool! Und Tübingen könnte ich einrichten.*

Er stellte sich Mareike vor, die jetzt gerade garantiert nicht still vor dem Schreibtisch saß. Die tanzte wahrscheinlich gerade durch die Wohnung. Hamburg!

Und jetzt wusste er auch, was er Clara schreiben konnte: Hättest du Lust auf einen Ausflug nach Schwaben? Sonntag und Montag?

22

Clara suchte einen Parkplatz in der Nähe von Elias' Haus. War nicht so einfach, mitten in der Altstadt, aber sie war froh, dass sie noch fünf Extraminuten hatte. Sie war ganz schön aufgeregt. Wahrscheinlich hatte sie sich das letzte Mal mit achtzehn so gefühlt. Sie konnte sich jedenfalls nicht erinnern, dass sie in den letzten zwanzig Jahren irgendwann in so einer Stimmung gewesen war. Ein innerliches Abenteuer.

Sie manövrierte sich eben zwischen zwei sehr eng stehende Autos, als ihr Handy summte. Sie nahm an, ohne hinzusehen. Sie war ein bisschen zu spät.

»Elias?«

Aber dann hörte sie schon an der Pause, dass es nicht Elias, sondern ihr Vater war.

»Clara?«

»Papa, ich hab jetzt wirklich keine Zeit. Ich bin gerade …«

»Sie ist wieder weg.« Seine Stimme knarrte. Hatte sie sich schon immer so alt angehört? »Ich bin nur kurz eingeschlafen.«

Herr im Himmel! Wieso kriegte er es nicht hin, die Tür abzuschließen, wenn er sich hinlegte?

»Ist das Auto noch da? Ist sie mit dem Auto weg?«

Das wäre gar nicht gut, überhaupt nicht gut.

»Warte«, sagte ihr Vater furchtbar langsam, »ich sehe nach.«

Sie hörte, wie er durch den Flur zur Tür schlurfte. Manchmal hasste sie seine Umständlichkeit. Immer schon war er so gewesen. Bei ihm war noch nie etwas schnell gegangen. Vielleicht hatte er Mama deshalb geheiratet. Der hatte nichts schnell genug sein können. Clara verzog unwillkürlich den Mund. Wahrscheinlich war sie deshalb auch schon wieder weg. Weil sie noch nie hatte still sitzen können.

»Das Auto ist noch da«, meldete ihr Vater sich zurück. »Kannst du kommen?«

Vor Ungeduld hätte sie am liebsten geschrien.

»Papa! Ich … eigentlich fahre ich gleich nach Tübingen. Es geht jetzt wirklich nicht. Kannst du nicht … hast du schon versucht, Jan zu erreichen?«

»Nein, der hat sicher Dienst«, sagte ihr Vater. »Dann rufe ich mal bei der Polizei an.«

Clara verdrehte die Augen. Die Polizei!

»Papa! Die suchen sie doch erst nach ein paar Stunden. Pass auf, ich rufe gleich noch mal an. Ich muss das erst klären.«

Sie stieg aus und knallte die Autotür zu. Wann war sie das letzte Mal weggefahren? Vor Millionen Jahren vermutlich. Und ausgerechnet jetzt, wenn sie …

Sie suchte nach der Nummer. Es war ein Eckhaus. Auch ein Altbau, wie bei ihr. Ein bisschen alltäglicher vielleicht; mit dem Charme des Unrenovierten. Sie fand seinen Namen auf dem Klingelschild. Ganz oben. Vierter Stock also. Sie läutete. Fast sofort summte der Öffner.

Im Treppenhaus roch es nach altem Holz. Immer an der zweiten Stufe jedes Stockwerks ein Emailleschild: Vorsicht! Frisch gebohnert. Vermutlich stimmten die Schildchen schon seit vierzig Jahren nicht mehr. Sie nahm zwei Stufen auf einmal. Bring es hinter dich.

Elias, sorry, ich hatte mich so sehr auf unser Rendezvous gefreut. Ich wollte mit dir wegfahren. Aber ich muss meine Mutter suchen. Die ist dement. Werde ich später sicher auch. Dabei hätte ich vorher wirklich, wirklich, wirklich gerne noch mal mit dir geschlafen. Soll aber wohl nicht sein. Tut mir leid.

Sie hörte, wie oben eine Tür geöffnet wurde. Elias' Gesicht erschien über ihr. Er lachte.

»Hey! Ich wollte gerade runterkommen. Wie schön, dass du da bist. Dass du mitkommst!«

Sie war entwaffnet. Voller Wut auf sich und Papa und … nein, nicht auf ihn. Sie blieb auf dem Treppenabsatz stehen.

»Sag mal, wie eilig haben wir's? Wann müssen wir da sein?«

Er wusste nicht, wie sie das meinte. War sie … wollte sie …. Er zögerte einen Augenblick.

»Wir haben es nicht eilig. Du kannst gerne noch … willst du reinkommen?«

Clara sah zu ihm hoch. Dann musste sie plötzlich lachen, weil es so absurd war.

»Auf einen Kaffee? Die Briefmarkensammlung?«

Elias sah sie an. Wie lebendig sie war! Clara nahm sich ein Herz.

»Elias«, sagte sie, immer noch vom Treppenabsatz aus, »ganz ehrlich: Nichts würde ich gerade lieber tun. Ich bin auf deine Briefmarkensammlung so was von gespannt. Aber leider muss ich meine Mutter suchen. Die ist gerade mal wieder weggelaufen. Und ich habe keine Ahnung, wie lange das dauert.«

»Hattest du vor, mich ihr vorzustellen, bevor wir gemeinsam nach Tübingen fahren? Ich bin froh, dass du eher traditionell eingestellt bist.«

Clara lächelte ihn an. Spöttisch.

»Und bevor du schlafen gehst, kniest du auch immer noch ein bisschen auf dem Bettvorleger und sprichst dein Nachtgebet, oder? Nein, meine Mutter ist dement«, erklärte sie.

Elias rechnete kurz. Knappe drei Stunden Fahrt. Um vier Uhr wollte Mareike das Licht einrichten und danach einen Durchlauf machen. Zeit genug.

»Ich komme mit«, sagte er. »Wenn es zu lange dauert, kannst du mich immer noch zum Bahnhof fahren.«

Er ging in die Wohnung, holte seine Tasche aus seinem Zimmer und fand sich im Gang vor Clara stehen. Die unvermittelt sein Gesicht zwischen ihre schönen Hände nahm und ihn küsste.

»So viel Zeit muss sein«, sagte sie.

»Ich glaube«, zitierte Elias, als er die Ballonmütze aufsetzte, »das ist der Beginn einer wunderbaren Freundschaft. So. Stell mich jetzt bitte deiner Mutter vor.«

Wie locker der Ton zwischen ihnen war. Fast wie mit Jan. Als ob sie sich nicht erst seit Kurzem kennen würden.

»Dazu müssen wir sie zunächst einmal finden«, gab sie zurück. »Soll ich deine Tasche nehmen oder schaffst du's?«

Sie langte nach dem Griff. Elias zog die Tasche an sich.

»Wage es nicht. Ich bin sehr traditionell erzogen worden. Es reicht, dass du mich geküsst hast, bevor ich eine Chance hatte, die Initiative zu ergreifen. Du hast meine Männlichkeit infrage gestellt.«

Sie gingen die Treppen hinunter.

»Das«, sagte Clara leicht, »hatte ich eigentlich erst noch vor.«

»Wo läuft sie denn normalerweise hin?«

Clara fuhr wie immer langsam die Straßen der Vorstadt ab.

»Sie läuft nirgendwohin. Sie läuft vor allem weg, wenn mein Vater mal wieder so sehr mit seiner letzten Reinkarnation als französischer Revolutionsrichter befasst ist, dass er die Tür nicht abschließt.«

»Ist dein Vater Richter?«

»Anwalt«, sagte Clara. »War er jedenfalls. Vor allem aber ist er … keine Ahnung.« Sie sah kurz zu ihm hinüber. »Er war schon immer seltsam. Eine große Karriere hat er nicht gemacht. Ihn haben eigentlich immer die verrückten Fälle interessiert. Er ist irgendwie ein Esoteriker in Robe gewesen. Und deine Eltern?«

Elias lehnte sich im Sitz zurück.

»Ich bin froh, dass wir das gleich am Anfang geklärt haben. Meine sind auch seltsam. Aber meine arbeiten noch.«

Clara war seltsam berührt. Ein schwacher Punkt. Ja. Es war einfach ein schwacher Punkt.

»Im Ernst? Wir sind anscheinend zwei unterschiedliche Generationen. Ich hätte dich für älter gehalten.«

Elias spürte ihre kleine Verunsicherung und war überrascht. Sie wirkte sonst so selbstsicher, fast hochmütig, wenn man nicht genau hinsah.

»Meine Eltern waren sehr jung, als sie mich bekommen haben. Liegt anscheinend in der Familie, den gleichen Fehler immer aufs Neue zu machen.«

Sie suchten beide die Gehsteige ab.

»Du musst auch in die Gärten schauen«, sagte Clara. »Manchmal geht sie einfach in Gärten, wenn dort Hunde sind oder Katzen. Sie hat Tiere immer geliebt. Einmal ist sie anscheinend gebissen worden, aber wir haben das erst nach ein paar Tagen gemerkt, da war die Wunde schon so entzündet, dass sie ins Krankenhaus musste. Mein Bruder hat dann in ihrem Zimmer übernachtet, damit sie von dort nicht auch abhauen konnte. Das wollte sie nämlich.«

Sie fuhren an einem roten Kleinbus vorbei, an dessen Türen eine ältere Frau rüttelte. Elias brauchte einen Augenblick, bis das Bild Bedeutung bekam.

»Stop!«, sagte er. »Ist sie das da? Ist das deine Mutter?«

Er wies nach hinten. Clara richtete den Rückspiegel und sah ihre Mutter.

»Ja. Das ist sie. Vermutlich denkt sie, das sei ihr Auto. Wir hatten mal so einen Bus.«

Sie fuhr an den Rand und stellte den Motor ab.

»Komm«, sagte sie mit ironischem Ton, »ich stelle dich meiner Mutter vor.«

Es war eigenartig, Clara so schnell von dieser Seite kennenzulernen. Zu sehen, wo sie aufgewachsen war. Ihrem Vater zu begegnen, der gar nicht so seltsam war. Und ihrer Mutter vorgestellt zu werden, was gar nicht nötig gewesen war, denn sie hatte ihn sofort mit einer Umarmung begrüßt und freundlich lächelnd gesagt: Hallo, Paul. Wo arbeitet der Hund heute?

Eigentlich lernte man sich ja sonst immer losgelöst von allem Hintergrund kennen. Ja, vielleicht im Theater oder über Freunde; dann wusste man schon ein bisschen über den anderen. Aber meistens war es doch so, dass das alles normalerweise immer später kam. Ein Besuch bei den Eltern. Eine Fahrt dorthin, wo man als Kind gelebt hatte.

Sie waren auf der Autobahn. Clara fuhr schnell und konzentriert. Und sie fluchte völlig beiläufig, wenn vor ihr jemand zu knapp einscherte oder irgendjemand die mittlere Spur nicht frei machte, obwohl rechts und links alle schneller waren als der sture Idiot in seinem SUV. Es war schön, unterwegs zu sein. Der Tag war hell, auch wenn die Sonne nicht richtig durchkam. Sie hörte, wie er fand, die richtige Musik. Aber vor allem waren sie zusammen unterwegs, und es fühlte sich seit langer Zeit zum ersten Mal nicht so an, als wäre er lieber woanders.

»Warum hat deine Mutter mich Paul genannt?«, fragte er nach einer Weile. »Ist das dein Bruder?«

»Hat sie?«

Clara sah ihn kurz an. Sie hatte das gar nicht gehört, denn sie war damit beschäftigt gewesen, auf dem Bauch auf der Straße zu liegen und die verängstigte Katze unter dem fremden Kleinbus herauszulocken. Mama war es vermutlich ganz recht gewesen, dass die Katze unter dem Auto saß, wo sie vor den Raubvögeln sicher war, die in ihrer Phantasie den Himmel über der Stadt verdunkelten.

»Paul war mein Mann«, sagte sie knapp und war verwundert über sich selbst. Wenn sie verliebt war in diesen Mann neben ihr, dann würde sie ihm sowieso von Paul erzählen. Vielleicht war es nur der Zeitpunkt. Er hatte heute schon so viel von ihr gesehen.

»Warst du schon mal verheiratet?«, fragte sie schnell.

Elias schüttelte den Kopf. »Da war bisher niemand … fast niemand. Und ich war bisher nicht der Richtige für eine Heirat.«

Clara lächelte.

»Niemand ist der Richtige oder die Richtige. Und bisher: Soll das heißen, dass sich das gerade ändert?«

Elias wandte sich ihr zu. Wie sehr ihm diese kleine Linie um den Mund herum gefiel. Diese kleine Linie, die von Erfahrung erzählte.

»Ja. Das kann es heißen, glaube ich. Das könnte es wirklich heißen. Wann habt ihr euch getrennt?«

Sie waren am Autobahnkreuz. Die Abfahrt war voll, und das gab ihr Zeit, ihre Gedanken zu ordnen, bevor sie antwortete: »Wir haben uns nicht getrennt. Er ist gestorben. Witwe. Hört sich komisch an, oder?«

Elias hörte zu, ohne etwas zu sagen.

»Ich finde, es hört sich komisch an. Bei Witwen habe ich

immer an alte Frauen mit schwarzen Kopftüchern gedacht. Ich konnte mir das nie vorstellen. Und man denkt ja auch immer, dass es nur die anderen sind, die es trifft. Klar, man weiß es. Im Kopf. Aber man glaubt es nicht.«

Ja, das dachte er auch immer: alle anderen, ja. Man selbst … es war doch so, als ob man einen magischen Schutzschirm um sich hätte, wenn man nur nicht daran dachte. Der Schutzschirm bekam Löcher, wenn man den Gedanken zuließ, dass einen ein echtes Unglück treffen könnte.

»Wie ist er denn gestorben?«

Clara sah auf die Straße.

»Nicht schön.« Sie machte eine kleine Pause. »Da gibt es doch diese Filme, du weißt schon. *Knockin' on Heaven's Door. Love Story.* Einer von beiden hat nur noch drei Monate zu leben, und dann, weil sowieso schon alles egal ist, kommt der beste Teil ihres Lebens mit Drogen und Sex und noch mal ans Meer und schnell noch ein Kind … das ist alles eine ungeheure Scheiße.«

Elias hätte sie jetzt gerne berührt, aber vielleicht war das nicht der richtige Moment. Clara nahm eine Hand vom Lenkrad und suchte seine. Nur um sie für einen kurzen Augenblick zu drücken. Sie wusste nicht, ob sie ihm alles erzählen konnte.

»Das ist alles Scheiße, weil es einfach nur elend ist. Sie haben ihm den Magen herausgenommen … das geht. Man kann sich daran gewöhnen. Man muss dann in ganz kleinen Portionen essen, aber damit kann man leben. Ihm war aber einfach immer schlecht. Ununterbrochen. Am Anfang habe ich gedacht, es ist deswegen. Weil man sich erst daran gewöhnen muss. Und natürlich ist er immer dünner geworden. Aber vor allem …«

Verdammt. Es war schon so lange her, und dennoch bewirkte das Erzählen immer noch, dass sie innerlich fror.

»Vor allem?«, fragte Elias ruhig.

Clara atmete tief ein und aus.

»Vor allem hat ihm keiner gesagt, dass er gar keine Chance mehr hat. Sie haben ihn aufgemacht, gesehen, dass der Krebs schon überall gestreut hatte, und trotzdem haben sie ihm den Magen herausgenommen. Weil es vielleicht wie durch ein Wunder doch noch hätte helfen können. Ich weiß nicht, warum sie das überhaupt getan haben. Scheißgeschichte. Oder? Wir können von etwas anderem reden«, sagte sie schnell.

»Nein«, sagte Elias ruhig. »Erzähl mir das. Ich will es wissen.«

»Ich mache es kurz. Irgendwann, weißt du, irgendwann denkst du: Das stimmt doch nicht. Es müsste doch besser werden. Und dir fällt auf, dass sie ihn nicht mal in die Reha geschickt haben. Und dann fragst du nach.«

Elias versuchte sich vorzustellen, wie Clara damals gewesen war. Was es bedeutet hatte. Sie lächelte ihn plötzlich hilflos an.

»Ich erzähle dir das alles und kenne dich noch gar nicht richtig. Findest du das nicht komisch?«

Elias schnallte sich ab, damit er sich ihr ganz zuwenden konnte und nicht nur den Kopf drehte.

»So geht Kennenlernen«, sagte er leise. »Nein. Ich finde es nicht komisch.«

»Wir … ich hätte mich vorher fast von ihm getrennt. Weißt du, wir sind ziemlich früh zusammengekommen. Und eigentlich war es schon vorbei, aber wir haben beide nicht den Mut gehabt, das zu sehen. Oder uns zu trennen. Und dann kommt der Krebs und sagt, du brauchst dir gar keine Mühe zu geben, denn dein Freund stirbt sowieso.«

Sie hatten Heilbronn passiert, und die dünne Wolkendecke bekam blaue Löcher. Der Asphalt glänzte grau und glatt. Es war auf eine besondere Weise schön, so unterwegs zu sein. Wie es eben sein kann, wenn man zusammen reist, dachte Clara. Wenn man zusammen reist und sich dabei unterhält, weil es so viele Dinge gibt, über die man mit dem anderen reden will. Mit Paul waren ihr die Themen irgendwann ausgegangen, und vielleicht war es für Elias mit Vera auch schon lange so gewesen.

»Habt ihr euch unterhalten können, du und Vera?«

Das kannte er jetzt schon ein bisschen an Clara, und es gefiel ihm. Wie sie einem Gespräch plötzlich eine andere Wendung gab.

»Gesprächstechnisch hast du gerade mit rauchenden Reifen eine Kurve genommen«, sagte er trotzdem ein wenig überrascht. »Ja. Wir konnten uns unterhalten. Über Kunst und Theater und wir … ja, wir haben gerne Schlösser angeschaut.« Er grinste Clara an. »Na ja, und manchmal auch Häuser. Hübsche alte Häuser in pittoresken Dörfern, die von schönen Frauen verkauft werden.«

»Findest du, ich bin schön?«

Klare Frage. Gerade und ohne Koketterie. Elias betrachtete sie. Dass es immer mehr sonnige Strecken auf der Autobahn gab, half durchaus.

»Nicht im klassischen Sinn. Nicht durchschnittlich hübsch. Du hast … es ist eine herbe Schönheit. An dir ist leider nichts Süßes«, schloss er in gespielt boshaftem Ton.

»Wenn du nichts Süßes magst, warum dann Vera?«

Er schwieg einen Augenblick. Getroffen, weil sie recht hatte. Warum Vera? Clara sah ihn kurz an. Sie fuhr jetzt wieder sehr schnell durch die sanfte Hügellandschaft. Alles wie gemalt, dachte er. Die Landschaft ist auch hübsch.

»Wenn ich das jetzt nicht frage«, sagte Clara ruhig, »dann weiß ich nicht, warum jetzt eine wie ich. Ich muss das aber wissen, weil wir beide hier etwas anfangen, und ich will, dass es richtig anfängt.«

Es ist so schwierig, es richtig zu erklären, dachte er, aber sie hat recht. Wann, wenn nicht jetzt?

»Ja«, sagte er langsam, »sie ist wirklich hübsch. Und es war schön, mit ihr Sex zu haben. Wir hatten guten Sex. Na ja, dabei muss man nicht reden. Von außen gesehen, hat viel zusammengepasst. Es gab vieles, was wir beide mochten. Aber …«

»Aber?«, fragte Clara.

»Aber ich habe sie nicht geliebt«, sagte Elias einfach.

Sie schwiegen und fuhren weiter nach Südwesten. Die Mittagssonne stand schräg vor ihnen. Wenn man nach oben blickte, konnte man zusehen, wie die Wolkenstreifen sich verwehen und auflösen ließen. Elias öffnete das Fenster ein Stück. Die Luft toste herein, war frisch und roch grün.

»Erzählst du mir deine Geschichte später fertig?«, fragte er. »Wir sind ein bisschen abgekommen.«

Clara nickte.

»Macht nichts. Das Wichtigste weißt du schon. Ich bin Witwe. Ich bin frei.«

Sie lächelte auf diese schöne Art zwischen Spott und heiterer Schwermut. Ein Lächeln, das wirklich etwas bedeutete. Ein Lächeln, in das man sich sehr verlieben konnte.

Clara nahm die rechte Hand vom Lenkrad und legte sie offen auf seine Schenkel. Elias nahm sie und hielt sie für den Rest der Fahrt.

23

»Wenn wir ins Wasser fallen, erfrieren wir augenblicklich«, erklärte Elias. »Es ist April. Hast du eigentlich mal *Titanic* gesehen? Bei sechs Grad überlebt man vielleicht fünf Minuten.«

Sie standen auf dem Steg des Bootsverleihs.

»Ich habe nicht vor, mich mit ausgebreiteten Armen auf das Boot zu stellen«, sagte Clara trocken. »Und wenn du keine unziemlichen Bewegungen machst, werden wir nicht kentern.«

Der Steg war seine Bühne. Er sprach um diese kleine Nuance lauter als nötig. Für das Publikum, das aus den beiden Bootsverleihern und einer jungen Familie bestand, die sich ein Tretboot mieten wollte. Wie anders er vor anderen sein konnte! Mit welchem Vergnügen er spielte … war es für sie? Es war schön, mit ihm unterwegs zu sein. Er fiel auf. So wie sie manchmal. Sie genoss es, wenn man ihr nachsah, weil sie gut angezogen war. Und sie beide – das war ihr an den Blicken aufgefallen, als sie in dem kleinen Hotel eincheckten –, sie beide waren tatsächlich ein schönes Paar.

Es hatte ganz aufgeklart. Auf der anderen Seite des Neckars lag der Eingang zur Altstadt. Der Bootsverleih war unterhalb der Brücke und hatte verlassen gewirkt, aber Clara hatte darauf bestanden, nachzusehen. Sie waren beide noch nie in Tübingen gewesen.

»Ich komme mir wie ein Tourist vor«, sagte Elias, als sie sich vom Kai abstießen und er zu rudern begann.

»Wir sind Touristen«, antwortete Clara, »finde dich damit ab.«

Die Sonne schien warm, aber vom Wasser stieg es sehr kühl auf. Rechts standen die farbigen Fassaden der alten Häuser hochmütig über der Ufermauer. Elias steuerte durch die herabhängenden Zweige einer Weide, und Clara schoss Fotos von ihm. Sehr romantisch, alles. Er zwischen den Zweigen in einem Ruderboot, ein nachlässig offener Hemdkragen unter einer offenen Weste.

»Du weißt, dass du gut aussiehst«, sagte sie. »Die meisten Leute erstarren, wenn man sie fotografiert. Du bist immer in Pose, ohne dass es so aussieht.«

Elias hörte kurz auf zu rudern.

»Das ist mein Beruf. Mein Gesicht, mein Körper – das ist mein Werkzeug. Also müssen beide tun, was ich will, sonst funktioniert es nicht. Das ist übrigens eine Angst, die alle Schauspieler haben, glaube ich. Dass einem irgendein blöder Unfall passiert. Dass die Stimme versagt. Ein Schlaganfall, Aphasie … egal. Also nicht nur wegen der Frauen, die man dann nicht mehr beeindrucken kann.«

Er sah sie liebevoll spöttisch an.

Clara ließ die Hand durch das sehr kalte Wasser gleiten. Elias ruderte zügig und kraftvoll. Sie konnte die Muskeln an den Unterarmen arbeiten sehen.

»Die Angst hat jeder Mensch«, sagte sie nachlässig.

Elias setzte sich auf. Sie sah, dass ihn dieses Thema wirklich beschäftigte.

»Ja, vielleicht. Aber in anderen Berufen kannst du vieles ausgleichen oder in anderen Bereichen arbeiten. Mit einem Bänderriss kannst du am Schreibtisch sitzen, aber nicht auf der Bühne stehen. Wenn du im Büro keine Stimme hast, ist das ein Ärgernis. Ich kann dann bestenfalls noch als Pantomime arbeiten. Diese tiefe Angst um den Körper – die verstehen manche nicht richtig. Ich lebe genauso davon wie ein Bauer im Mittelalter. Wenn mein Körper versagt, bin ich raus. Das war's dann. Wie ein Bauer kann ich nichts anderes machen. Arm. Arbeitslos. Mein Gesicht, mein Körper ist mein gesamtes Kapital. Mein Arbeitsmittel. Mein Werkzeug.«

»A propos Werkzeug«, sagte sie, »werden wir heute Sex haben?«

Elias sah auf. Lächelte. Ruderte weiter.

»Wir werden heute auf jeden Fall Sex haben«, sagte er. »Auch wenn du deine demente Mutter eingesetzt hast, um die Sache hinauszuschieben. Aber heute muss es sein.«

Sie passierten eine kleine Insel zwischen den Flussarmen. Eine uralte Allee zog sich parallel zu ihnen hin. Zwischen den massiven schiefen Stämmen sah man die Altstadt bergan steigen. Die Nachmittagssonne ließ die Fenster spiegeln und die verwaschenen Farben der Fassaden farbig leuchten. Clara fotografierte. Heute bin ich Touristin, dachte sie. Eine Reisende. Es gibt kein Gestern und kein Morgen.

»Obwohl ich, ehrlich gesagt, ein bisschen Angst davor habe.«

Sie ließ überrascht die Kamera sinken.

»Du hast Angst davor, mit mir zu schlafen? Ich ... ja. Ich auch ein bisschen.«

Klar hatte sie Angst. Ganz egal, was er über ihre herbe Schönheit sagte – ihr Körper war nicht der einer Dreißigjährigen. Entschuldigen Sie, Vera, darf ich mir Ihren Körper leihen? Er ist ja schon daran gewöhnt, und ich will ihn nicht enttäuschen ... nein danke, mein Gesicht behalte ich. Herbe Schönheit, hat er gesagt. Was sollte das überhaupt heißen?

»Warum hast du Angst?«

Es kam fast trotzig aus ihr heraus. Elias hob die Ruderblätter aus dem Wasser. Die Tropfen zogen rechts und links neben dem Bootsrand eine schöne Spur in den Fluss. Verstand sie das nicht?

»Natürlich habe ich Angst. Wie jeder Mann. Angst zu versagen. Ich bin … ich glaube nämlich, ich bin aufgeregt. Keine Ahnung, was du von mir denkst, aber ich … zum Beispiel One-Night-Stands. Das war noch nie meins. Das interessiert mich nicht. Aber trotzdem. So das erste Mal … ich bin einfach aufgeregt.«

Er machte eine kleine Pause. Das Boot trieb an den Rand und lief auf den Kies auf. Sie schoben es gemeinsam vom Ufer weg. Er ruderte sie wieder in die Mitte und lächelte unbeholfen.

»Aber es führt trotzdem kein Weg daran vorbei, dass wir heute Sex haben müssen.«

»Endlich«, seufzte sie, nur halb ironisch. Es war schön, dass er nicht so sicher war, wie er wirkte.

Die lang gezogene Insel neben ihnen endete, und der Neckar floss wieder zusammen. Auf einmal war der Fluss weit.

»Dieses ganze Gerede über Sex«, sagte Clara langsam und sehr deutlich, »macht mich heiß. Rudere mich zurück.«

Elias drehte dramatisch die Augen nach oben und ließ empört die Ruder fahren.

»Rudern! Vögeln! Theater spielen! Was denn noch alles?«, schrie er seinen Protest über den Fluss.

Clara lachte. Und übernahm die Ruder.

Das Fenster stand halb offen. Von der anderen Seite der Straße wurden die Töne eines Klaviers herübergetragen. Nichts Tolles, eine Etüde vielleicht. Aber sie klangen, wie ein Spätnachmittag im Frühling klingen muss. Schwebend und sich selbst genügend. Das Leben für einen Moment im Gleichgewicht.

Sie lagen nebeneinander. Ihre nackten Schultern und Hüften berührten sich. Clara hatte ein Bein angewinkelt, ihre Hand ruhte auf seinem Becken. Seine Hand daneben.

»Im Film wäre das hier das Happy End. Die Geschichte ist zu Ende, wenn sie miteinander ins Bett gehen. Wir … für uns …«

Sie ließ den Satz ungesagt. Elias lag ganz still, während alles an ihm noch prickelte und es sich anfühlte, als könnte er sein Blut leise brausen hören; so wie frisch eingeschenkter Sprudel im Glas, wenn es sehr still ist.

»Im Lichte der eben vergangenen Ereignisse betrachtet«, sagte Elias feierlich, »finde ich, dass wir viel zu lange gewartet haben. Wir hätten sofort miteinander schlafen sollen.«

Er drehte sich auf den Bauch und sah sie an. Ihre Schultern waren breit und fest.

»Schwimmst du?«, fragte er.

Sie nickte.

»Ich war mal in einer Mannschaft. Aber jetzt … viel zu selten. Gut, dass der Sommer kommt. Und ja. Ich finde auch, dass wir sofort hätten Sex haben sollen. Ich hatte zu wenig in den letzten Jahren.«

»Ist Sex wichtig?«, fragte Elias.

»Ja«, antwortete Clara sofort. »Sex ist sehr wichtig. Ich weiß, es heißt immer, dass Frauen sich ständig über so was unterhalten, aber ich habe, ehrlich gesagt, nicht so viele Freundinnen. Eigentlich fast gar keine. Deswegen weiß ich nicht so genau, wie das bei anderen Frauen wirklich ist. Aber ich glaube, dass eigentlich alle guten Sex haben wollen und fast alle keinen guten Sex haben.«

Elias hob die Schultern. Lächelte entschuldigend. Es sah sehr charmant aus, fand Clara.

»Ich habe dir gesagt, dass ich aufgeregt sein würde. Tut mir leid, dass es nicht gleich …«

»Du kokettierst wie eine kleine Prinzessin«, sagte Clara. »Das Zuwarten hat sich auf jeden Fall gelohnt.«

»Ach«, antwortete Elias schnell, »für mich war es jetzt nicht so toll. Du hättest dir etwas mehr Mühe …«

Sie war sofort über ihm und drückte ihm das Kissen aufs Gesicht.

»Sag, dass es der beste Sex deines Lebens war.«

»Dass es der beste Sex deines Lebens war«, kam es gehorsam und dumpf unter dem Kissen hervor. »Im Übrigen würde ich es vorziehen, mit Küssen erstickt zu werden.«

Dass es so leicht sein konnte!

»Wie spät ist es?«

Elias schrak hoch. Er war eingeschlafen. Clara hatte neben ihm gelegen und ihn betrachtet. Er war kaum größer als sie, aber wohl das, was man sehnig nannte. Alle Muskeln wie zum Gebrauch, nicht zum Herzeigen. Gute Beine wie die eines Tänzers. Und die Arme auch. Ob er auch Tanztheater machte? Er hatte im Schlaf gemurmelt, aber sie hatte nichts verstehen können. Wie friedlich das war. Sie hatte Angst vor den Stunden nach dem Sex gehabt. Bisher hatte sie danach immer eines gespürt: den Wunsch zu gehen. Einfach aufzustehen und zu gehen. Mit ihm war es anders.

»Halb fünf. Du hast nur eine Viertelstunde geschlafen. Musst du los?«

Er ließ sich erleichtert zurückfallen.

»Gleich. Um halb sechs ist Technikprobe. Und ein kurzer Durchlauf. Wollen wir uns danach in der Stadt treffen?«

»Irgendwie ist es gut, dass wir das erste Mal in einem Hotel miteinander geschlafen haben, oder? Es ist wie neutrales Gebiet. Gehört keinem von uns.«

Elias sah sie an. Im Schneidersitz, mit geradem Rücken nackt neben ihm sitzend. Er war sich nicht sicher gewesen, ob ihm alles gefallen würde, wenn sie nackt sein würde. Wie er auch nicht sicher sein konnte … es gab immer etwas, das man am anderen nicht mögen konnte. Etwas, über das man hinwegsehen musste. Aber bei Clara … man sah, dass sie sich nie hatte gehen lassen.

»Oder uns beiden«, sagte er. »Ich erkläre dieses Hotelzimmer zum alleinigen Boudoir von Clara und Elias für alle Zeiten. Amen. Niemand anderes wird hier jemals wieder vögeln dürfen.«

»Außer uns. Heute Abend.«

Elias lachte.

»Ja«, sagte er, »ich sehe schon. Du hast einen Plan.«

24

Die Bühne im Gewölbe des Zimmertheaters war fast noch kleiner als ihre Hausbühne. Mareike hatte sie bereits eingerichtet, und es sah alles gut aus.

»Wie ist euer Zimmer?«

Elias lächelte.

»Sehr schön. Wirklich sehr schön. Fangen wir an?«

Während sie die Szenen und die Gänge durchgingen, Mareike ihn statt durch den Zuschauerraum die Steintreppe auf die Bühne herunterkommen ließ und sie die Umzüge probten, machte sich in ihm eine große Freude breit. Es war, als hätte er sich die ganze Zeit verfahren, um schließlich völlig überrascht festzustellen, dass er genau dort angekommen war, wo er von Anfang an hingewollt hatte.

Glück. Tatsächlich. Es war einfach nur Glück. Kein stolzer Rausch wie bei einer Premiere, nicht die atemlose Befreiung in Tränen wie bei Jules Geburt, nicht die kleine Zufriedenheit am Abend eines guten Tages. Sondern ein tiefes, stilles Glück. Still und wahr und alles durchdringend. Es war sehr lange her, seit er sich das letzte Mal so gefühlt hatte.

Die Gassen der Stadt waren voller Leben. Überall waren Gruppen junger Leute. Es war schön, sie zu beobachten. Clara saß unterhalb des Marktplatzes in einem Straßencafé. Weißwein passte zu dem frühen Abend. Das Handy vibrierte. Jan. Die

Nachricht war kurz. Ein Fragezeichen. Sie musste lächeln und tippte ein Ausrufezeichen als Antwort. Und dann, in einer zweiten Nachricht, noch einmal drei. Fast sofort schrieb er zurück: *Braves Mädchen. Ich bin stolz auf dich.* Sie nahm einen Schluck Wein und spielte mit dem Handy, bevor sie schrieb: *Remis. Ich hole auf. Gib dir mal ein bisschen Mühe, Spätentwickler.*

Sex änderte immer alles. Bei diesem Lehrer … zuerst hatte es gut ausgesehen. Kaffee trinken. Essen gehen. Sogar einmal in eine Ausstellung, die sie vorgeschlagen hatte. Sie konnte darüber hinwegsehen, wenn einer nicht den gleichen Humor hatte wie sie und Jan. Aber wenn man beim Sex nicht auch mal lachen konnte, wenn etwas schieflief – und es war schiefgelaufen –, was blieb denn dann? Und so ähnlich war es mit den anderen ebenfalls gewesen.

Vom Marktplatz schlug es sieben Uhr. Die Gasse war jetzt sehr belebt. Der Abend war mild, und überall nahm man Gerüche wahr, die schon Sommer versprachen. Von Kaffee und dem nicht allzu teuren Parfum der Studentinnen, von dem alten Holz der Fensterläden, die noch bis eben von der Sonne beschienen worden waren, und verweht von Rauch. Sie sah den jungen Paaren nach; den jungen Männern in Shorts – das hatte sie noch nie leiden können – und den jungen Frauen in kurzen Röcken oder langen, leicht wehenden Kleidern. Paul und sie hatten wahrscheinlich auch einmal so ausgesehen. Vor fünfzehn Jahren. Ich würde mich gerne ebenso fallen lassen können wie Elias. Die Arme ausbreiten und in den anderen hineinfallen. Ohne Seil. Ohne Fallschirm. Keine Bungee-Beziehung, die einen kurz vor dem Ziel zurückriss, nach einem Flug, der nur so tat, als wäre er wirklich einer. Manches sagen die Engländer besser als wir. In Liebe fallen. Das ist es in Wirklichkeit. Und wir sagen einfach verlieben. Passt auch besser für mich, fand Clara.

Verlieben ist gefährlich. Verderben. Verloren. Vergangen. Es gibt nicht viel Gutes, das mit »ver« anfängt. Verliebt, verloren.

Sie trank ihren Wein aus. Um sie herum das bunte Leben. Am Brunnen saß eine Gruppe junger Leute auf den Stufen, trank, lachte und feierte die Jugend. Der Abendhimmel über dem Rathausturm färbte sich.

Jetzt ist jetzt, dachte sie und stand auf. Ob Elias heute wieder so gut spielte wie beim ersten Mal? Ob er sie wieder bezaubern konnte.

Herzlichen Glückwunsch, Elias, sagte sie im Stillen zwischen Selbstverspottung und Verzweiflung, du wirst es nicht leicht haben mit mir.

Nach der Vorstellung hatten sie sich durch die Stadt treiben lassen; immer weiter nach oben über den Rathausmarkt und durch die engen Gassen und über die Stiegen, bis sie in einen Garten hinter einem breit und hoch daliegenden Gebäude geraten waren. Eine alte Schule vielleicht oder ein ehemaliges Kloster, im Dunkeln konnte man nicht genau erkennen, was es war. Wie ein gutmütiges, großes, schlafendes Tier, dachte Elias. Es war kein großer Garten. Ein paar Bäume, deren frühe Blüten im Licht der Stadt unter ihnen schwach schimmerten. Ein niedriges Mäuerchen zum steilen Abhang, an dem verstreut ein paar kleine Obstgärten lagen. Vier verlassene Bänke, die der kleinen Anlage etwas zurückhaltend Öffentliches gaben.

Sie standen an der Mauer und sahen auf die Stadt hinunter. Obwohl es schon ziemlich spät war, klang hier ein Lachen, dort ein Rufen aus den immer noch belebten Straßen zu ihnen herauf. Der Himmel spannte sich mondlos und endlos weit über ihnen.

»Ich bin gerne unterwegs mit dir«, sagte Elias leise.

»Es ist schon eine sehr romantische Kulisse«, sagte Clara spöttisch. »Und wenn man reist, ist es immer leicht.«

Elias legte den Arm um sie und zog sie an sich.

»Jede Liebesgeschichte braucht eine Kulisse. Jede Liebesgeschichte braucht schöne Bilder. Und Musik natürlich. Daran ist nichts Falsches. Glauben Sie mir«, fügte er mit tiefer, weicher Stimme hinzu, »glauben Sie mir, ich spreche die Wahrheit.«

Clara musste lachen.

»Trotzdem. Von schönen Bildern allein kann eine Liebe nicht leben.« Sie entzog sich seinem Arm und umfasste mit einer weit ausholenden Bewegung der Hand die Stadt und das Schloss über ihnen und den Garten, in dem sie standen. »Das hier ist alles wunderhübsch. Aber es sind eben nur Bilder.«

»Sagt die Fotografin«, gab Elias trocken zurück.

Sie schwiegen eine Weile. Wie konnte sie auf einmal wieder so abweisend sein? Heute Nachmittag hatte er das Gefühl gehabt, sie würden im Takt atmen. Die ganze Zeit. So, als ob man bei allem, was man sagte, eigentlich zusammen singe. Aber jetzt war es, als wollte er singen, und sie fiel nicht mit ein. Als ob sie sich plötzlich für ihren Gesang, ja, schämte. Er blickte über die Stadt. Die Reflexionen der Lichter im Neckar, der so gemächlich dahinfloss. Die kühle Nachtluft um sie beide. Die große, weite Dunkelheit dieser Neumondnacht. Er trat hinter sie und umfing sie. So wie im verschneiten Rosengarten. Es schien länger her, als es das in Wirklichkeit war.

Clara ließ es geschehen. Es fühlte sich gut an und gleichzeitig war es, als dürfte das alles nicht passieren.

»Sieh mal«, sagte Elias leise und ganz nah an ihrem Ohr, »ich habe schon gar nicht mehr geglaubt, dass so etwas geschehen kann. Dass es sich so echt anfühlen kann.«

»Sagst du das allen?«, fragte Clara. Es hatte verspielt ironisch klingen sollen, aber das tat es nicht.

»Ich sage es *dir.* Aber für mich …« Wie konnte er es ihr am besten sagen?

Nein, entschied sich Elias. Ich will es einfach sagen. Nichts weglassen und nichts halb erzählen oder daraus weniger machen, als es war. Nicht mit dir.

»Wenn man sich kennenlernt«, begann er langsam, »dann tun immer alle, als hätten sie keine Vergangenheit gehabt. Als hätte es vor dir nichts gegeben.«

Ja, dachte Clara, das stimmte. Die Männer, die sie getroffen hatte … sie wollten immer in der Luft schweben. Ohne Vergangenheit. Das kam immer erst nach und nach, und sie selbst hatte es satt, sich mit ihrer Geschichte immer so schwer zu fühlen.

»Aber bei mir hat es Vera gegeben, das weißt du schon. Und noch ein paar Beziehungen, wenn ich das überhaupt so sagen kann.«

»Man weiß, wie diese Schauspieler sind.«

Diesmal klang es richtig. Leicht. Er hatte einfach recht. Sie hatten beide nicht in einem Kloster gelebt.

»Und bei dir«, fuhr Elias fort, »bei dir wird es wahrscheinlich nicht anders gewesen sein. Du bist sehr attraktiv. Sehr. Würde mich sehr wundern, nein«, meinte er grinsend, »es würde mich sogar enttäuschen, wenn da keiner gewesen wäre.«

»Es war ein Lehrer aus Braunschweig dabei. Wirst du mich jetzt verachten?«

Ihr fast unmerklicher Widerstand gegen seine Umarmung ließ nach. Er hielt sie weiter, und sie genoss das Gefühl seiner über ihrem Bauch gekreuzten Hände. Das war im Rosengarten auch so gewesen.

»Was willst du mir eigentlich erzählen?«

Elias atmete tief ein. Er setzte sich auf die Lehne der Bank hinter ihm. Sie nahm neben ihm Platz. Sie saßen eng beieinander. Schultern, Hüften, Beine. Es fühlte sich zärtlich an.

»In Mona habe ich mich damals so verliebt. Jules Mutter. Das war … es hat sich wie eine ganz große Liebe angefühlt. Wie man eben so ist, wenn man keine Ahnung hat. Aber dass man noch nichts von der Welt weiß, macht ja das Gefühl nicht kleiner. Wir waren wie Romeo und Julia. So hat es sich angefühlt. Und diese erste Liebe, die vergisst man nie. Die bleibt immer. War das bei dir auch so, mit Paul?«

Claras Gesicht wurde weich, als sie an die Zeit zurückdachte. Das war wirklich lange her. Sie. Beate. Jan. Und …

»Nicht Paul«, sagte sie, »das war später. Johann hieß er. Ich habe es nur damals nicht gleich gemerkt. Aber es war so ähnlich. Nicht wie Romeo und Julia. Wir haben uns mehr als Bonnie und Clyde gesehen. Aber es hat sich auch so … unbedingt angefühlt.«

»Und mit Paul nicht?«

Sie konnte mit ihm reden. Er hörte richtig zu, und er stellte die richtigen Fragen. Ob es ihm mit ihr auch so ging?

»Mit Paul …«, sie zögerte. Die Stadt war stiller geworden. Von den Türmen schlug es nacheinander eine Viertelstunde. Die unterschiedlichen Töne klangen wie aufeinander abgestimmt.

»Es war viel erwachsener mit Paul. Vielleicht denkt man irgendwann so. Dass man erwachsener sein muss. Dass eine Partnerschaft aus allem Möglichen besteht, weil sie nicht nur ein großes Gefühl sein kann. Aus Freundschaft und Vertrauen und gemeinsamen Interessen und …«

»Hach, das kenne ich«, seufzte Elias theatralisch dazwischen. Clara stieß ihn mit dem Ellenbogen umstandslos und ziemlich hart in die Rippen.

»Hör zu!«

Elias sprang auf, stellte sich vor sie hin und verbeugte sich fast bis zum Boden.

»Gewiss, meine Dame. Ich bitte um Verzeihung.«

»Spielst du immer?«, fragte sie ihn lachend.

»Immer«, antwortete Elias, »aber das heißt nicht, dass es nicht wahr ist. Erzähl weiter.«

Diesmal setzte er sich auf die Bank zu ihren Füßen. Lehnte sich an ihre Beine. Die Dunkelheit machte es ihr leichter, zu sprechen.

»Ich glaube«, sagte sie, »ab einem bestimmten Zeitpunkt wollte ich keine Beziehung auf diese erwachsene Art mehr führen. Ohne große Gefühle; nur mit diesem freundlichen ›Ich liebe dich‹, das schon fast nichts mehr bedeutet. Und dann stand ich eines Morgens im Bad vor dem Spiegel und dachte: Das kann es nicht sein. Das darf es nicht sein. Aber natürlich: Ich weiß auch, dass es solche Tage gibt, und dann geht man nach all den Jahren nicht an den Frühstückstisch und trennt sich.«

Ja, dachte Elias, so ist es. Genau so. Es war wie eine Erleichterung, dass es ihr auch so ergangen war. Er wollte etwas sagen, aber sie legte eine Hand auf seine Schulter, wie um ihm zu bedeuten, dass er noch warten sollte. Sie sprach jetzt noch stockender.

»Ich wollte mir selbst etwas Zeit geben. Nicht einfach aus dem Gefühl eines Tages hinwerfen. Fair sein und ihn nicht überfallen. Aber das Leben ist nicht fair. Das Leben ist schneller und kommt dir dazwischen. Es schickt deinen Freund vom Arzt mit Magenkrebs heim.«

Sie holte tief und etwas zitternd Luft.

»Weißt du, am Anfang dreht sich dann alles nur noch um Behandlungen und die Operation und die Klinik, und das ist auch normal. Du willst dich ja kümmern. Dafür steht alles andere zurück. Du kannst dann nicht egoistisch sagen: Du, ich wollte mich eigentlich von dir trennen, komm alleine mit dem Krebs zurecht.«

Jetzt erst, hier mit Elias auf dieser Bank, wurde ihr klar, dass sie diese Geschichte zum ersten Mal so erzählte. Dass sie bisher immer ungesagt in ihrem Kopf gewesen war.

»Aber das ist gut«, sagte Elias leise. »Es ist gut, so zu sein.«

In diesem Moment schoss es in Clara hoch, so wie eine überraschende Welle einen von den Beinen fegen kann, und sie schrie fast.

»Nein! Es ist nicht gut. Es ist einfach eine verfluchte, dreckige Lüge, und sie macht eigentlich nichts besser. Weißt du«, sagte sie heftig atmend, weil sie plötzlich das Gefühl hatte, keine Luft mehr zu bekommen, »er hat mich dann gefragt, ob ich ihn heiraten will. Zwei Wochen nach dem Krankenhaus. Da wusste ich noch nicht, dass er … dass er sterben würde. Er auch nicht. Für ihn war es so, wie es eben ist, wenn man gerade eine schwere Krise durchgemacht hat. Dann denkt man immer, jetzt müsste man irgendwas ändern.«

Elias spürte, wie sie am ganzen Körper flog. Er legte ihr eine Hand auf den Rücken. Clara sprach weiter, hektisch und stoßweise. Wie konnte es sein, dass sie das alles noch einmal so einholte?

»Ich konnte nicht Ja sagen, und ich konnte nicht Nein sagen. Ich hab gesagt, warten wir noch. Aber ihm war das wichtig. Und gleichzeitig sah ich, wie er immer weniger wurde. Und dass die Übelkeit nicht nachließ. Da dachte ich noch, es läge an der Chemo. Bis dann, wie zufällig, eine der Ärztinnen mir die Adresse von einem Hospiz in Stuttgart gab, als ich ihn bei einem Termin in der Klinik abholte. Rufen Sie da am besten mal an, sagte sie, wir können hier bald nichts mehr für ihn tun. Sie dachte wahrscheinlich, ich sei seine Frau. Sie hätte das gar nicht gedurft, glaube ich.«

Elias spürte ihre Erschütterung, aber er wollte nichts sagen. Stellte sich vor, wie es für ihn gewesen wäre ... mit Jule. Kein guter Gedanke. Er holte tief Luft und setzte sich gerade hin. Alle sagten immer, dass der Tod überall war. Man wollte es bloß nicht wahrhaben. Er hätte sie gerne in den Arm genommen, aber er spürte, dass es jetzt nicht das Richtige war. Sie stand wieder auf und ging zu einem der Bäume. Legte ihre Hand auf den Stamm. Elias trat neben sie und legte seine Hand neben die ihre. Es war schon fast wie etwas, das nur ihnen gehörte. Die Hände nebeneinanderlegen.

»Und dann habt ihr doch geheiratet?«

Claras Atem beruhigte sich. Es tat gut zu stehen. Um sie herum nur die Nacht. Sie hätte Elias gerne umarmt und ihm an seiner Schulter ihre Geschichte weitererzählt, aber die Clara von vor zehn Jahren griff durch die Zeit nach ihr und hielt sie zurück. Von sich selbst kann man sich nicht trennen. Keine Scheidung. Nichts. Mit sich selbst muss man immer weiterleben. Als sie weitersprach, klang ihre Stimme sogar für sie selbst kalt.

»Vor allem habe ich dann etwas sehr Dummes gemacht. Ich habe ihm die Wahrheit gesagt. Ich habe ihm gesagt, dass er sterben wird. Und weißt du, warum?«

Sie ist wütend, dachte Elias. Sie ist wirklich wütend. Er hatte sie noch nicht so gesehen. Ihre Stimme hob sich jetzt wieder. Es klang trotzdem erstickt. Als ob sie viel Kraft brauchte, um nicht alles herauszuschreien.

»Weil ich dachte, ich müsste ehrlich sein. Für mich selbst. Dass man sich nicht untreu wird und so. Dass man sich zu gut ist für eine barmherzige Lüge. Denn es ist nur für einen selbst.

Der andere stirbt ja. Man selbst will mit dem guten Gefühl zurückbleiben: Hey, ich hab ihm die Wahrheit gesagt. Ich habe alles richtig gemacht. Ich bin mir treu geblieben. Ich würde es nie wieder tun. Nie.«

»Clara«, sagte Elias sanft. »Clara.«

Sie achtete kaum darauf. Es war alles wieder da. Wie wütend Paul geworden war, trotz seiner Schwäche.

»Du glaubst nicht an mich. Das hat er gesagt. Du glaubst nicht mehr an mich. Willst du, dass ich sterbe? Er war … es war, als hätte er bis dahin immer noch gedacht, dass bald alles wieder gut sein würde. Dass es bloß noch ein bisschen dauerte. Weil es ja immer die anderen trifft. Niemals einen selbst. Weil man sich das nicht vorstellen kann. Er hat mich gehasst.«

»Aber wie …«, Elias verstand nicht ganz. »Ihr habt aber dann doch geheiratet, oder?«

Clara hatte das Bild vor Augen. Der Rathaussaal. Ihre Eltern. Damals war ihre Mutter noch gesund gewesen. Jan und die anderen. Und Pauls Familie. Nur ganz wenige Freunde. Ein Freundeskreis wurde schnell kleiner, wenn einer Krebs hatte. Wieder eins von diesen Klischees, die dann doch wahr waren. Und Paul mit dem Kopftuch. Wie ein Pirat. Ein kranker, elender Pirat.

»Wir haben danach ein paar Tage fast nicht miteinander gesprochen. Und dann habe ich es nicht mehr ausgehalten und ihn gefragt, ob wir heiraten wollen.«

»Um ihm zu zeigen«, sagte Elias langsam, »dass du doch an ihn glaubst. Dass er wieder gesund wird.«

Clara nickte voller Verachtung für sich selbst.

»Die größte Lüge.«

Elias nahm ihre Hände in seine. Sie gab widerstrebend nach.

»Aber du hast es doch aus …«, Mitleid war vielleicht das

falsche Wort, dachte er. »Du hast es doch für ihn getan. Das ist etwas Gutes.«

Clara riss wütend ihre Hände aus den seinen.

»Nichts daran ist gut!«, schrie sie jetzt wirklich. »Nichts! Es war falsch und nur, weil ich es nicht ausgehalten habe … dabei ist er gestorben. Er hat die Schmerzen gehabt. Er ist so jämmerlich gestorben, und ich habe ihn da längst nicht mehr geliebt. Es war nur noch eine … es war alles falsch. Am Schluss habe ich sogar gehofft, dass es bald vorbei sein würde.«

Elias hörte die Tränen in ihrer Stimme. Sie war an die Mauer getreten und sah hinunter, ohne etwas zu sehen. Warum hatte sie sich so hinreißen lassen? Warum hatte sie das erzählt? Sie versuchte, die Tränen unter Kontrolle zu bringen, als Elias neben sie trat und sie in den Arm nahm.

»Vielleicht war es falsch«, sagte er nach einer ganzen Zeit, »vielleicht. Aber jetzt ist jetzt. Wir können es richtig machen, diesmal.«

Sie wusste nicht, was sie fühlte. Es war gut, ihm so nahe zu sein. Und gleichzeitig …

»Ich weiß nicht, ob ich das kann«, flüsterte sie. »Ich weiß nicht, ob ich das überhaupt kann, so ganz und gar.«

»Ich glaube schon«, sagte Elias. Er küsste sie leicht. Vielleicht auch nur, um diese kleine Unsicherheit zu überbrücken, die ihre Worte in ihm ausgelöst hatten. Ich weiß nicht, ob ich das kann.

»Woher willst du das wissen?«, fragte sie.

»Weil du so bist«, sagte Elias einfach. »Auch wenn es sich für dich nicht mehr so angefühlt hat, es ist doch auch eine Liebe, dass du bis zum Ende bei ihm geblieben bist.«

»Ich hätte ihn nicht heiraten dürfen«, sagte Clara wieder gefasst.

»Vielleicht nicht«, erwiderte Elias. »Aber das war doch, was er sich gewünscht hatte, oder? Wahrscheinlich kannst du in so einer Situation nichts richtig machen. Richtig machen hieße wahrscheinlich, dass man jemanden vor dem Sterben bewahren kann. Und das geht nicht. Alles fühlt sich falsch an, wenn einer vor der Zeit stirbt. Und du warst da für ihn.«

Clara richtete sich auf und sah Elias an.

»Innerlich nicht. Das ist eine Schuld … die kannst du auch nicht wegnehmen oder wegreden. Ich weiß, dass es falsch war, und du weißt es auch. Du würdest auch nicht wollen, dass ich aus Mitleid oder aus schlechtem Gewissen bei dir bliebe, oder?«

Elias lächelte und sagte etwas, das er seit langer Zeit nicht mehr zu jemandem hatte sagen können.

»Ich würde in jedem Fall, immer, wollen, dass du bei mir bleibst. Können wir jetzt noch etwas trinken gehen?«

Ihre Anspannung löste sich so plötzlich, dass sie lachen musste. Das konnte er gut, dieser Mann. Sie küsste ihn flüchtig.

»Diese Frage im richtigen Augenblick zu stellen, erhöht auf jeden Fall die Wahrscheinlichkeit, dass ich bleibe.«

25

Kirchenglocken von überallher. Die Fenster des Hotelzimmers hatten sie die Nacht über offen stehen lassen. Die Luft war frisch und kühl.

»Montag«, sagte Elias. Sie lagen noch im Bett. Wie vertraut es sich anfühlte. Das lag vielleicht auch daran, dass er nicht das Gefühl hatte, gehen zu müssen. Die Nähe nicht zu groß werden zu lassen. Seelenverwandtschaft, dachte er spöttisch, aber es war doch etwas Wahres darin. Er drehte sich zu ihr. Sie hatte die Augen geschlossen und sah im Morgenlicht außergewöhnlich schön aus. Sie würde auch als alte Frau noch auf diese scharfe, ungefällige Weise schön sein. Ein warmes Gefühl durchflutete ihn.

»Du«, sagte er zärtlich. Nicht mehr. Darin lag alles.

Sie öffnete die Augen nicht, obwohl sie es gehört hatte. Das Wort sank warm und tief in sie hinein. Bis sie es, kurz vor der Mitte, anhielt. Nicht. Berühre mich nicht im Innersten. Ich weiß nicht, ob ich das aushalte. Ob ich die Richtige sein kann für dich.

Er lag dicht neben ihr. Der Morgenhimmel war ein wenig verschleiert, aber der Tag konnte schön werden.

»Als ich klein war, auf dem Dorf, da haben wir neben einer Kirche gewohnt. Ich habe nie eine Uhr gebraucht. Im Winter das Feierabendläuten um sechs, im Sommer um acht. Ich mag das Glockengeläut.«

»Ich auch«, sagte Clara. »Es hat so etwas Friedliches. Was hast du da?«

Sie nahm seine Hand und betrachtete den Ringfinger, der nicht gut aussah.

»Ein Souvenir von deinem Haus«, sagte Elias. Er entzog ihr die Hand und betrachtete die Entzündung. »Als ich über den Zaun gestiegen bin, habe ich mir einen Dorn von deiner Heckenrose eingezogen. Ist doch hübsch. Es erinnert mich an dich.«

»Wenn du eine Erinnerung an mich brauchst, während du neben mir liegst, bist du dement, mein Lieber. Das habe ich schon in meinem Leben. Soll ich das aufschneiden? Es sieht eitrig aus.«

Elias setzte sich auf.

»Ich kann mir nichts Romantischeres vorstellen. Bist du irgendwie abnorm veranlagt? Wozu willst du mich aufschneiden? Und womit?«

Clara stand auf und holte ihr Reisenecessaire aus dem Bad.

»Die kluge Frau baut vor. Normalerweise habe ich immer ein Skalpell dabei. Das ist das Gute, wenn man Verwandtschaft im Klinikum hat.«

»Andere Frauen haben Lippenstift dabei oder Tampons und Parfum oder so. Du hast Skalpelle. Muss ich mir über irgendwas Sorgen machen?«

»Tampons habe ich auch dabei«, sagte Clara trocken, »wenn ich das Skalpell benutzt habe, ist da oft jede Menge Blut. Wasch dir die Hände, und dann komm her. Ach, und in meinem Koffer ist noch ein Leichensack, bring den auch mit, ja?«

Elias sprang lachend aus dem Bett und salutierte nachlässig, bevor er ins Bad ging. Clara nahm das Skalpell aus der sterilen Verpackung.

»Okay«, gab sie zu, als er zurückkam, »vielleicht bin ich abnorm veranlagt. Ich kann es nicht ertragen, so was zu sehen.

Pickel auch nicht. Ich will das sofort operieren. Leg die Hand auf mein Knie und halt still.«

»Ich bin sehr froh, dass es die Hand auf dem nackten Knie gibt«, sagte Elias. »Es wäre sonst nämlich auch eine von diesen Szenen, die sie in Liebesfilmen nie zeigen. Au!«

Clara hatte einen kleinen schnellen Schnitt am Rand des Nagelbetts gesetzt. Blut und etwas Eiter quollen heraus. Clara tupfte die Wunde ab und desinfizierte sie mit Spray.

»Hoffentlich habe ich tief genug geschnitten«, sagte sie, als sie das Skalpell in die Papiertücher einwickelte und wegwarf. »Halt die Wunde sauber.«

»Wie soll ich dich dann anfassen?«, fragte Elias boshaft. Er kniete vor ihr. Die Hand lag noch auf ihrem Schenkel. Clara zog ihn zu sich.

»Hände werden überschätzt«, sagte sie.

Der Vormittag war still. Auf dem Fluss lag ein feiner Nebeldunst und in den Straßen war es noch kühl. Von der anderen Uferseite hörte man das Singen der Vögel. Sie lehnten an der Ufermauer und sahen schweigend ins Wasser. Es ist gut, mit ihm still sein zu können, dachte Clara. Sie drehte sich um und sah nach oben. Die Villen am Hang lagen in großen Grundstücken fast wie in einem lichten, noch hellgrünen Wald. Es sah alles teuer aus und sehr hübsch und unerreichbar, aber das machte nichts. Es genügte ihr. Es kam ihr vor, als ob die Stadt nur da wäre, um ihr diesen Morgen zu verschönen. Elias sah immer noch ins Wasser, aber sie hörte ihn leise, wie für sich, in einem Ton zwischen Singsang und Alltag rezitieren: »Ein Stock, ein Stein. Das Ende des Wegs. Der Rest eines Stumpfs. Ein bisschen allein. Ein Scherben Glas. Es ist Leben und Licht. Es ist Nacht und der Tod. Eine Falle, ein Nichts. Eine Ziegelsteinwand im Frühmorgenlicht …«

»Was ist das?«, fragte Clara. »Es ist sehr schön.«

»Eigentlich ein Lied.« Elias sah nicht hoch, als er die Melodie zu summen begann. Die Wellen spielten am Ufer, und die Morgenbrise riffelte die Oberfläche. »Ich habe es mir mal übersetzt. Waters of March heißt es.«

Es passte gut, auch wenn es April und der eigentlich auch fast schon vorbei war. Sie nahm den Schutz von der Kameralinse.

»Bleib mal so.«

Clara suchte einen guten Winkel für das Bild. Er, die Unterarme auf die Mauer gestützt und der Blick ins Wasser. Die leise bewegten Zweige der Weiden über ihm. Das Ufer mit den reichen Gärten dahinter.

»Darf ich dich auch mal fotografieren?«, fragte Elias und streckte die Hand nach der Kamera aus. Clara schüttelte den Kopf.

»Ich bin nicht fotogen. Ich liebe die Kamera, aber sie mich nicht. Es gibt keine guten Bilder von mir.«

»In meinem Kopf schon«, sagte Elias. »Aber wie du heute früh schon so charmant bemerkt hast, bin ich dement und hätte deshalb gerne ein paar Fotos.«

»Kommt nicht infrage«, sagte Clara. »Mal dir welche.«

Er versuchte, die Kamera zu erwischen, aber sie rannte unvermittelt los. Und sie war schnell. Er holte sie erst ein, als sie schon auf der Brücke waren und sich außer Atem küssten.

Sonntagsliebe, dachte Clara kurz, aber voller Freude.

Sie waren auf die Platanenallee geraten.

»Wahrscheinlich verpasst man immer wieder Sachen, wenn man die Reiseführer nicht liest, aber ich genieße es, mich in einer neuen Stadt einfach treiben zu lassen.«

Elias nickte nur, weil er es meistens genauso tat. Es gefiel ihm, wie sie neben ihm ging. Es war ihm schon einmal aufgefallen, aber jetzt, nachdem er sie nackt gesehen hatte, war ihr Gang wie eine Bestätigung. Sie hatte Freude an ihrer Kraft, an ihrem Körper.

»Du gehst schön«, sagte er.

»Das hast du nicht zu bestimmen«, sagte sie hoheitsvoll. »Aber danke. Ich tue das zu den Komplimenten für schlechte Zeiten. Spare in der Zeit, dann hast du in der Not.«

Ihre Gespräche waren wie kleine Fechtgänge im Training. Verspielt, aber trotzdem musste man immer präsent sein. Wach. Einfallsreich und geschickt. Sie forderte ihn immer wieder, und das hatte er seit Mona nicht mehr erlebt.

Die Sonne war noch nicht ganz herausgekommen, aber man konnte sie über einer dünnen Wolkendecke gut ausmachen. Alle Farben ein wenig gedeckt und keine stach hervor. Zwischen den uralten Stämmen lagen diffus dunkelgrün die Schatten auf dem hellen Grün des frischen Grases. Rechts und links von ihnen floss der geteilte Neckar dunkel-silbrig gemächlich dahin. Gutes Licht zum Fotografieren.

»Warum will man eigentlich immer sofort auf eine Insel, wenn da eine ist?«

»Weil da eine ist«, antwortete sie sofort. »Warum schläft eine Katze nicht nur, wenn sie satt und außer Gefahr ist? Wenn Evolution nur um das Überleben der Art ginge, wäre das schlau, oder? Aber die Katze ist eben neugierig. Sie ist eins von den wenigen Tieren, denen Entdecken Lust bereitet. Deshalb denkt sie: Die Evolution kann mich. Ich will mal wissen, was auf dieser Insel los ist. Manche Menschen sind auch so. Du. Ich.«

»Vergleichst du mich mit einer Katze?«

Elias war geschmeichelt. Clara sah ihn grinsend an.

»Katzen haben keinen Sinn für Süßes. Fehlt ihnen einfach. Deswegen fallen sie nicht auf Schokolade herein. Du schon. Stell dich mal neben den Baum da.«

»Wann werde ich dich fotografieren dürfen?«

»Nie«, antwortete sie kurz und ging in die Knie. Sie mochte so sehr, wie natürlich er Haltungen annehmen konnte, verstand, was für ein Bild sie von ihm im Kopf hatte. Ein Mann, der sich seine jungenhafte Unbekümmertheit wirklich bewahrt hatte und sie nicht nur manchmal spielte, um andere zu beeindrucken. Eine echte Unbefangenheit, so dass er keine Angst davor hatte, komisch auszusehen. Er wurde vor der Linse nicht steif wie so viele Menschen.

»Im Gegensatz zu mir bist du sehr fotogen.« Sie legte den Kopf schief. »Du siehst auf den Bildern sogar besser aus als in Wirklichkeit.«

Elias trat hinter einen der großen geborstenen Stämme, der von starken Bändern zusammengehalten wurde.

»Fotografier den Baum. Mein Gesicht kriegst du nicht mehr zu sehen.«

Sie ließ die Kamera sinken und ging um die Platane herum. Er lehnte lässig mit dem Rücken an der Borke. In ihrer Brust herrschte auf einmal eine leichte Atemlosigkeit bei seinem Anblick.

»Es ist sehr schön, mit dir zu sein.«

Ja, dachte er, ja, ja, ja.

»Ist das eine Liebeserklärung?«

Sie küsste ihn leicht auf den Mund.

»Ja«, sagte sie lächelnd, »ich denke schon.«

26

Toni und Jan waren schon da, als sie bei den Eltern eintraf. Toni und sie sahen sich nicht mehr so oft, seit sie nach Augsburg gezogen war. Sie waren auch nicht ganz so eng miteinander wie Jan und sie. Trotzdem spürte Clara die Vertrautheit, als sie sich umarmten. Schwester war Schwester.

»Tut mir leid, dass du mitten in der Woche kommen musst. Lange Fahrt, oder?«, fragte sie Toni.

»Ich musste sowieso ein paar Sachen holen. Und dann hat es doch ganz gut gepasst. Wann kommt denn der Typ genau?«

Es klang abfällig und sollte es wohl auch. Der Typ ... dass man immer gleich in eine feindselige Haltung verfiel, noch bevor man jemanden gesehen hatte. Wahrscheinlich tat der Mann auch nur seinen Job. Aber man verhielt sich gleich so, als ob die Familie bedroht wäre. Dabei war es nur ein Gespräch mit ihrer Mutter. Clara sah auf den Brief vom Amtsgericht, der auf wunderbare Weise nicht in dem bizarren Wust aus Werbung, Arztrechnungen, Zeitungen, immer neu angelegten Ordnern und alten Akten ihres Vaters untergegangen war.

»Ein Dr. Henschel. Sachverständiger. Zehn Uhr dreißig. Wo ist Mama eigentlich?«

Toni zeigte in Richtung Bad.

»Jan hilft ihr beim Anziehen. Was denkst du? Ist sie wirklich so dement?«

Clara zuckte die Achseln. Toni war seit über zwei Jahren

weg und ihre Mutter immer besser in Form, wenn die Familie da war. Dann konnte man sich manchmal sogar mit ihr unterhalten.

»Toll ist es nicht mehr. Aber ich finde, es geht noch. Papa kümmert sich so einigermaßen.«

»Hätte ich eigentlich nicht gedacht«, sagte Toni und ging in die Küche, um sich einen Kaffee zu kochen. Es sah aus wie früher, dachte Clara. Bei ihnen war es immer ein bisschen chaotisch gewesen. Mama hatte nie richtig Lust auf Hausarbeit gehabt. Toni hatte, als sie noch klein war und wissen wollte, wo ihre Mutter war, nicht etwa gefragt: Wo ist Mama?, sondern: Wo liest Mama? Es war so unfair, dass das alles verloren ging. Es hieß doch immer, dass es half, wenn man sich geistig beschäftigte. Aber wahrscheinlich war ihre Mutter einfach nur eine Ausnahme von der Statistik. Sie war immer schon in vielen Dingen anders gewesen. Sie folgte Toni in die Küche.

»Machst du mir auch einen?«, fragte sie. »Und was hättest du nicht gedacht?«

Toni mahlte Kaffee. Sie sieht hübsch aus, dachte Clara. Hübscher als ich. Und jünger. Es versetzte ihr einen kurzen Stich, als sie daran dachte, ihr Elias vorzustellen.

»Dass Papa sich mal so kümmern würde.«

Sie zog die Lade der Mühle auf und gab das Pulver in die Kanne. Die Siebträgermaschine, die sie den Eltern vor Jahren geschenkt hatten, stand völlig verstaubt in einer Ecke auf der Arbeitsplatte. Papa hatte nie etwas damit anfangen können. Auf einmal roch es überwältigend gut nach frischem Kaffee.

»Ich meine, früher … die haben doch beide ihr eigenes Leben gelebt. Mama und Papa sind ja nicht mal zusammen in den Urlaub gefahren.«

Clara lachte.

»Ja, weil Mama nicht warten wollte, bis Papa gepackt hatte. Aber ja, er macht es … er gibt sich sehr viel Mühe. Hätte ich auch nicht gedacht. Aber jetzt schafft er es nicht mehr.«

Toni goss schweigend das kochende Wasser auf. Clara musste plötzlich daran denken, wie es wohl mit Elias wäre. Würde sie sich kümmern wollen, wenn er alt war? Würde sie überhaupt … sie hatte sich nie vorstellen können, so lange mit jemandem zusammen zu sein. Ob es so etwas überhaupt noch geben konnte?

»Voilà«, sagte Jan gut gelaunt, als er zusammen mit ihrer Mutter in die Küche kam, sie an den Schultern nahm und sie um sich selbst drehte. Er hatte ihr ein Kleid angezogen, das er wohl noch im Schrank gefunden hatte. Mama trug sonst immer lieber Hosen. Und er hatte sie gekämmt. Sie sah so frisch und vergnügt aus, als wäre sie völlig gesund. Fast wie früher. Sie liebte es, ihre Kinder um sich zu haben. Das war schon immer so gewesen. Toni hatte es nicht leicht gehabt, als sie zum Studium nach England gehen wollte.

»Du Schlingel!«, sagte Mama lachend, und Toni und Clara mussten mitlachen. Manchmal war es wirklich einfach lustig.

Vielleicht geht es doch ganz gut. Vielleicht hat sie sich stabilisiert. Vielleicht … Clara wollte nicht weiterdenken.

»Wo ist Papa? Der sollte doch bei dem Gespräch auch dabei sein, oder?«

Ihr Vater war wahrscheinlich irgendwo in den Tiefen des Hauses und suchte einen Schutzhelm oder irgendetwas, von dem er glaubte, dass man es bei einem Gespräch mit einem Psychiater brauchen konnte. Vielleicht zog er auch nur den grausigen Hausmantel aus, den er manchmal bis in den Nachmittag hinein trug.

»Ich hole ihn«, sagte Toni, als es klingelte.

»Ich komme mit«, sagte ihre Mutter.

»Bleib du mal lieber bei uns, Mama«, sagte Jan freundlich. »Hier ist ein Herr, der dich sprechen möchte.«

Vielleicht funktionierte ihr Gehirn nicht mehr richtig, aber ihre Instinkte waren anscheinend noch sehr lebendig.

»Ich will keinen Besuch! Nur Kinder haben ihre Teller bei mir im Haus. Nur Kinder!«, wiederholte sie eindringlich, aber da hatte Jan schon die Tür geöffnet.

»Wissen Sie, welches Jahr wir schreiben?«

Dr. Henschel war sehr professionell und lächelte nie. Papa, Toni, Jan und sie saßen mit am Esstisch, fast wie früher. Clara wand sich innerlich, so unangenehm war es ihr, das mitanzusehen. Es war noch schlimmer als neulich auf der Polizei. Es war, als würde ihre Mutter nackt ausgezogen werden. Sie konnte sehen, dass es Toni und Jan ähnlich ging.

Kreuzchen um Kreuzchen wurde auf dem Stapel Papier vermerkt, den Dr. Henschel vor sich auf dem Tisch liegen hatte.

»Frau Wagenbach, womit zahlen wir hier in Deutschland, Euro oder Mark?«

Mama bekam hektische Flecken auf den Wangen.

»Ich muss hier nicht … ich kann euch was sagen … die Katze hat unser Wasser verführt. Hier können Sie mich nicht unter dem Tisch!«

Je wütender sie wurde, desto weniger Sinn ergaben ihre Sätze.

»Mama«, versuchte es Toni, »du sollst doch nur sagen, womit du bezahlst. Euro oder Mark.«

»Das ist alles mein Geld!«, rief ihre Mutter wütend und stand so hektisch auf, dass der Stuhl umfiel.

Jan und Clara mussten lachen. Der einzige klare Satz hatte

mit Geld zu tun. Aber ihr Lachen kam nur von der großen Anspannung.

Ein weiteres Kreuzchen auf der Liste des Dr. Henschel.

»Wissen Sie, welcher Tag heute ist?«

Er war unerbittlich, und es war vor allem deshalb furchtbar, weil sie alle, wie sie am Tisch saßen, nicht hatten wahrhaben wollen, wie weit sich ihre Mutter bereits von der Welt entfernt hatte. Sie, die immer so unglaublich stark gewesen war. Die sich vor ihre Kinder gestellt hatte, egal, was war. Clara erinnerte sich noch daran, wie sie damals, nach Pauls Unfall mit ihrem Auto, Mama angerufen hatte.

Mama, hör mal, es kann sein, dass dich in den nächsten Tagen ein Polizist anruft.

Was soll ich sagen?, hatte Mama sofort gefragt. Nicht, was sie angestellt hatte. Nicht, was passiert war. Nicht, ob sie jemanden umgebracht hatte. Einfach: Was soll ich sagen?

Plötzlich hatte sie Tränen in den Augen. Jan war bleich, und Toni hatte ganz ähnliche Flecken auf den Wangen wie ihre Mutter. Nur ihr Vater schien so wie immer.

»Vier Uhr!«, schrie Mama. »Ruhe jetzt!«

Sie rannte aus dem Zimmer und schlug die Tür zu.

Noch ein letztes Kreuzchen, Dr. Henschel sah auf.

»Sie haben es selbst gemerkt«, sagte er nüchtern, »Ihre Mutter ist schwer dement.«

Er packte seine Papiere zusammen. Mit kleinen, fast pedantisch genauen Bewegungen. Er hat wirklich eine Aktentasche, dachte Clara, wie im Film. Braun. Hässlich.

»Das Amtsgericht wird eine Vormundschaft anordnen«, sagte er im Aufstehen. »Natürlich berücksichtigen die zuerst die Verwandten, wenn Ihnen das recht ist. Also Sie«, er wandte sich an ihren Vater, bevor er in Richtung Jan und Toni nickte, »und

Sie natürlich auch, wenn Sie bereit sind. Ist nicht einfach«, fügte er mit einem plötzlichen und völlig unerwarteten Lächeln hinzu. Vielleicht war er doch irgendwie menschlich. Wie froh sie schon über so ein blödes kleines Lächeln war. Als ob das irgendetwas änderte!

Sie brachten ihn zur Tür. Alle zusammen. Wie um sicherzugehen, dass er wirklich verschwand. Bloß dass er die Demenz nicht mitnahm. Die blieb hier.

»Wo ist Mama?«, fragte Toni.

Jan sah in die Küche. Die Terrassentür stand offen.

»Ist die Katze da?«

Clara wusste eigentlich schon, dass sie auch verschwunden war, bevor die anderen in den Zimmern nachgesehen hatten. Sie saß vermutlich auf Mamas Schultern, und Mama war mal wieder weggelaufen.

27

Alles war anders. Alles fühlte sich neu an. Jedes Lied hatte eine Bedeutung. Er hatte endlich sein Auto von der Werkstatt abgeholt, und sie waren unterwegs, um Jule zu besuchen.

»Findest du es nicht ein bisschen zu früh, mich deiner Tochter vorzustellen?«

Clara hatte die Schuhe ausgezogen und die Füße gegen das Armaturenbrett gestemmt.

»Du hast mich deinen Eltern praktisch vor unserem ersten Rendezvous vorgestellt. So gesehen bin ich spät dran!«

Clara sah beim Gedanken an ihre Mutter kurz nach draußen. In der Ferne die Berge.

»Meiner Mutter kann ich dich immer wieder vorstellen. Für die ist das immer wieder neu«, sagte sie in dunklem Humor.

»Es geht nicht mehr lange so, oder?«

Sie hatte ihm erzählt, wie lange es gedauert hatte, bis sie ihre Mutter beim letzten Mal gefunden hatten. Und wie sie erst nach Stunden die Bisswunde entdeckt hatten, weil sie wohl irgendeinen Hund streicheln musste, den sie für ihren gehalten hatte. Wie ein Kind, das nicht benennen konnte, wo die Schmerzen wirklich waren, hatte sie immer Bauchweh gesagt. Clara hatte Toni das erste Mal seit Jahren weinen sehen.

»Wohl nicht. Wir haben ja schon einen Heimplatz«, sagte sie. Dieser Heimplatz war für ihre Mutter so was wie eine Lebensversicherung im wörtlichen Sinn. Eine Versicherung aufs Leben.

Man schloss sie aus Aberglauben ab, damit man niemals starb. Man kümmerte sich um einen Heimplatz, damit man ihn nie in Anspruch nehmen musste.

Sie streckte die Hand nach Elias aus, und er nahm sie. Sein Griff fühlte sich immer gut an. Nie zaghaft. Sie konnte spüren, dass er gerne mit den Händen arbeitete.

»Ich habe keine Lust zu sterben, Elias. Nicht jetzt. Nicht später. Aber vor allem nicht jetzt.«

Er sah sie an. Lachend. Furchtlos.

»Keiner stirbt. Wir haben uns eben erst gefunden. Das würde sich doch gar nicht lohnen!«

Sie stimmte in sein Lachen ein.

»Was für ein schlagendes Argument. Das Schicksal muss sich deiner Logik beugen, es kann gar nichts anderes machen.«

Elias beugte sich ein wenig vor und stellte die Musik an. Clara schloss die Augen.

»Ich mag Cafés am Morgen. Wenn sie eben erst geöffnet haben und man mit der Bedienung allein ist. Die kleinen Geräusche, wenn die Blumen auf den Tisch gestellt werden oder die Stühle gerade gerückt. Und die richtige Musik dazu.«

Clara hörte zu, die Augen noch immer geschlossen. Elias zog es in der Brust vor Sehnsucht, wenn er sie ansah.

»Ich mag diese schwebende Stimmung so sehr«, fuhr er fort. »Diese Stimmung, aus der noch alles werden kann. Wenn es so ist, als wäre in manchen Tönen eine Knospe Glück versteckt. Und die wiegt sich in dem Klang wie in einer Morgenbrise.«

Er erzählt schön. Erzähl mir mehr. Fahr mich durch den Morgen und erzähl mir mehr von dir. Vor Claras geschlossenen Lidern flackerte es mal mehr, mal weniger hell.

Elias' Stimme wurde ein wenig leiser und inniger. Er konnte das alles vor sich sehen.

»Und jetzt ist eine davon …«, er musste eigentlich nicht zögern, um die richtigen Worte zu finden; es war mehr wie eine Pause, die es brauchte, damit der Gedanke genug Raum hatte. »Durch dich ist eine von diesen Knospen aufgegangen und fängt an, ihre Blätter zu entfalten. Wenn ich an dich denke und eine bestimmte Musik höre, dann ist es genau so. Wenn ich komponieren könnte, dann würde ich dir so ein Lied schreiben. Ganz ohne Worte. Nur eine beglückend leichte Melodie aus diesen Knospentönen.«

Das ist das Schönste, wollte Clara sagen, aber sie konnte es nicht, denn sie wollte nicht, dass Elias die Tränen in ihrer Stimme hörte, die plötzlich da waren. Das ist das Schönste, dachte sie, was mir seit vielen Jahren jemand gesagt hat. Das Allerschönste. Aber sie konnte nicht sprechen und deshalb schnallte sie sich ab, um ihren Kopf gegen Elias' Schulter lehnen zu können.

Es wurde bergiger. Clara war schon oft in diese Richtung gefahren, aber nie über Land.

»Wenn ich Zeit habe, fahre ich lieber die Landstraße«, sagte Elias. Als hätte er gewusst, was sie dachte. Solche Zufälle waren schön.

»Es ist schon ein schönes Land, oder?«

»Sieht es für die Augen der Fotografin so aus oder für dich privat?«

Ihr gefiel die Art, wie er dachte. Nicht wie andere. Als ob er immer einen anderen Blickwinkel auf Dinge und Menschen hatte. Von unten oder von der Seite oder auch einmal rundherum.

»Ich bin Fotografin. Ich mache keinen Unterschied zwischen Beruf und Privatleben. Schön ist schön. Ich möchte nichts schön finden, nur weil andere es so sehen.«

»Das sieht man an deinem Haus. Und vor allem an deinem Garten. Willst du … wir haben doch Zeit, oder?«

»Es ist deine Tochter. Wenn du sie weinend am Schultor warten lassen willst … Fehlt dir das eigentlich manchmal, dass sie bei dir lebt?«

»Ja«, antwortete er. »Doch. Sie fehlt mir. Jetzt mehr als früher. Ich glaube, ich könnte ihr jetzt ein besserer Vater sein. Ich hab … ich war schon sehr auf mich konzentriert. Ich wollte immer ein guter Vater sein. Aber dann laufen die Dinge einfach irgendwie anders. Wir sind oft zusammen im Urlaub gewesen, und natürlich war sie immer wieder bei mir. Aber wenn ich jetzt so zurückdenke: Es war nicht genug. Für sie nicht und für mich auch nicht.«

Sie schwiegen eine Weile. Clara konnte sich ihn als Vater gut vorstellen. Anders eben. Aber sie begriff, was er meinte.

»Es ist diese … man kann gar nicht Lust sagen, oder? Diese Gier danach, sich zu spüren. Nach dem Leben. Und immer denkt man, dass es noch intensiver sein müsste. Noch direkter und noch gewaltiger. So, wie man auch manchmal im Traum fühlt. Mit dieser ungeheuren Wucht.«

Sie kamen an eine Kreuzung, und Elias bog ab.

Ja, dachte er. Ja. Sie versteht es. Sie weiß, wie es ist.

»Ich spüre das«, sagte er. »Wenn wir Sex haben, dann kann ich das spüren.«

»Und weil wir so sind, denken wir manchmal nicht genug an die anderen, oder?«

»Wahrscheinlich«, gab Elias zu. »Aber seit ein paar Wochen ist es anders. Eigentlich, seit ich in deinem Garten war. Ja. Es war so ein Moment, in dem du merkst: So geht es nicht weiter. So kannst du dein Leben nicht mehr führen.«

»War keine Absicht«, sagte Clara leicht.

Elias sah sie an. Es war ein Blick voller Wärme.

»Nein«, sagte er, »weiß ich. Aber es ist trotzdem passiert, und das ist einfach großartig. Wir sind fast da.«

Sie fuhren eine steile Straße hoch. Clara las das Ortsschild.

»Gößweinstein? Das Kloster?«

»Das Kloster ist auch schön«, sagte Elias, »aber eigentlich wollen wir zum Kreuzberg hoch. Die Aussicht ist fantastisch. Und ich mag den Ort.«

»Warst du mit all deinen anderen Frauen auch hier?«

Die Frage war boshaft, aber das musste er aushalten können.

»Bis jetzt war ich immer allein hier. Aber wenn du willst, rufe ich sie an, ja? Vielleicht schaffen sie's rechtzeitig«, sagte er mit einem breiten Grinsen.

»Gib mir die Nummern«, sagte Clara, »ich mache das gerne für dich.«

Es war gut, dass es sich nicht komisch anfühlte, dass Vergangenes für sie beide vergangen war.

Sie fuhren durch den kleinen Ort am Kloster vorbei. Elias bog in eine Nebenstraße ein und hielt an. Es waren nur vereinzelt Touristen zu sehen. Eine kleine Gruppe mit einem geschätzten Gesamtalter von sechshundert Jahren radelte auf E-Bikes entspannt den steilen Berg hoch. Ein Mittwochvormittag, fast noch Morgen eben. Die Stille um sie wie ein ganz leichtes Tuch. Die Glocken des Klosters. Ab und zu ein Auto oder ein Traktor auf den Straßen.

»Was magst du hier?«

Er antwortete nicht, und sie stiegen schweigend die leicht gewundene Straße hinauf. Als ob auch sie ganz allmählich die Stille des Ortes aufnahmen.

Ein paar Fachwerkhäuser lagen verstreut um den kleinen Marktplatz weiter unten, aber die meisten Gebäude hatten einfach gestrichene Fassaden, denen man ihre Vergangenheit als Bauernhäuser noch immer ansah. Zurückhaltend. Nicht prunkhaft und auch nicht puppig wie in den kleinen Spielstädten Dinkelsbühl oder Rothenburg. Clara dachte an ihr Haus.

Es waren nur ein paar Hundert Meter bis nach oben, auf einem schmalen Weg am Kloster vorbei. Rechts und links davon Geländer aus Eisen.

»Sehr gefährlich ist es nicht«, sagte Clara spöttisch und deutete auf die eher sanften Hänge hinter den Geländern. »Alles bleibt hübsch im Rahmen. Und die Burg ist auch nicht sehr groß.«

»Muss sie nicht«, antwortete Elias. »Welcher Feind hat schon Lust, diesen Berg hochzulaufen, bloß um die paar Felder zu erobern?«

Sie waren an einem kleinen Rund angekommen. Unter dem Kreuz stand eine Bank, und für viel mehr war auch gar kein Platz. Man stand fast wie auf dem Bug eines Schiffes.

Elias machte eine ausholende Bewegung mit dem Arm, wie um die ganze Landschaft unter ihnen zu erfassen. Man konnte weit sehen von hier oben. Manche Felder glänzten braun, vor Kurzem geeggt in der Vormittagssonne. Auf manchen stand schon ein frisches Grün. In den Wäldern jenseits des Tals nahm man die licht belaubten Kronen der Laubbäume wie helle, verspielte Tupfer im Dunkel der Fichten wahr. Hinter ihnen das hohe Kreuz wie ein Mast.

»Ich mag, wie einfach das Schöne hier ist. Und wie schön das Einfache.«

Sie stützte sich auf den eisernen Zaun. Er trat hinter sie und umfasste sie. Wusste er eigentlich, wie sehr sie diese Geste bereits liebte? Er hatte es von Anfang an mit einer großen Vertrautheit getan, wie man sie eigentlich nur hatte, wenn man sich des anderen schon so sicher war, dass man ihm nicht mehr ständig ins Gesicht sehen musste. Als ob es schon immer so gewesen war.

Sie sahen gemeinsam auf den kleinen Ort unter ihnen. Auf das breite Dach und die beiden Türme des Klosters. Auf das Tal. Auf die jenseitigen Hügel. Er hatte recht. Nichts Besonderes. Einfach nur ein stiller Ort an einem Frühlingsmorgen. Das war alles, und es war wirklich alles.

»Ich habe noch nie jemanden mit hierhergenommen«, sagte Elias. »Ich wollte das immer nur für mich haben. Du weißt schon, wie das ist. Manche Orte gehören einem ganz allein. Orte, an denen man irgendwann einmal glücklich war. Es ist ja meistens so …«, er zögerte kurz, weil er nicht wusste, ob sie es verstehen würde. »Die wirklich glücklichen Momente … in denen ist man fast immer allein. Wenn die Welt für ein paar Augenblicke im Gleichgewicht ist und es kein Vorher und kein Nachher gibt.«

»Und das hier ist so ein Ort für dich, an dem du glücklich warst?«

Sie verstand, was er meinte. Der Moment an einem sonnigen Oktobertag, wenn man staunend und allein in einem goldenen Regen fallender Lindenblätter stand. Wenn man nach einer endlich einmal durchschlafenen Nacht am Ende einen hellen Traum hatte, früh aufstand und nackt auf den Balkon in die Kälte eines klaren Januartags trat. Solche Momente des Glücks.

»Das hier«, sagte Elias leise in ihrem Nacken, »ist so ein Ort, an dem ich glücklich war und an dem ich jetzt gerade glücklich bin. Und deshalb muss ich ihn mit dir teilen. Das macht es aus, oder? Dass ich plötzlich etwas mit dir teilen will, das vorher in mir eingeschlossen war wie so ein … na, wie ein Schatz eben«, endete er leicht.

Clara sah in den Himmel. Kein perfektes Blau. Dünne Schleier hie und da. Als hätte jemand gestern einfach mal fünfe gerade sein lassen und den Himmel für diesen Tag nicht gefegt. Ein Himmel wie eine freundlich unaufgeräumte Wohnung, in die man gerne unangekündigt zu Besuch kommen konnte.

»Ich habe es verlernt, dieses Teilen«, sagte sie. »Oder vielleicht habe ich es nie richtig gekonnt.«

Erst als sie es sagte, wurde ihr das bewusst. Dass es wirklich so gewesen war. Sie hatte die wahrhaft glücklichen Augenblicke nie geteilt.

Ein leichter Wind kam auf und bewegte die Zweige neben ihnen. Die Rauchfahnen aus den Schornsteinen unten im Dorf standen auf einmal alle gleichzeitig schräg.

»Bitte sehr«, sagte Elias mit einer leichten Verbeugung, als hätte er das so arrangiert.

»Danke sehr«, sagte sie. Und fügte dann, ohne zu überlegen, ein »Liebster« hinzu.

Danke sehr, Liebster. Für diesen Ort und für dich. Aber das konnte sie noch nicht laut sagen.

»Hölle und Verdammnis!«, schrie er unvermutet. »Wir müssen los!«

Sie musste lachen.

»Nur keine übertriebene Romantik, junger Mann.«

Er küsste sie stürmisch.

»Doch!«, sagte er bestimmt. »Komm jetzt.«

»Ich war noch nie in Bayreuth«, sagte Clara, als sie vor der Schule standen. »Das hier sieht aus wie ein Gymnasium in einem alten Film.«

Die Sandsteinfassade aus dem neunzehnten Jahrhundert, die prächtige Vortreppe, die drei hochbogigen, schmalen Eingangstore, die breiten Fenster, das alles atmete bürgerlich gesetzte, gemütliche Vornehmheit. Eine schöne Schule. Sie erinnerte sich an ihr altes Gymnasium, das hässliche Betonmonster aus den Siebzigerjahren mit braunem Nadelfilz überall. Es war sicher etwas ganz anderes, in hohen, schönen Räumen zu lernen, in denen schon Generationen vor einem gesessen hatten. Wenn man hier aus dem Fenster sah, dann in die Kronen alter Bäume, die das Gebäude umstanden.

»Wie kommt deine Tochter hierher?«

Er hörte ihrer Stimme an, dass sie nervös war. So wie er. Er wollte, dass sie Jule gefiel. Das war es, es war eben nicht egal. Keiner hatte sein Leben für sich allein.

»Als Mona mit der Schauspielerei aufgehört hat, war das hier. Und sie ist dann geblieben. Sie hat noch mal studiert und ist Lehrerin geworden. Mathematik. Diese Frau ist ein Rätsel.«

Er lachte, als er Claras Blick sah. Wahrscheinlich spiegelte sich darin ihre Überraschung, dass sie eine kleine Eifersucht spürte. Darauf, dass er sie geliebt hatte. Und die Überraschung darüber, dass es diese Eifersucht in ihr gab. Weil sie sagte: So sollst du auch mich lieben.

»Nein, eigentlich nicht. Aber Schauspieler und Mathematik, das ist nicht so häufig. Wie ist das bei Fotografinnen?«

Clara griff nach der Kamera.

»Physik. Wir müssen nur gut in Physik sein. Aber davon abgesehen: Ich mochte Physik auch schon vorher. Und jetzt immer noch. Es ist schwierig, Atheist zu bleiben, wenn man sich damit beschäftigt.«

Elias meinte, ihren Irrtum korrigieren zu müssen.

»Du meinst, es ist schwierig, an Gott zu glauben, wenn man sich mit Physik beschäftigt und …«

Clara unterbrach ihn.

»Wenn ich das meinte, hätte ich es gesagt.« Sie stieß ihn in die Seite. Er gab vor, auf die Straße zu stürzen.

»War ich im letzten Leben Fahrkartenkontrolleur, oder was? Warum straft mich Gott mit naturwissenschaftlich interessierten Frauen?«

Clara zog ihn hoch. Wenn er gerade versuchte, ihr die Nervosität zu nehmen, dann klappte das ganz gut.

»Er straft dich nicht mit ihnen. Wir sind ein Segen. Wusstest du, dass es verschränkte Photonen gibt?«

Der späte Vormittag, der kühle schleierblaue Himmel über ihnen, die vielen Bäume mitten in der Stadt: Es war wie im Urlaub. Sie gingen die lang gezogene Fassade der Schule entlang. Elias nahm ihre Hand.

»Nur für einen Augenblick«, sagte er, »du kannst gleich wieder frei gehen. Was sind verschränkte Photonen?«

»Eigentlich sind sie eines. Aber wenn man sie spaltet und sie mit über dreihunderttausend Kilometern in der Sekunde auseinanderfliegen, bleiben sie trotzdem auf wunderbare Weise verschränkt. Wenn das eine vertikal polarisiert wird, dann wird das andere sofort horizontal polarisiert. Sie bleiben immer verbunden. Über Lichtjahre hinweg. Und keiner weiß, wieso.«

Das war ein schöner Gedanke. Willst du mir das sagen, was ich denke, dass es heißen soll? Er drückte ihre Hand, bevor er sie losließ.

Man hörte die Schulglocke. Stundenwechsel. Wie seltsam, dass sie sich sofort wieder an das Gefühl erinnerte. Der Lärm von dreißig Stühlen, die gleichzeitig nach hinten gerückt wurden. Das Lachen und die aufbrandenden Gespräche. Der Geruch der Schultaschen, der Holzgrafitgeschmack von abgekautem Bleistift. Wie eng Hochgefühl und Unglück, Trauer und Wut damals noch beieinandergelegen hatten, und wie klein die

Gründe dafür sein konnten: Eine schlechte Note. Ein bedeutungsloser Streit darum, dass die Banknachbarin dich nicht hatte abschreiben lassen. Dafür aber auch ein Blick von Kurt, dem hübschen Kurt, der eine Sekunde länger gedauert hatte, als nötig gewesen war. Glück für den ganzen Tag. War das die bessere Zeit gewesen? Als sie dachte, alles zu wissen, und noch so unschuldig gewesen war?

»Wärst du gerne noch mal Schüler?«

Die Tore wurden aufgestoßen. Die ersten Gruppen kamen heraus. Die Kleinen rennend, mit fliegenden Ranzen auf den Rücken. Die Großen in ihre Handys vertieft oder betont cool mit der nicht angezündeten Zigarette im Mund. Sie standen am Fuß der Treppen und warteten.

»Ich glaube nicht. So toll war es nicht. Ein oder zwei Jahre waren gut. Aber eigentlich wurde es erst danach schön. Ich glaube, ich habe meine eigentliche Jugend zwischen zwanzig und dreißig gehabt. Mit all dem krachenden Unfug, der dazugehört. Da ist Jule.«

Er deutete auf das Tor, und Clara erkannte sie gleich, obwohl sie ganz anders aussah als im Theater. Ein kleines Erschrecken im Magen.

»Vorstellungsgespräch«, sagte sie leise ironisch.

»Ich glaube an dich!«, antwortete Elias in hohem Ton und sagte dann, ganz normal: »Glaubst du, mich macht das nicht auch nervös? Ich will, dass ihr euch gefallt.«

Jule hatte sie gesehen, löste sich aus der Gruppe ihrer Mitschüler und kam auf sie zu.

»Hey, Papa!«

Es klang fröhlich. Sie umarmte ihn und küsste ihn auf die Wange. So, dachte Clara, habe ich meinen Vater nie begrüßt. Jule streckte die Hand aus.

»Wir haben uns schon einmal gesehen, im Theater, oder? Du bist Clara.«

Clara nickte.

»Ja. Hallo, Jule …«, sie zögerte kurz, aber dann sagte sie : »Ich bin ein bisschen aufgeregt, dich kennenzulernen.«

Jule stellte ihre Tasche ab, sah kurz zu Elias hinüber, dann wieder zurück zu Clara.

»Ich auch«, sagte sie. »Papa hat mir noch nie eine seiner …«, sie korrigierte sich schnell, »eine Frau vorgestellt. Das ist was Besonderes.«

Sie ist vorsichtig, dachte Clara. Zurückhaltend. Wäre ich auch. Gleichzeitig musste sie innerlich lächeln. Eine seiner vielen Freundinnen, hatte sie sagen wollen. Diese kleine, unbedachte Kritik am Leben des Vaters. Wie altmodisch man ganz tief im Innern trotz aller Offenheit der Jugend doch noch war. Jule war ihr auf einmal ganz unvermittelt nah.

»Ja. Das ist es wohl.«

»Hallo?«, rief Elias in gespielter Empörung. »Ich kann euch hören, das wisst ihr? Würdet ihr aufhören, euch über mich zu unterhalten?«

Jule nahm seinen Arm.

»Das musst du aushalten, alter Mann«, sagte sie. »Wie lange habt ihr Zeit? Gehen wir Kaffeetrinken«

Die Sonne stand schräg über der Schule. Es war ein Frühlingstag, wie er sein sollte. Ein Tag, an dem man sich neu fühlen konnte, auch wenn man schon fast vierzig Jahre im Leben war. Ein Ausflugstag.

»Es wird dich wahrscheinlich langweilen, Tochter«, sagte er, »aber Clara hat die Eremitage noch nie gesehen. Hättest du Lust, hinzufahren?«

Jule nahm ihre Tasche. Bunt gestrickt, mit Bommeln an den

unteren Ecken. Es kommt alles wieder, dachte Clara amüsiert. Als sie acht war, da hatte sie auch so eine Tasche für die Flötenstunde. Damals hatte sie sie schrecklich gefunden. Heute kaufte man das Zeug wahrscheinlich auf Ebay für teuer Geld.

»Das ist wie mit dem Dom bei dir«, sagte Jule zu Elias. »Wann warst du das letzte Mal im Dom? Wir waren mit der Grundschule in der Eremitage. Ich würde sie gerne wiedersehen. Ich muss bloß … ich treffe mich um sechs.«

»Mit jemandem«, korrigierte Elias sie. »Wozu schicke ich dich aufs Gymnasium, wenn du kein Deutsch lernst. Ich treffe mich mit jemandem. Treffen braucht ein Objekt.«

Jule wandte sich grinsend an Clara.

»Macht er das mit dir auch? Verbessern und so?«

Clara lächelte.

»Traut er sich noch nicht.«

»Das wird ein sehr trauriger Nachmittag werden«, sagte Elias düster. »Die Frauen verbünden sich gegen mich. Können wir los?«

»An den Park kann ich mich gar nicht erinnern«, sagte Jule, als sie an den geometrisch geschnittenen Hecken am exakten Oval des Teichs in der Mitte vorbeigingen. »Mir gefällt nicht, wenn alles so gerade ist. So in eine Form gepresst.«

Eigentlich ging es ihm genauso. Elias ging zwischen Clara und Jule. Er sah zu Clara hin und dann wieder zu Jule. Beide waren ein wenig angespannt, aber es schien, als würden sie sich mögen. Außerdem war es ein schönes Gefühl, dass seine Tochter vielleicht manchmal so ähnlich dachte wie er.

»Aber einen BH tragen«, bemerkte er trotzdem in spöttischem Ton, »du hast kein Recht, dich darüber zu beschweren, dass irgendwas in eine Form gepresst wird.«

»Papa!«

Jules Empörung war nicht echt. Oder jedenfalls nicht völlig, denn sie lachte.

Niemals, dachte Clara, nie hätte Papa so mit mir gesprochen. Es wäre manchmal besser gewesen. Diese Leichtigkeit – die hat mir oft gefehlt, als ich jung war.

»Redet er immer so mit dir?«, fragte sie Jule.

»Früher war er mir schrecklich peinlich«, antwortete Jule. »Weil er immer so laut ist. Heute finde ich ihn manchmal cool. Manchmal.«

Clara musste schon wieder lächeln.

Es kommt mir so vor, als hätte ich in den Jahren vorher gar nicht gelacht, schoss es Clara durch den Kopf. Aber das ist nicht wahr. Nur – ich merke, wie oft ich lächle. Dass er mich zum Lachen bringen kann. Ohne es darauf anzulegen. Er macht einfach, dass ich lächle, nur dadurch, dass er da ist. Dass er ist, wie er ist.

Elias deutete auf die kahlen Kopfweiden.

»Man merkt, dass wir ein ganzes Stück höher sind. Hier sind die Bäume noch ganz licht. Und die Eichen kahl.«

Jule zuckte die Schultern.

»Hier ist alles immer vier Wochen später. Die Bäume. Der Frühling. Die Besuche meines Vaters.«

Clara sah rasch zwischen Vater und Tochter hin und her.

»Ihr seid beide so, oder? Ich kann das nur mit Jan. Mein Bruder«, erklärte sie Jule. »Die meisten Leute gehen sich nicht so direkt an.«

Jule seufzte theatralisch. In diesem Augenblick ähnelte sie Elias sehr.

»Ich bin durch eine harte Schule gegangen.«

Elias drängte sie in Richtung des Wasserbeckens und versuchte, sie hineinzuschubsen. Jule wehrte sich lachend, dann floh sie vor ihm. Er rannte ihr hinterher. Clara sah ihnen nach, wie sie zwischen den hohen Hecken verschwanden und wieder auftauchten; beide wie Kinder. Und obwohl sie genau spürte, dass sie bei diesem Fünfminutenspiel zwischen Vater und Tochter nicht dabei sein sollte – die Unbeschwertheit der beiden fühlte sie doch. Weil es eine Freude war, ihnen zuzusehen.

Elias war noch immer außer Atem, als Clara ungefähr hundert Meter weiter unten aus dem Park auf den Weg trat.

»Bist ein bisschen außer Form, alter Mann«, sagte Jule in liebevollem Spott.

Sie standen vor dem Sonnentempel. Obwohl die Bäume hier gerade erst zu grünen begannen, war die Luft warm und die Sonne schon deutlich zu spüren. Elias lehnte sich an eine der Mosaiksäulen und sah Clara auf sich zukommen.

»Sie geht schön, oder?«

Er sah zu Jule.

Jule nickte.

»Ich glaube, ich mag sie.«

»Das ist gut«, sagte Elias nach einer kleinen Pause, »ich mag sie nämlich auch.«

»So richtig?«

Jule sah ihn nicht an. Sie fuhr mit den Fingern über die unregelmäßige Oberfläche der bunten Mosaiksteine.

»Ja«, sagte Elias. »So ganz richtig. So wie dich, wahrscheinlich.«

Er sah, wie Clara die Kamera hob, um ihn und Jule zu fotografieren. Jule stellte sich noch näher neben ihn. Legte für eine Sekunde den Kopf an seine Schulter.

»Sie dich auch?«

Clara war zu weit weg, um hören zu können, was die beiden sprachen, aber es sah sehr intim aus. Sie kniete sich hin, um eine ruhige Hand zu haben. Sie wollte diesen Moment einfangen. Dieses Paar unter den leuchtend goldenen Kapitellen der Säulen des kleinen achteckigen Palasts. Die fast impressionistisch unscharfe Farbigkeit der Mosaikfassade, die sie durch das Teleobjektiv erkannte. Das sanfte Blau der Glasflussstücke. Die kleinen Bewegungen von Jule und Elias im Gespräch. Ob sie auch manchmal so aussah mit ihm? Ob man ihnen beiden die Nähe auch so ansah? Sie hatte genug Bilder, stand auf und trat zu den beiden, als Elias sagte: »Ich hoffe es.«

»Was hoffst du?«, fragte sie ihn. Sie hätte ihn gerne geküsst, aber das hätte nach diesem Augenblick zwischen Vater und Tochter wie eifersüchtig gewirkt. Und das war sie nicht. Sie musste nicht zeigen, dass Elias ihr gehörte. Das war das Besondere zwischen ihnen: Sie gehörten sich nicht, nur weil sie sich liebten.

»Dass wir endlich Kaffee trinken können«, sagte Elias leicht. »Wir beide stehen hier seit Stunden rum und warten auf dich. Das Kind muss gefüttert und gewickelt werden. Wo warst du die ganze Zeit?«

»Hast du mich echt gewickelt, Papa?«

Jule schien wirklich überrascht. Elias gab sich beleidigt.

»Du kannst dir nicht vorstellen, wie oft. Damals habe ich noch geglaubt, dass Väter auch irgendwas tun sollten, um die Bindung zum Kind zu stärken. Hat anscheinend nicht funktioniert.«

Clara schob ihn zwischen den Säulen durch.

»Ich denke, du kannst die Bindung zu uns beiden stärken, wenn du uns etwas zu trinken bestellst.«

Als sie in die Sonne traten, blieb Clara eine Sekunde stehen.

Das grünliche Wasser im großen runden Brunnen in der Mitte glitzerte, als eine kleine Brise die Wasseroberfläche riffelte. In den Kolonnaden und auf den Terrassen davor standen verstreut die Tische eines Cafés, das zu dieser Stunde noch weitgehend leer war. In den Rabatten auf der sich leicht zur Mitte hin senkenden Rasenfläche leuchteten Stiefmütterchen, Tulpen, Narzissen – Frühlingsfarben. Sommerversprechen. Der Wind strich an den ungeöffneten Sonnenschirmen vorbei. Es sah aus, als spielten ihnen lange helle Röcke um die Beine. Die mit lässigen Strichen in den Himmel gezeichneten Wolken. Es war alles nicht besonders. Nichts Außergewöhnliches. Aber eben das war es. Dass mit ihm ein einfacher Frühlingstag, ein kleiner Ausflug nur, so perfekt sein konnte, dass sie für einen Moment zu atmen vergaß.

Ich liebe dich, dachte sie. Ich liebe dich, du lauter, alberner, zärtlicher, großartiger Mann.

Später schlenderten sie zu dritt über das Gelände. Elias hatte die Bedienung überredet, ihnen drei Minifläschchen Prosecco zu verkaufen, ohne ihm den Schankpreis zu berechnen.

Immerhin werden keine Gläser schmutzig, hatte er gesagt. Und dann entsorgen wir sie ja auch noch selbst. Er hatte sie so charmant angelächelt, dass sie nachgab, obwohl sie eine durch und durch vierschrötig unfreundliche Frau war. Oder vielleicht deshalb. Wahrscheinlich wurde sie nicht oft angelächelt.

Es war richtig warm geworden. In einem luftigen Holzpavillon, grün und weiß gestrichen, machte Clara Fotos von Jule, die sich dort selbstvergessen zu einer Musik drehte, die nur sie hörte. Elias konnte nicht anders, er trat hinter sie und küsste sie in den Nacken.

»Nicht«, sagte Clara. »Ich verwackle alles.«

»Wärst du eine echte Fotografin«, behauptete Elias, »könntest du dich küssen lassen und dabei fotografieren. Aber wahrscheinlich bist du eben doch nur eine pflichtvergessene Metze, auf die ich Idiot hereingefallen bin.«

»Was ist eine Metze?«, fragte Jule, die atemlos herankam.

»Ein leichtes Mädchen«, sagte Clara. »Da siehst du mal, womit dein Vater sich eingelassen hat. Können wir jetzt den Sekt trinken?«

Sie fanden eine Bank unweit vom alten Schloss, von der aus man weit über das Land sehen konnte. Irgendwo glänzte noch ein kleines vergoldetes Holzdach zwischen den Baumkronen im schrägen Sonnenlicht auf. Die Glasböden stießen aneinander. Sie tranken Prosecco aus der Flasche.

»Schön, dich kennenzulernen«, sagte Jule. »Ich hatte ein bisschen Angst davor.«

»Hat man nicht gemerkt«, sagte Clara. »Ich aber auch.«

»Du? Wieso?«

Clara nahm einen kleinen Schluck, weil sie nicht gleich wusste, wie sie das erklären sollte.

»Ich bin es nicht mehr gewohnt, vorgestellt zu werden. Das ist wie eine Prüfung, auf die man sich nicht richtig vorbereiten kann.«

Und so ist es, dachte sie, wie eine erste kleine Prüfung der Beziehung: Ich zeige dich meiner Tochter. Weil es mir ernst ist mit dir. Und wie ernst ist es dir?

»Weil es deinem Vater wohl wichtig ist, dass du mich nicht völlig unmöglich findest.«

»Vielleicht auch, weil ich will, dass du meine Tochter nicht völlig unmöglich findest. Ich habe nur die eine. Ich kann dir keine weitere anbieten.«

Jule schaute Clara an.

»Ich finde dich möglich«, sagte sie. Dann sah sie schnell auf ihr Handy.

»Musst du los? Wer ist dein Date?«

Elias konnte nicht anders, er musste es fragen. Alle sagten es immer, und es stimmte wirklich. Es war ein komisches Gefühl, wenn die Tochter das erste Mal mit jemandem ankam. Aber wahrscheinlich ist es ihr mit Clara und mir genauso gegangen, dachte er.

Jule sah an der verspielten Sandsteingruppe im Brunnen vorbei über das Tal.

»Es … ich treffe mich mit einem Mädchen. Aus der Zwölf«, sagte sie dann fast trotzig.

»Dann muss ich dich leider verstoßen«, sagte Elias lässig.

»Papa! Das ist … ich weiß doch gar nicht …«

Sie drehte sich weg.

Elias stand auf und legte ihr die Hand zwischen die Schulterblätter. Es war eine schöne Geste.

»Bist du verliebt?«, fragte er in ernstem Ton.

Jule hob die Schultern. Sie sah ihn immer noch nicht an.

»Keine Ahnung. Ich weiß auch gar nicht, ob … also, wie das ist. Aber ich finde sie schon gut.«

Clara war ganz still. Das war ganz und gar eine Sache zwischen den beiden.

»Wenn sie hübsch ist, darfst du dich verlieben«, sagte Elias. »Wenn sie dich unglücklich macht, muss ich sie leider erschießen. Ich glaube, ich komme erst mal mit.«

Jule musste lachen.

»Du bist so bescheuert!«, sagte sie.

»Ja. Das kann ich bestätigen«, sagte Clara trocken. »Wollen wir fahren?«

»Erst trinken wir aus. Meine Tochter wird ganz sicher nicht

nervös herumstehen und auf ihr erstes Date warten. Wir kommen zu spät. Die soll warten.«

Wie stolz er auf Jule ist!

Clara war sich nicht sicher, wie sie reagiert hätte. Ob sie das Richtige hätte sagen können. In diesem Augenblick war sie froh, keine Kinder zu haben, und gleichzeitig war da eine Ahnung von diesem großen Gefühl, so eng mit jemandem verbunden zu sein, den man von Geburt an kannte, dessen Geburt man herbeigesehnt hatte. Anscheinend hatte sie ein seltsames Gesicht gemacht, denn Jule fragte sie direkt: »Was?«

»Ich glaube, das war das kürzeste Coming-out, von dem ich jemals gehört habe. Ihr seid eine komische Familie.«

»Ich weiß das noch gar nicht so genau«, antwortete Jule knapp, »… ich weiß noch nicht. Ich finde sie einfach gut.«

»Ich wollte nicht …«, begann Clara, aber dann sah sie, dass Jule auf einmal den Tränen nahe war.

Ohne nachzudenken, griff sie nach ihrer Hand.

»Es ist völlig egal«, sagte sie leise. »Völlig. Wenn sie die Richtige ist, dann ist alles andere wirklich gleichgültig. Dann spielt alles andere keine Rolle. Ich wollte dich auch nicht … weißt du was? Du machst das gut, Jule. Ich glaube nicht, dass ich das in deinem Alter so gekonnt hätte.«

Jule antwortete nicht, aber Clara hatte den Eindruck, dass sie sich auf dem Weg zurück zum Auto etwas entspannte.

Als sie Jule abgesetzt hatten und die Stadt hinter sich ließen, war das Abendlicht schon fast sommerlich. Elias summte am Steuer vor sich hin, und die Bilder des Tages wirbelten durch seinen Kopf. Clara saß sehr still neben ihm, tief in Gedanken versunken.

»Hast du das gewusst?«, fragte sie nach einer langen Weile.

Elias antwortete zunächst nicht. Er musste selbst darüber nachdenken.

»Ich glaube, ich hab's geahnt, aber ich habe nicht darüber nachgedacht. Deswegen hat es mich jetzt doch überrascht. Aber es ist, wie du sagst: nicht wichtig. Mona wird es vielleicht nicht gefallen. Sie kommt aus einem sehr kleinen Dorf. Das wird man vielleicht nie los.«

»Konservativ? Als Schauspielerin?«

Elias sah zu ihr hinüber und grinste.

»Jetzt ist sie ja Mathelehrerin. Da hat sie ein Recht, konservativ zu sein, oder? Aber am Ende, sie wird sie nicht verstoßen oder so. Sie liebt sie.«

Ja, dachte Clara, das ist nicht so schwer.

Die Schleierwolken am Horizont waren ein wenig mehr geworden. Der Himmel begann zu brennen.

»Du bist ein guter Vater«, sagte Clara zärtlich.

»Zu spät«, sagte Elias. »Ich hätte das viel eher sein müssen. Und das alles haben können.« Er machte eine Bewegung, als wollte er diesen ganzen Tag noch einmal in die Hand nehmen. »Zu spät.«

»Spät vielleicht«, antwortete Clara, »aber nicht zu spät. Wie bei uns.«

Elias stellte Musik an, nahm seine rechte Hand vom Steuer und legte sie neben ihre, sodass sich ihre kleinen Finger berührten. Wie immer.

»Wenn ich mich nicht schon längst komplett in dich verliebt hätte«, sagte er warm, »dann wäre es heute auf jeden Fall passiert.«

28

Elias wachte von dem schönen Geräusch ihres schnellen Atmens auf. Er driftete ganz langsam aus dem Schlaf ins Wachsein hoch; ein paar Fetzen eines ganz und gar friedlichen Traums waren noch vorhanden. Er spürte den Bildern an der Grenze zum Tagbewusstsein ein paar Augenblicke nach, dann öffnete er die Augen. Zum Fenster wehte es so kräftig und kühl herein, dass er die Decke über die Schultern zog. Über Nacht war ein Sturm aufgekommen. Der Himmel war fast ganz blau, aber von draußen hörte man das Singen der Böen in den Dachantennen und das wilde Rauschen in den Baumkronen.

»Machst du das jeden Morgen?«

Er hatte sich aufgesetzt und sah Clara im Liegestütz.

»Das geht dich nichts an«, antwortete sie in knappen, atemlosen Stößen zwischen den Bewegungen, »in meinem Alter muss man was tun.«

Elias warf sich auf den Bauch und sah ihr über den Bettrand hinweg zu.

»Du siehst so unglaublich sexy aus. Ich glaube nicht, dass ich so viele schaffe.«

»Lenk mich nicht ab«, keuchte sie, musste lachen und verlor alle Muskelspannung. »Geh Tee kochen.«

»Um nichts in der Welt will ich verpassen, wie eine schöne, fast nackte Frau Leibesübungen auf ihrem spiegelnden Parkett unternimmt.«

Er stützte das Kinn in die Hände. Clara sah zu ihm hoch, die Augenbrauen spöttisch hochgezogen.

»Spiegelndes Parkett … wenn ich hier unten bin, sehe ich jeden Morgen, dass ich mal wieder staubsaugen sollte. Was ist jetzt mit dem Tee? Ich würde im Gegenzug mein Arbeitslosengeld sinnlos verpulvern und Brötchen holen gehen.«

Elias stand auf.

»Nicht ohne mich. Gehen wir so, oder ziehst du dir was an?«

Er küsste sie auf beide nackte Schultern. Dann ging er ins Bad. Clara sah ihm nach. Wie natürlich er sich in ihrer Wohnung bewegte, obwohl er das erste Mal hier war. Und es war schön, ihn dazuhaben. Es hatte ein kleines Zögern in ihr gegeben, gestern, als sie spät abends angekommen waren. Sie hatte seit damals keinen der Männer mehr in die Wohnung gelassen. Immer war sie irgendwohin mitgegangen. Sie hatte niemandem die Tür zu ihr öffnen wollen.

Sie ging ins Bad. Elias stand unter der Dusche.

»Komm rein«, rief er. Lachte.

Aber sie zog nur die Glastür einen Spalt auf, griff nach ihm und küsste ihn stürmisch auf den Mund.

Als er sich abtrocknete, öffnete er das Fenster. Der Sturm stieß stark und kühl herein. Auf den Dächern ringsum schwankten die Satellitenschüsseln. Über dem Turm stand ein junger Falke hoch im Blau und musste kaum die Flügel bewegen, weil der Wind ihn immer höher trug. Er fühlte ein wildes Glück. Es traf ihn wie einer der Windstöße, die durch das Fenster hineinfegten. Man konnte es nicht anders nennen: wildes Glück. Er hätte die Arme ausbreiten und aufsteigen wollen wie der Falke. So trug es ihn. Das Bild von ihr, atemlos im Liegestütz auf dem Parkett. Der Kuss in der Dusche. Ihr immer überraschendes Lachen.

Clara, sagte er leise für sich. Nur für sich, weil es sich so großartig anhörte. Clara.

Sie gingen durch den winddurchwehten Morgen. Überall lagen Äste und Zweige auf Straße und Gehsteig.

»Ich mag Sturm«, sagte Clara. »Es ist dann immer, als käme endlich alles in Bewegung.«

»›*Da geht der Sturm, ein Umgestalter*‹«, zitierte Elias, »›*geht durch den Wald und durch die Zeit. Und alles ist wie ohne Alter.*‹«

»Ich nicht«, warf Clara ein.

»Still doch«, sagte Elias und stieß sie in die Seite, »das Beste kommt doch erst. ›*Die Landschaft, wie ein Vers im Psalter, ist Ernst und Wucht und Ewigkeit.*‹.«

»Wenn du mich noch einmal in die Seite boxt, du sinnloser Romantiker, strecke ich dich mit einem gezielten Schlag nieder.«

Sie hatte ihn am Revers gefasst und war ihm sehr nahe. Ihr Lächeln konnte er nicht sehen, aber er hörte es aus ihrer Stimme. Eigentlich ist es wie ganz früher, dachte er. Wie mit sechzehn. Man muss sich immer berühren. Und wenn man sich nicht küsst, dann knufft man sich, schlägt sich im Spiel, schubst sich.

»Hast du heute Abend Vorstellung?«

Sie schob mit dem Fuß einen Ast aus dem Weg. Sie würde bei den Eltern die Straße kehren müssen. Aber nicht jetzt. Sie ließ den Gedanken keinen Raum gewinnen. Elias nickte.

»Ja. Ich bin froh, dass du mich nicht gefragt hast, wie ich mir all die Gedichte merken kann. Das hassen alle Schauspieler: Wie können Sie sich so viel Text merken? Und: Was machen Sie eigentlich tagsüber? Als ob es das wäre, was unseren Beruf ausmacht.«

Clara schloss die Haustür auf, dann den Briefkasten, nahm die Post und die Zeitung heraus.

»Das war ein ganz schön langer Satz für dich. Wie hast du den fehlerfrei …«

Er wollte sie wieder in die Seite stoßen, war aber nicht schnell genug. Schon flog sie die Treppen hoch. Wie Kinder sind wir heute. Schulfrei, weil es stürmt. Ohne Aufsicht. Heute machen wir, was wir wollen.

Er kam ihr hinterher und merkte dabei, dass er wirklich ein bisschen außer Form war.

Sie hatten die Fenster offen gelassen. In der ganzen Wohnung war es kühl und roch so frisch, wie es nur an Sturmtagen riechen kann. Clara stellte die Kaffeemaschine an, Elias setzte Wasser auf. Eine Wohnung sah man immer erst richtig im Morgenlicht. Abends war alles weich und ungenau. Nur am Morgen konnte man sehen, wie jemand wirklich lebte. Ob es zum Beispiel dunkle Gläser waren, in denen der Tee aufbewahrt wurde, wie bei ihr, oder ob es einfach gestapelte Tüten im Schrank waren, aus denen längst alles Aroma verraucht war. Ob es eine Wohnung war, in die man nur abends kommen konnte, oder eine, in der man mit jemandem im klaren Morgenlicht zusammen frühstücken wollte.

»Ich mag, wie du wohnst«, sagte er. »Ich mag auch dein Haus, aber hier … dort kann man dich auch spüren, aber hier sehe ich, wie du bist.«

Es stimmte. Es wurde ihm erst bewusst, als er es sagte. Ihre Klarheit spiegelte sich in ihrer Wohnung. Es gab sehr wenig Verspieltes. Die vielen Akte – großformatige Schwarzweißfotos an den Wänden – gaben den Räumen etwas kühl Erotisches, aber auch etwas halb Öffentliches. Als könnte sich hier nichts verstecken. Er sah ihr zu, wie sie mit raschen, gemessenen Bewegungen den Tisch deckte. Honig. Butter. Keine Marmelade. Ein wenig Käse. Obst.

»Und«, fragte sie, »wie bin ich?«

Wir wollen, nein, wir müssen uns durch die Augen des anderen sehen. Wir müssen wissen, wie er über uns denkt. Das ist etwas, das im besten Fall nie aufhört. Weil wir dann den anderen immer wieder wie neu betrachten und nicht stehen bleiben bei einem Bild, das irgendwann ganz flach wird und alle Farben der Liebe verloren hat.

Sie wartete an die Küchentheke gelehnt. Der Tee dampfte im Krug. Ihre Silhouette, die Arme nach hinten abgestützt, die Beine straff und lang, aber an den Knöcheln gekreuzt, sah im Vormittagslicht aus wie eine schnelle und gekonnt hingeworfene Skizze. So hätte er sie gerne fotografiert.

»Du bist die Richtige«, antwortete er einfach.

Sie goss den Tee in eine Kanne, nahm sie und setzte sich ihm gegenüber. Sie hatten schon einige Male miteinander gefrühstückt, aber trotzdem fühlte es sich heute besonders an. Sie trank einen Schluck Tee und griff nach einem Brötchen.

»Mascha Kaléko hat die Briefe an ihren Mann immer mit *L.d.m.e.?* beendet«, sagte sie.

»Was heißt das?«

Er hatte den einen nackten Fuß auf den Stuhl gezogen. Ein schönes Bild, dachte sie. Er fühlt sich wohl bei mir.

»Liebst du mich eigentlich? Das heißt es. Keine Grüße und keine Küsse am Schluss des Briefes, sondern immer diese eine Frage.«

Clara ließ eine dünne Linie Honig sich auf der Brötchenhälfte ringeln.

»Ich habe mich immer gefragt: Ist das eine Suche nach Bestätigung? Ist sie sich seiner Liebe nicht sicher? Oder ist es etwas anderes?«

Elias konnte nicht anders. Er stand auf, ging um den Tisch herum und küsste sie.

»Das fragst du nur, wenn du die Antwort schon kennst. Es ist ein ganz tiefes Vertrauen in diese Liebe zwischen den beiden. Es ist etwas Besonderes, wenn man das schreiben kann.«

Durch das offene Fenster konnte sie zwischen dem Geschilpe der Spatzen das Lachen eines Grünspechts hören, für sie der Klang des Frühlings.

Sie schwiegen. Es war eine leichte, lauschende Stille voll der kleinen sanften Geräusche eines friedlichen Morgens. Elias hatte sich eins ihrer Fotobücher geholt. Trank Tee und war ganz versunken. Sie öffnete die Post. Ein Brief vom Arbeitsamt war dabei. Unangenehm – sie wog ihn in der Hand. Sie wollte sich den Morgen nicht verderben lassen, aber dann riss sie ihn doch auf. Wenn er und ich … wenn wir wirklich sind, dann muss so ein Morgen das aushalten.

Sehr geehrte Frau Wagenbach … im Rahmen der Bundesinitiative Arbeitsmobilität … freuen wir uns, Ihnen folgende Anfrage weiterzuleiten … außergewöhnliche Möglichkeit …

Sie musste es noch einmal lesen, bevor sie es ganz verstanden hatte. Elias sah, wie sich ihr Ausdruck veränderte.

»Was?«, fragte er.

»Ich kann mich in Hamburg für die Leitung einer Fotoredaktion bewerben.« Sie las das Schreiben ein drittes Mal durch. »Es gibt anscheinend ein bundesweites Netzwerk der Arbeitsagenturen.«

Sie wusste gerade nicht, was sie fühlte.

»Zeitschrift oder Online oder Zeitung?«

»Hier steht nur das Verlagshaus. Bogen und Peters. Das ist

groß. Anscheinend wollen die eine neue Zeitschrift aufbauen und brauchen jemanden, der die Fotoredaktion leitet.«

Elias legte das Buch zur Seite.

»Aber das ist doch großartig! Clara! Das ist doch eine tolle Möglichkeit!«

Er war wirklich begeistert. Sie musste lachen, obwohl ihr nicht danach war.

»Elias! Du weißt schon … Gott, wie soll ich das sagen? Wenn ich mich da bewerbe und die mich nehmen, dann muss ich nach Hamburg ziehen.«

Elias war hinter ihren Stuhl getreten. Umfasste sie. Das hatte keiner jemals so gemacht. Würde auch keiner jemals wieder tun. Diese Geste gehörte nur ihnen.

»Hamburg ist großartig. Ich mag Hamburg sehr.«

»Ja«, sagte sie hart. Sie musste es sein. »Und ziehst du dann mit mir dorthin?«

Die Stimmung war auf einmal ganz anders. Elias spürte es, aber er konnte nicht sagen, warum.

»Ich finde, du bewirbst dich erst einmal«, sagte er. »Ich habe mal in Hamburg gespielt. Es ist wirklich eine tolle Stadt.«

»Ja«, sagte Clara und fragte noch einmal: »Und ziehst du dann mit mir dorthin?«

Elias ließ sie los. Ging um den Tisch und setzte sich. Trank einen Schluck lauwarmen Tee.

»Ich bin hier noch engagiert«, sagte er langsam. »Mein Vertrag geht noch über zwei Jahre. Hamburg ist auch ein ganzes Stück weiter weg von Jule. Darüber muss ich erst einmal nachdenken. Aber …«

Er sah, wie sie sich zu verschließen begann, aber er konnte ihre Frage nicht so schnell beantworten. Er brauchte Zeit, um das zu überlegen.

»Müssen wir jetzt darüber sprechen?«, fragte er etwas hilflos. »Du weißt doch gar nicht … du hast die Stelle noch nicht, und du wüsstest doch auch nicht, ab wann, oder? Also, wenn du sie kriegst.«

Clara reichte ihm den Brief.

»September. Spätestens Oktober«, sagte sie knapp. »Und ja, wir sollten jetzt darüber reden. Weißt du was«, sagte sie offen, »ich weiß nicht, ob ich irgendwann noch einmal so eine Chance kriege. Diese Einladung, das ist wirklich etwas Besonderes. Wenn ich die Stelle bekäme, das wäre wie ein Lottogewinn. Ich meine, ich bin arbeitslos. Ich bewerbe mich nicht aus einer tollen Position heraus auf eine noch tollere. Ich wäre schon froh gewesen, wenn es einfach wieder eine …«

Elias unterbrach sie.

»Würdest du mitziehen, wenn ich ein Engagement in Berlin bekäme. Oder in Leipzig?«

Sie fühlte sich getroffen.

»Es ist aber gerade nicht so. Die Frage ist …«

Elias unterbrach sie wieder. Und seine Stimme hob sich, ohne dass er das wollte: »Ist die Frage, wie sehr wir uns lieben? Ob wir uns lieben? Dann sage ich: Ja. Ich bin mir sicher. Ja. Ich kann nur gerade nicht weg von hier. Das heißt aber nicht, dass das in zwei Jahren noch so ist. Und es ist doch noch nichts … ich meine, alles, was du hast, ist ein Stück Papier und sonst gar nichts. Wieso müssen wir jetzt darüber sprechen?«

Weil es nur aufgeschoben ist, wenn wir es jetzt nicht tun, dachte sie. Weil das die ganze Zeit zwischen uns sein wird. Weil ich wissen muss, woran ich mit dir bin. Deshalb. Aber sie konnte es nicht sagen – wie das schon früher so oft der Fall gewesen war.

»Nein, müssen wir nicht«, sagte sie. Es klang viel mürrischer als beabsichtigt, aber es war auch nicht das, was sie sagen wollte.

»Ich will wirklich mit dir sein«, sagte Elias. »Aber gibst du mir bitte ein klein wenig Zeit, damit ich das überlegen kann?«

»Brauchst du dazu Zeit?«, fragte sie böse.

»Clara!«, rief Elias. Ein Ruf wie eine dringende Bitte. »Natürlich. Wir sind doch nicht allein auf der Welt. Es gibt doch andere um uns. Du hast deine Mutter. Ich Jule. Ich …«

Er wusste nicht, wie er ihr erklären konnte, dass es nicht darum ging, ob er sie liebte. Sondern darum, dass es noch andere um einen herum gab, die man liebte, die man nicht einfach verlassen konnte.

»Wir können nicht wie Bonnie und Clyde sein«, versuchte er einen leichteren Ton, »niemand kann das.«

»Nein«, antwortete Clara nach einem kurzen Schweigen, »vermutlich nicht.«

Sie wollte nicht abweisend sein und konnte nicht sagen, was genau sie so traf. Er hatte ein Recht, sich das zu überlegen. Er hatte auch die Wahl, wie sehr er sie liebte oder ob überhaupt. Ganz oder gar nicht – als ob es das wirklich gäbe. Er hatte in allem recht. Trotzdem – es war, wie wenn sie an einem sonnigen Tag ins Wasser sprang und es auf einmal viel kälter war als erwartet.

Sie sah ihn über den Tisch hinweg an. Er blickte offen zurück. Offen und unglücklich.

»Gestern war ein sehr schöner Tag«, sagte sie spontan.

Wie eine ausgestreckte Hand. Elias nahm sie, obwohl er nicht wusste, was sie genau bedeuten sollte. Gestern ja, heute nein?

»Ja«, antwortete er dennoch, »wirklich. Ein sehr schöner Tag.«

29

Können wir mal reden?

Er sah Veras Nachricht erst, als er mittags von der Bühne in die Garderobe kam. Mareike hatte es überhaupt nicht gern, wenn man sein Handy mit auf die Probe brachte. Und es gehörte sich auch nicht, selbst wenn das Stück, das sie gerade probten, nicht besonders spannend war. Mareike konnte Komödien einfach nicht so gut wie das große Drama. Oder es lag daran, dass er mit sich selbst nicht im Reinen war. Alles fühlte sich im Moment ein wenig unwirklich an. So, wie man sich nach einer schlaflosen Nacht fühlte: ein wenig zu leicht. Nach dem Gespräch an jenem Morgen hatten sie sich fünf Tage nicht gesehen. Das war keine lange Zeit, und sie hatten beide zu tun gehabt: Clara wieder mit ihren Eltern, er mit Textlernen für das neue Stück und Vorstellungen an jedem Abend. Wenn der Morgen anders gewesen wäre, hätte es nichts bedeutet, außer sich auf den anderen zu freuen. Aber er war nicht anders gewesen. Und ihre Nachrichten … wenn er ihre Stimme nicht hören konnte in dem, was sie schrieb, dann klangen auch seine eigenen Nachrichten hölzern. Es war, als ob er sie mit dem Eigentlichen nicht erreichen konnte. Und sie fehlte ihm. An jedem Tag. Deshalb war er freudig erschrocken, als er feststellte, dass er eine Nachricht hatte. Erst dann sah er, dass sie von Vera war.

Können wir mal reden?

Er wäre gern in den Hof hinuntergegangen, aber da stand

Mareike rauchend mit Fabian und Johanna zusammen. Diesmal waren sie zu fünft in dem Stück. Er hatte keine Lust auf diese kleinen Gespräche zwischen Arbeit und Privatleben.

Können wir mal reden?

Die Nachricht war fast vier Stunden alt. Einen Augenblick ärgerte er sich. Sie wusste sehr wohl, dass die Proben immer um zehn Uhr anfingen. Aber wahrscheinlich war es ihr nicht leichtgefallen zu schreiben, und sie hatte nicht auf die Zeit geachtet. Dennoch brachte ihn das in Bedrängnis, weil es so aussah, als würde er ihre Nachrichten ignorieren, und den Eindruck wollte er nicht hinterlassen.

Aber worüber sollten sie reden? Was konnte sie wollen: Können wir es nicht noch einmal versuchen? Wir haben schon öfter Schluss gemacht. Willst du nicht … kannst du nicht … denkst du nicht …

Eine plötzliche tiefe Müdigkeit überkam ihn. Am liebsten hätte er sich einfach irgendwo eine Viertelstunde hingelegt. Er dachte an Clara.

Hamburg. Ach, Clara. Ich kann es nicht sofort sagen. Ich bin wahrscheinlich keiner, der sich vollkommen verliert in einer Liebe. Und du bist es noch viel weniger.

Seine Gedanken gingen durcheinander. Er sah noch einmal auf Veras Nachricht. Ein Gespräch war trotz allem nur fair.

Sie hatten sich im Café am Lutherplatz verabredet. Natürlich, dachte er, als er sein Rad an einer Laterne abschloss, sie hat uns immer gerne eine Geschichte geschaffen, wo eigentlich noch keine war. *In unserem Café,* hatte sie auf seine kurze Frage nach dem Wo geschrieben. Das war es gar nicht. Es war nur das Café, in dem sie sich öfter getroffen hatten. Er dachte an den nächtlichen Garten in Tübingen. An das Hotelzimmer. Waren das nur für ihn gemeinsame Orte? Vielleicht war es gar nicht anders zwischen ihm und Clara, nur dass er diesmal auf der anderen Seite war. Derjenige, der weniger geliebt wurde. Der Gedanke fasste ihn im Inneren kalt an. Es wäre wahrscheinlich nur gerecht, dachte er bitter.

Sie saß auf der Bank im großen Fenster, dessen Flügel heute in die Sonne geöffnet waren. Und sie hatte sich schick gemacht. Wie für ein Rendezvous. Er trat von außen an das Fenster.

»Hübsch siehst du aus.«

Er sagte es leicht, um die Spannung zu nehmen. Und auch, weil er wusste, dass sie es mochte, wenn er solche Sachen bemerkte.

»Hallo«, antwortete sie ohne ein Lächeln. »Und du siehst müde aus.«

Er stieg einfach durch das Fenster nach innen auf die Bank.

»Bin ich auch«, gab er zu. »Es ist gerade anstrengend.«

»Mit deiner neuen Freundin oder im Theater?«

Es hatte nicht so lange gedauert, bis sie zeigte, wie sehr verletzt sie war.

»Darf ich mich erst hinsetzen und etwas bestellen?«

Er versuchte, den leichten Ton zu halten, nicht rasch zu antworten, obwohl sie ihn unerwartet heftig getroffen hatte. Es stimmte: Es war gerade schwierig zwischen ihm und Clara.

Vera machte eine Handbewegung. Er setzte sich. Die Tische auf dem Platz vor dem Café waren alle besetzt. Die Menschen saßen in der Sonne, tranken Kaffee und Aperol und Bier und unterhielten sich. Das neu gedeckte Dach der Stiftskirche leuchtete in kräftigem Rot. Es war ein sehr schöner Tag. Für die anderen. Er wäre gerne ein Teil davon gewesen, aber es war so, als könnte er nur durch dickes Glas auf die andere Seite sehen.

»Vera«, begann er, noch bevor die Bedienung an den Tisch kam, »es tut mir leid. Es muss sehr plötzlich für dich gekommen sein. Dass es vorbei war.«

»Du warst schon lange vorher komisch«, sagte sie. »Das ist alles schön einfach für dich, oder? Ein kurzes Gespräch, und die Sache ist vorbei, und du kannst dich auf eine neue Frau konzentrieren. Hast du einmal, nur einmal, an mich gedacht in den letzten Wochen?«

»Ja«, sagte Elias kurz. »Sogar oft. Ich habe versucht zu verstehen, was ich falsch gemacht habe. Warum wir eine Beziehung weitergeführt haben, die nicht richtig war.«

»War sie nicht?«

Scharf. Wütend. Er hatte sie nicht häufig so erlebt. Meistens versteckte sie diese Seite. Nur bei den sehr wenigen Malen, wenn sie etwas zu viel getrunken hatte, war sie so direkt gewesen.

»Für mich schon, Elias. Für mich war das eine richtige Beziehung. Nicht nur irgendwas Unverbindliches. Und es wäre wirklich, wirklich total nett gewesen, wenn du mir ein bisschen eher gesagt hättest, dass es für dich nur irgend so eine Fickbeziehung ist.«

Sie war laut. Elias lehnte sich betont zurück. Sollten die anderen doch ihre Köpfe drehen.

»Vera«, antwortete er nach einer kurzen Pause, »erinnerst du dich? Wir haben am Anfang mal gesagt, dass wir uns nicht verlieben. Dass es genau das ist: unverbindlich. Und dass …«

Sie unterbrach ihn.

»Ja. Aber das war am Anfang. Und dann, sag mir nicht, dass du nicht auch in mich verliebt warst. Du hast es bloß vergessen, weil ich angefangen habe, dich zu langweilen. Weil dann plötzlich eine neue spannende Frau aufgetaucht ist, die du vielleicht nicht so leicht haben konntest. Du bist immer so. Du kannst gar nicht anders. Aber das ist kein echtes Gefühl, das weißt du, oder?«

»Führen wir dasselbe Gespräch von vor ein paar Wochen noch einmal?«, fragte Elias hitzig zurück, auch weil sie ihn in einer geheimen Unsicherheit wieder stärker getroffen hatte, als er wollte. War sein Gefühl nicht echt? Er bemerkte, dass die Bedienung die Bestellung aufnehmen wollte, sich aber nicht an den Tisch traute, weil sie sah, dass sie stritten. Er musste unwillkürlich lachen und winkte ihr. Vera missverstand das.

»Ist das lustig?«

Er atmete tief ein, bestellte und wandte sich dann wieder ihr zu. Die Sonne – er konnte nicht anders, als diese Kleinigkeiten zu bemerken – machte aus den bunten Tassen und ihren blauschwarzen Schatten auf dem Tisch ein impressionistisches Bild.

»Nein. Es ist nicht lustig. Vera … es gab viele schöne Tage. Aber sie haben sich nie zu einem Ganzen gefügt. Es sind immer nur einzelne Perlen gewesen. War das nicht so für dich?«

»Nein«, sagte sie laut. »Nein. Ich habe eine Beziehung geführt. Du anscheinend nicht. Verlorene Jahre …«

Sie trank hastig. Er merkte, dass er vor Anspannung etwas zitterte. Waren es wirklich verlorene Jahre?

»Was willst du eigentlich?«, fragte er. Nicht vorwurfsvoll. Er wollte es wirklich wissen.

Es war, als hätte er sie entwaffnet. Plötzlich musste sie mit den Tränen kämpfen, und er fühlte sich schuldig und, ja, er schämte sich. Sie hatte recht. Ehrlich wäre gewesen, vor langer Zeit Schluss zu machen.

»Was soll ich wollen?«, fragte sie mit belegter Stimme. »Ich will nicht, dass es aufhört. Ich vermisse dich. Ich hasse mich dafür, aber ich vermisse dich einfach.«

Es brach aus ihr heraus, und deshalb berührte es ihn umso

mehr. Er hatte sie nie verletzen wollen. Nur irgendwann war alle Unbekümmertheit des Anfangs zu Oberflächlichkeit verkommen, die keine Tiefe erlaubte. Eine glänzende, hübsche Oberflächlichkeit von aneinandergereihten Tagen, mit der er zufrieden gewesen war, weil er auch nicht nach Tiefe strebte.

»Es tut mir leid, Vera.«

Er meinte es ernst.

»Ich will dir nicht leidtun. Ich wollte dich, aber dich kriegt man nur halb.«

Ihre Stimme hatte sich gefangen. Sie putzte sich die Nase – die Bilder der Trauer sind immer gleich, dachte er flüchtig. Er konnte nie aufhören, sich solche Sachen für die Bühne zu merken. Das war ein Teil von ihm, dieses ständige Beobachten. Sein Handy summte. Er sah kurz auf das Display – Clara. Ausgerechnet! Er hätte so gerne mit ihr gesprochen, aber gerade ging es nicht. Es würde so aussehen, als würde er Vera mit Absicht noch mehr verletzen wollen. Er wusste nicht, ob sie es gesehen hatte, aber sie beugte sich zu ihm vor.

»Du weißt schon, dass es mit dieser Clara genauso sein wird, oder? Du bist gar nicht fähig, richtig zu lieben. Du bist viel zu sehr in dir selbst gefangen, als dass du jemand anderen richtig lieben könntest.«

Sie schlägt um sich, dachte er, sie schlägt nur um sich, weil sie so traurig ist. Es ist nicht wahr.

Sie war jetzt viel ruhiger und sah ihn direkt an.

»Eigentlich tust du mir leid. Weil du denkst, du bist verliebt, und es ist die Liebe deines Lebens, und in drei Monaten zweifelst du das erste Mal, und in sechs fängst du an, dich zu langweilen. Und dann ist es egal, mit wem du zusammen bist: Es wird auf einmal wieder nicht die Richtige sein.«

Eine Million Jahre Menschheitsgeschichte und wir sitzen

hier und streiten uns um die Paarung. Er konnte nichts dagegen tun, der Gedanke war einfach da und vielleicht auch nur, weil sie ihn – schon wieder – getroffen hatte. Ja. Es stimmte. So war er bisher fast immer gewesen.

»Diesmal nicht«, antwortete er und war sich dennoch nicht sicher. Er wusste nicht, ob er nicht nur einem Gefühlsrausch aufsaß, der in drei Monaten vorbei war. Ob er sich selbst trauen konnte.

»Wenn das geschieht«, sagte Vera, ohne auf seine Antwort zu achten, »dann bin ich da. Ich liebe dich nämlich, obwohl du so bist. Ich hasse mich immer noch dafür, dass ich so schwach bin und es ausgerechnet du bist, aber trotzdem.«

»Das ist keine Schwäche«, sagte Elias fast automatisch. »Trotzdem. Ich … das wird nicht passieren.«

Er stand auf und winkte der Bedienung, dass er zahlen wollte.

»Ich muss jetzt gehen, Vera.«

»Ja«, sagte sie mit plötzlicher Sicherheit. »Dachte ich mir. Ich werde warten. Auf Wiedersehen, Elias.«

Er drehte sich nicht zu ihr um, als er zu seinem Rad ging. Er war ganz benommen – das Gespräch hatte ihn viel mehr aus dem Gleichgewicht gebracht, als er erwartet hatte, und er wollte nicht, dass sie das sah.

Auf Wiedersehen, Elias.

Nein. Es war Clara. Es musste Clara sein.

Er stieg auf sein Rad und fuhr zurück zum Theater. Verwirrt, unglücklich und voller Zweifel. Super Voraussetzungen für eine Komödienprobe.

30

Wir können uns das gut vorstellen mit Ihnen.

Sie war nach dem Gespräch zu Fuß gegangen. Erst ein Stück an den Landungsbrücken entlang und dann in Richtung Dammtor. Sie wollte durch Planten un Blomen und ging auf dem Weg dorthin an der Hochbahnstation vorbei in Richtung Bismarckdenkmal. Auf der Klassenfahrt damals mit Johann waren sie auch dort gewesen. Graffiti. Kiffen. Verliebt sein, als gäbe es kein Morgen. So hatte sie sich nie wieder gefühlt. Bis Elias.

Es war gut, zu gehen. Es half, Ordnung in die Gedanken zu bringen. Oder auch nicht. Im Augenblick half die Erinnerung nur, Unordnung in ihre Gefühle zu bringen. Alles in ihr in Bewegung zu bringen, aufzurühren, um zu sehen, wie es jetzt eigentlich um sie stand. Genaues Denken war ihr nie schwergefallen. Genaues Fühlen schon. Vielleicht war es gut, die alte Liebe noch einmal hochzuholen. Nur zum Vergleich.

Sie stand in dem kleinen Rund und sah zu Bismarck hoch. Man hatte ihn renoviert, aber er stützte sich immer noch auf sein riesiges Schwert. Sie verzog das Gesicht. Damals hatten sie unten auf den Sockel *Happy Happy* gesprüht. Jeder eins. Weil es sich damals so angefühlt hatte. Und immer, wenn sie in den letzten zwanzig Jahren in Hamburg gewesen war, hatte sie zu Bismarck kommen müssen. Nicht so sehr wegen Johann, sondern wegen des Gefühls. Mercy hatten sie damals wieder und wieder gehört. *You got me on my knees …* Die Graffiti waren über all die Jahre immer da gewesen, und sie hatte geglaubt, dass so ein Gefühl nie wiederkommen könnte. Jetzt war der Sockel renoviert und hell und wie unberührt. Alles auf Anfang. Sie dachte an Elias. Das, ja, das war einer der Orte, an denen sie glücklich war, die sie mit niemandem, auch nicht mit Paul, hatte teilen wollen. Elias würde sie hierhin mitnehmen. Hätte ihn hierhin mitnehmen können. Welche Zeitform, in welcher Zeit war sie denn jetzt überhaupt? Vor oder mit oder nach Elias?

Sie setzte sich auf die Bank. Von der Elbe wehte eine Brise hoch und rauschte durch die Bäume. Die Sonnenflecken auf dem Kies wirbelten durcheinander.

Ich fange nichts Halbes mehr an. Nie wieder. Wenn ich noch einmal liebe, dann ganz und für immer. Keine Kompromisse mehr. Nicht mit mir selbst und nicht mit dem anderen. Und wenn es das nicht geben kann, dann eben nicht.

Sie sah an Bismarck hoch, der sein Schwert in die Erde zu stoßen schien und dachte an sich selbst vor dreißig Jahren. Aber dann löschte sie das Bild der jungen Clara in sich und rief sich ihr jetziges Gesicht vor Augen. Ihr Gesicht von heute Morgen im Spiegel.

Nein, dachte sie fast wütend, nein. Die Liebe gehört nicht nur den Jungen. Die Liebe nicht und nicht die Unbedingtheit. Nicht die Liebe und nicht ihre Unbedingtheit und auch nicht das ganze, volle Glück.

Sie stand auf und drückte den Rücken durch.

So eine Liebe oder keine.

Wir haben heute noch zwei Gespräche, aber wir können uns das gut vorstellen mit Ihnen.

Vom nahen Hafen klang es unglaublich tief aus einem Schiffshorn herüber. Der Lärm des Verkehrs war hier oben wenig zu hören. Dafür rauschte der leichte Wind in den Bäumen und das bewegte Schattenspiel der Blätter auf dem Holz der Bänke, auf dem Sockel des Denkmals, auf dem hellen Schotter des Platzes, die lässig über die Stufen streichenden Sonnenflecken: Das alles sah so friedlich schön aus, dass in ihr eine Sehnsucht nach Elias entstand, die mit ihrer plötzlichen Wucht Clara beinahe den Atem nahm. Scheiße! Wo war er? Sie wollte, dass er hier war, hier neben ihr. Mit ihm schreien vor Lust an der Schönheit der Welt. Einfach losschreien und jubeln und der Lust eine Stimme geben. Mit ihm ginge das.

Sie atmete tief ein und aus. Dann setzte sie sich auf eine der Bänke in die Sonne und sah zu Bismarck hoch. Obwohl die Statue so monumental und kriegerisch war – für sie hatte sie immer etwas Verspieltes gehabt. Vielleicht, weil sie damals Johann die Geschichte erzählt hatte, wie Bismarck mit seiner Geliebten, der russischen Prinzessin, beinahe im Meer ertrunken war und die beiden gerade noch von einem Leuchtturmwärter gerettet wurden. Sie hatten beide beschlossen, dass er das Denkmal für Dummheit bekommen hatte. Für die Dummheit, die aus unendlicher Verliebtheit entsteht, und für die Dinge, die man dann tut. Sie hatte nicht gedacht, dass es ihr noch einmal so ergehen würde. *Happy Happy.*

Wir können uns das wirklich gut vorstellen mit Ihnen. Wir sagen Ihnen morgen, spätestens übermorgen Bescheid. Freuen Sie sich gar nicht?

Sie nahm ihr Handy heraus und rief Elias an. Es klingelte nur zweimal, dann drückte er sie weg. Sie sah auf die Uhr. Eigentlich konnte er nicht mehr Probe haben. Sie hätte so gerne seine Stimme gehört.

»Komm her!«, schrieb sie spontan und löschte die Nachricht sofort wieder. Das konnte er missverstehen. Komm mit mir nach Hamburg, konnte es auch heißen. Und, verdammt, ja, das hieß es auch. Wenn sie den Job bekam, wie sollte sie ohne ihn sein?

In Planten un Blomen fand sie ein Café. Sie hatte noch fast anderthalb Stunden Zeit, bis ihr Zug ging. Es war halb leer. Zu spät für die Mütter und Väter, die vom Kindergarten kamen und sich vormittags auf einen Kaffee trafen, zu früh für die Rentnerinnen, die nach dem Mittagessen nicht wussten, wohin mit sich. Eine stille Zeit.

Wie konnte man nicht draußen sein wollen an so einem Tag? Die Flaggenleinen schlugen im Wind mit einem hellen Geräusch gleichmäßig an die Fahnenstangen. Es klang fast wie auf einem Segelschiff. Das Wasser in den Brunnen und den künstlichen Teichen war noch frisch und nicht grün und dickflüssig müde wie im Spätsommer. Die hohen Farne, die exotischen Bäume und natürlich die zehntausend bunt arrangierten Blumen in den Beeten zwischen den Wegen. Überall helles Grün in einer kühl-sonnigen Mittagsstunde. Manche Dinge nutzten sich nie ab. Solche Frühlingstage. Der Duft von frischem Brot oder von Kaffee – immer viel reicher als der Geschmack selbst. Kaltes, klares Wasser trinken. Gab es eine Liebe, die auch so war? Die sich nicht abnutzte? Die immer wieder so schön war?

»Ich habe keine Ahnung«, sagte sie laut.

»Was?«, fragte der Kellner überrascht, der von hinten an den Tisch getreten war. »Soll ich gleich noch mal kommen?«

Clara musste lachen.

»Nein, ich habe nicht Sie gemeint, sondern meinen abwesenden Freund.«

»Trinken Sie doch schon mal was, während Sie auf ihn warten. Dann ist Ihnen und mir geholfen.«

Er war noch sehr jung, Student vielleicht, aber selbstsicher und ein bisschen frech. Das gefiel ihr.

»Dann muss ich wohl einen Sekt nehmen.«

Der Kellner wies auf die Fontäne, die man von hier aus sehen konnte. Sie sah aus, als würde sie unterhalb des Fernsehturms entspringen.

»Deswegen haben wir den Teich anlegen lassen«, sagte er lächelnd. »Wer hier auf der Terrasse mit Blick auf die Fontäne sitzt, bestellt immer Sekt. Ich eile.«

Er eilte wirklich. Mit wehender weißer Schürze. Elias hätte das gefallen, und sicher hätte er mit ihm geflirtet. Wie er mit allen, die er witzig oder interessant fand, mit so einem kleinen Augenzwinkern flirtete. Sie sah auf ihr Handy und tippte auf Jans Nummer, ließ es läuten und wollte schon wieder auflegen, als er doch ranging.

»Es ist gerade ungünstig«, keuchte er, »wir haben gerade … Schwester!«, hörte sie ihn schreien. »Abklemmen! Die Bauchschlagader … verflucht, sehen Sie das nicht? Das Blut spritzt mir bis auf die Brille … Schwester! Wir verlieren ihn!«

»Seit wann darfst du dein Handy mit in den OP nehmen? Und warum bin ich von lauter Männern umgeben, die glauben, sie könnten schauspielern?«

Sie hörte förmlich, wie Jan grinste.

»Du hast keine Ahnung vom Klinikalltag. Ich musste einspringen, weil unser Starchirurg einen Unfall hatte. Die Sterberate in der Unfallchirurgie steigt gerade ins Unendliche. Aber im Ernst«, sagte er dann, »ich habe dienstfrei heute. Ich bin mit Mama im Café.« Er lachte. »Sie hat schon drei Löffel gestohlen.«

Das machte sie oft. Keiner wusste, woher das kam, aber seit die Demenz begonnen hatte, klaute ihre Mutter Besteck, wo immer sie war. Hing vielleicht mit der Flucht zusammen. Sie hatte immer erzählt, dass das Silberbesteck ihrer Großmutter das Einzige gewesen sei, das sie hätten retten können.

»Wo bist du?«

»Auch im Café. In Hamburg. Wie ist das Wetter bei euch? Hier scheint die Sonne – es ist großartig. Ich habe gerade das Vorstellungsgespräch gehabt.«

»Musstest du mit ihnen schlafen?«, erkundigte sich Jan vergnügt. »Und Mama fragt, ob du gewonnen hast?«

Der junge Kellner brachte den Sekt, deutete eine kleine Verbeugung an und ging wieder, ohne sie zu stören.

»Sie haben noch ein paar Kandidaten, aber anscheinend habe ich ganz gute Chancen.«

Eigentlich war sie fast sicher, dass sie den Job bekommen würde. Sie war gut gewesen. Aber irgendetwas in ihr ließ sie so etwas nicht sagen. Es war wie ein Aberglaube. Unberufen. Klopf auf Holz. Lass die Götter nicht neidisch werden.

»Natürlich hast du gute Chancen!«, rief Jan. Er war anscheinend richtig gut gelaunt. »Du siehst umwerfend gut aus, hast hoffentlich einen kurzen Rock getragen, bist witzig und …«

»Und ich bin eine sehr gute Fotografin, du Chauvinistenschwein. Habt ihr eigentlich keine Frauenbeauftragte in der Klinik? Ich muss mal mit der reden.«

»Doch«, gab er zurück, »das ist Mama. Willst du mit ihr sprechen und dich beschweren?«

»Gerade nicht«, wehrte sie ab. »Jan, wenn ich den Job kriege, soll ich ihn dann annehmen? Was denkst du?«

»Bist du dumm?«, fragte Jan zurück. »Natürlich sollst du ihn annehmen. Wozu bist du sonst hingefahren? Das ist so eine gute … du hast dich in der Zeitung sowieso immer unter Wert verkauft. Ich fand immer …«

»Aber was ist dann mit Mama?«, unterbrach sie ihn. »Ich

meine, Hamburg ist wirklich weit weg, und Toni ist ja auch nicht da.«

Sie hörte seiner Stimme an, wie er ernster wurde.

»Schwester«, sagte er, »wenn du ihn kriegst, nimmst du ihn an. Willst du warten, bis Mama tot ist? Oder Papa? Wir müssen dann eben eine Lösung finden.«

Er war manchmal unglaublich direkt, aber das war genau das, was sie an Jan liebte. Seine tiefe Loyalität und seine unbedingte Konsequenz. Deswegen konnten sie so gut miteinander.

»Ja«, sagte sie. »Aber dann ist da noch Elias. Ich weiß nicht, ob ich das kann, so eine Fernbeziehung. Oder ob ich das will.«

»Ich schätze, die Frage ist eher, ob du Elias willst. Und er dich. Oder?«

Ja, womöglich war das die Frage. Sie schwieg einen Augenblick und hörte durch das Telefon die Geräusche aus dem Café und wie ihre Mutter irgendetwas Sinnloses erzählte.

»Wann ist die Anhörung?«, fragte sie. Nicht zuletzt, um das Thema zu wechseln.

»Morgen Vormittag. Bist du dann schon wieder da?«

»Ich komme heute zurück. So dringend hatten sie es dann doch nicht, mich hierzubehalten.«

»Dann bis morgen, Schwester. Ich sehe mal zu, dass ich Mama aus dem Café kriege, ohne dass wir verhaftet werden.«

Er legte auf. Sie schloss die Augen und hielt für einen Moment ihr Gesicht in die Sonne. Es war gut, Jan zu haben.

31

Obwohl man in den meisten Verfahren nicht fotografieren durfte, war sie schon oft im Gericht gewesen, allerdings nie im Familiengericht. Scheidungen, Adoptionen oder Vormundschaftssachen waren für die Zeitung meist nicht interessant genug. Eigenartigerweise war Mama sehr gut gelaunt, als sie sich im Eingang trafen. Papa und Jan waren bei ihr. Der Wachmann an der Sicherheitsschleuse war sehr nett, geduldig erklärte er ihrem Vater, was er alles in die graue Box legen musste, bevor er durch die Schleuse gehen durfte.

»Früher gab's das alles nicht«, ließ er den Wachmann wissen, während er sich wahnsinnig umständlich von seinem viel zu langen Gürtel befreite. »Ich war früher oft hier. Anwalt, verstehen Sie.«

Jan und Clara sahen sich kurz an. Jan verdrehte die Augen. Hörte das nie auf, dass einem die Eltern peinlich waren? Clara wollte etwas sagen, als sich das Gesicht des Wachmanns veränderte.

»Ach, Sie sind das, Herr Wagenbach!«, sagte er erfreut. »Ich habe Sie erst gar nicht erkannt.«

Es dauerte keine dreißig Sekunden, bis er und ihr Vater ein so intensives Gespräch führten, dass er sie beide und ihre Mutter praktisch vergessen hatte. Jan schleuste Mama einfach eigenständig durch, und Clara folgte.

»Wir gehen schon mal vor, Papa«, sagte sie zu ihm. Er nickte so abwesend wie früher immer, wenn er interessantere Leute als seine Familie traf, und fuhr glücklich fort, mit dem Wachmann über frühere Richter und das Essen in der Kantine zu schwatzen.

»Ich nehme Kaffee mit Schnee«, sagte Mama einen überraschend klaren Satz. War nicht schwer zu übersetzen.

»Schlagsahne?«, fragte Jan.

Sie nickte. Clara nahm ihre Hand.

»Wir gehen später ins Café, Mama. Wenn wir hier fertig sind. Dauert wahrscheinlich nicht so lange.«

»Jaja«, antwortete sie, aber nicht schlecht gelaunt. Es gefiel ihr einfach, mit ihren Kindern zu sein, auch wenn sie nicht wusste, welche es waren. Claras Magen zog sich zusammen. Es war so einfach, ihr eine Freude zu machen. Was würde sein, wenn sie tatsächlich wegzog?

Ihre Mutter deutete auf ein Bild im Wartezimmer, auf dem eine norwegische Fjordlandschaft zu sehen war.

»Vier, fünf große Feucht«, sagte sie vergnügt. »Schaut mal.«

Was passierte eigentlich im Gehirn, fragte sich Clara. Wasser war immer noch Wasser, nur das Wort dafür war weg. Aber dann nahm das Gehirn einfach eins aus der Schublade daneben. Man verstand ja, was sie meinte. Manchmal jedenfalls. Ob sie das noch merkte? Am Anfang, vor vier, fünf Jahren, war sie so voller Wut gewesen, dass sie so viel vergaß. Einmal hatte sie ihren Kopf gegen das Buffet geschlagen. Ihre Energie war noch immer da, aber der eine wichtige Teil des Körpers ließ sie einfach im Stich.

Ihr Vater kam endlich aus dem Aufzug gewackelt. Er hatte immer öfter mit Schwindel zu kämpfen und stützte sich an der Wand ab. War das so, wenn man alt war? Sie musste – wie immer – an Elias denken. Wie würde er, wie würde sie später sein?

Ging so etwas überhaupt gemeinsam? Man konnte eine Partnerschaft doch nur noch eingehen, wenn man sich konsequent selbst belog. Das Gedankenrad in ihrem Kopf begann sich zu drehen.

Wird schon nicht so schlimm. Ich altere sicher anders. Ich halte mich ja fit. Papa habe ich mein Lebtag nie Rad fahren gesehen. Ich bringe mich einfach um, bevor es so weit ist.

Wie konnte man auch nur eine Sekunde denken, dass man so etwas einem anderen zumuten konnte, ohne vor Scham und Selbsthass zu vergehen? Sie würde nie, nie, nie wollen, dass Elias sie so sah wie sie jetzt ihre Mutter oder ihren Vater.

»Familie Wagenbach? Bitte kommen Sie herein.«

Die Richterin war überraschend jung, groß und ziemlich hager.

Es war alles sehr sachlich und nüchtern. Es war auch kein Gerichtssaal, sondern einfach ein Büro, in das sich Jan sogar noch einen zusätzlichen Stuhl aus dem Wartezimmer holen musste, damit sie alle sitzen konnten.

Die Richterin sprach ihre Mutter höflich an, fragte sie nach ihrem Namen und ihrem Geburtsdatum, aber sie insistierte nicht, als sie nicht richtig antwortete.

»Frau Wagenbach«, sagte sie dann ruhig und konzentriert, »ich setze Ihren Mann und Ihren Sohn Jan als Vormund für Sie ein. Die beiden dürfen dann zusammen, aber auch jeder einzeln über Ihren Aufenthaltsort bestimmen, Ihre Post öffnen und Bankgeschäfte für Sie tätigen. Verstehen Sie, was das bedeutet?«

»Jaja«, sagte Mama ungeduldig. »Natürlich. Ich bin nicht alt.«

Clara sah nach unten, weil sie lachen musste. Manchmal war Mama wie früher.

Die Richterin reichte Jan und Papa jeweils einen Bogen, der so aussah wie die alten grünen Führerscheine; nur doppelt so groß.

»Ihr Betreuerausweis«, erklärte sie. »In zwei Jahren sehen wir uns wieder, und wir prüfen, ob die Betreuung weiterhin nötig ist.«

Weil Mama bis dahin natürlich wieder gesund sein würde.

Die Richterin ließ Jan und Papa noch einiges unterschreiben und erklärte ihnen die Aufgaben. Clara hörte nicht mehr zu. Sie beobachtete ihre Mutter, wie sie auf dem Schreibtisch der Richterin die Stifte parallel anordnete und die Akten im rechten Winkel zur Kante ausrichtete. Das hatte sie früher schon gerne gemacht, schon als Clara noch klein gewesen war. Das Besteck auf dem Tisch musste gerade liegen. Fing es damit an? Oder war das einfach noch ein Reflex, der blieb?

Ach Mama, was soll ich bloß machen?

Ihr Handy summte. Eine Nachricht von Elias.

Wie läuft es? Hat deine Mutter das Gericht schon aufgemischt?

Er hatte sich den Termin gemerkt.

Sie ist friedlich, schrieb sie zurück. Ganz ungewohnt. Sehen wir uns später?

Wie ein Schulmädchen, sie ärgerte sich ein bisschen über sich. Aber seine Antwort kam nur wenige Sekunden, nachdem sie ihre gesandt hatte, und das versöhnte sie mit sich selbst. Warum musste sie sich seiner immer wieder vergewissern? Sie wollte sich sicher sein. Ganz und gar sicher. Keine Fragen an ihn oder an sich selbst stellen müssen.

Sehr, sehr gerne.

Wir gehen nach dem Gericht ins Café, tippte sie eilig. *Wenn du willst, komm dazu.*

Als sie alle wieder im Freien waren, hakte Mama Jan und sie unter.

»Wohin?«, fragte sie fröhlich. Clara wechselte einen raschen Blick mit Jan. Mamas gute Laune war wunderbar und gleichzeitig bitter, weil sie nicht mehr verstand, was eben über sie beschlossen worden war.

»Tja, Mama«, sagte Clara, »da Jan über deinen Aufenthaltsort bestimmen darf, gehen wir in ein Café seiner Wahl.«

»Gute Kartoffel«, sagte Mama.

Sie saßen auf der Dachterrasse des Cafés am Markt, von der man über die Dächer der vormittäglichen Stadt sehen konnte. Eigentlich ein perfekter Tag. Blau. Weit und hell. Schwalben in der Luft. Von den Kirchtürmen schlug es in kurzem Abstand halb elf. Wenn man die Stühle in die Sonne rückte, saß man angenehm. Clara konnte sich nicht erinnern, wann sie das letzte Mal mit fast der ganzen Familie an einem Vormittag zusammen gewesen war. Ihre Mutter hatte das früher immer geliebt. Für ihre Mutter hatte in die Stadt gehen stets auch bedeutet, sich mit einem ihrer Kinder zu treffen. Clara erinnerte sich an das, was Elias im Auto gesagt hatte. Darüber, wie es war, morgens im Café zu sitzen. Und dass er in Musik an sie dachte. Sie musste vor plötzlicher Sehnsucht so tief Luft holen, als hätte sie Atemnot. Wie mit fünfzehn.

Jan stand auf.

»Was wollt ihr trinken? Vielleicht traut sich die Bedienung nicht zu uns heraus. Mama?«

»Sekt!«, sagte Mama bestimmt.

Jan lachte.

»Also, Sekt für alle. Und außerdem Kaffee mit Schnee für dich, Mama.«

Während Jan nach drinnen ging, wandte ihr Vater sich unvermittelt an Clara.

»Sag mal, wie machen wir das mit dem Umzug? Brauchen wir dazu einen Wagen? Und was ist dann mit mir? Ich bin ja dann allein.«

Er sagte es so entrüstet, als wäre es ihm eben erst aufgefallen. War es vielleicht auch. Ihr Vater dachte in anderen Kategorien als normale Menschen. Und es war ihm egal, dass ihre Mutter es hörte.

»Papa!« Sie deutete auf ihre Mutter, die sich bei dem Wort Umzug aufgerichtet hatte. »Können wir das später besprechen?«

Aber er merkte das gar nicht.

»Das muss ja alles geregelt werden. Das geht alles nicht so einfach. Was ist mit den Möbeln? Und überhaupt, das Haus!«

Es war sagenhaft, wie unpraktisch er sein konnte. Clara lehnte sich vor.

»Papa, Jan und ich machen das. So viel Platz ist in dem Heim ja auch gar nicht. Wir nehmen einen Tisch und ein paar Stühle mit. Und alles andere findet sich dann schon. Solange du zu Hause wohnen bleiben willst, musst du dir wirklich keine Gedanken machen.«

Sinnlos, ihr Vater machte sich immer Gedanken. Wahrscheinlich, ob die CIA ihn jetzt leichter ausfindig machen konnte, wenn seine Frau ins Heim ging.

Ihr Handy leuchtete auf. Es war keine Nachricht von Elias, es war eine Mail: *Liebe Frau Wagenbach … wird Sie nicht überraschen, dass wir uns für Sie … willkommen im Team!*

Sie überflog den Rest der Mail, und ihre Hände fühlten sich auf einmal ganz kalt an vor Aufregung. Sie hatte den Job!

Jan kam zurück. Sie reichte ihm ihr Handy. Sagte lässiger, als sie sich fühlte: »Sie nehmen mich.«

»Wer nimmt dich?«, fragte ihr Vater, während Jan noch die Mail las.

»Ich habe mich in Hamburg auf eine Stelle beworben«, erklärte sie. »Aber ich bin noch nicht ganz sicher … ich weiß ja nicht, wie das hier mit euch ist. Ich wollte …«

Ihre Mutter sah an ihr vorbei und rief erfreut: »Paul!«

Clara drehte sich um und sah Elias. Ihr Lächeln war einfach da. Spöttisch rief sie auch: »Paul! Endlich!«, und erschrak erst dann darüber. Ihre Mutter wusste es ja nicht anders, aber bei ihr selbst war es … als ob sie ein Tabu gebrochen hätte. Als ob sie einen nicht wiedergutzumachenden Fehler begangen hätte.

Zum Glück gab es Jan. Der sah zwischen ihr und Elias hin und her und fragte dann trocken: »Eine einzige Entscheidung reicht dir nicht, oder? Du hast mir von Elias erzählt, aber Paul hast du mir verschwiegen. Clara«, sagte er dann grabesdüster, »Mama hatte recht: Du wirfst dich ja weg!«

Elias gab sich tief getroffen und griff sich ans Herz: »Ich wusste es immer!«

Aber dann beugte er sich lachend zu Clara hinunter und küsste sie auf den Mund. Sie griff seinen Am so fest, als wäre sie gerade gefallen. Als er sich aufrichtete, sah er in die Runde. Claras Mutter war aufgesprungen und zog ihn am Arm auf den Stuhl neben sich. Er nickte den beiden Männern zu.

»Ich bin Elias. Schön, Sie kennenzulernen.«

Claras Vater war aufgestanden, setzte sich dann aber gleich wieder. Jan kam zu Elias herüber, um ihm die Hand zu geben.

»Jan«, stellte er sich vor. »Wir können uns duzen, oder? Clara hat mir schon ein bisschen von dir erzählt. Aber du siehst in Wirklichkeit viel besser aus.«

»Bruder!« Clara lachte. Sie hatte sich von dem Erschrecken über sich selbst erholt. »Lass ihn sich doch erst mal setzen!«

Eine seltsame Verbundenheit bestand zwischen Clara und ihrer Familie. Elias kannte das nicht. Und Clara sah eigenartig bewegt aus. Er legte seine Hand neben die ihre auf den Tisch, sodass die kleinen Finger sich berührten.

»Kein einfacher Termin, oder?«, fragte er möglichst leicht.

Claras Vater sah zu ihm hinüber. Seine Stimme war altersbrüchig, aber klang lebendig.

»Sie sind Schauspieler? Gott sei Dank. Es herrscht ein furchtbarer Mangel an künstlerischem Geist in dieser Familie. Haben Sie schon einmal darüber nachgedacht, ob Sie in einem früheren Leben …«

»Papa!«, unterbrach ihn Jan. »Da kommt Clara seit Jahrzehnten mal wieder mit einem vernünftigen Mann an, und du verschreckst ihn sofort wieder? Er hat noch nicht einmal was getrunken. Warte mit den Reinkarnationstheorien wenigstens, bis er so verliebt ist, dass er nicht mehr wegkann.«

Es war kein echtes Zwinkern, mit dem er Elias wortlos um Verzeihung für die Frechheit bat; eher so etwas wie ein schneller Ausdruck, der sagte: Wir verstehen uns, oder? Ich bin auf deiner Seite. Elias nickte ihm unmerklich zu. Er hatte ihn sofort gemocht.

»Ich bin schon verloren«, sagte er dann. »Aber was wollen Sie, Herr Wagenbach? Ihre Tochter ist eine großartige Künstlerin!«

Die Überraschung des alten Mannes war echt.

»Ja? Mir zeigt sie ja nie was.« Er wirkte auf einmal viel wacher und interessiert. »Finden Sie?«

Clara mischte sich halb lachend, halb verlegen ein.

»Können wir vielleicht nicht über mich sprechen? Fragt doch erst mal ihn aus. So geht das normalerweise.«

»Wir kennen uns!«, sagte Claras Mutter triumphierend. »In dem Zelt neulich!«

Jan streichelte die Hand seiner Mutter.

»Ich glaube manchmal, du täuschst das alles nur vor, Mama«, sagte er in zärtlichem Spott, und zu Elias: »Sie erinnert sich vielleicht daran, als ihr sie gefunden habt.«

Aber schon sah sie wieder nervös aus und suchte etwas unter dem Tisch und in ihrer Handtasche.

»Wo ist die Katze?«

»Wo soll sie sein?«, fragte Claras Vater. »Zu Hause natürlich.«

Elias hatte den Eindruck, als wunderte er sich wirklich über die Frage. Als glaubte er gar nicht an die Demenz seiner Frau.

»Die denken immer, die Homöopathie wirkt nicht. Alle. Die Schulmedizin erfindet dann einfach ein Krankheitsbild, und das nennen die Demenz. Schinkel, der geniale Architekt, bei dem haben sie bei der Autopsie fast gar kein Gehirn mehr gefunden. Stellen Sie sich das mal vor!«

Elias konnte sehen, dass Jan die Augen für einen Moment nach oben verdrehte. Clara neben ihm seufzte.

»Ist das so?«, fragte Elias höflich.

»Fordere ihn nicht noch auf«, stoppte Clara ihn. »Möchtest du auch Sekt? Wir feiern die Entmündigung meiner Mutter.«

Jan hob die Schultern.

»Was wollt ihr? Sie lebt. Sie hat uns. Und sie ist nicht bettlägerig oder sonst was. Es könnte viel schlimmer sein. Wir sitzen mit ihr zusammen. Wir können Sekt mit ihr trinken, und du bist nicht unglücklich, oder Mama?«

Wieder griff er nach ihrer Hand. Sie lächelte ihn an. Wie zärtlich er mit seiner Mutter war. Elias dachte an Jule. Ob das auch mal so sein würde? Clara lehnte sich leicht gegen ihn.

»Sie haben mich genommen«, sagte sie leise.

»Aber das ist doch großartig!«, antwortete er. »Das ist wunderbar!«

Sie lehnte ganz kurz den Kopf gegen seinen. Auf ihrem Haar glänzte die Sonne.

»Wollen wir nachher darüber reden? Hast du Zeit?«

Er nickte und nahm für einen Moment ihre Hand, um sie zu drücken. Nein, Vera hatte nicht recht. Es war keine Verliebtheit. Er liebte Clara. Das war alles.

32

Tauben lockten von den Dächern. Stare schwangen sich in großen Schwärmen wild zwischen den Türmen auf und ab. In den schmalen Gassen der Altstadt war es schattig; nur ab und zu gab es einen sonnigen Streifen, wo zwischen den eng stehenden Häusern ein Durchlass war oder eine Nebenstraße einmündete. In der Luft war ein kühler Duft wie von Wasser.

»Vor ein paar Wochen lag der Schnee noch kniehoch«, bemerkte Elias. »Das Frühjahr ist immer wie ein Wunder. Alles geht so schnell.«

Ich hätte den Sekt nicht trinken sollen, stellte er fest. Er fühlte sich wieder auf diese komische Art leicht. Als würde er keinen Boden unter die Füße bekommen. Er schüttelte den Kopf, um das Gefühl loszuwerden.

Clara ging neben ihm. In diesem wunderbar festen und dabei schwingenden Gang, der ihn von Anfang an fasziniert hatte. Genauso wie kleine Dinge eine Partnerschaft auf Dauer zerstören konnten, gab es wahrscheinlich kleine Dinge am anderen, die nicht aufhörten, einen immer wieder zu bezaubern.

Sie war sehr still und sah nach oben. Der kleine Ausschnitt Himmel zwischen den Dächern war von kühlem Blau. Nie, nie, nie konnte man Farben genau so fotografieren, wie sie wirklich waren. Auch im schönsten Foto war immer nur ein Abglanz von der Schönheit der Wirklichkeit. Und trotzdem fotografierte sie den Himmel immer wieder.

»Du hast eine spannende Familie«, sagte Elias gedankenverloren und wie nebenbei.

Sie bogen in die Concordiagasse ein. Schiefe, uralte Häuschen. Kopfsteinpflaster, das in den Sonnenstreifen dunkel glänzte. Spiegelnde, offen stehende Fenster im ersten Stock. Wenn man richtig hochsprang, konnte man sie womöglich sogar erreichen, so niedrig waren die Häuser hier.

Concordia, dachte Clara. Zwei Herzen zusammen. Ihres klopfte gerade so, dass es mit keinem anderen im Rhythmus sein konnte.

»Elias«, begann sie hilflos, »ich weiß nicht, was ich tun soll.«

Er sagte nichts. Sah sie nur an und legte im Gehen den Arm um sie.

»Diese Stelle in Hamburg ... ich meine, so etwas kommt nie wieder. Von so was träumt man normalerweise nur und kriegt es nie.«

Sie bogen wieder ab und querten den Fluss über die Mühlbrücke. Sie wollten zu dem kleinen Hain am linken Flussarm. Elias war dort erst ein- oder zweimal gewesen. Clara kannte sich so gut aus in der Stadt. Wahrscheinlich, weil sie überall schon fotografiert hatte. Ihn dagegen zog es immer über Land, wenn er Zeit hatte.

»Wir leben im einundzwanzigsten Jahrhundert«, erinnerte er sie mit einem leichten Lächeln. Sie hörte sich so schwer an. »Es gibt Züge. Ich habe ein Auto. Hamburg ist doch nicht aus der Welt.«

»Sechshundert Kilometer«, antwortete Clara. »Das fährt man nicht einfach so.«

»Ich schon«, antwortete Elias. »Wenn es zu dir geht ...«

Auf einmal war sie fast wütend über seine Naivität. Tat er nur so, oder verstand er wirklich nicht?

»Elias! Können wir bitte mal realistisch sein? Es sind sechshundert Kilometer. Du bist Schauspieler und musst an den Wochenenden spielen. Wahrscheinlich habe ich nur an den Wochenenden Zeit. Ich werde viel unterwegs sein müssen. Und ab und zu wirst du Jule besuchen wollen, oder sie kommt her. Wie oft werden wir uns da sehen? Einmal im Monat?«

Sie ging jetzt schneller, weil sie so aufgeregt war und die Energie irgendwohin musste. Sie hatte recht, aber trotzdem …

»Wenn wir realistisch sein wollten, hätten wir uns nie verlieben dürfen, oder?«

Sie gingen jetzt auf der schmalen Straße neben dem Fluss. Es gab hier fast keine Autos, und die Touristen wurden auch immer weniger.

»Clara, ich weiß, das ist eine großartige Chance für dich. Du willst die Stelle annehmen. Ja, ich gebe zu, ich habe erst einmal nicht weitergedacht. Aber das tue ich jetzt. Was ist falsch daran, dir anzubieten, dass ich nachkomme? Wir sprechen über anderthalb Jahre oder zwei.«

Er hatte plötzlich das Gefühl, als entglitte sie ihm mit jedem Wort mehr.

»Zwei Jahre! Anderthalb!«, fauchte sie ihn an. »Du sagst das so, als ob es nichts bedeuten würde. Glaubst du wirklich, das halten wir aus? Oder vor allem du? Kennst du Wochenendbeziehungen, die wirklich funktionieren? Ich nicht. Da sind es mal hier sechs Wochen und dort zwei Monate, in denen wir nicht zusammen sein können und überhaupt: Denkst du ernsthaft, an zwei Tagen im Monat kann Tiefe entstehen? Ganz abgesehen von all den jungen Frauen, die nach der Vorstellung noch gerne zwei Worte mit dir wechseln wollen. Sei ehrlich: Wirst du dann immer Nein sagen? Man könnte es dir nicht einmal verübeln«, schloss sie bitter.

Elias musste sich eingestehen, dass ihn ihre Worte schwer trafen. Ja, so war er gewesen. Bis jetzt. Bis zu ihr.

»Ich bin kein weltfremder Idiot«, sagte er ungewollt scharf. »Alles, was du sagst, ist wahr.« Er ging einen Schritt schneller und stellte sich vor sie, um ihr ins Gesicht zu sehen, als er wütend fortfuhr: »Oder es wäre wahr, wenn ich dich nicht liebte. Hast du so wenig Vertrauen?«

Sie antwortete nicht. Der Ärger ebbte ab, und er nahm ihren Arm, um sie besser erreichen zu können. Es klang wie eine Bitte, als er fragte: »Clara, geht es wirklich darum, ob wir zusammen sein können? Ist das gerade eine Entscheidung für oder gegen uns?«

Wieder antwortete sie nicht. Sie gingen nebeneinander her, und das erste Mal überhaupt lag ein erdrückendes Schweigen zwischen ihnen. Als sie am Hain ankamen, war es schon so dicht geworden, dass sie fürchteten, sich nur noch selbst hören zu können, wenn einer von ihnen in diesem Moment etwas sagen würde.

Auf dem Kiesweg leuchteten Sonnenflecken. Die Rasenflächen, die Hainbuchen, die immer noch strahlend gelb blühenden Forsythien und die großen üppigen Büsche mit dichten weißen Rispen, die sich ihnen von beiden Seiten zuneigten … als ob sie uns zum Hohn Blüten auf den Weg streuen wollten, dachte er.

»Elias«, begann Clara mit brüchiger Stimme, »ich weiß einfach nicht, was ich tun soll. Ich will nicht mit dir sein, ohne mit dir sein zu können. Ich halte das nicht aus, und ich will es nicht.«

»Ich doch auch nicht!« Er war laut. »Ich … keine Ahnung«, suchte er nach den richtigen Worten, die es aber gerade nicht gab. »Clara, wie kann es sein, dass auf einmal alles infrage steht? Du verlangst zu viel. Wirklich. Von dir und von mir.«

Da war ein Pavillon mitten im Hain. Die hohen Bäume darüber, das verspielte Lichtschattenmuster auf dem Rasen; immer in Bewegung, die weiß und reich blühenden Büsche darum – es war ein durch und durch friedliches Bild. Sie gingen beide in die Richtung des Pavillons, ohne darüber nachzudenken.

»Wir können beide nicht an ihm vorbeigehen, oder? Das ist wie mit den Inseln. Man will hin, weil sie da sind.«

»Ja«, sagte Clara.

Es roch warm nach altem Holz und flüchtig nach dem besonnten Teer auf dem Dach. Der kommende Sommer lag schon in diesem Geruch. Sie standen nebeneinander, die Hände auf die Balustrade gestützt. Nicht nah genug. Ihre Hände sollten sich berühren, dachte er flüchtig.

»Ja. Ich verlange mehr als das, was wir jetzt kriegen können. Ich bin einfach zu alt, um auf das richtige Leben, das richtige Glück und die richtige Liebe zu warten. Was sind für dich anderthalb Jahre? Auf jeden Fall viel weniger als für mich. Nein, unterbrich mich jetzt nicht. Unseren Altersunterschied können wir nicht wegdiskutieren. Er ist einfach da. Und wie soll das funktionieren? Ich bin nicht Jule, die du alle paar Wochen besuchst. Ihr seid Vater und Tochter. Das ist ein ganz anderes Band. Du kannst gar nicht anders, als sie zu lieben.«

»Ich kann auch nicht mehr anders, als dich zu lieben.«

Wie lange hatte sie so etwas nicht gehört? Jahrzehnte. Aber er sah einfach nicht so klar wie sie. Ich muss mich innerlich stärken. Er macht alles nur schwerer.

Sie kämpfte mit dem dicken Gefühl im Hals und bemühte sich um eine ruhige Stimme.

»So einen Job kriege ich nicht noch einmal. Ich will mir nicht jeden Monat Gedanken darüber machen, ob ich die Miete bezahlen kann. Aufs Arbeitsamt rennen. Was meinst du, wie sich meine Chancen entwickeln, wenn ich hierbleibe? Wenn ich den

Job nicht annehme? Eine Fotografin aus der Provinz, Ende vierzig? In ein paar Jahren … wer stellt denn eine Frau mit Mitte fünfzig noch ein, wenn er eine Dreißigjährige haben kann? Ich weiß, so soll es nicht sein, und das sagt auch keiner laut, aber so denken sie doch alle. Die Chefinnen auch. Die gerade.«

»Clara«, setzte er an, aber sie unterbrach ihn atemlos.

»Nein, warte noch. Ich kann fast nicht anders, als … nein, ich will die Stelle.« Sie redete immer schneller, damit sie alles sagen konnte. »Es ist die eine Chance, die man kriegt. Es ist der Job, von dem man immer träumt. Ich weiß nicht, wie das mit uns wird. Ich weiß nicht, ob du nicht in zwei Jahren auch lieber eine Jüngere nimmst. Ich hoffe es nicht, und ich will es nicht und ich … aber ich weiß es nicht. Und ich will in zwei oder drei Jahren nicht dastehen, immer noch arbeitslos oder in einem blöden Halbtagsjob oder als Freie, die gerade so rumkommt. Das ist es. Und das hat nichts mit Emanzipation oder sonst was zu tun, falls du das gerade denkst, sondern einzig und allein mit meinem Leben. Mit nichts sonst. Nur mit meinem Leben.«

Sie zitterte. Sie atmete schnell wie nach einem Lauf. Um ihre Wangenknochen lag eine plötzliche Röte. Elias war von der Balustrade zurückgetreten und hätte sie am liebsten in den Arm genommen, aber das ging auf einmal nicht mehr.

»Ich komme mit dir nach Hamburg. Ich habe … es sind nicht einmal mehr zwei Jahre, aber so lange bin ich noch hier. Halten wir das nicht aus? Knappe zwei Jahre? Ich komme mit.«

»Und dann?«

Sie schrie es fast vor Anspannung, vor Wut auf sich selbst und auf ihn und auf alles.

»Wovon lebst du? Wie leben wir? Das ist doch … wir sind doch keine sechzehn mehr. Ich schon gar nicht«, fügte sie in plötzlicher Bitterkeit hinzu. »Aber vor allem, und das ist mir eigentlich erst jetzt klar geworden, ist es das: Ich will nicht jeden Tag, den ich dich nicht sehe, mit der Angst leben, dass ich zu alt für deine Liebe werde.«

Das warf ihn fast um. Als hätte sie ihn geschlagen.

Für ein paar Augenblicke fehlten ihm die richtigen Worte. Zwischen einer der hölzernen Streben und dem Dach hing ein Spinnennetz im Halbschatten. Ein paar letzte Tautropfen funkelten darin. Vom Fluss kam der frische Geruch nach Wasser. Wieso durfte die Welt schön sein, wenn gerade alles kaputtging?

In einer fast körperlichen Anstrengung nahm er ihre Hand. »Clara, ich habe dich eben erst gefunden. Ich habe das erste Mal seit so langer Zeit das Gefühl, die richtige Entscheidung getroffen zu haben. Das richtige Leben zu leben. Und das liegt an dir. Kannst du nicht einfach auf meine Liebe vertrauen?«

Konnte sie? Lag es daran? In ihr wütete es. Sie hatte fast vergessen, wie zerreißend dieser Zorn auf die Welt und sich selbst sein konnte. Sie holte zitternd Luft und versuchte, ruhig zu sprechen.

»Ganz ehrlich: Ich will. Aber wenn ich genauso ehrlich bin: Wie kann ich? Oder du? Du hast Vera nach einer Nacht mit mir verlassen. Von jetzt auf gleich. Wie kannst du, wie kann ich sicher sein, dass das nicht einfach wieder passiert? Können wir beide nicht. Und vielleicht würde es auch nicht passieren, wenn wir Zeit für uns beide hätten. Aber die werden wir einfach nicht haben. So was funktioniert nicht an zwei Wochenenden im Monat, und das ist schon großzügig gerechnet, oder?«

Er zog seine Hand zurück. Sie hatte recht und gleichzeitig unrecht.

»Und du willst es auch nicht versuchen, richtig?«

Die plötzliche Wut in seiner Stimme konnte er kaum kontrollieren.

»Ja. Ich habe Vera nach einer Nacht mit dir verlassen, in der wir uns nicht einmal geküsst haben. Weil ich wusste, dass du es bist. Aber du willst es nicht sein, oder? Ich weiß, dass ich nicht … vielleicht würde ich mir auch nicht vertrauen. Vera hat das gesagt. Dass ich nach sechs Monaten nicht mehr verliebt sein würde. Anscheinend hat es bei dir noch nicht einmal so lange gedauert.«

»Wie schön, dass ihr euch über mich unterhaltet«, sagte Clara in erzwungener Ruhe, tief verletzt, aber kalt und scharf. »Seht ihr euch oft?«

O Gott! Sie verstand alles falsch!

»Sie wollte noch einmal mit mir reden. Du warst da gerade in Hamburg …«

Sie unterbrach ihn.

»Ich erinnere mich. Ich hab versucht, dich anzurufen, aber du hast mich weggedrückt. Ich wollte dir erzählen, wie es gelaufen ist. Weißt du was, Elias?«

Sie drehte sich von ihm weg und knöpfte ihre Jacke zu.

»Vielleicht ist es ganz gut, dass wir das jetzt geklärt haben. Auf so etwas habe ich keine Lust.«

Sie ging aus dem Pavillon. Nein, eigentlich lief sie fast. Er wollte ihr hinterher, aber dann blieb er mitten im Schritt stehen. Es hatte keinen Sinn.

Sie versteht nicht. Ich weiß gar nicht mehr, was ich noch sagen soll.

In seinem Kopf wirbelte alles durcheinander. Er wusste nicht mehr, was richtig, was falsch war. Hätte er sich nicht mit Vera treffen sollen? Was, verfluchte Scheiße noch mal, hatte er eigentlich falsch gemacht?

»Clara!«, schrie er ihr hinterher. »Clara, warte!«

Aber sie blieb nicht stehen. Sie drehte sich nicht einmal mehr um.

Er fühlte sich plötzlich so schwach, dass er sich auf den Holzboden setzen musste. Die Bohlen waren eiskalt.

33

Er hatte ewig nicht einschlafen können, und als er am nächsten Morgen nach einer hässlichen Nacht aufwachte, fühlte er sich krank.

Kein Wunder. Er hatte sich vorher schon nicht gut gefühlt, und dann war er frierend nach Hause gegangen. Hatte den ganzen Nachmittag gefroren, wie es eben so ist, wenn alles wärmer aussieht, als es in Wirklichkeit ist. Und er hätte nichts trinken sollen, aber nach der Vorstellung hatte er nicht nach Hause gehen wollen. Da war niemand, der auf ihn wartete. Und zu Clara konnte er nicht mehr.

Clara.

Wieso ging so eine einfache Sache nicht in seinen Kopf? Sie hatte sich von ihm getrennt. Trennen hörte sich so scharf wie eine Klinge an. Getrennt. Was für ein Scheißwort. Es war, als hätte man ihn in der Mitte auseinandergeschnitten. Kein Blut. Kein Schmerz. Nur war es dort, wo die andere Hälfte sein sollte, einfach leer. Zum allerersten Mal glaubte er zu verstehen, wie es war, wenn man eine Hand verloren hatte. Man will sich durch die Haare fahren oder jemanden begrüßen oder eine Tasse nehmen, aber da ist nichts mehr, womit man das tun könnte. Die Tasse bleibt einfach unberührt stehen. Als könnte er nichts mehr richtig anfassen. Als hätte er plötzlich kein Gefühl mehr.

Es fiel schwer, aufzustehen, aber er musste sich einen Tee kochen. Sein Kopf war schwer. Die Küche war kalt. Er hatte das

Fenster über Nacht offen gelassen. Draußen war ein Nichttag. Der Himmel teilnahmslos grau. Danke, Wetter. Vielleicht wäre alles noch schlimmer, wenn heute ein schöner Tag wäre. Gestern war der perfekte Frühlingstag gewesen. Sonne. Wind. Trennung.

Ich verstehe es nicht, ich verstehe es nicht, ich verstehe es nicht. Ein Mantra. Wasser aufsetzen und nicht verstehen. Tee aufgießen und nicht verstehen. Mit der Tasse frierend zurück ins Bett und nicht verstehen. Das Gefühl, nichts berühren zu können, war auch in seinem Kopf. Er konnte keinen Gedanken festhalten.

Er merkte, dass er Fieber bekam. Die kalten Bretter in dem Pavillon. Und Clara, wie sie ging, ohne sich umzudrehen. Er hatte alles kaputtgemacht. Irgendwie hatte er alles kaputtgemacht, und er wusste nicht mal, wie.

34

Unbeständig und kühl.

Es schien ihr viel länger her als diese sechs, sieben Wochen, seit sie das letzte Mal am Haus gewesen war. Da war es windig gewesen und alles in Bewegung, und sie hatte das Gefühl gehabt, etwas würde beginnen. Warum hatte sie jetzt dieses bittere Gefühl, dass alles endete? Sie ging nach Hamburg. Alles wurde anders. Schlussstrich unter alles. Unter Paul und die Trauer und das Haus.

Paul. Als sie das letzte Mal zusammen hier gewesen waren, hatte er nur noch ein paar Schritte gehen können. Vom Auto auf die Terrasse.

Schnell, hatte er sie ungeduldig angezischt, als er sich auf den Stuhl setzen wollte und sie das Kissen nicht rechtzeitig zur Hand gehabt hatte. Schon so mager, dass ihn die Sitzhöcker schmerzten. Sie verstand es, und trotzdem hatte sie das geärgert. Vielleicht hatte er es gespürt und nur nichts gesagt. Dass sie ihn nicht mehr geliebt hatte. Zum ersten Mal kam ihr der Gedanke, dass Paul es vielleicht ganz anders gesehen hatte. Dass er vielleicht glaubte, dass sie ihn nicht mehr lieben konnte, weil er Krebs hatte. Und dass er aber keine andere Wahl mehr hatte, als sie zu lieben. Weil sie die letzte Frau seines Lebens sein würde und er sie brauchte. So wollte sie auf keinen Menschen angewiesen sein. So wollte sie sich niemandem ausliefern.

Ob Alter wie Krebs ist? Bloß viel langsamer und grausamer?

Unbeständig und kühl war das Wetter. Und so war sie wahrscheinlich auch. Elias kam es vielleicht so vor. Aber sie konnte nichts dagegen tun.

Sie stand an den Zaun gelehnt und wartete auf den Laster. Ihre Mutter war im Garten. Noch einmal mit ihr unterwegs sein. Kein letztes Mal, korrigierte sie ihre eigenen Gedanken schnell. Nur noch einmal, bevor sie ins Heim umzog.

Aber in ihrem Kopf klang Heim trotzdem immer wie Gefängnis. Als ob man nicht mehr hinausdurfte. Und für Mama würde es auch so sein. Die Abteilung für Demenzkranke war geschlossen. Warum tun wir das? Damit sie nicht verloren geht, nicht irgendwann verloren geht. Weil ich sie nicht mehr jede Woche suchen kann. Weil Papa es nicht mehr kann. Weil Jan zu viel zu tun hat. Weil ich nach Hamburg gehe. Deswegen sperren wir Mama ein.

Zu ihrem Besten! Was für ein Scheißwort. Zu unserem Besten, oder? Weil wir uns einfach nicht genug Mühe geben. Weil wir unser Leben wollen … Verdammt. Verdammt. Ich denke über Mama nach, damit ich nicht an Elias denken muss. Ist es mit ihm genauso? Weil ich mein Leben leben will, ohne an ihn zu denken? Es ist nicht dasselbe. Nein. Es ist nicht dasselbe. Oder doch?

Reiß dich zusammen.

Es waren nur ein paar Wochen.

Ich habe schon mehr ausgehalten.

»Mama!«, schrie sie fast erleichtert, als sie über den Zaun sah und aus ihren Gedanken gerissen wurde. Sie hatte ihrer Mutter eine Gartenschere für den Efeu an der Mauer gegeben, damit sie etwas zu tun hatte, während die Leute von der Haushaltsauflösungsfirma das Haus ausräumten. Aber ihre Mutter war anscheinend mit dem Efeu so gründlich und schnell fertig geworden, wie das früher schon gewesen war. Und dann hatte sie sich den Johannisbeersträuchern gewidmet. Sie hatte alle Zweige abgeschnitten.

Mama sah sie hilflos an. Unsicher. Wortlos erschrocken.

Clara kam näher. »Nicht schlimm«, sagte sie hastig. Sie hatte plötzlich einen Kloß im Hals, und am liebsten hätte sie Mama umarmt und auf den Schoß gezogen wie ein Kind; genau so, wie ihre Mutter es ganz, ganz früher mit ihr gemacht hatte, wenn sie sich die Knie aufgeschlagen hatte.

»Nicht schlimm, Mama. Mach ruhig weiter«, sagte sie, während ihr auf einmal die Tränen übers Gesicht liefen. »Es sind bloß die Scheißjohannisbeeren. Schneid sie ab. Schneid sie alle ab. Die wachsen irgendwann wieder.«

Aber ihre Mutter ließ die Schere fallen und berührte mit zwei erdigen Fingern ihre nasse Wange.

»Waschbär«, flüsterte sie tröstend.

»Ja, Mama«, musste Clara trotz der Tränen lachen, »Waschbär.«

Es war viel leichter gewesen, als sie gedacht hatte. Das Haus war leer. Nur die Küchenhexe, der Küchentisch und die eine Truhe im Schlafzimmer waren noch da. Weil der Tisch und die Truhe schon im Haus gewesen waren, als sie es gekauft hatten. Weil sie älter waren als sie und Paul. Keine Bedeutung. Sie ging durch die Räume. Sehr viel hatte sie für die anderen Möbel nicht bekommen. Für die Teppiche und die Vorhänge gar nichts. Aber das machte nichts. Erinnerungen waren nicht viel wert, wenn man sie an jemand anderen verkaufte. Was konnte man schon verlangen für ein gebrauchtes Leben? Eigentlich fühlte es sich gut an, dass endlich alles weg war. Jetzt musste sie nur noch das Haus selbst verkaufen, aber das hatte Zeit.

Atme auf. Es ist vorbei. Alles entschieden. Atme auf. Mach dich frei.

Aber als sie durch die Glastür aus der Küche auf die Veranda trat, überfiel sie die Erinnerung mit voller Wucht. Hier hatte sie Elias das erste Mal gesehen. Auf den Knien. Vor ihr.

Lass mich in Ruhe. Lass mich in Ruhe. Lass mich in Ruhe.

»Toni?«

Ihre Mutter kam aus dem Garten. Sie hatte einen Sack gefunden, den sie sich wie eine Schürze umgebunden hatte. Sie sprach nur noch ganz selten und meistens nur ein oder zwei Worte.

»Ich bin Clara, Mama«, sagte sie und hasste sich dafür, dass sie den Tränen schon wieder nahe war. Nicht mal bei Paul hatte sie so richtig geweint, und Elias war nicht tot. Aber sie stand hier mit ihrer Mutter, die in ein graues Nichts wanderte, aus dem niemand sie zurückholen konnte. Sie stand hier und hatte einen toten Mann hinter sich und ein leeres Haus und eine verlorene Liebe und vor sich … nein. Es war kein graues Nichts. Sie hatte sich für ein Leben entschieden, und Elias hatte es einfach hingenommen. Er hatte es nicht gesagt, aber es war so. Daher war es einfach besser, einen klaren, scharfen Schnitt zu machen, als eine Beziehung zu führen, die sich in genau so einem grauen Nichts verlor. Das wollte sie nicht. Das würde sie nicht noch einmal aushalten.

»Komm, Mama«, sagte sie. »Du und der Jutesack und ich, wir fahren jetzt heim.«

Sofort.

Wann können Sie anfangen? Sie hatte die Mail noch einmal gelesen, als sie nach Hause gekommen war. An dem Tag, als Mama entmündigt worden war und sie mit Elias gebrochen hatte. Voller Wut auf sich und auf ihn. Bis ins Innerste bebend.

Wann hatte sie sich das letzte Mal so gefühlt? Wie wenn man in einem Fluss plötzlich in eine Strömung schwamm, die man nicht gespürt hatte. Die man vom Ufer aus gar nicht sehen konnte, wo alles um einen herum noch so wie immer war. Die langen Blätter der Weiden berühren leuchtend grün das Wasser. Die Sonne glitzert auf den kleinen Wellen. Eine Libelle steht schwirrend schön über dir, und du weißt: Das alles ist auch in zehn Minuten noch da, wenn du ertrunken bist. Und dann dieses Gefühl, von jetzt auf nachher, völlig aus dem Nichts heraus, um dein Leben schwimmen zu müssen, weil du sonst einfach lautlos untergehst.

Sofort.

Das hatte sie mit fliegenden Händen geschrieben. Auf dem Handy. Vor dem Spiegel stehend: Das bin ich. Eine Frau Ende vierzig. Mehr als die Hälfte ist vorbei. Wie viel Zeit ist noch? Es ging nicht anders.

Sofort.

Jetzt saß sie in der Küche, eine Tasse Kaffee vor sich, und machte eine Liste der Dinge, die sie nach Hamburg mitnehmen wollte. Für die ersten Tage konnte sie bei Katrin unterkommen. Die hatte eine große Wohnung. Und dann würde sie sehen. Ihre Wohnung hier konnte sie noch ein, zwei Monate behalten. Das war sowieso nicht alles auf einmal zu schaffen. Nächsten Montag schon. Sie verzog den Mund wie zu einem trockenen Lächeln. Die Möbel konnte sie bei ihren Eltern unterstellen. So ging das. Man zog zu Hause aus, und irgendwann wanderten die Möbel wieder zurück ins Elternhaus.

Als ihr Handy vibrierte, schoss es ihr durch den Magen. Immer noch und immer wieder. Weil sie jedes Mal dachte, Elias würde schreiben. Als ob. Sie schrieb ja auch nicht, und dann … was sollte er schon sagen? Was sollte sie schon sagen? Und trotzdem griff sie immer sofort nach dem Telefon. Aber es war nur eine Nachricht von Jan: *Bist du tot?*

Sie hatte keine Lust zu telefonieren und war schon zweimal nicht rangegangen, als er sie angerufen hatte. Er schien eine Art unheimliches Gespür dafür zu haben, wenn irgendetwas nicht stimmte. Sie telefonierten manchmal drei oder vier Tage nicht, aber diesmal hatte Jan ziemlich oft versucht, sie zu erreichen.

Nein. Ich habe viel zu tun. Packen. Ich rufe später mal an.

Sie fand gerade nicht in den leichten Ton, den sie beide sonst hatten. Fast sofort klingelte es. Jan.

»Was ist los, Schwester?«

Sie zögerte.

»Nichts. Ich bin nur gerade … ich hab viel zu tun. Ich weiß nicht, was ich mitnehmen soll.«

Jan unterbrach sie.

»Gehen Sie mal bitte aus der Leitung, und holen Sie meine Schwester, ja? Mit Ihnen rede ich gar nicht.«

Sie lachte gegen ihren Willen.

»Sagst du mir vielleicht einfach mal, was los ist? Habt ihr gestritten, du und dein neuer Freund, dessen hübschen Namen ich mir nicht merken kann?«

Sie holte tief Luft.

»Wir haben uns getrennt.«

»Ah«, sagte Jan nur.

Sie schwiegen eine Zeit lang.

»Wegen Hamburg?«, fragte Jan.

»Auch«, antwortete sie knapp.

»Clara!«, sagte Jan laut und mit einer Spur von Ungeduld in der Stimme. »Hör sofort auf damit. Lass dir nicht jedes Wort aus der Nase ziehen. Hat er mit dir Schluss gemacht? Ich bringe ihn um für dich. Was ist los?«

»Ich. Ich habe Schluss gemacht mit ihm.«

»Okay«, sagte Jan nach einem Moment überrascht. Sie hatte ihn aus der Fassung gebracht. Vorsichtig fragte er schließlich: »Möchtest du mir sagen, warum? Es hat so ausgesehen, als wärst du ziemlich glücklich. Ihr habt beide glücklich ausgesehen. Was war denn?«

Clara trank einen Schluck Kaffee. Er war kalt. Dann versuchte sie zu erzählen, was geschehen war. Es war gar nicht so einfach, es in Worte zu fassen. Dass sie keine Beziehung wollte, die keine war. Dass er sich außerdem mit Vera getroffen hatte. Dass … sie wusste nicht, wie sie Jan ihr Gefühl klarmachen sollte; dieses Gefühl, lieber allein zu sein als … was auch immer. Sie schwieg.

»Clara«, sagte Jan schließlich, »ich muss gleich wieder rein, und wir können später noch sprechen. Aber was ich nicht ganz verstehe, ist …« Er stockte und setzte noch einmal an: »Ich glaube, dass es doch eigentlich nur eine Frage gibt, oder? Liebst du ihn?«

Er auch! Es machte sie wütend, dass er auch nicht richtig verstand.

»Natürlich liebe ich ihn. Oder … vielleicht jetzt nicht mehr, oder ich will ihn nicht lieben, wenn es keinen Sinn hat, verstehst du das nicht?«

Sie war laut, aber Jan konnte das aushalten.

»Du lässt ihm gar keine Chance, das weißt du«, sagte Jan. »So wie ich das sehe … Clara! Das mit seiner Ex hätte er dir erzählen müssen, okay. Aber du … das ist einfach zu viel verlangt. Ich …«

Sie unterbrach ihn.

»Nein! Nein, Jan, das ist nicht zu viel verlangt. Oder wenn, dann will ich nicht weniger. Ich will eine richtige Liebe, keine Affäre und keine Scheiß Quality Time alle vier Wochen mal und dann einen gemeinsamen Urlaub oder so. Und wer gibt mir da überhaupt gerade Ratschläge? Was ist denn mit dir?«

»Ich muss jetzt rein«, sagte Jan kurz. »Wir können später noch mal reden.« Er zögerte kurz. Sie wartete. Dann sagte er hastig: »Das war nicht fair, Clara. Wirklich nicht. Ich weiß, ich bin nicht der Fachmann für gelungene Beziehungen. Aber ich habe noch nicht aufgegeben. Du anscheinend schon. Bis später.«

Er legte auf.

Das hatte sie wirklich toll hingekriegt. Jetzt hatte sie es sich auch noch mit Jan verscherzt. Sie wollte das Handy weglegen, als eine Nachricht kam.

Tut mir leid, Schwester. Du bist vollkommen bekloppt. Aber ich jedenfalls werde dich immer lieben.

Was sollte das eigentlich, dass sie in diesen Tagen beim geringsten Anlass mit den Tränen kämpfte. Das musste sie bis Montag irgendwie in den Griff kriegen.

35

Er hatte keinen Husten, aber sein Kopf schmerzte, und er hatte Fieber. Elias fühlte sich wie bei einer Grippe. Es fiel ihm schwer, aus diesen hässlichen Träumen aufzuwachen, und wenn er zwischendurch ins Bad musste, fühlte sich alles unwirklich an. Die Träume … er kannte das aus der Kindheit. Da hatte er bei Fieber immer geträumt, dass er zählen musste; nur zählen, ohne Ende. Jetzt war es anders. Er träumte die ganze Zeit von ihrem Haus. Die Treppen darin waren verwinkelt, und er stieg und stieg und rannte hinunter und über für das kleine Gebäude viel zu lange Gänge, weil er ständig zu spät war. Er suchte das Zimmer, in dem sie war. Aber er lief und stieg Treppen hinauf und andere Treppen wieder hinunter und musste sich durch zu kleine Türen drücken. Dann hatte er von all dem Laufen eine trockene Kehle und wollte den Wasserhahn aufdrehen, der seltsamerweise aus einem Foto an der Wand ragte, aber er konnte ihn nicht anfassen. Er griff durch ihn hindurch. Immer wieder.

Es war ein ständiges Pendeln zwischen Wachsein und Fiebertraum, und es war so mühsam, richtig wach zu bleiben. Er lag im Bett und konnte nicht klar denken. Er wusste nicht einmal genau, was für ein Wochentag war.

Es dauerte, bis er nicht mehr ganz so benommen war. Normalerweise wollte er allein sein, wenn er krank war, und konnte es gar nicht leiden, wenn ständig jemand um ihn war. Aber im Moment … er hatte überhaupt nichts mehr im Kühlschrank.

Nicht einmal Tee war da. Er fühlte sich viel zu schlapp für alles, an Einkaufen war nicht zu denken.

Er griff nach seinem Handy, das neben dem Bett auf dem Boden lag. Clara. Er konnte Clara nicht anrufen. Wie kam das? Hallo, ich bin krank. Ich träume die ganze Zeit von dir. Kannst du mir was vorbeibringen? Und mich, wenn du schon dabei bist, zurücknehmen?

Ich würde mir auch nicht glauben, dachte er. Schauspieler und so. Und wenn sie mich gesund nicht will, wieso sollte sie mich dann lieben, wenn ich krank bin?

Er schluckte trocken. Es war so schwer, sich auf eine Sache zu konzentrieren. Er hatte das Gefühl, die Szene im Pavillon tausendmal im Kopf wiederholt zu haben, und sie veränderte sich bei jedem Mal mehr. Alles floss ineinander. Alle Gedanken waren so … weich. Irgendwas stimmte nicht mit ihm. Das war keine normale Grippe.

»Elias?«

Veras Stimme klang überrascht. Aber nicht sehr. Er nahm sich zusammen, um klar zu klingen.

»Hey, Vera. Ich weiß, das ist jetzt blöd, aber ich … es gibt niemanden, der einigermaßen in der Nähe wohnt, und ich wollte dich fragen, ob …«

»Bist du krank? Du hörst dich krank an.«

»Ja«, sagte er. »Ich glaube, ich hab Fieber. Würde es dir was ausmachen, kurz vorbeizukommen? Ich brauche irgendwas gegen das Fieber. Ich fühle mich …«

Das Wort »verloren« drängte sich ihm auf die Zunge, nur klang das so dramatisch. Aber er fand kein anderes, also sagte er gar nichts mehr.

»Ich komme vorbei«, sagte Vera. »Bis gleich.«

Kein Triumph in ihrer Stimme; jedenfalls keiner, den er wahrnehmen konnte. Wie wenige Freunde er hatte! Mareike, die hätte er noch anrufen können, aber das war ihm zu spät eingefallen. Außerdem … probte sie nicht gerade? Er wusste immer noch nicht, welcher Tag war, aber bevor er auf dem Handy nachsehen konnte, schlief er wieder ein.

Als er aufwachte, noch mühsamer als vorhin, stand Vera an seinem Bett. Sie musste schon länger da sein, denn die Tasse Tee, die sie ihm reichte, war lauwarm. Sie wirkte ein bisschen durchsichtig, und er verstand nicht gleich, was sie von ihm wollte, als sie fragte: »Hast du dich gestoßen?«

Er schüttelte den Kopf und trank einen Schluck Tee.

»Wieso? Nein. Ich hab bloß Fieber, und ich weiß nicht, woher.«

Vera zeigte auf seine Hand.

»Du hast da so etwas wie einen blauen Fleck.«

Er sah auf seinen Handrücken. Es stimmte. Da war ein Fleck. Und ein paar Punkte daneben. Auf der Handfläche auch.

»Was ist das?«, fragte er schwer.

»Ich habe keine Ahnung«, antwortete Vera nervös, »aber es gefällt mir gar nicht. Was hast du gemacht? Hast du irgendwas Komisches gegessen?«

Wieder schüttelte er den Kopf. Es fühlte sich gefährlich an, als wäre er zu leicht und könnte sich vom Hals lösen und wegfliegen.

»Keine Ahnung«, wiederholte er. »Vielleicht gehe ich morgen mal zum Arzt.«

Sie legte eine kühle Hand auf seine Stirn.

»Du hast richtig Fieber. Wann hast du das letzte Mal was getrunken?«

Er wusste es nicht. Er wusste gerade auch nicht mehr, ob er Vera aufgemacht hatte. Wie war sie hereingekommen?

»Bist du geklettert?«, fragte er sie.

»Was?«

Er sah ihre Bestürzung. Dabei hatte er doch nur gefragt, ob sie wirklich über den Balkon gekommen war.

»Elias, du redest die ganze Zeit komisches Zeug. Du hast ganz viel von Clara und einem Panzer erzählt. Und von Treppen, die du gebaut hast. Nicht so wie im Traum. Du redest einfach wirr. Das macht mir Angst, Elias. Wirklich!«

Jaja, dachte er. Treppen. Die waren wirklich gefährlich. Er erinnerte sich, dass er sie hinuntergefallen war. Eine ewig lange Treppe. War das im Theater gewesen oder bei dem Pavillon?

Irgendwie musste er noch mal eingeschlafen sein, denn als er dieses Mal aufwachte, war ein Arzt an seinem Bett. Und er saß aufrecht. Hatte ihm jemand das Hemd ausgezogen?

»Wie lange haben Sie diese Einblutungen schon?«, fragte der Arzt. Wenn er ein Arzt war. Wo war Vera? Er wusste gerade nicht einmal, wo genau er selbst war. Wie war der Arzt hereingekommen? Hatten eigentlich alle plötzlich einen Schlüssel zu seiner Wohnung? Oder hatte er die Tür ausgehängt wegen der Treppe?

»Ich habe keine«, wehrte er unwillig ab.

»Doch«, sagte der Arzt viel zu laut. »Überall. Sie haben Punkte auf der Brust und auf dem Rücken. Herr Kornfeld, ich werde Sie jetzt in die Klinik einweisen. Verstehen Sie mich?«

»Ich kann keine Treppen mehr gehen«, sagte Elias.

»Keine Angst«, hörte er Vera sagen, »du wirst getragen.«

Tragen ist gut, dachte er, aber hoffentlich vergessen die meine Beine nicht. Er spürte, wie ihm jemand das Hemd wieder herunterzog, aber dann schlief er schon wieder.

36

Neues Büro. Neue Stadt. Neues Leben.

Es fühlte sich noch nicht echt an, mehr wie Urlaub oder ein Praktikum. Nicht wie etwas, das von Dauer sein würde. Der Tag war angefüllt gewesen mit ersten Konferenzen, einer Führung durchs Verlagshaus, einem Mittagessen mit den zukünftigen Mitarbeiterinnen und einem kurzen Treffen mit der CvD, die sie schon beim Bewerbungsgespräch kennengelernt hatte. Es war wenig Zeit geblieben, nachzudenken. Von den Chefbüros aus sah man auf die Hochbahn und bis zum Containerhafen, von ihrem Büro immerhin auf einen halbwegs grünen Innenhof. Aber es war alles so, wie sie es sich vorgestellt hatte. Eine der Sekretärinnen hatte ihr sogar eine Liste mit möglichen Wohnungen zusammengestellt und in die Hand gedrückt.

»Das machen wir hier so«, hatte sie hanseatisch knapp, aber freundlich gesagt, »Sie sind ja nicht die Erste, die aus dem Süden zu uns kommt und eine Wohnung braucht.«

Ein atemloser erster Tag. Das war gut, so hatte sie nicht an Elias denken müssen. Zumindest, bis sie schließlich aus dem Gebäude trat. Dann waren da plötzlich Zeit und Weite und ein so lichter Abendhimmel, wie er nur im Frühling sein konnte. Es war schon fast sieben Uhr, aber noch ganz hell, und darin lag immer dieses Gefühl eines überraschenden Geschenks, das man nur haben konnte, wenn man den Winter noch nicht so lange hinter sich gebracht hatte. Der schwere, mächtige Ton eines Schiffshorns klang vom Fluss herüber. In der Luft neben den Möwen ein paar Schwalben in verspieltem Flug über den Dächern. Von der nahe gelegenen Michelwiese die heiseren Rufe von ein paar Jungs beim Fußball. Frühling.

Sie schloss das Rad auf, das Katrin ihr geliehen hatte, und fuhr langsam die Elbe entlang in Richtung Altona. Sie hatte es nicht eilig, irgendwohin zu kommen. Solange sie draußen und in Bewegung war, musste sie nicht denken.

Die Stadt war friedlich wie selten. Vor den Fischrestaurants und den Bars saßen die Leute nach einem Arbeitstag auf ein Glas Wein oder einen schicken Aperol oder einfach ein Bier. An der Ecke des Cafés in einer ehemaligen Fischhalle trug sie ihr Rad die Treppen hoch in den kleinen Park. Sie stieg nicht wieder auf, sondern ging, das Fahrrad neben sich herschiebend, die Wege entlang. In jeder Stadt zog es sie ins Grüne. In jeder Stadt fotografierte sie die Parks. Weil sie die Orte waren, in denen sich das Unvereinbare mischte: die Natur, das Wilde und Ungezähmte auf der einen Seite und auf der anderen Seite der Inbegriff der Beherrschung, die Stadt. Davon ging für sie eine besondere Anziehung aus.

So bin ich. Vernunft und Disziplin. Lust und Leidenschaft. Oder irgendwas dazwischen. Bloß, dass sich die Anziehung, die von mir ausgeht, in Grenzen hält.

Nicht darüber nachdenken.

Der Weg stieg an. Zwischen den Bäumen leuchteten wie in einen Film dazwischen geschnitten Bilder von der Elbe im Abendlicht auf. Die Silhouette einer Fähre. Ein Kran am anderen Ufer, der sich im Wind langsam drehte. Sie war gar nicht sehr hoch über der Großen Elbstraße, aber hier hörte sie vor allem das Rauschen der Blätter. Der Wind in den Bäumen klang zu jeder Jahreszeit anders. Im Winter pfiff es tonlos um die Zweige, und im Herbst hörte es sich manchmal machtvoll heiser an. Aber dieses weiche, große Rauschen, das gab es nur im Frühjahr.

Oben gab es einen freien Platz mit zwei Bänken. »Altonaer Balkon« stand auf einer mit Stickern beklebten Tafel. Und es war wirklich wie ein Balkon. Wenn man an der Mauer stand, hatte man einen weiten Blick über den Turm am alten Elbtunnel und auf die Norderelbe und dahinter, im diesigen Abendhorizont, auf den Kranwald des Containerhafens. Dann hörte sie Musik. Aus einem der offenen Fenster im Hotel am Rand des Parks. Der Wind stand in ihre Richtung, sonst hätte sie es wohl nicht gehört. … *I can't believe you really gonna leave the town.* Rio de Janeiro Blue. Nicht in der Coverversion von Randy Crawford. Das Original, von Richard Torrance gesungen. Das kannte fast keiner. Es traf Clara unvorbereitet und sie stand ganz still, während der Song im Wind an ihr vorbeitrieb. … *the salty air, your windblown hair* … Sie hatte den Song von Anfang an geliebt. Die Trauer darin. Die Sehnsucht nach der verlorenen Geliebten. Jeder weiß, dass ich ohne dich nichts bin. Sie hatte immer ein Bild davon vor Augen gehabt: allein auf einem Berg über dem Meer … Rio, wie es war, wenn man es mit niemandem mehr teilte. Im Moment stand sie im Wind über dem Wasser, und es war sie, die in eine andere Stadt gegangen war, aber gerade deshalb war es so, als ob Elias in ihr, aus ihr sänge. War es ihre eigene Sehnsucht oder seine, die sie mit einem Stoß aus dem Gleichgewicht brachte wie eine plötzliche schwere Bö?

Aber dann … *parts of you with who knows who* … der Gedanke an ihn mit Vera war tatsächlich wie ein innerer Schrei. Vor Wut oder vor was auch immer. Und? War es tatsächlich ihre Bestimmung, ihr Leben allein zu leben?

Sie konnte nicht anders. Sie musste an diesem schönen Ort stehen, über das Wasser in die Ferne sehen und den verwehten

Song aus irgendeinem Hotelzimmer hinter ihr bis zum Ende hören.

Es dämmerte bereits, aber sie rollte immer noch ziellos durch die Viertel, breite, trostlose Straßen entlang, auf denen die Autos aus der Stadt nach Hause jagten. Dann wieder durch irgendwelche Alleen, die nach viel Geld aussahen und an denen Villen hinter vornehm zurückhaltenden Mauern in großen Gärten standen. Hinter den erleuchteten Fenstern tausend verschiedene Leben. Ihres war nur eines unter vielen. Ohne große Bedeutung. Woanders war Krieg, oder es ging gerade ein Schiff unter, oder ein Großbrand in irgendeiner Textilfabrik im Fernen Osten brachte hundert Frauen um. Ihr eigenes Schicksal war gar keines. Es ging ihr gut. Fast alles richtiggemacht.

Fast.

Als ihr Telefon vibrierte, dachte sie, es sei Katrin. Oder Jan. Mit Vera Steiner hatte sie nicht gerechnet. Sie starrte auf das Display. Was wollte die denn von ihr? Auf ein Gespräch mit der hatte sie gar keine Lust. Ob Elias sie gebeten hatte, sie anzurufen? Egal. Sie drückte sie weg. Fast sofort klingelte es wieder. Sie ließ es klingeln, es hörte nicht auf.

»Frau Steiner«, sagte sie in schneidender Höflichkeit, »was kann ich für Sie tun?«

»Tut mir leid, dass ich es bin, aber ich glaube, Elias hat Sie nicht erreicht. Es geht ihm gar nicht gut. Er ist ziemlich krank.«

Clara war überrascht.

»Hat er's Ihnen nicht gesagt? Wir haben uns getrennt.«

Vera Steiner schwieg einen Moment. Hatte sie es wirklich nicht gewusst?

»Oh«, sagte sie dann kurz, »das tut mir leid. Aber er hat die ganze Zeit von Ihnen geredet. Er ist jetzt im Krankenhaus.«

Clara verstand gar nichts.

»Wie, er hat von mir geredet? Warum ruft er mich dann nicht an?«

Sie konnte Vera atmen hören. Aufgeregt.

»Vielleicht hat er nicht mehr … er hatte so hohes Fieber, dass er ziemlich wirres Zeug geredet hat. Er hat halluziniert, und der Arzt hat ihn sofort eingewiesen. Sie wissen noch nicht, was er hat.«

In Clara zog sich alles zusammen. Sie wissen noch nicht, was er hat …

»Ich …«, begann sie, aber dann wusste sie nicht, was sie sagen sollte. »Meinen Sie … wie geht es ihm denn?«

»Nicht so gut«, antwortete Vera sofort. »Aber wo sind Sie denn gerade? Können Sie kommen? Ich glaube, es wäre gut für ihn. Er hat so viel von Ihnen gesprochen.«

Dieses Gefühl, das sie damals auch gehabt hatte: als ginge sie das alles nichts an. Als hörte die eine Clara zu, und die andere Clara betrachtete sich das Ganze von außen.

»Ich bin in Hamburg. Und ich muss kurz überlegen. Würden Sie mir schreiben, auf welcher Station er liegt? Und darf ich Sie dann noch mal anrufen?«

»Natürlich«, sagte Vera Steiner einfach. Sie machte eine kurze Pause.

»Ja?«, fragte Clara ungeduldig.

»Vielleicht könnten Sie, ich habe Jules Nummer nicht. Sie vielleicht? Irgendjemand sollte ihr auch Bescheid sagen.«

Es klang verlegen. Als ob sie ein Geständnis machte.

»Ich denke, ich werde es ihr sagen können.«

»Danke«, sagte Vera. »Ich schreibe Ihnen, wenn sich etwas ändert.«

Nachdem Clara aufgelegt hatte,versuchte sie, tief zu atmen.

Die Panik unten halten. Sie wusste doch noch gar nichts. Es war Fieber. Fieber war nicht so schlimm. Man fieberte nicht, wenn man Krebs hatte. Eine Lungenentzündung vielleicht. Schlimm, aber das konnte man in den Griff kriegen. Jan. Sie musste Jan anrufen.

Es war immer noch nicht ganz dunkel und nur ein wenig kühler geworden, aber plötzlich fror sie vor Aufregung und vor Angst. Sie wusste nicht einmal, wo genau sie gerade war. In irgendeinem Wohngebiet. Sie lehnte das Rad an einen Baum und tippte. Hoffentlich hörte Jan sein Telefon.

»Schwester!«

Es tat gut, seine Stimme zu hören. Die Wärme, die er immer hatte. Sie ging neben dem Rad in die Hocke. Plötzlich waren ihre Beine sehr müde.

»Jan, Elias ist bei euch in der Klinik. Kannst du bitte herausfinden, was los ist? Seine Ex-Freundin hat mich angerufen. Anscheinend hat er hohes Fieber oder so.«

»Habt ihr seitdem nicht mehr geredet?« Jan klang überrascht. »Ich will mal sehen. Ich bin gerade nicht in der Klinik, aber ich kann hinfahren. Ist es dringend?«

Sie zögerte und atmete dann wieder tief ein. Es half nicht viel.

»Ich habe kein gutes Gefühl, Jan. Ich habe Angst.«

»Klar«, sagte Jan. »Weißt du, auf welcher Station er liegt? Aber lass, ich finde es raus. Ich rufe dich an, sobald ich was weiß.«

»Kannst du das nicht von dir aus?«

Jan lachte.

»Clara, ich bin nicht James Bond! In meine Station kann ich mich von hier aus einloggen, aber die ganze Klinik? Da muss ich erst Chef werden. Ich beeile mich, ja? Und, Clara, die Statistik sagt, dass die allermeisten Patienten, die akut eingeliefert werden, uns gesund wieder verlassen.«

Es hatte geholfen, mit Jan zu sprechen, aber in ihr war trotzdem eine tiefe Unruhe, nahe der Angst. Sie musste auf dem Handy nachsehen, wo sie war, bevor sie wieder aufs Rad stieg. Plötzlich hatte sie es eilig, als ob es nicht egal wäre, wo sie Jans Anruf bekommen würde. Sie musste sich bewegen, um der Unruhe – und der immer wieder aufsteigenden Angst – wenigstens die scharfen Spitzen zu nehmen.

Katrin war schon im Bett, als sie in die dunkle Wohnung kam. Auf dem Küchentisch stand ein Teller mit einem Zettel daneben: *Im Ofen ist noch Risotto. Und im Kühlschrank Wein.* Katrin war so gastfreundlich, obwohl sie sich seit damals im Studium nur alle paar Jahre mal sahen. Trotzdem war sie froh, dass sie allein sein konnte. Sie wollte nicht hysterisch wirken.

Ihr Handy summte. Ein Stromstoß durch ihren Magen. Eine Nachricht von Vera Steiner: *Infektiologie, Station II. Zimmer 223. Er wird immer noch untersucht.*

Sie holte den Wein aus dem Kühlschrank und goss sich ein halbes Glas ein. Sie hatte das Licht in der Küche nicht angeschaltet. Im dunklen Innenhof standen vereinzelt ein paar leuchtende Rechtecke in den Fassaden der umstehenden Häuser. Es war sehr still. Nur der Kühlschrank summte leise.

Warten.

Jule fiel ihr ein. Sie hatte ihre Nummer nicht, aber auf Instagram konnte sie sie über Elias schnell finden. Sie schrieb ihr. Vorsichtig, um sie nicht zu sehr zu beunruhigen. Dass sie sich bei ihr melden sollte. Mit einem kleinen Zögern kopierte sie auch Vera Steiners Nummer in die Nachricht. Egal. Hauptsache, Jule erreichte jemanden.

Warten.

Sie war so nervös, dass sie am liebsten in ein Auto gestiegen und zu ihm gefahren wäre. Aber was sollte das bringen? Und außerdem: Sie waren getrennt. Vielleicht wollte er sie gar nicht sehen. Schließlich war Vera bei ihm. Obwohl die auch getrennt waren. Lustig.

Warten.

Sie sah auf die Uhr. Es war über anderthalb Stunden her, dass sie mit Jan telefoniert hatte. Was machte er so lange? Sie stand auf und ging leise in das Zimmer, das Katrin ihr gegeben hatte. Vom Fenster aus konnte man über die vierspurige Straße hinweg den alten Wasserturm im Schanzenpark sehen.

Fieber? Was sollte das heißen? Weshalb bekam man Fieber? Sie widerstand der Versuchung, im Internet nach Fieber zu suchen. Das machte einen nur noch wahnsinniger.

Warten.

Warum rief Jan nicht an? Sie schrieb ihm eine kurze Nachricht. *Weißt du schon was?*

Die Antwort kam rasch. *Gleich.*

Das beruhigte sie nicht. Wieso gleich? Wieso rief er nicht an? Unten auf der Straße rauschten die Autos. Hier war immer Verkehr, auch nachts. Die da unten wussten nichts von ihr. Die hatten keine Angst. Die fuhren vom Kino nach Hause. Oder zur Nachtschicht. Oder zu ihrem Freund.

Montag! Sie konnte frühestens Freitagmittag zurückfahren. Frühestens. Es war die erste Woche und … ihr Handy läutete. Sie hatte es auf laut gestellt, um es nicht zu überhören.

»Und?«

»Ja«, begann Jan, und schon aus diesem Ja hörte sie heraus, dass es ernst war.

»Jan, was ist los?«

»Also, es hat so lange gedauert, bis ich ihn gefunden habe, weil sie ihn schon wieder verlegt haben. Er ist jetzt in der Kardiologie.«

»Was? Wieso?« Ihre Stimme hörte sich unnatürlich hoch an. Scheiße, was war los?

»Clara, jetzt hör erst mal zu. Er hat eine schwere Staphylokokkeninfektion. Ich erkläre dir das gleich, aber jetzt hör zu. Die Staphylokokken haben eine Herzklappe besiedelt, und deshalb muss er sehr schnell operiert werden. Irgendwann morgen Vormittag. Das ist …«, er machte eine Pause, als ob er nach den richtigen Worten suchen müsste.

»Was muss gemacht werden?«, fragte sie dazwischen. »Was operieren die da?«

»Er muss wahrscheinlich eine künstliche Herzklappe bekommen. Manchmal kann man die Klappe säubern, wenn sie nur besiedelt ist, aber das ist gefährlich. Meistens wird sie ersetzt.«

»Ist das … wird das häufig gemacht? Ist das Routine?«

Sie hörte, wie Jan Luft holte.

»Schon«, sagte er. »Die Klappe … na ja, er muss dann sein Leben lang Blutverdünner nehmen. Aber das Entscheidende ist eigentlich …« er stockte wieder. Clara spürte, wie sie vor Aufregung und Angst zu fliegen begann.

»Jan! Was?«

Er hörte sich jetzt wieder ruhig an.

»Eine Herz-OP ist immer schwer. Aber doch … das ist Routine, das machen wir hier sehr oft, und er ist jung. Das Kritische ist die Infektion. Die ist wirklich gefährlich. Man kann da nur hoffen, dass die Antibiotika anschlagen. Er muss dann sechs oder acht Wochen eine Antibiose bekommen. Aber Staphylokokken sind multiresistent, und die kennen den Stamm noch nicht und das …«

In ihr wurde es sehr still und sehr kalt. Keine Umwege. Keine Ausreden vor sich selbst.

»Wie hoch ist die Sterblichkeit?«, fragte sie.

Sie hörte seiner Stimme an, dass er ihr nicht wehtun wollte. Dass er einen Ausweg suchte.

»Clara, das hängt von tausend Faktoren ab. Alter. Immunsystem. Einstellung.«

»Wie hoch?«

»Zwischen zwanzig und fünfundzwanzig Prozent.«

Sie legte für einen Augenblick das Handy auf die Fensterbank. Sah nach unten. Die Autos fuhren nach wie vor.

Zwei oder drei von zehn. Man denkt immer, es trifft einen nicht. Die beiden Sätze spielten Fangen in ihrem Kopf. Lustig. Zwei oder drei von zehn, man denkt immer, es trifft einen nicht. Es trifft einen nicht. Es trifft einen doch. Es trifft einen doch. Manchmal zweimal.

Sie nahm das Handy wieder in die Hand.

»Ich komme. Ich will ihn sehen.«

»Ja«, antwortete Jan, »ruf mich an. Ich gehe dann mit dir auf Intensiv.«

37

Im Auto durch die Nacht. Ab neun Uhr gab es keinen Direktzug mehr. Neun oder zehn Stunden Fahrtzeit, sie hatte lieber das Auto genommen. Außerdem hätte sie es im Zug sowieso nicht ausgehalten, dazusitzen und nichts tun zu können.

Auf der Autobahn nach Süden war nicht mehr sehr viel los. Sie fuhr und fuhr. Manchmal hatte es Vorteile, einen Arzt zum Bruder zu haben. Andere Leute mussten zum Dealer, wenn sie Amphetamine brauchten. Zwei Notfalltabletten hatte sie immer in der Handytasche. Die waren sogar legal. Aber bis jetzt hatte sie sie nicht gebraucht. In ihrem Kopf drehte sich das Bilderrad. Sie mit Elias in Tübingen. Im Boot. Im nächtlichen Garten. Im morgendlichen Bett. Elias, als er auf die Dachterrasse des Cafés gekommen war und sie auf den Mund küsste. »Paul!«, hatte Mama gerufen. Eine Welle der Angst durchfuhr sie bei der Erinnerung. Als ob es ein böses Omen gewesen wäre. Elias war Paul. Elias würde genauso sterben wie Paul.

Nein.

Neinneinneinneinnein. Mama war nur dement.

Aber die Angst ging nicht weg, nur weil sie so viel Nein sagen und denken und schreien konnte, wie sie wollte. Es konnte trotzdem sein. Zwanzig bis fünfundzwanzig Prozent.

Sie fuhr raus, irgendwo bei Hannover. Es war kurz nach zwei, und die Luft war mild, und selbst auf diesem Rastplatz roch es nach Robinienblüten. Eine Maiennacht wie aus einem alten

Volkslied. Der Natur war alles egal. Paul war an einem strahlenden Oktobertag gestorben, der so schön war, dass es wehgetan hatte. Den Lebenden jedenfalls. Denen, die ihn noch erleben konnten.

Sie tippte eine Mail an ihren Chef. Und an das Team. Obwohl nicht sehr wahrscheinlich war, dass sie den Job am Ende der Woche noch haben würde. Dann sah sie nach, ob Jule geschrieben hatte. Nichts. Sie schickte ihr noch eine Nachricht. Instagram. Facebook. Was benutzten die Mädels heute sonst noch? TikTok? Konnte man da Nachrichten schreiben? Sie hatte keine Ahnung und auch keine Zeit mehr dafür. Was war eigentlich mit seinen Eltern? Sie hatten nie viel über sie gesprochen. Keine sehr enge Beziehung, das hatte sie herausgehört. Sie erinnerte sich daran, wie geduldig und höflich er mit Mama gewesen war. Herr im Himmel, was hatte sie bloß getan?

Sie stieg ein und knallte die Tür, so fest sie konnte, zu. Ich komme. Nicht sterben. Ich komme.

Als sie durch die Stadt zur Klinik fuhr, war es kurz nach sechs. Um vier hatte sie doch eine Tablette nehmen müssen. Es war noch ruhig auf den Straßen, und sie fand sofort einen Parkplatz. Als sie ausstieg, warf sie einen schnellen Blick auf ihr Handy, um zu sehen, ob Jule jetzt geantwortet hatte, aber es war wohl immer noch zu früh.

Jan wartete am Eingang auf sie.

»Siehst müde aus, Schwester«, sagte er mit einem kleinen Lächeln.

»Du auch. Danke, dass du da bist.«

Sie gingen durch die Halle zum Personalaufzug.

»Wie geht es ihm?«

Die Türen öffneten sich, und Jan steckte den Schlüssel.

»Er hat ein Beruhigungsmittel bekommen und etwas für das Fieber. Die OP ist für halb acht geplant.«

»Wie kann das so schnell gehen? Wie passiert so was?«

Jan zuckte die Schultern. Die Türen glitten auf. Er wies wortlos auf die Desinfektionsstation und reichte ihr Maske und einen Einmalkittel.

»Das weiß keiner so genau. Kokken sind überall. Auf dir. Auf mir. Irgendeine offene Wunde … es ist auch egal, weil du nicht sehr viel tun kannst, wenn das Immunsystem nicht mit ihnen fertigwird.«

Die Flügeltüren öffneten sich, als Jan wieder den Schlüssel steckte. Jan nickte einer der Schwestern zu, als sie hineingingen. Die Station war riesig und sah ganz anders aus als damals. An jedem Bett die Infusionswagen, die aussahen wie fahrbare Regale. Zwischen den Betten spanische Wände. Hier waren alle schwer krank, und ihr leerer Magen zog sich zusammen.

Sie erkannte ihn gleich. Im Bett am Fenster.

Jan neigte sich zu ihr hin.

»Kann sein, dass er sich nachher nicht daran erinnert, dass du hier warst. Die Narkose wirkt meistens so, dass auch die Stunden vorher weg sind.«

Sie nickte und ging zu Elias. Er sah so schmal aus. Konnte man in ein paar Tagen so abnehmen? Sie setzte sich neben ihn und nahm seine Hand, ohne nachzudenken.

»Elias«, flüsterte sie kaum hörbar, mehr für sich.

Jan stand am Fußende des Bettes.

»Was ist das?«, fragte sie und deutete auf Elias' Hand.

»Die Punkte?«

Er hatte auf der Handinnenfläche kleine schwarze Punkte und einen Bluterguss am Ringfinger.

»Das sind die Einblutungen durch die Kokken.«

Clara wies ungeduldig auf Elias' Zeigefinger.

»Nein, dort!«

Es war die Nagelbettentzündung, die sie schon einmal aufgeschnitten hatte. Sie war immer noch nicht abgeheilt.

»Ich muss die Kollegen fragen, ob sie das gesehen haben«, sagte Jan nachdenklich. »Kann sein, dass das die Eintrittspforte für die Staphylokokken war.«

Elias öffnete die Augen.

»Clara«, flüsterte er. »Clara! Wie hast du mich gefunden?«

Sie musste lächeln.

»War nicht so schwer. Wie geht es dir? Hast du Schmerzen?«

Elias schüttelte schwer den Kopf. Sah sich um. Sah wieder Clara an.

»Stimmt es wirklich, dass die mich operieren? Ich hab so was geträumt. Die … ich hab ihnen nicht geglaubt. Stimmt es?«

Jan trat näher.

»Die Kollegen haben es dir heute Nacht gesagt und gestern Abend auch. Du vergisst es nur immer wieder wegen der Medikamente. Es stimmt schon. Du musst am Herzen operiert werden. Aber die machen das sehr gut. Wirklich.«

Elias sagte nichts. Er hatte die Augen wieder geschlossen. Anscheinend schlief er wieder. Aber dann fragte er, ohne die Augen zu öffnen: »Bleibst du da? Clara?«

Sie konnte nur schwer sprechen.

»Ja«, sagte sie. »Ich bleibe.«

Er schlief schon wieder.

Sie standen auf der Terrasse der Cafeteria. Die Ulmen hoch und grün vor ihr. Der Himmel nur mit leichten Schleierwolken überzogen, die aber das Morgenlicht diesig machten. Jan hatte ihr Kaffee geholt.

»Ich habe mir die Bilder vom Schluckultraschall zeigen lassen«, sagte er. »An die Herzklappe haben sich die Staphylokokken wie in einem Strang hingehängt. Er ist ein paar Millimeter lang, das ist ziemlich viel. Davon ist bisher immer wieder etwas abgerissen, und das verursacht die Gewebseinblutungen, diese Punkte, die du gesehen hast. Und ...« Er brach ab. Drehte sich zu ihr und legte den Arm um sie.

»Clara, die machen das sehr gut. Es ist gut, dass sie die Art der Infektion gleich erkannt haben. Das kennt nicht jeder Arzt. Und die OP ist Routine.«

Clara hielt ihren Kaffeebecher viel zu fest. Sie starrte zwischen den Bäumen hindurch. Als sie das letzte Mal hier gestanden hatten, da war sie so verliebt gewesen. Alles hatte offen und neu und wunderbar vor ihr gelegen. Und es hatte sich leicht angefühlt. Davon war nichts mehr da, außer einer verzweifelten Liebe, die womöglich zu spät kam.

»Jan«, begann sie stockend. Das Sprechen war eine unglaubliche Anstrengung für sie. »Diese Nagelbettentzündung ... die war vereitert, und ich habe sie einmal aufgeschnitten. Kann es sein, dass ich da ... Scheiße, bin ich schuld? Habe ich ihn infiziert?«

»Clara«, setzte Jan an, aber sie unterbrach ihn sofort.

»Sag es mir! Sag mir die Wahrheit. Ich will wissen, ob ich ...«

Er packte sie an den Schultern. Fast wütend.

»Tu ich doch! Lass mich ausreden! Wenn du nicht gerade ein Messer genommen hast, das du vorher in Staphylokokken getaucht hast, hat das damit nichts zu tun. Staphylokokken sind überall. War die Klinge steril?«

Sie nickte. Natürlich.

»Hast du die Wunde desinfiziert?«

»Ja«, sagte sie mit Tränen in den Augen.

»Dann hast du alles richtig gemacht. Er hätte damit zum Arzt gehen sollen, aber normalerweise wird der Körper damit fertig. Es ist einfach Schicksal. Er hat einfach Pech gehabt.«

»Ich habe nicht alles richtig gemacht.«

Sie musste es sagen. Auch wenn er nicht im Krankenhaus gelegen hätte, wenn er nicht schwer krank gewesen wäre: In dem Augenblick, in dem sie ihn wiedergesehen hatte, war ihr klar geworden, dass er es war.

»Jan«, flüsterte sie erstickt, »ich halte es nicht aus, wenn er stirbt.«

38

Vier Stunden. Das hatten sie gesagt. Vier Stunden mindestens. Eher fünf.

Sie ertrug es in der Cafeteria nicht mehr. Jule hatte sich endlich gemeldet, und sie hatten telefoniert. Irgendwie schien Jule viel gefasster zu sein, als sie es war.

Er schafft das, hatte sie gesagt, Papa ist stark. Und dass sie spätestens mittags da sein könnte; zusammen mit ihrer Mutter. Clara hatte ihnen den Weg beschrieben und wo sie parken sollten. Eigentlich sollte sie das für einen Moment ablenken, aber es funktionierte nicht. Die Angst flirrte in ihr unablässig wie eine viel zu straff gespannte Saite. Sie ging, nein, sie lief das Gelände ab; immer in Bewegung, weil alles andere noch viel schwerer zu ertragen war. Sie schrieb Vera Steiner, dass sie da sei, dass Elias operiert werden müsse. Sie hatte keine Ahnung, ob Vera das schon wusste, aber sie informierte sie dennoch. Nicht, weil es fair war und weil Vera ihr auch geschrieben hatte. Nein, weil das alles keine Bedeutung mehr hatte. Als ob alle zusammenhalten müssten, damit er nicht starb. Jan hatte es nicht gesagt, aber der Chirurg, den sie noch kurz getroffen hatte, schon. Wenn sich der Strang von der Herzklappe löste und in die Blutbahn geriet, gab es nicht mehr viel, was man tun konnte. Und dass es nach der Operation ohnehin schwer genug sein würde, die Infektion unter Kontrolle zu kriegen. Neben ihrer Angst war kein Platz mehr für den Hass, den sie in dem Augenblick hätte spüren müssen. Dann hatte er ihr ganz kurz die Hand auf den Arm gelegt und gesagt: Ich bin ein sehr guter Chirurg, Frau Wagenbach. Er wird es schaffen.

Er wird es schaffen.

Er wird es schaffen.

Sie wusste, dass niemand das vorhersagen konnte. Sie wusste es und sagte es trotzdem vor sich hin.

Er wird es schaffen.

Sie war jetzt außerhalb des Klinikgeländes. Von hier oben konnte sie weit über die Stadt sehen. Die aufragenden Kirchtürme und dieser weite See von roten Dächern einer alten Stadt sahen schön aus, aber diese Schönheit erreichte sie nicht. Das ging sie alles nichts an.

Sie sah nach der Zeit. Etwas mehr als zwei Stunden. Und eine Nachricht von Vera. *Bitte sagen Sie mir Bescheid, wenn etwas ist. Komme mittags in die Klinik.*

Das erinnerte sie daran, dass sie im Verlag anrufen musste.

Es war viel unkomplizierter, als sie erwartet hatte: Gut, dass Sie anrufen … Ihre Mail schon gelesen. Sie haben ja sowieso fast einen Monat früher angefangen … nehmen Sie sich die Woche … gute Besserung Ihrem Partner.

Meinem Partner. Es stimmte nicht mehr. Und es war gerade auch nicht wichtig. Ihr fiel ein, wie sie mit ihm im Schneetreiben im Rosengarten an der Mauer gestanden hatte, und plötzlich war diese schreiende Panik in ihr, dass es das nie wieder geben würde. Dass es ihn nicht mehr geben würde.

Als ihr Handy läutete und sie die Nummer der Klinik erkannte, wusste sie, dass etwas nicht stimmte. Dass etwas passiert war. Zweieinhalb Stunden nur – viel, viel, viel zu früh!

»Frau Wagenbach?«

Eine Männerstimme. Nicht der Chirurg.

»Ja?«

Ihre Stimme zitterte. Sie konnte nicht mehr atmen.

»Ihr Mann ist jetzt bei uns auf Intensiv, und wir fahren die Beatmung allmählich runter. Aber es ist so weit alles gut. Die OP ist wirklich gut gelaufen, und alles andere sehen wir dann.«

Clara musste sich auf den Schotter des Weges setzen, und dann weinte sie so hemmungslos wie seit ihrer Kindheit nicht mehr.

39

Frühestens heute Abend, hatten sie gesagt. Narkose. Schmerzmittel. Er wird Sie jetzt sowieso nicht wahrnehmen.

Eigentlich wusste sie das alles oder hätte es wissen können, wenn sie in der Lage gewesen wäre, richtig nachzudenken. Es hatte sie trotzdem zur Klinik zurückgezogen. Immerhin hatten sie ihr gesagt, dass die Beatmung zu Ende und Elias stabil war. Dann hatte sie Jan gesucht, aber der war nicht abkömmlich, hatte ihr nur geschrieben, dass er sie nach dem Dienst treffen könnte, damit sie gemeinsam zu ihm gingen. Also stand sie auf dem Parkplatz und wartete auf Jule und ihre Mutter. Sie hatte ihnen den Standort geschickt und Jule geschrieben, dass Elias gut aus der Chirurgie gekommen und jetzt auf Intensiv sei.

Der Himmel war nicht blau und nicht grau. Ein nichtssagendes lichtes Weiß mit ein paar verwaschen blauen Flecken darin. Clara vibrierte innerlich immer noch. Die ungeheure Erleichterung von vorhin war zu einer dumpfen, tief liegenden Unruhe geworden. Was hatte Jan gesagt? Die OP ist Routine. Die Infektion ist das Gefährliche. Oder so ungefähr. Aber zumindest das Erste hatte er überstanden.

Sie ging an der Einfahrt des Parkplatzes auf und ab. Ihr Handy summte. Eine Nachricht von Jule.

Sind gleich da.

Als Mona ausstieg, war sie überrascht, wie jung Jules Mutter aussah. Sie wusste von Elias, wie alt sie gewesen war, als die beiden zusammen auf der Schauspielschule waren, aber sie sah aus wie Anfang dreißig. Höchstens. Und sie war schön, richtig schön. Ebenmäßige Züge, die man in einem frühen Foto Ende des neunzehnten Jahrhunderts hätte finden können. Seine erste große Liebe … Clara verstand, warum.

Jule lief auf sie zu, umarmte sie erschrocken. Man konnte immer noch sehen, dass sie geweint hatte.

»Wie geht es ihm? Wir wissen gar nichts. Was ist denn eigentlich passiert?«

Mona kam dazu. Reichte ihr die Hand. Ihre Stimme war so freundlich wie ihr Gesicht, mit einer leichten Dialektfärbung, die sie noch charmanter machte.

»Sie sind Clara, nicht wahr? Er hat mir mal von Ihnen geschrieben. Können wir ihn sehen?«

Clara wusste nicht, was sie sagen sollte. Elias hatte Mona von ihr erzählt? Sie schüttelte den Kopf.

»Erst heute Abend, haben sie gesagt. Wollt ihr … wir können einen Kaffee trinken. Ich erzähle euch dann alles. Darf ich Du sagen?«, fragte sie Mona. Dass man selbst in solchen Stunden über so etwas nachdachte. Aber vielleicht hielt einen das davon ab, einfach auseinanderzufallen. Mona nickte.

»Natürlich.«

Sie stiegen von der Klinik ein Stück den Rothenberg hoch; dorthin, wo sie vorhin auch gelaufen war, um sich abzulenken. Es gab dort eine alte Villa, die jetzt ein Café war. Sie fanden einen Platz auf der Terrasse, von wo man weit über die Stadt im Tal sehen konnte.

»Ich glaube, ich bin das erste Mal hier«, sagte Mona, bevor sie sich setzte. »Schöne Stadt.«

Sie hat so eine innere Ruhe, dachte Clara. Obwohl sie so jung aussieht.

Jule war anders. Sie wirkte so unsicher wie sie selbst. Genauso überrumpelt davon, wie schnell alles gegangen war. Wie schnell die festgefügte Welt um einen herum auseinanderfliegen konnte. Damals mit Paul war es auch so gewesen. Sie hatte erfahren, dass so etwas passieren konnte, und trotzdem traf es sie diesmal noch viel stärker. Für Jule musste es so ähnlich sein.

Sie erzählte den beiden kurz, was sie selber wusste.

»Jan – mein Bruder – ist auch Arzt in der Klinik. Der fragt die Kollegen«, schloss sie. »Ich habe ihm geschrieben, und er kommt nachher dazu, wenn es euch passt. Vera Steiner auch.«

Jule sah sie an.

»Wieso? Die sind doch getrennt.«

Ja. Was sollte sie jetzt sagen? Dass sie sich auch … Jule wusste ja nichts davon. Es war keine gute Idee, ihr gleich alles zu erzählen. Und es war gerade auch nicht wichtig. Trotzdem hatte sie ein schlechtes Gewissen.

»Ich war in Hamburg. Er hat dann wohl Vera angerufen. Sie ist gekommen und hat den Notarzt gerufen.« Sie zögerte kurz. »Sie … es liegt ihr ja viel an ihm. Sie macht sich genauso Sorgen wie wir.«

»Ich kenne sie nicht«, sagte Jule schließlich. »Aber das ist okay. Ich meine, es war bestimmt gut, dass sie da war.«

Vera und Jan kamen in wenigen Minuten Abstand voneinander; Vera zuerst.

»Es tut mir leid, ging nicht eher«, sagte sie etwas atemlos. »Ich war bis eben in der Schule.«

Clara fiel jetzt erst auf, dass sie gar nicht gewusst hatte, was Vera beruflich tat. Lehrerin hätte sie nicht vermutet. Vielleicht war das gut. Es sprach irgendwie für sie.

Seltsam, wie sie hier so zusammentrafen. Sie kannten sich untereinander kaum. Das einzige Bindeglied zwischen ihnen allen war Elias, und der war nicht da. Nur mit Jule war es ein bisschen anders. Durch den gemeinsamen Tag in Bayreuth fühlte sie sich ihr näher.

»Das ist Jule, Elias' Tochter«, stellte sie vor, »und das Mona, ihre … Mutter.«

Sie hatte kurz gezögert. Weil ihr bewusst geworden war, dass sie alle drei Ex-Freundinnen waren. Lustig. Wirklich lustig, das gerade jetzt zu denken.

In ihr machte sich Bitterkeit breit. Sie hatte es falsch gemacht. Wieder einmal. Bei dem einen war sie gegen ihr Gefühl geblieben, von dem anderen hatte sie sich gegen ihr Gefühl getrennt. Sie schämte sich sofort für diese Gedanken. Es ging nicht um sie. Es ging um Elias.

Vera Steiner sah sie an, noch bevor sie sich setzte.

»Wollen wir nicht du sagen? Ich weiß, ich bin die Jüngere, aber ich fände es schön.«

Clara musterte sie rasch. Nein. Es war nicht böse gemeint. Sie war wirklich so. In ihrer fast naiven offenen Freundlichkeit lag kein Stachel wie: Du bist älter als ich. Du bist nicht so attraktiv wie ich.

Ja, ich kann ihn verstehen. So was kann einem auf die Nerven gehen, aber es kann auch einfach sehr anziehend sein.

Warum dachte sie das? Warum? Wahrscheinlich, weil sich gerade in ihr alles, alles, alles auf Elias bezog.

»Gerne«, sagte sie trocken. »Clara.«

»Ich weiß«, lächelte Vera.

Jule dagegen blieb beim Sie.

»Was war denn jetzt? Was genau hat er denn?«

»Darf ich erklären?«

Sie hatte Jan nicht kommen sehen. Gott sei Dank war er da.

»Ich war gerade noch mal bei ihm und konnte kurz mit den Kollegen reden. Im Augenblick steht er noch komplett unter Schmerz- und Betäubungsmitteln, aber es scheint alles okay. Darf ich mich zu euch setzen?«

Er zog sich einen Stuhl an den Tisch neben Clara. Drückte ihr kurz die Hand, als er sich setzte. Flüsterte fast, als er sich zu ihr beugte: »Für jetzt ist alles gut.«

Er sah sich am Tisch um.

»Du bist Jule, nehme ich mal an. Ich bin Jan.«

Er stand auf und gab allen die Hand. Clara lächelte das erste Mal an diesem Tag. Jan war manchmal wie ein großer Junge. Jule sah ihn wesentlich freundlicher an als Vera. Ihr Gesicht war ein offenes Buch.

Die Bedienung kam. Alle brauchten Kaffee. Keiner wollte etwas essen.

»Gut, dass Sie so schnell den Notarzt gerufen haben«, sagte Jan anerkennend zu Vera. »Die meisten Leute warten zu lange.«

Clara war zu langsam, um sich selbst zu stoppen.

»Wir haben uns aufs Duzen geeinigt.«

Vera reagierte nicht auf die kleine Spitze, sondern freute sich offensichtlich über Jans Lob.

»Es ist jetzt so.« Jan beugte sich etwas vor. »Wir wissen jetzt, welchen Stamm die Staphylokokken haben. Ein Teil ist mit der Klappe raus, und wir hoffen, dass nicht zu viel in die Blutbahn geraten ist. Aber sie sind eh schon überall im Körper, und deshalb kriegt er für die nächsten sechs bis acht Wochen eine Antibiose.«

Jule sah ihn fragend an.

»Hoch dosierte Antibiotika«, erklärte Jan schnell.

Er rettet sich ins Machen und ins Erklären, wie alle Männer, dachte Clara. Aber sie verstand ihn. Sie hätte auch gerne etwas gemacht, aber sie konnte nur warten und hoffen. Und Jan eigentlich auch, er gestand es sich nur nicht ein. Oder er sagte es nicht, weil Jule am Tisch war. Zwanzig bis fünfundzwanzig Prozent. Ein Viertel aller Patienten stirbt. Sie musste vor neuer plötzlicher Angst schlucken.

Es war, als ob Jan ihre Furcht gespürt hätte. Er machte eine kleine Pause, bevor er wie in Gedanken sagte: »Wenn er bis zum Wochenende kein Fieber kriegt, dann sieht es sehr gut aus. Die erste Hälfte ist geschafft. Aber die Infektion muss raus aus dem Körper.«

»Sind Antibiotika nicht schlecht für so lange Zeit?«

Jule war besorgt. Jan lächelte sie müde an.

»Schon. Aber Staphylokokken sind noch viel schlechter. Es gibt keine Alternative. Wenn die Antibiose vorbei ist, dann kann man anfangen, die Darmflora und alles wieder aufzubauen.«

Wenn er überlebt. Wolltest du das sagen, Bruder? Wenn er überlebt. Sie musste sich zwingen, etwas anderes zu denken. Es funktionierte nicht gut.

»Meinst du, wir können ihn sehen?«

Jan zuckte die Achseln. »Vielleicht. Aber er wird sich kaum daran erinnern, später. Nach so einer schweren OP sind die ersten Tage immer verschwommen. Vielleicht nicht alle auf einmal.«

»Und das alles nur von so einer kleinen Entzündung am Finger?«

Es war wie ein Staunen in Monas Stimme, als sie fragte. Jan sah in die Ferne über die Stadt, als er antwortete: »Man vergisst immer, dass auch kleine, bedeutungslose Dinge töten können. Eine Zecke. Ein Moskito. Ein rostiger Nagel.«

Eine unvermutete Trennung. Oder überhaupt schon der kleine Dorn aus der Heckenrose an ihrem Zaun unter seinem Fingernagel. Hatte damit nicht alles angefangen? Sie konnte nichts gegen die dunklen Gedanken tun.

Jan wandte sich wieder ihnen zu. Es war, als sähe er sie alle zusammen das erste Mal richtig.

»Es ist schön, dass ihr alle da seid. Es wird ihm guttun. Manche Patienten liegen wochenlang allein. Das hilft wirklich. Es gibt Studien …«

Vera unterbrach ihn.

»Und sein Herz?«

Ja. Das interessierte Clara nun auch. Was war mit Elias' Herz, in jeder Hinsicht?

Jan sah für einen winzigen Augenblick zwischen Vera und Clara hin und her und sagte dann mit einem feinen, kaum sichtbaren Lächeln: »Es wird heilen. Das geht sehr schnell. Die Klappe ist aus Carbon, die hält hundert Jahre. Er wird aber sein Leben lang Blutverdünner nehmen müssen. Keinen Kontaktsport mehr. Kein Skifahren und nichts, wo man sich leicht Prellungen holt.«

Unwillkürlich musste Clara an Sex denken. Daran, wie sie miteinander geschlafen hatten. Keinen Kontaktsport? Sie würde Jan später fragen, wenn sie alleine waren. Irgendwann später. Sie hätte sich gerade vor Scham und Wut über ihre eigene Dummheit am liebsten ganz klein gemacht oder hätte ihrer tiefen Müdigkeit nachgegeben und einfach den Kopf auf den Tisch gelegt und geschlafen. Nur, um die Bilder in ihrem Kopf loszuwerden. All die Bilder von Elias und ihr in dem Bewusstsein, dass sie das alles nicht mehr haben würden.

»Ihr könnt es gern gegen neun probieren. Da ist der Schichtwechsel durch, und es ist ruhiger. Dann klappt es vielleicht. Was machst du so lange? Gehst du in die Wohnung?«, wandte er sich an Clara.

Sie wusste es nicht. Sie hatte keinen Plan über den Morgen hinaus gemacht. Sie hob die Schultern.

»Keine Ahnung. Ich gehe vielleicht in die Wohnung. Oder ich besuche Mama. Richtig schlafen kann ich sowieso nicht.«

Jan stand auf.

»Ich muss zurück. Aber ich bin heute Abend noch einmal da.«

Sie zahlten und gingen zusammen zum Parkplatz. Clara spürte, dass sie die Nacht durchgefahren war. In dieser überscharfen Wachheit war alles zu hell und zu laut.

»Wie geht's dir?«

Jule ging neben ihr. Sie sah blass aus, aber so zuversichtlich, wie man es wohl nur in der Jugend sein kann. »Es wird schon. Er wird wieder gesund.«

Vor ihnen ging Jan mit Vera, die ihn alles Mögliche fragte. Mona schwieg und hörte zu. Clara wurde langsamer und ließ die anderen drei, vier Schritte vorgehen. Sie holte zitternd Luft. Jule war ehrlich mit ihr gewesen. Sie sollte es wissen. Keine Ahnung, ob sie es verstand, aber sie musste es wissen.

»Ich hab was sehr Dummes gemacht«, sagte sie. »Und gerade habe ich Angst, dass ich es nicht wieder hinkriege.« Ihre Stimme begann heiser zu werden. »Oder dass es zu spät ist.«

»Was denn?«, fragte Jule.

»Ich habe mich von Elias getrennt«, sagte Clara.

Jule blieb stehen. Vollkommen überrascht.

»Aber ihr seid … ich glaube, ich habe Papa noch nie so glücklich gesehen. Und du … du warst doch auch … es hat ausgesehen, als wärt ihr füreinander gemacht, so perfekt. Was ist denn passiert?«

Clara schüttelte den Kopf. Es ging nicht.

»Ich wollte nur, dass du es weißt. Ich kann jetzt nicht darüber reden. Bitte.«

Jule sah sie lange an, dann nickte sie zurückhaltend.

»Bis heute Abend«, sagte sie und ging schneller, um zu Mona aufzuschließen.

Sie straffte sich. Was sollte das? Nicht sie lag auf der Intensivstation und kämpfte ums Überleben. Ihr kleines Elend war gar keines. Sie hatte kein Recht darauf, dass Jule oder irgendwer sie verstand.

Sie waren auf dem Parkplatz angekommen.

»Ich fahre zu Mama«, sagte Clara kurz und ging zu ihrem Wagen, ohne sich zu verabschieden.

40

Das Heim lag am Stadtrand im Grünen. Ihre Eltern hatten es sich schon vor Jahren auf ihr Drängen hin ausgesucht. Obwohl sie daher schon zweimal hier gewesen war, musste sie sich erst einmal orientieren, als sie über das weitläufige Gelände ging. Sie hatten damals nicht damit gerechnet, dass Mama in die geschlossene Abteilung für Demente kommen würde. Keiner hatte damit gerechnet.

Der Pfleger, der ihr die Tür öffnete, war sehr freundlich, aber als sie ihren Namen sagte und wen sie besuchen wolle, wurde er etwas verlegen.

»Sie sind die Tochter von Frau Wagenbach? Würden Sie bitte bei der Leitung vorbeischauen? Die Chefin würde Sie gerne wegen Ihrer Mutter sprechen.«

»Ist sie krank?«

Clara war fast zu müde, um richtig erschrocken zu sein. Es kam immer alles zusammen.

»Nein, nicht krank.« Der Pfleger ging mit ihr durch die Gänge zum Gemeinschaftsraum. Egal, wie teuer so ein Heim war, es roch immer nach Heim. Großküchenessen. Reinigungsmittel. Desinfektion. Und immer ein Hauch von Urin. Im Gemeinschaftsraum saßen manche in Rollstühlen an den Tischen und bewegten sich nicht. Andere wanderten auf und ab, und obwohl manche jünger als Mama aussahen, war das alles zusammen ein Schock, weil Mama niemals so gebrechlich gewirkt hatte.

»Sie ist im Garten«, sagte der Pfleger und zeigte auf eine Ecke mit einem kleinen Holzpavillon. Clara konnte ihre Mutter dort sitzen sehen.

»Danke«, sagte sie, »wo genau soll ich dann später hinkommen?«

»Die Leitung ist gleich neben dem Empfang. Bis nachher.«

Der Garten war groß, fast ein kleiner Park. Ein flacher Teich, Kieswege, Blumenrabatten – man hatte sich Mühe gegeben. Dann sah sie die Haltestelle. Eine Bushaltestelle mitten im Park? Ein paar alte Leute warteten dort.

Erst als sie an den Wartenden vorbeiging, sah sie, dass die Haltestelle nicht echt war. Auf dem Schild, das sonst die Fahrtrichtung anzeigte, stand nur: Heim. Das konnte beides heißen: nach Hause oder das Heim. Auf jeden Fall war es schlau. Schlau und unendlich traurig. Ihre Mutter hatte auch immer »heim«-gewollt, wo immer das war. Deswegen war sie weggelaufen. Nur hatte sie niemals den Bus genommen. Nicht, solange sie Auto fahren konnte.

Ihre Mutter saß im Pavillon, hektische rote Flecken im Gesicht und schwer atmend.

»Hallo, Mama.«

Ihre Mutter sah zu ihr hoch. Das erste Mal ohne das spontane Erkennen, das sonst immer da war, auch wenn es Toni oder Paul oder Hallo hieß.

»Ich bin's, Mama. Clara.«

Mama sagte nichts. Sie sah wütend aus und zerrte an dem Uhrenarmband um ihr Handgelenk. Clara kannte die Uhr nicht. Ihre Mutter hatte immer eine schmale goldene getragen. Diese war eine hässliche, klobige Digitaluhr mit einem Armband aus dickem Gummi. Kein Wunder, dass ihre Mutter sie hasste. Clara wollte ihr helfen und die Uhr abschnallen, aber es ging nicht. Anscheinend war der Verschluss versteckt und nur mit einem Steckschlüssel zu öffnen.

»Mama, wie geht es dir?«

»Scheiße!«, sagte Mama laut. Clara hätte beinahe losgelacht. Die erste logische Antwort seit Monaten. Ihre Mutter sprang auf und rannte fast zum Zaun. Warf sich dagegen. Dann kniete sie sich hin und versuchte, den Drahtzaun aus der Erde zu zerren, die Zunge vor Anstrengung zwischen den Zähnen. So hatte sie schon vor dreißig Jahren ausgesehen, wenn sie alleine ein Gartentor aushängte oder die Koffer für den Urlaub in den Wagen schleppte. Claras Vater war nie eine Hilfe gewesen, er kam immer zu spät für Mamas Ungeduld.

»Mama, lass. Du kannst da nicht raus. Willst du mir dein Zimmer zeigen?«

Keine Chance. Sie wusste nicht einmal, ob ihre Mutter sie überhaupt wahrnahm. Sie lief am Zaun entlang wie eine Katze, die einen Durchschlupf suchte.

»Mama«, versuchte sie sie beim Arm zu nehmen, »komm doch mal.«

»Scheiße!«, schrie Mama wieder wütend. Clara verstand, was sie meinte. Wenn man die Sache mit Mamas Augen betrachtete, war es das: Es war Scheiße. Sie war von Fremden in einem fremden Haus eingesperrt und von Fremden umgeben und hatte keine Ahnung, wie das hatte passieren können. Keine Katze. Kein Mann. Keine Kinder. Nur ein Gefängnis, in das man geraten war, und man wusste nicht, wieso. Sie selbst würde auch verrückt werden in so einer Situation. Da konnte der Garten noch so schön sein. Clara ließ sie los.

»Mama, wollen wir Kaffee trinken gehen?«

Vielleicht konnte sie sie für eine Stunde mitnehmen, und sie würde sich beruhigen. Aber da ging gar nichts. Sie hörte ihr nicht einmal zu, sondern ging weiter den Zaun in langen, hektischen Schritten ab. Clara ließ sie. Es war früher schon nicht gut gewesen, mit ihrer Mutter reden zu wollen, wenn sie zornig war. Man musste sie sich abarbeiten lassen.

Clara ging durch den Gemeinschaftsraum zurück ins Haus und suchte das Büro der Leitung. Eine Frau Nowak saß dort am Schreibtisch. Klein. Rund. Resolut. Sie bot ihr einen Stuhl an und kam sofort auf den Punkt.

»Frau Wagenbach, Ihre Mutter macht uns Sorgen. Ehrlich gesagt, habe ich so was noch nie erlebt.«

Clara wartete. Die Frau sprach schnell und lebhaft.

»Viele sind unruhig, wenn sie zu uns kommen. Das ist normal bei Demenz. Aber Ihre Mutter … sie hat den Stuhl in ihrem Zimmer zerschlagen. Sie lässt sich nicht anfassen. Sie randaliert. Sie hat sogar … also, sie hat nicht nur sich eingenässt, sondern auch im Gang in die Ecke gemacht.«

Sie sagt gemacht. Kindersprache. Dabei haben die hier den ganzen Tag mit allen möglichen Ausscheidungen zu tun und könnten die Sache auch beim Namen nennen.

»Was wollen Sie mir sagen?«, fragte Clara. »Dass Sie sie hier nicht haben können?«

Die Frau schüttelte den Kopf.

»Nein. Aber so geht das nicht. Sie muss medikamentös eingestellt werden, und das können wir hier nicht. Sie muss in die Psychiatrie.«

»Bitte?«

Das ›Bitte‹ war eher Unglauben als Nichtverständnis. Psychiatrie? Mama war doch nicht geistig krank.

Frau Nowak versuchte zu erklären.

»Wir haben das häufig. Demenz, das ist immer mit Ängsten und Depressionen verbunden. Das muss eingestellt werden.

Wer ist denn als Betreuer bestellt? Sie? Wir brauchen Ihre Zustimmung, dann würden wir sie heute noch überführen können.«

Clara schüttelte den Kopf. Überführen. Die Frau redete von ihrer Mutter wie von einer Toten.

»Mein Bruder. Und mein Vater. Ich muss mit ihnen reden. Ich glaube nicht, dass wir … dass sie ohne Weiteres einverstanden sind. Ich meine, wie lange ist meine Mutter denn schon so?«

»Seit der ersten Minute!« Frau Nowak war jetzt selbst ziemlich aufgeregt. »Das hält mein Personal nicht aus. Ich habe seit drei Tagen einen Pfleger nur für sie. Wir haben hier keine Messer und keine Scheren, und ich weiß nicht, wie sie es geschafft hat, aber Ihre Mutter hat das Armband ihrer GPS-Uhr schon zweimal durchgeschnitten. Oder durchgehackt. Die Bänder sind metallverstärkt! Ich habe keine Ahnung, wie sie das macht. Das hatte ich noch nie. Ihren Vater konnte ich nicht erreichen und Ihren Bruder auch nicht.«

Kein Wunder. Jan ging nie ran, wenn er die Nummer nicht kannte. Clara stand auf. Sie brauchte heute wirklich keine halb hysterische Pflegeheimleiterin.

»Ja. Meine Mutter ist eine energische Frau. Schon immer gewesen. Ich rede mit meinem Bruder, und wir rufen Sie heute noch an. Was ist denn die Alternative?«

Frau Nowak hob in einer übertriebenen Geste beide Hände. »Hier können wir sie nicht behalten. Das geht einfach nicht.«

Clara nickte und ging aus dem Zimmer. Wieder, ohne sich zu verabschieden. Heute war nicht der Tag für Höflichkeiten. Auf dem Weg nach draußen sah sie noch einmal nach ihrer Mutter. Aber die stand weiter am Zaun, voll wortlosem Zorn, und reagierte kaum auf sie.

»Tschüs, Mama«, sagte Clara trotzdem und versuchte, sie zu umarmen. Ihre Mutter wehrte sich. Also strich sie ihr in einer Geste des Abschieds über den Rücken. Das ließ sie geschehen. Clara war unglaublich müde.

41

Es war der erste Morgen, an dem er das Gefühl hatte, richtig wach zu werden. Er hatte in den letzten Tagen sehr wohl etwas mitgekriegt, aber alles war wie auf einer Bühne geschehen. Man war dabei, spielte mit und wusste doch, dass nichts von dem, was man tat, echt war. Das war das Gefühl gewesen, als sie ihn von der Intensivstation auf Halbintensiv brachten, als sie ihm erzählten, dass er jetzt eine künstliche Herzklappe habe, als sie am zweiten oder dritten Tag kamen und seinen Finger operierten, zack, zack in zehn Minuten mit einer örtlichen Betäubung, und schließlich, als sie ihn auf Station verlegten. Da war er wach geworden.

Richtig wach. Zum ersten Mal seit … wie lange? Er lag ganz still. Sein Hals war immer noch ein wenig rau. Das kam von der Beatmung, hatte die Schwester gesagt. Eine von den vielen, die er in den letzten Tagen gesehen hatte.

Es musste noch ziemlich früh sein. Es war hell, und der Streifen Himmel, den er sehen konnte, war von einem zarten Blau. Die Ziegelmauer ein paar Meter vor seinem Fenster leuchtete freundlich rot. Er war anscheinend im Erdgeschoss.

Er ging im Geist noch einmal alles durch. Alles, woran er sich richtig erinnern konnte. Vom Tag der OP selbst hatte er überhaupt keine Erinnerung mehr, aber Jule hatte ihm erzählt, dass sie alle da gewesen seien. Vera. Sie selbst. Claras Bruder und … Clara selbst.

Er tastete vorsichtig nach dem Schlauch in seinem Hals. Die Antibiose.

Wir müssen Ihnen den Zugang am Hals legen. Das dauert Monate. So viele Stellen am Handgelenk haben Sie gar nicht, dass wir dort so eine lange Dauerinfusion legen könnten.

Eine Nagelbettentzündung. Von einem kleinen Dorn. Und jetzt hatte er eine künstliche Herzklappe.

Er sah hinaus. Ganz allmählich färbte sich die Mauerkrone. Gleich würde die Sonne hoch genug stehen, um ins Zimmer zu scheinen.

Er lebte. Jan – komisch, Jan kam von allen am häufigsten, am Tag sicher zweimal –, Jan hatte ihm erklärt, wie schwer krank er gewesen war. Er hatte keine Schmerzen gehabt. Nur dieses Fieber. Dafür hatte er die jetzt. Bei jedem Atemzug.

Wir haben Ihr Brustbein aufgesägt. Kein Schwimmen in diesem Jahr. Keine Liegestütze, kein Kraftsport, kein Radfahren, kein einseitiges Heben. Auch keine Einkaufstaschen. Sonst verschiebt sich da was, und es wächst schief zusammen.

Radfahren … als ob er irgendwas konnte. Er war so schwach wie noch nie in seinem Leben. Gestern hatten sie ihn das erste Mal aufstehen lassen. Nur stehen. Nach drei Minuten war er so außer Atem gewesen, dass er froh war, sich wieder hinlegen zu können.

Liegestütze. Clara in ihrer Wohnung auf dem Parkett. In Sporthose und Sport-BH. Sie konnte ihn eigentlich nicht leiden und fand, sie sah blöd darin aus. Er sah sie gerne so.

Hatte sie gerne so gesehen.

Gestern hatte Jule ihn noch einmal besucht, bevor sie zurück in die Schule musste. Mona war auch da gewesen, aber er erinnerte sich nicht daran.

Was für ein Tag war heute? Er richtete sich ein wenig auf.

Das tat auch weh. Richtig weh. Sie hatten ihm gestern gezeigt, wie er sich am Galgen hochziehen musste, um die Brust nicht zu belasten, aber es war trotzdem übel.

Er zog die Schublade des Bettwagens auf. Kein Handy. Er konnte sich nicht einmal daran erinnern, wie er in die Klinik gekommen war. Das letzte Bild, das er vor Augen hatte, war Vera in seiner Wohnung. Ach ja, und der Arzt. Er musste jemanden bitten, ihm ein paar Sachen zu bringen. Mareike vielleicht. Die konnte er im Theater anrufen.

Das Theater. Mareike. Clara. Vera. Jule. Irgendwas hatte ihn gepackt und ihm auf den Kopf gehauen und ihn aus seinem Leben gepflückt. Komplett. So fühlte es sich an. Wie ein Bauer, den man vom Schachbrett genommen hatte.

Vier bis sechs Wochen bei uns. Und dann sechs Wochen Reha. Mal sehen, wo wir Sie unterbringen. Mal sehen, ob die Antibiose gut anschlägt. Mal sehen, wie Sie sich erholen. Mal sehen, wie wir Sie mit den Blutverdünnern einstellen können.

Mal sehen.

Das Fenster war gekippt. Er konnte die Rufe eines Kuckucks hören. Irgendwo hatte er gelesen, dass die Kuckucke immer noch zur gleichen Zeit im Frühjahr ankamen, obwohl die anderen Vögel wegen des Klimawandels bereits früher da waren und die Kuckucke daher ihre Eier nicht mehr rechtzeitig in die fremden Nester legen konnten.

Kuckuck, Kuckuck, sag mir doch, wie viel Jahre leb ich noch?

Kinderspruch.

Früher hatte er immer diese abergläubische Angst gehabt, den Vers aufzusagen. Weil der Kuckuck schon immer eine Zeit lang gerufen hatte, wenn man ihn beschwor. Daher konnte es leicht passieren, dass er gleich damit aufhörte, und dann wusste man, es waren nur noch drei oder vier oder fünf Jahre.

Kuckuck Kuckuck, sag mir doch, wie viel Jahre leb ich noch mit meinem neuen Herzen, halb warm, halb Carbon?

Er verzog den Mund. Kein echtes Lächeln. Auf der Bühne hätte er es sich nicht abgenommen: Was passt denn nicht? Du wolltest doch ein neues Leben. Bitte – hier ist es.

Und jetzt?

Er wusste nicht, was er fühlte. Er sollte froh sein. Alle, alle hier hatten ihm gesagt, wie viel Glück er gehabt habe. Wie knapp es gewesen sei. Aber er hatte gar nicht gewusst, wie gefährlich es gewesen war. Er hatte nur geträumt. Vielleicht fehlte ihm deshalb das Glück, das anscheinend alle anderen spürten.

Und vielleicht fehlte ihm das Glück auch deshalb, weil Clara es ihm kurz vorher schon genommen hatte. Er hob die Hand und betrachtete den Verband um seinen Finger. Die Heckenrose am Zaun, über den er damals gestiegen war. Er hatte den kleinen Schmerz ziemlich lange mit sich herumgetragen und er hatte es trotzdem nicht zu ihr hinein geschafft.

»Guten Morgen!« Jan kam herein. »Wie geht es meinem persönlichen Privatpatienten heute Morgen?«

»Du bist häufiger da als meine Visite«, sagte Elias. Seine Stimme war immer noch viel heiserer, als er dachte. Hoffentlich gab sich das wieder. So konnte er nicht sprechen.

Jan stand neben seinem Bett und kontrollierte den Tropfer. Machte man wohl so als Arzt, auch wenn es nicht die eigene Station war.

»Ich weiß nicht, wie es mir geht. Alles tut weh.«

»Das ist gut«, sagte Jan und öffnete das Fenster ganz. »Dann weißt du, dass du noch lebst. Aber im Ernst, du machst gute Fortschritte.«

»Ich kann keine fünf Minuten stehen. Das ist kein Fortschritt.«

Es tat gut, mit ihm zu reden.

»Für jemanden, der den Rest seines Lebens tot oder im Koma hätte sein können, sind fünf Minuten schon ausgezeichnet.«

Jan war ungerührt, und Elias musste lachen. Es tat weh. Jan setzte sich zu ihm ans Bett.

»Meine Schwester fragt, ob sie dich besuchen darf.«

»Was für ein Tag ist heute?«, fragte Elias.

Jan nahm seine Hand und tat so, als ob er den Puls fühlte.

»Vielleicht hat die Infektion das Hirn doch schon angegriffen«, meinte er grabesdüster wie zu sich selbst. »Der Mann redet wirr. Ich frage ihn, ob er Besuch will, und er fragt nach dem Wochentag. Samstag.«

Elias versuchte, seinen Gedankengang zu erklären.

»Sie ist doch eigentlich in Hamburg, oder?«

Jan wurde ernst.

»Sie ist die ganze Woche hier gewesen. Seit dem Morgen, als du operiert wurdest. Sie ist die Nacht durchgefahren, um hier sein zu können, und geblieben.«

»Wir haben uns getrennt, das weißt du, oder?«

Die Erinnerung an den Pavillon war die letzte, die noch scharf und kalt und klar war. Danach hatte es begonnen, unscharf und fiebrig und böse zu werden.

Jan nickte.

»Ja. Weiß ich. Willst du sie trotzdem sehen? Ich meine, deine anderen Ex-Freundinnen schauen ja auch ab und zu vorbei. Wenn du wieder ganz gesund bist, willst du mir dann erklären, wie man das macht?«

Clara. Natürlich wollte er sie sehen, mehr als alles andere. Er vermisste sie unglaublich. Gleichzeitig war es, als ob das Fieber, die Krankheit, mit ihr den Anfang genommen hätte. Oder besser: mit dem Augenblick, in dem sie sich von ihm entfernt hatte.

Als sie sich das erste Mal wegen Hamburg heftig gestritten hatten, am Tag nach dem Sturm. Er versuchte, den Kopf zu schütteln, um den Kopf klarzukriegen. Aber sofort schoss ihm ein scharfer Schmerz durch die Brust, und er stöhnte unwillkürlich auf.

»Ist das ein Ja oder ein Nein?«, erkundigte sich Jan.

»Doch«, sagte Elias, »sag ihr ruhig, sie kann kommen.«

Jan lächelte.

»Prima, ich sag's ihr. Sie wartet draußen.«

»Jetzt?«

Elias war alarmiert. Er wusste selbst nicht, warum.

»Hattest du irgendwas vor?«, fragte Jan spöttisch zurück.

Elias versuchte, sich gerader hinzusetzen.

»Okay«, sagte er dann. »Okay.«

Jan ging zur Tür, öffnete sie und zog sie hinter sich zu, als Clara in den Raum trat.

Es war das erste Mal, dass sie ihn seit der OP sah. Er hatte so schrecklich ausgesehen: die Infusionsschläuche, der Katheter, das Orange des Desinfektionsmittels bis hoch zum Hals und hinunter bis zu den Beinen, die tiefe Erschöpfung in seinem Gesicht. Heute wirkte er wieder mehr wie er selbst, auch wenn er noch sehr schmal aussah.

»Hallo«, sagte sie sehr unsicher.

Die Sonne stand über der Mauerkrone. Das Morgenlicht machte den Raum hell und so freundlich, wie ein Krankenzimmer sein konnte. Elias betrachtete Clara, ohne gleich antworten zu können. Sie sah sehr elegant aus in ihrem lichtgrauen Kostüm und sehr ernst.

»Hallo«, sagte er heiser.

»Darf ich mich setzen?«

Sie deutete auf den Stuhl neben seinem Bett. Er nickte. Zwischen ihnen stand … ja, was eigentlich?

»Wie geht es dir?«

Das war das einzig Gute an dieser Situation: Mit dieser Frage konnte sie beginnen, ohne dass sie sich komisch anhörte.

»Dein Bruder sagt, es gehe mir gut. Ich finde …« Er brach ab. Er hatte keine Lust, ihr zu sagen, dass er sich noch niemals in seinem Leben so schwach und ausgeliefert gefühlt habe. Sein Körper war sein Arbeitsmittel, sein Kapital. Bewegung. Stimme. Stärke. Nichts davon war mehr da. Er wusste nicht einmal, hatte sich nicht zu fragen getraut, ob er jemals wieder würde spielen können.

Was ist mit ihm? Ich mache schon wieder alles falsch. Ich will es richtig machen, diesmal, und finde den Weg nicht.

»Meine Mutter ist gerade auch hier in der Klinik. In der geriatrischen Psychiatrie.«

Warum erzähle ich ihm das? Ich suche einen Anfang. Ich suche einen Zugang.

»Wieso?«

Es hörte sich nicht einladend an, das wusste er. Aber warum redete sie von ihrer Mutter? Was für eine Art Besuch war das?

Sie berichtete ihm kurz von ihrem Besuch im Altersheim und davon, dass sie sich schließlich doch für die Psychiatrie entschieden hätten. Weil es keine andere Möglichkeit gab. Er lächelte kurz, als sie ihm erzählte, dass ihre Mutter in ihrer Wut einen Stuhl zertrümmert habe.

»Ihr seid euch nicht unähnlich«, sagte er. Elias sah sie an, wie sie aufrecht auf ihrem Stuhl saß, die Knie kaum zwanzig Zentimeter vom Bettrand entfernt. Die schönen Knie.

»Clara, warum bist du hier?«

Weil ich dich liebe.

Weil ich dich liebe und mir selbst nicht klar war, wie sehr.

Weil ich dich liebe und ich am liebsten alles rückgängig machen und uns noch einmal in diesen Pavillon stellen würde und ich dich dort küssen und einfach sagen würde: Ja, lass es uns versuchen.

Sie suchte seinen Blick. Sie fanden sich kurz, dann blickte er aus dem Fenster in die Sonne.

»Ich glaube, ich habe einen Fehler gemacht«, begann sie stockend. »Nein. Ich glaube es nicht, ich weiß es. Es war alles falsch, Elias.«

»Weil ich krank geworden bin?«, unterbrach er sie heiser. »Als ich fünfzehn oder sechzehn war, da war ich mal sehr unglücklich verliebt. Dachte ich damals. Jedenfalls wollte sie nichts von mir. Und da habe ich mir immer vorgestellt, wie es wäre, wenn ich einen Unfall hätte oder tot wäre oder so, und wie leid es ihr dann täte und dass sie merken würde, wie sehr sie mich liebte. Aber so geht Liebe nicht.«

Spielte das eine Rolle? Sie hätte so gerne seine Hand genommen. Als ob ihre Gedanken ihn dann direkter erreichen könnten. Nicht auf dem unsicheren Weg über Worte, die sich immer anders anhörten, als sie gemeint waren.

»Ich weiß«, setzte sie wieder an. »Aber an diesem Montagabend, an dem mir mein Fehler klar wurde, da wusste ich noch gar nicht, dass du krank bist, da stand ich in einem Park. Von dort kann man über das Wasser sehen und über den Hafen, und da habe ich dich so sehr vermisst. Ich wollte das mit dir teilen. Es hat nichts bedeutet, so allein, aber mit dir …«

Sie stockte. Er wartete. Weil es nicht so einfach war. Weil sich durch die letzten Tage alles verändert hatte. Als ob er seine Gefühle erst wiederfinden müsste. Als ob sein Herz noch betäubt wäre. Auf der Mauerkrone vor dem Fenster hüpfte ein Buntspecht. Es sah nach einem großartigen Frühlingstag aus, und eine wütende Sehnsucht nach der Welt da draußen fiel ihn an.

»Was hat sich denn geändert?«, fragte er. Das Sprechen war immer noch ein bisschen mühsam. »Die sagen, ich werde die nächsten vier bis sechs Wochen hier sein. Und dann noch einmal sechs Wochen in der Reha. Ein Vierteljahr mindestens. Du bist in Hamburg. Und danach … ich weiß nicht mal, ob ich je wieder spielen kann. Ich weiß gar nichts.«

Jetzt, da er selbst es ausgesprochen hatte, traf es ihn erst richtig: Er hatte gerade keine Zukunft. Er war auf die Seite gestellt worden. Die Welt lief ohne ihn weiter.

»Jan sagt, dass du wieder ganz … dass du fast ein normales Leben führen kannst. Aber dass es eben ein bisschen dauert.«

Sie wollte ihm Mut machen, aber sein schmal gewordenes Gesicht verschloss sich immer mehr. Sie hörte, wie sich sein Ton veränderte.

»Weißt du«, sagte er langsam, »ich verstehe jetzt viel besser, was du da im Pavillon gesagt hast. Dass ich realistisch sein soll und wie oft wir uns wirklich sehen würden und wie wir das aushalten sollten und dass du so eine Beziehung nicht willst. Sondern alles.«

Er machte eine Pause und sah wieder nach draußen. Der Buntspecht war verschwunden. Die Sonne stand so hoch, dass sie ein freundlich leuchtendes Rechteck auf das Linoleum des Krankenzimmers malte.

»Ja«, sagte Clara, »das habe ich alles gesagt. Aber es war falsch.«

»Nein«, sagte Elias müde. Er hatte bei jedem Atemzug starke Schmerzen in der Brust, aber das passte ja. »Es war richtig.«

Es klopfte kurz, eine Schwester kam in den Raum. Sie wechselte ohne viele Worte die Infusionsflasche und verschwand wieder. Die Stille, die entstanden war, war undurchdringlich. Warum konnte sie ihn nicht einfach berühren? Es lag noch nicht lange zurück, da waren alle Berührungen zwischen ihnen völlig natürlich gewesen. So wie nie zuvor mit jemand anderem. Und jetzt waren sie wie zwei gleichpolige Magnete. Sie konnten sich einander nicht mehr ohne Widerstand nähern und sich nicht mehr berühren.

»Du hast es gesagt: Wie soll so eine Beziehung gehen? Selbst, wenn ich wollte – jetzt kann ich nicht mehr einfach nach Hamburg kommen. Ich …« er unterbrach sich selbst und sah sie an. Diese schöne, aufrechte Frau, die er nicht mehr erreichen konnte, ohne dass er ihr erklären konnte, weshalb. Es war ein bitteres Gefühl.

»Was willst du denn noch mit mir? Weißt du, du hast mir erzählt, wie es damals für dich war. Mit Paul. Denkst du … glaubst du, einer von uns beiden würde das aushalten können? Willst du Krankenschwester für mich sein und alle zwei Wochen nach mir sehen? Oder deinen Job wieder aufgeben und mich im Rollstuhl rumfahren, bis ich wieder laufen kann? Und gibst wieder mal alles für einen kranken Mann auf? Clara, das zerstört alles, was wir miteinander …«

Er konnte den Satz nicht beenden. In meinen eigenen Worten gefangen. Ich bin in meinen eigenen Worten gefangen. Das habe ich auch alles gesagt, und äußerlich stimmte es, und innerlich war es falsch.

»Du bist nicht Paul«, sagte Clara hilflos. In diesem Satz sollte eigentlich alles liegen, was er für sie war, und dieses ganze große und wunderbare Gefühl, das sie für ihn in sich entdeckt hatte, aber es hörte sich nur flach an.

Ich bin so erschöpft. Sie sieht so schön aus in diesem Licht, und ich fühle gar nichts mehr, und ich weiß auch nichts mehr.

»Clara«, sagte er. »Es ist nicht so gut für mich, wenn du da bist. Wir haben irgendwas verloren, oder? Erst hast du meiner Liebe nicht vertrauen können. Du hast dich von mir getrennt, weil du nicht geglaubt hast, dass ich dich lieben kann, wenn wir weit voneinander entfernt sind oder weil du älter bist als ich oder vielleicht auch nur, weil du dich nicht getraut hast. Und weißt du, was komisch ist? Ich glaube heute, du hast recht gehabt. Vielleicht kann man einer Liebe einfach nicht alles zumuten. Vielleicht hält sie zu viele miese Tage nicht aus. Meine nicht und deine auch nicht. Aber das will ich dann nicht erleben, wenn sie müde wird. Das hast du damals gesagt. Ich glaube …«, er zögerte, aber dann sagte er schnell: »Ich glaube, es ist besser, wenn du nicht mehr kommst.«

Sie stand langsam auf. Sah nach unten auf das Sonnenrechteck und dann hinaus ins Blau.

»Das war es?« Ihre Stimme war auch rau. »Das war es mit uns?«

Elias sah sie nur kurz an. Nickte. Er traute seiner Stimme nicht mehr.

»Auf Wiedersehen, Elias«, sagte Clara, aber es klang wie eine Frage.

Als keine Antwort kam, weil er immer noch nichts sagen konnte, ging sie und schloss die Tür leise hinter sich.

42

Die Tage flossen ineinander. Die Abläufe in der Klinik waren so gleichförmig und strukturiert, dass auch kleine Abweichungen willkommene Unterbrechungen waren. Obwohl er jetzt länger aufstand, war sein Radius begrenzt, weil er den Infusionsständer mit sich führen musste. Er kam sich vor wie eine komische Slapstickfigur aus einem alten Schwarzweißfilm, und er fing an, das Ding zu hassen. Mal ganz abgesehen von der immerwährenden Nadel in seinem Hals.

»Du wirst eine Reihe äußerst interessanter Narben haben«, hatte Jan bei einem der letzten Besuche gesagt. Wie eigenartig das war. Clara hatte er jetzt seit fast zwei Wochen nicht mehr gesehen, aber Jan kam fast täglich, und seine Stippvisiten waren die Lichtblicke in diesen Tagen. Es war wie eine zart aufkeimende Freundschaft zwischen ihnen, auch wenn ihn seine Besuche immer wieder aufs Neue an Clara erinnerten. Jan fragte ihn nicht, was zwischen ihm und Clara gewesen sei. Die Unterhaltungen mit ihm hatten ein eigenes Gewicht, weil Elias hinter Jans Leichtigkeit die Person spüren konnte, der Arzt geworden war, weil er auf seine zurückhaltende Art die Menschen mochte, die er behandelte. Das konnte man wahrhaftig nicht von all den anderen Ärztinnen und Ärzten in dieser Klinik sagen.

»Wieso darf ich nicht Rad fahren, wenn sie mich jeden Tag auf dieses Ding scheuchen?«

Er saß auf dem Ergometer vor dem Stationszimmer und versuchte, gleichmäßig zu treten. Es war anstrengend.

»Weil wir den Strom, den du erzeugst, hier drin brauchen«, sagte Jan, der auf einem der Besuchersessel lag und ihm zusah. »Wenn du aufhörst, können wir nicht mehr reanimieren. Mach also weiter. Und lass den Puls unter 120.«

Wenn er auf das Ergometer ging, hängten sie ihm außerdem noch einen Pulsmesser an. Keine Maximalbelastung. Nie wieder, übrigens. Maximal! Er schwitzte schon, wenn er dem Zähler zufolge keine siebenhundert Meter getreten hatte. Wäre Jan nicht da gewesen, hätte er sicher schon frustriert aufgegeben. Siebenhundert Meter! Er war früher manchmal hundert Kilometer an einem Tag gefahren. Wenn er nachts daran dachte, kamen ihm manchmal die Tränen. Er konnte nichts dagegen tun. Er war so schwach wie nie zuvor in seinem Leben. Jan spürte seine Stimmung und beugte sich vor.

»Weil du dich beim Radfahren in der wirklichen Welt ab und zu nach hinten umdrehen musst. Dann könnte sich dein Brustbein gegeneinander verschieben, und der Knochen wächst nicht so fest zusammen, wie er soll. Übers Jahr wird alles gut. Du wirst das alles wieder tun können, ich verspreche es.«

Er stand auf und sah nach dem Tacho.

»Heute schaffst du zwei Kilometer.«

»Zwei Kilometer wohin?«

Elias hätte sich auf dem Sattel fast umgedreht, als er Veras fröhliche Stimme hörte, erinnerte sich aber rechtzeitig an das, was Jan gerade gesagt hatte.

»Ich sehe, du machst Fortschritte. Macht er doch, oder?«

Sie legte ihm im Vorbeigehen ganz kurz die Hand auf den Rücken; eine fast zärtliche Geste der Vertraulichkeit, bevor sie Jan begrüßte. Elias deutete atemlos auf Jan.

»Fortschritte! Er hat mir gerade mitgeteilt, dass ich in ein bis zwei Jahren wieder am gesellschaftlichen Leben teilnehmen kann. Wenn alles gut geht.«

»Da draußen passiert nicht viel«, sagte Vera. Es war wie eine schweigende Übereinkunft, dass sie ihn besuchen konnte, als wäre zwischen ihnen nichts gewesen. Vera gab sich so leicht und optimistisch und gut gelaunt wie früher. Das Gute war: Er musste nicht mehr dahintersehen und herausfinden, ob das nur Fassade war und ob sie nicht bestimmte Gedanken und Wünsche hinter ihrem offenen Lachen versteckte und erwartete, dass er sie erriet. Das war vorbei, und auf seltsame Art traf ihn das.

»Ich habe dir was zu lesen mitgebracht.«

Sie legte eine Tasche mit Büchern auf den Glastisch zwischen den Besuchersesseln.

Es schien, als hätte sie aufgehört, ihn um jeden Preis zu wollen.

Mein Marktwert ist deutlich gesunken, seit ich nur noch zwei Kilometer fahren kann. Cooler Satz. Den könnte man für ein Stück gebrauchen. Wenn ich jemals wieder auf einer Bühne stehen kann. Und wenn ich kann, wollen sie mich vielleicht nicht mehr. So wie Vera mich nicht mehr will.

Wie bizarr seine Gedanken liefen. Er liebte Vera nicht und hatte sie nie geliebt. Aber zu spüren, dass auch sie ihn auf einmal nicht mehr liebte – das erschütterte ihn.

Er trat schweigend weiter und sah, wie Jan und Vera sich unterhielten, ohne ihnen dabei zuzuhören.

So war er also gewesen. Wie jemand, der leicht bekommt, was er will. Nicht immer, natürlich, aber doch häufiger als viele andere. Wie selbstverständlich er diese Wirkung auf andere genutzt hatte. Auf der Bühne stand man immer in gutem Licht, und das hielt sich auch danach noch ein bisschen. Bescheidenheit war leicht, wenn man im Mittelpunkt stand. Jetzt, da er aus dem Spiel genommen war und von der Seite aus zusah, fühlte sie sich nicht mehr gut an. Früher war Bescheidenheit wie ein Anzug gewesen, von dem er wusste, dass er schlank und gut darin aussah. Sie kam nicht von innen. Er trug sie nur nach außen. Und jetzt? Jetzt hatte er einen echten Grund, bescheiden zu sein, denn er sah einfach jämmerlich aus.

»Ich höre mal auf«, sagte er atemlos und stieg vorsichtig vom Ergometer.

»Und ich muss was arbeiten. Ich komme nach der Schicht noch mal vorbei. Und wenn du Lust hast«, sagte er im Gehen zu Vera, »dann komm doch nachher in die Orthopädie, und ich zeige dir, was du machen musst.«

Anscheinend hatten sie sich über ihre immer wiederkehrenden Rückenprobleme unterhalten. Das Steißbein. Das war so typisch Vera. Völlig unbefangen. Wenn sie einen Orthopäden traf, erzählte sie ihm von ihren orthopädischen Problemen. Vielleicht musste man es genau so machen.

Vera nahm die Tasche mit den Büchern auf und begleitete ihn zurück zu seinem Zimmer.

»Im Ernst, du siehst schon viel, viel besser aus.«

Elias musste lächeln. Sie tat es immer wieder.

»Vera, ein ›viel‹ hätte ich geglaubt. Weil ich's gerade auch glauben will. Aber zwei … na ja, das sagt mir, wie es wirklich ist.«

»Nein«, widersprach sie lebhaft und hielt ihm die Tür auf, »wirklich! Du siehst besser aus!«

Er schob den Infusionsständer zum Bett, setzte sich und hob die Beine hinein. Die Schwester hatte ihm gezeigt, wie er das zu machen hatte, ohne dass die Brust zu sehr belastet wurde. Er kam sich vor … nein, er war ein Invalide.

»Danke, dass du damals gekommen bist. Und den Arzt geholt hast. Das war gut. Ich habe mich noch gar nicht bedankt, glaube ich.«

Vera öffnete das Fenster. Es war ein regnerischer Tag, und die kühl hereinströmende Luft roch gut.

»Hättest du auch gemacht«, sagte sie achselzuckend. »Wann darfst du in die Reha?«

»Sobald sie einen Platz für mich gefunden haben. Vielleicht sogar hier. Mir ist es egal. Es macht keinen Unterschied, von wo aus man nicht rauskann.«

Vera setzte sich und schlug die Beine übereinander. Obwohl es noch nicht richtig warm war, trug sie ein leichtes Kleid. Sie kaufte sich gerne neue Kleider. Meistens keine sehr guten Stoffe, erinnerte er sich. Es ging ihr immer eher darum, wie sie in dem Kleid aussah, als wie es sich anfühlte.

»Warum habt ihr euch denn getrennt?«, fragte sie in einem Ton, der ganz unbefangen klingen sollte. »Magst du darüber reden?«

Elias legte sich etwas zurück. Er wurde immer noch schnell müde.

»Falsche Reihenfolge, Vera«, sagte er und wusste nicht, ob er sich ärgern sollte. Aber es lohnte nicht. »Du musst mich erst fragen, ob ich darüber reden will, und dann die andere Frage stellen. Aber, mein Gott! Weshalb trennt man sich? Sie hat eine Stelle in Hamburg angenommen, und eine Fernbeziehung ... das funktioniert nie so richtig. Und jetzt sowieso nicht mehr.«

Es war nur die halbe Wahrheit. Wie schnell man in die alten Muster zurückfiel! Er wollte sich korrigieren und ihr erzählen, dass sich Clara von ihm getrennt hatte, aber Vera zog anscheinend ihre eigenen Schlüsse und kam ihm zuvor.

»Du hast dich auf sie auch nicht eingelassen. Gut, dass sie es eher gemerkt hat als ich. Du kannst dich auf niemanden einlassen, Elias.«

Nein, dachte er, es ist nicht wahr. Ich wollte mich auf sie einlassen. Ganz und gar.

»Immerhin durfte sie deine Tochter kennenlernen.«

Er hätte beinahe gelacht.

»Vera! Im Ernst? Du fragst mich, ob ich darüber reden will, und in Wirklichkeit redest du darüber. Also über mich und dich. Klar, du hast recht. Ich habe mich nicht auf dich eingelassen, weil wir in Wirklichkeit nie zueinander gepasst haben. Du wolltest einen Mann, mit dem du ein Haus kaufen kannst. Einen Mann, mit dem du ein Kind haben und in diesem Haus wohnen kannst. Das war ich nie. Ich wollte kein Haus, und ich habe schon ein Kind. Du hast gedacht, ich ändere mich noch, wenn du mich nur genug liebst. Und ich war letztlich unehrlich, weil ich dich das habe glauben lassen. Schau, ich bin froh, dass du da warst. Du hast das alles richtig gemacht. Du hast mich gerettet, und dafür bin ich ewig dankbar. Wirklich und von ganzem Herzen. Ist dir das nicht genug?«

Sie war kurz still.

»Und jetzt ist ohnehin alles anders«, fügte er an. »Ich muss erst einmal damit klarkommen, was ich noch kann. Ich weiß gar nicht, was wird.«

Vera nickte. Lächelte.

»Erst musst du wieder ganz gesund werden. Ich habe ganz viel darüber gelesen. Die meisten Leute führen wieder ein ganz normales Leben. Man muss einfach bei manchen Sachen mehr aufpassen.«

Ja. Danke, dass du es nicht aussprichst. Sie hatten ihm Broschüren gegeben. Reisen ins Ausland sind möglich, wenn Sie … Gegen ein Glas Wein ab und zu ist nichts einzuwenden, wenn

Sie dabei beachten … Sport in normalem Umfang ist möglich, wenn Sie … Sie sollten bei der Ernährung folgende Lebensmittel meiden, wenn Sie nicht … Wenn. Wenn. Wenn.

Er lächelte. So wie er früher auch manchmal gelächelt hatte, wenn sie im Gespräch nicht weiterwussten, weil sie viel zu unterschiedliche Ansichten vertraten. Dennoch war es ein ehrliches Lächeln.

»Geh du mal zu Jan und lass dein Steißbein behandeln. Ich rekonvalesziere noch ein bisschen vor mich hin, ja?«

Sie trat ans Bett, um ihn zu umarmen. Er hielt sie kurz fest, so gut es mit dem Schlauch im Hals ging.

»Danke, Vera«, sagte er noch einmal. Es war mehr als nur ein Danke dafür, dass sie den Notarzt gerufen hatte. Es war ein ehrliches Danke, für ihre Geduld und vielleicht auch für die schönen Momente; und vielleicht war es auch noch einmal so etwas wie eine Entschuldigung, dass sie füreinander nicht die Richtigen gewesen waren. Womöglich hatte sie das verstanden, denn als sie sich von ihm löste, waren ihre Augen nass.

»Bis bald, Elias«, sagte sie im Hinausgehen.

»Bis bald«, sagte Elias.

Auf die Blätter der Ulme vor der Ziegelmauer prickelte ein feiner Nieselregen. Durch das offene Fenster kam der feinscharfe Geruch von nass gemähtem Gras, und er konnte nicht anders, als die ganze Zeit an Clara zu denken, und er war verzweifelt und allein.

43

Sie fuhr mit dem Rad an der Parkmauer entlang. Den Park selbst mied sie, seit sie nach Hamburg zurückgekommen war. Dabei war sie mit Elias nie hier gewesen. Aber der Tag, an dem sie nach dem Bewerbungsgespräch dort allein im Café gesessen und telefoniert hatte, hatte sich noch so angefühlt, als ob sich alle Versprechen, die ihr der Vorfrühling gemacht hatte, erfüllen würden. Jetzt war Anfang Juni, und der kommende Sommer hatte alle Versprechen gebrochen. Es war noch kühl genug, um schnell zu fahren. Hier im Norden wurde es selten so heiß wie zu Hause. Sie fuhr unter den Baumkronen durch, die über die Mauer ragten, und sah ab und zu zu ihnen hoch. Diese seltsame Zwischenzeit, wenn all die explosive Kraft der ersten Blüte, das Überfließen von Farben und Düften an jedem Strauch, jedem Baum, auf jeder Wiese, wenn diese Woge bunter Lust verebbt war und die Bäume einfach nur noch grün zurückließ. So fühlte sie sich. Ja. Man lebte. Aber man blühte nicht.

Vier Wochen, seit sie Elias das letzte Mal gesehen hatte. Fünf seit seiner Operation. Sie traute sich manchmal nicht einmal, Jan nach Elias zu fragen. Nicht weil sie Angst hatte, schwach zu wirken. Das machte ihr nichts aus, solange sie von sich selbst wusste, dass sie stark war. Jan und sie hatten sich immer alles erzählt. Aber wenn es um Elias ging, war sie jetzt wirklich schwach. Sie wollte wissen, wie es ihm ging, und hatte Angst davor, an ihn zu denken. Weil es nicht aufhörte, wehzutun. Jan spürte das und sprach von sich aus nur ab und zu über ihn.

Weißt du was, hatte er bei ihrem letzten Gespräch gesagt, Elias hat Mama in der Psychiatrie besucht. Die Rehaklinik liegt gleich daneben, und er hat mich nach ihr gefragt. Weil sie nicht so viel Besuch bekommt. Und dann ist er wirklich hin.

Sie hatte das Gespräch schnell beenden müssen, denn sie hatte ihre Stimme plötzlich nicht mehr im Griff. Sie war so überrascht von dem, was Jan erzählt hatte, dass sie vor Sehnsucht und unterdrückten Tränen und wer weiß was noch alles keinen Ton herausbekam. Elias hatte Mama besucht.

Sie schaute noch einmal nach oben, bevor sie den Park hinter sich ließ. Man konnte nicht sehen, ob aus den unauffälligen Blüten der Platanen schon kleine Kugeln geworden waren.

Nicht alles, was im Frühjahr blüht, wird auch zur Frucht.

Vier Wochen. Als ob der Schmerz wegginge, wenn sie die Wochen zählte, die dazwischen lagen. Es war ja nicht falsch, wenn sie sagten, dass die Zeit Wunden heilte. Die seltsame Leere, die nach Pauls Tod geblieben war, hatte sich unmerklich und mit den Jahren wieder gefüllt. Aber damals hatte sie gewollt, dass der Schmerz verging. Paul war tot. Elias nicht.

Sie rollte jetzt hügelab. Es tat gut, so früh unterwegs zu sein, und Clara war lieber sehr zeitig im Büro, als abends zu lange arbeiten zu müssen. Als sie die englische Kirche erreichte, bremste sie. Dann, sie wusste auch nicht, warum, lehnte sie das Rad an die Mauer und probierte skeptisch die Tür. Es war wirklich noch sehr früh, aber zu ihrer Überraschung war die Kirche geöffnet. Sie war schon oft vorbeigefahren, aber noch niemals hineingegangen. Innen war die Kirche vor allem weiß. Kein Gewölbe, sondern eine flache, wenn auch hohe Decke, von der zwei ebenfalls weiße Leuchter hingen. Es gab einen roten

Läufer, und die Bänke waren aus einfachem Holz, trotzdem war das Schiff vor allem hell. Und es war sehr still. Wenn es so etwas wie eine unaufgeregte höfliche Kirche gab, dann war es diese hier. Als ob die ganze Inneneinrichtung sagen wollte: Wenn du willst, nimm Platz. Aber lass dich nicht aufhalten, wenn du etwas anderes im Sinn hast. Wir sind später auch noch da.

Sie setzte sich in eine der Kirchenbänke und sah zum Altar. Das Bild der Madonna war das einzig richtig Bunte in dieser Kirche. Selbst die Orgel zwischen den weißen Säulen der weißen Emporen war von so hellem Silbergrau, dass sie nicht hervorstach.

Clara war seit Jahren in keiner Kirche mehr gewesen, ohne sie ansehen oder fotografieren zu wollen. Einfach so, das hatte es lange nicht mehr gegeben. Sie saß sehr gerade und nahm die Bilder in sich auf.

Ich bin dort, wo ich sein will.

Es war viel Arbeit, und sie kam viel weniger zum Fotografieren, als sie gedacht hatte. Das Meiste war Bilder sichten, mit Agenturen verhandeln, freie Fotografen koordinieren, aber es machte ihr nichts aus. Es war gut, Dinge zu organisieren, ihnen eine Struktur zu geben. Und dann – der Verlag hatte tatsächlich noch ein Studio. Es wurde nicht mehr oft benutzt, aber es gab eins. Und sie hatte Pläne damit. Sie baute etwas ganz neu auf, und sie war gut darin. Kein Job war perfekt, aber dieser hier war spannend. Tausendmal besser als die viel zu lässige Routine damals bei der Zeitung.

Die Stille in der Kirche war tief und schön. Dennoch war es so, als könnte sie das nur von außen sehen. Dass es für jemanden schön sein konnte, wenn dieser Jemand nicht sie war.

Ich bin dort, wo ich sein will. Nur ohne den, mit dem ich sein will. Vielleicht gibt es das für mich einfach nicht.

Wie viele Gedanken gleichzeitig durch einen gehen konnten, wenn man so still war! Er ist ja nicht tot. Vielleicht irgendwann … die Zeit heilt doch … irgendwann ist es eine Narbe und tut nicht mehr weh … wenn du hier wärst, würdest du meine Hand nehmen … vielleicht würdest du singen. Für mich. Wie du im Auto einmal gesagt hast, weißt du noch … an diesem Sonntag standest du zwischen den Bäumen, und ich brauche keines meiner Fotos von dir, um zu wissen, wie du ausgesehen hast. Dein Lächeln, Elias. Dieses Lächeln ohne die Höflichkeit, die du bei fast allen anderen haben kannst, aber nicht, wenn du mich ansiehst … angesehen hast. Deine Hände über Kreuz auf meinem Bauch, wenn du mich von hinten umarmst …

Sie biss sich auf die Unterlippe, bis der Eisengeschmack des Bluts kam.

Stop!

Fast sechs Wochen seit damals im Pavillon. Und nur die zehn kurzen Worte dazwischen, als sie ihn besuchen konnte. Dieser Besuch bei ihm, der zwischen ihnen nichts geklärt hatte. Er war wie eine Umkehrung ihres Gesprächs im Pavillon gewesen. Da hatte sie nicht geglaubt, dass Elias sie lieben könnte. Eine Frau, die älter war als er. Über einen Abstand von sechshundert Kilometern. Und dann, als sie den Mut und das Vertrauen endlich gefunden hatte, in der Erinnerung an sein Lachen, sein Gesicht, seine Hände, und mit diesem Vertrauen zu ihm gekommen war, da hatte er es verloren.

Tja, den richtigen Zeitpunkt verpasst. Nicht zum ersten Mal in ihrem Leben.

Nach dem Gespräch mit Jan hatte sie zu viel Wein getrunken und dann wieder einmal einen Brief geschrieben. Den sie am nächsten Morgen wieder einmal, wütend über sich selbst, weggeworfen hatte.

Sie stand auf. Zeit, ins Büro zu kommen, wenn sie vor den anderen da sein wollte. Sie war schon fast an der Tür, als sie noch einmal zurückging. Neben dem Chor gab es ein schmales Sandbecken auf hohen Metallbeinen. Ein paar abgebrannte Stumpen staken dort. Sie warf eine Münze in den Opferstock, holte eine frische Kerze heraus und zündete sie an.

Für dich, Elias.

Es war die einzige brennende Kerze in der Kirche, als sie ging.

44

»Was denkst du, wann du wieder spielen kannst?«

Mareike war vorbeigekommen, und sie saßen auf einer Bank im Garten des Rehazentrums. Aus dem Wäldchen auf dem Hügel rief der Kuckuck. Der Tag war sehr warm, an den Grasspitzen zeigte sich ein erstes Gelb, weil es so lange nicht geregnet hatte. Elias hob die Schultern. Natürlich fühlte er sich insgesamt besser, aber das Infusionsgestell hatte er immer noch an seiner Seite und den Schlauch immer noch im Hals. Auf der anderen Seite zwar und mittlerweile an einer fünften Einstichstelle, aber er war immer noch da. Selbst wenn er gewollt hätte, konnte er nicht richtig trainieren. Er war immer noch so dünn, dass er abends und morgens viel schneller fror als früher.

»Lass doch einfach Tom spielen, und ich synchronisiere ihn von hier aus.«

Mareike lachte. Tom konnte nicht sprechen, aber er war seit ungefähr hundert Jahren am Theater, und deshalb musste er immer wieder besetzt werden.

»Ehrlich gesagt, habe ich keine Ahnung. Ich hoffe, dass sie mich in drei, vier Wochen entlassen. Und dann brauche ich vielleicht noch mal ein paar Wochen, bis ich wieder alltagstauglich bin. Es wird alles anders sein. Ich darf ein Jahr lang nicht Rad fahren. Nicht schwimmen. Und ich langweile mich hier zu Tode. Nachts kann ich nicht schlafen, weil ich nicht müde genug bin und weil die Gedanken zu kreisen beginnen und meine Gefühle mit in den Strudel reißen und ich dann Briefe schreibe, die ich niemals abschicke, oder Nachrichten, die ich dann alle wieder lösche. Egal. Hat ja keiner gesagt, dass es leicht ist. Ich lebe. Glück gehabt, oder?«

»Oh«, sagte Mareike und wies auf den Ausgang, »schau, deine Tochter kommt. Ich gehe dann mal.«

Elias musste lächeln.

»Krankenhäuser sind nicht so deins, was? Du warst jetzt genau zwölf Minuten hier.«

Mareike drehte sich ihm zu, lächelte wie um Verzeihung bittend.

»Nein, sind sie nicht. Die machen mir Angst. Sieh mal zu, dass du endlich rauskommst, dann gehen wir was trinken.«

»Klar, ich hau mich dann weg. Mit einer Apfelschorle oder so. Wird eine Riesensause«, sagte er spöttisch. Mareike sah ihn fragend an.

»Ich werde praktisch keinen Alkohol mehr trinken dürfen«, erklärte er. »Ist ein Problem mit dem Blutverdünner, sagen sie.«

»Okay«, sagte Mareike, halb erstaunt, halb mitleidig.

»Ja«, sagte Jule vergnügt, die näher gekommen und das Letzte gehört hatte, »das Leben ist nicht lebenswert ohne Bier, oder, Papa?«

Sie umarmte ihn. Es war schön, sie zu sehen. Sie trug kurze, ausgefranste Jeans und ein einfaches T-Shirt und sah trotzdem so frisch und hübsch aus, dass er einen kurzen Stich fühlte. So unbeschwert, es wäre so schön, sich auch wieder so leicht fühlen zu können. Aber das war weit weg.

Mareike ging. Jule setzte sich zu ihm.

»Hat Vera dich auch besucht?«, fragte sie offen neugierig. »Ich hab die vorhin gesehen.«

Überrascht schüttelte Elias den Kopf.

»Nein. Sie kommt schon ab und zu, aber eigentlich … oh, warte mal.«

Er lachte, als er eins und eins zusammenzählte.

»Ich schätze, sie besucht Jan. Ich hatte schon den Eindruck, dass sie … na, scheint so, als hätte sie mich überwunden«, sagte er dann.

»Wie geht's dir, Papa? Ich soll dich von Mama grüßen.«

»Danke«, sagte Elias. »Aber jetzt reicht es auch mit Krankenhausbesuchsgesprächen, okay? Was ist jetzt mit Anna? Seid ihr zusammen?«

»Papa!«, rief Jule halb lachend. »Das geht dich nichts an. Aber ja. Ja, irgendwie schon. Es ist nicht so ganz leicht.«

»Ach was?« Elias spielte erstaunt. »Willkommen in meiner Welt, Tochter. Schön, dass es dich auch trifft.«

Dann stand er auf.

»Hast du Lust, mit in die Psychiatrie zu kommen? Ich geh da manchmal hin, wenn im Fernsehen gar nichts mehr kommt.«

»Du bist so bescheuert, Papa«, sagte Jule überrascht. »Im Ernst?«

Er schob den Infusionsständer neben sich her. Wenn er irgendwann mal wieder spielen dürfte, den eingebildeten Kranken vielleicht, dann würde er darauf bestehen, dieses Ding mit auf die Bühne zu nehmen. Es gab nichts Schrecklicheres und keinen besseren Beweis dafür, dass man zu den Kranken gehörte.

»Im Ernst. Ich besuche manchmal Claras Mutter.«

Vom Rehazentrum aus kam man durch einen der langen Verbindungsgänge zwischen den einzelnen Kliniken zur geriatrischen Psychiatrie.

»Dürfen wir da einfach rein?«, fragte Jule, als Elias an der Glastür klingelte.

Elias lehnte sich an die Tür. Er wollte endlich wieder anfangen, ein bisschen Sport zu machen. Er war schon außer Atem, wenn er nur die paar Meter ging.

»Die sind froh, wenn die Alten Besuch bekommen. Dann können sie mal eine rauchen.«

Eine Pflegerin öffnete ihnen. Sie kannten sich von den letzten Besuchen, und sie nickte ihm zu.

»Heute mit Tochter?«

»Ach ja«, seufzte Elias übertrieben, »das Kind hat die Oma seit Jahren nicht gesehen. Sie wissen ja, wie diese jungen Leute sind.«

Jule puffte ihn in den Rücken.

»Papa!«

Die Schwester lachte.

»Frau Wagenbach ist im Garten.«

»Warum besuchst du sie?«, fragte Jule, als sie durch den Essensraum in den Garten gingen. Es war mittagsstill.

Elias zuckte die Schultern. Er wusste es selbst nicht so genau.

»Weil Jan mir erzählt hat, dass sie hier ist. Und dass sie nicht viel Besuch bekommt. Ich kann das gerade ein bisschen nachfühlen«, fügte er hinzu. Keiner wusste, wie ereignisarm das Leben im Krankenhaus war.

Jule fühlte sich angegriffen.

»Tut mir leid, dass ich immer nur am Wochenende kommen kann, aber in der Schule ist es gerade ein bisschen stressig.«

Elias griff nach ihrem Arm.

»Dich meine ich nicht, Tochter. Ich finde schon gut, dass du überhaupt kommst, und es wird ja nicht mehr so lange dauern. Hallo, Frau Wagenbach«, sagte er dann. Claras Mutter stand an der Tischtennisplatte, die hier am sinnlosesten Platz der Welt stand. In der geriatrischen Psychiatrie spielte niemand Tischtennis.

»Paul!«

Ihr Gesicht entspannte sich. Sie freute sich, ihn zu sehen.

»Das ist Jule, Frau Wagenbach«, sagte Elias weich, »Sie haben sich noch nicht gesehen.«

»Die Meerschweinchen … ich kenne die. Doch. Doch.«

Jule musste lachen. Frau Wagenbach lachte mit, obwohl sie sicher keine Ahnung hatte, weshalb.

»Wollen wir spazieren gehen, Frau Wagenbach? Raus aus dem Knast für eine halbe Stunde?«

»Katze?«, fragte sie, aber anscheinend hatte sie es trotzdem verstanden, denn sie hängte sich unbefangen bei Jule ein.

»Braucht sie keine Schuhe?«, fragte Jule, als sie auf dem Weg zur Tür waren. Frau Wagenbach hatte nur Strümpfe an. Elias winkte ab.

»Vergiss es. Die Schuhe versteckt sie immer. Die haben sie schon mal in dem großen Teeboiler im Essraum gefunden. Es ist warm genug, sie kann barfuß laufen.«

Natürlich durfte man das Klinikgelände nicht verlassen, aber die Cafeteria konnte er nicht mehr ertragen. Außerdem tat es ihm gut, ein Stück zu laufen, auch wenn er den Ständer über den Kiesweg eher schleifen als rollen konnte. Jule unterhielt sich mit Claras Mutter. Oder besser: Sie unterhielten sich gegenseitig. Jan hatte erzählt, dass sie sich in der Psychiatrie viel besser fühlte als im Heim. Es lag nicht nur an den Medikamenten. In der Psychiatrie war nicht alles so bedrückend alt.

Sie zogen eine Menge Blicke auf sich, als sie die Terrasse des Cafés betraten. Frau Wagenbach in Strümpfen, die schon reichlich in Fetzen hingen. Er mit seinem Infusionsständer und dem Zombieschlauch in der Halsarterie. Und dazwischen Jule.

»Tu so, als wären wir deine geisteskranken Eltern«, zischte er ihr zu, als er sah, wie unangenehm ihr die Blicke waren. Jule lachte.

Die Unterhaltung war bizarr. Als ob Ionesco sie geschrieben hätte.

»Wollen Sie Kaffee, Frau Wagenbach?«

Claras Mutter sah auf die kaputten Strümpfe und zerrte an ihnen.

»Meine Winterreifen!«

Der Kaffee kam, Jules Orangensaft und Elias' Espresso. Er stieß Jule an und flüsterte ihr zu: »Achte auf die Löffel. Das ist meine Lieblingsszene, und sie ist immer wieder neu.«

Elias wusste nicht, warum, aber Claras Mutter stahl immer die Löffel. Und sie tat es so selbstverständlich, dass nie jemand es bemerkte. Diesmal verschwanden sie einfach in ihrem Ärmel. Es war großartig.

»Aber ihr gebt sie nachher schon zurück, oder?«

Elias lachte.

»Auf keinen Fall. Frau Wagenbach und ich haben bereits einen sehr lukrativen Löffelhandel auf Ebay laufen. Womit, meinst du, bezahle ich unsere Getränke?«

Claras Mutter plauderte völlig sinnlose Sätze. Jule hörte zu, und Elias sah über die Stadt und sehnte sich .... Nach allem. Nach seinem Leben vor dem Pavillon. Nach Clara. Nach der Bühne.

»Kleine Katze«, sagte Frau Wagenbach auf einmal zu Jule und legte ihr zärtlich den Arm um die Schulter. In dieser Geste, in dieser unvermuteten Zärtlichkeit, lag so viel von Clara, dass Elias wegsehen musste.

Als sie Frau Wagenbach mitsamt den Löffeln und einer Gabel, von der sie beide nicht wussten, woher sie kam, wieder abgeliefert hatten und durch den Gang zurück zur Reha liefen, fragte Jule unvermittelt: »Warum habt ihr euch eigentlich getrennt, du und Clara? Ich weiß ...«, sie zögerte, »es geht mich eigentlich nichts an. Aber ihr beide ... als ihr mich besucht habt, weißt du, da habt ihr ausgesehen, als ob ihr genau ...« Ihr fehlten die Worte. Elias wartete. Jule nahm sich Zeit.

»Ihr habt ausgesehen«, sagte sie schließlich, »wie zwei zerbrochene Hälften, die jemand wieder zusammenfügt, und dann sieht man den Riss fast nicht mehr, so genau passen sie zusammen. So habt ihr ausgesehen. Und ich verstehe es nicht«, endete sie fast hilflos. »Ist das so mit Beziehungen?«

Sie waren am Aufzug. Elias war müde.

»Ich weiß es nicht, Jule«, sagte er. »Das mit den Hälften, das war für mich auch so. Ich hatte das Gefühl, dass es das erste Mal seit langer Zeit, nein, eigentlich das erste Mal in meinem Leben stimmt. Dass sie ...«, er sprach den Satz nicht zu Ende. Jule verstand ihn auch so.

»Dass sie die Richtige ist?«

Er nickte. Jule öffnete ihm die Tür zu seinem Zimmer.

»Oh«, sagte sie. »Hallo!«

Jan war da, und er hatte anscheinend auf Elias gewartet.

»Hey, Jule«, sagte er freundlich, »sag mal, könntest du kurz draußen warten? Ich muss mit deinem Vater reden, ja?«

Eine seltsame Spannung ging von ihm aus. Elias fühlte sich auf einmal zitterig. Er nickte Jule zu.

»Bis gleich.«

Sie ging aus dem Zimmer, und Elias setzte sich auf sein Bett. Wollte Jan irgendetwas von Clara erzählen?

»Elias«, begann Jan vorsichtig, und er hatte auf einmal Angst, dass Clara irgendetwas zugestoßen war. Er war fast grob, als er sagte: »Was ist es? Sag einfach!«

Jan sah auf ein Papier, das er in der Hand hatte. Dann straffte er sich.

»Eigentlich sollte nicht ich dir das sagen, aber zufällig … na ja, nicht zufällig, ich frage schon immer nach. Auf jeden Fall ist es so, dass deine Blutwerte nicht so sind, wie sie sein sollen. Und das ist nicht so gut.«

Elias wusste nicht, was er sagen sollte. Er verstand und verstand doch nicht.

»Was genau ist nicht gut? Was heißt das?«

Jan setzte sich neben ihm aufs Bett und wies auf den Infusionsbeutel über ihm.

»Ganz kurz gesagt: Die Antibiose schlägt nicht mehr so an, wie sie soll. Die Staphylokokken … die Konzentration wird nicht weniger. Sie hat sogar angefangen, ein bisschen zu steigen. Und das ist einfach nicht gut.«

»Heißt das, ich kriege ein anderes Antibiotikum?«

Jan hob beide Hände. Elias kannte diese Geste.

»Das werden sie versuchen, ja. Aber die Sache ist die … eigentlich ist das, was du kriegst, schon das optimale. Staphylokokken sind multiresistent. Man braucht den ganz großen Hammer, und den kriegst du schon.«

Er schwieg. Elias zitterte. Deshalb war er so müde. Deshalb außer Atem. Er erinnerte sich wieder an den Pavillon. Wieder einmal. Scheiße. Scheißescheißescheißescheiße.

»Heißt das, die können wieder das Herz … können die wieder auf der Herzklappe siedeln?«, fragte er schwach vor Angst.

Jan holte tief und zitternd Luft, das hörte er.

»Elias, ganz ehrlich: Ja, das kann sein. Aber es kann auch sein, dass du einfach … dass man nichts mehr machen kann. Muss nicht. Wirklich nicht«, sagte er eilig und laut, »wir müssen noch abwarten. Der Anstieg ist nur leicht bis jetzt. Aber es sollte nicht sein. Es sagt einfach, dass die Antibiose nicht mehr so wirkt, wie sie soll. Und das ist gefährlich.«

Ich muss sterben. Er sagt mir, dass ich sterben muss. Ich muss sterben.

Auf einmal war die Angst überall und überwältigend, und er wusste nicht, wohin mit ihr. Jan legte ihm die Hand auf den Rücken.

»Elias, das heißt noch gar nichts. Wir nehmen morgen und übermorgen wieder Blut. Aber ich wollte nicht, dass die anderen … ich wollte dir das lieber sagen.«

Elias schluckte und schluckte. Dann erst konnte er wieder sprechen.

»Ich will nicht, dass du das irgendjemandem sagst. Versprich es.«

»Klar«, sagte Jan. »Ich muss wieder auf Station, aber ich komme nach der Schicht vorbei, okay? Bitte, Elias, du musst dich jetzt einfach einmal nur schonen. Morgen wechseln die wahrscheinlich die Antibiose, und dann sehen wir weiter.«

Elias verstand, dass Jan log. Jan glaubte es selbst nicht, aber er wusste nicht, was er sagen sollte. Wie sagt man jemandem, dass er sterben muss?

»Geh nur. Ja, wir reden später.«

Schon in der Tür drehte sich Jan noch einmal zu ihm um.

»Es tut mir leid, Elias. Wirklich. Es tut mir leid.«

Elias nickte. Was tut dir leid, Jan? Dass du es mir gesagt hast? Dass ich sterben muss? Dass du gehen musst? Dass … keine Ahnung. So fühlte es sich an? Das mit dem Sterben?

Jule kam wieder herein. Er nahm sich zusammen, aber sie sah, dass irgendetwas passiert war.

»Papa? Was ist los? Was hat Jan gesagt?«

Er riss sich zusammen.

»Jule, ich bin ziemlich kaputt. Macht's dir was aus, wenn du gegen Abend noch mal kommst? Ich muss schlafen.«

»Papa«, drängte Jule, »was hat er gesagt?«

»Meine Blutwerte sind nicht ganz in Ordnung. Ich soll mich ausruhen. Du kommst einfach später noch mal, ja?«

Sie ging sehr zögernd und auch erst, als er ihr versprochen hatte, sie später anzurufen.

Dann war er allein.

45

Jule nahm sofort ab. Er hatte sie lange warten lassen, und sie hatte ihm schon zweimal geschrieben. Aber er hatte den ganzen Nachmittag gebraucht. Schreiende Angst und dann wieder ruhigere Augenblicke, in denen er in sich horchte und sich gar nicht so krank fühlte, nur ein wenig leicht und schwindlig, und nicht glauben konnte, dass er wirklich … dass er sterben könnte. Würde.

Man denkt immer, es trifft einen nicht. Nachts in dem Garten in Tübingen. Da hatte sie von Paul erzählt. Man denkt immer, es trifft einen nicht. Sie waren sich vielleicht nie so nah gewesen wie in dieser Nacht.

»Papa?«

»Jule, es ist eine große Bitte, die ich habe, und du kannst auch Nein sagen.«

»Papa, was ist los?«

Sie klang ängstlich und wütend zugleich, weil sie nicht wusste, was passiert war.

»Ich erzähle dir alles auf der Fahrt. Kannst du mein Auto holen und damit hierherkommen? Und dann …«, er stockte kurz, weil es wahnsinnig war, aber auf der anderen Seite: Was war jetzt noch normal?

»Papa«, unterbrach ihn Jule, »ich darf noch nicht allein fahren. Ich bin doch erst demnächst achtzehn.«

»Pass auf«, versuchte Elias so ruhig wie möglich zu klingen,

»ich weiß das, aber das ist jetzt egal. Du kannst ja fahren. Keiner wird dich anhalten. Hol einfach mein Auto. Der Schlüssel hängt an der Tür. Komm her und hol mich ab. Und dann müssen wir nach Hamburg. Ich schaffe das nicht alleine. Kannst du? Willst du?«

Sie schwieg kurz. Als sie antwortete, hörte sie sich viel entschlossener an.

»Okay. Ich bin in einer halben Stunde da. Wenn dein Auto anspringt.«

Sie legte auf. Er hätte gerne gelacht.

Er zog sich richtig an. Steckte das Portemonnaie und das Handy ein. Ging ins Bad und wusch sich. Es half, solche Alltagsdinge zu tun. Dann sah er nach der Infusion. Ein Viertel noch. Er überlegte kurz, dann steckte er den Schlauch vom Beutel ab, leerte den Rest der Lösung ins Waschbecken, hängte ihn wieder an und klingelte nach der Schwester.

»Die Infusion«, sagte er so normal wie möglich und deutete auf den Ständer. Sie nickte, lächelte und kam fünf Minuten später mit einem vollen Beutel zurück. Routiniert. Das hatten sie schon zigmal gemacht.

Komisch, dass man die Hoffnung nie aufgeben konnte. Dass man so tat, als würde sie vielleicht, vielleicht, vielleicht doch helfen. Du stirbst sowieso. Aber vielleicht nur, weil du zu früh aufgegeben und die Infusion abgesteckt hast.

Deshalb traute er sich nicht, ohne den Infusionsbeutel zu fahren. Das wäre, als würde er zugeben, dass er wirklich keine Chance mehr hatte.

Aber komm. Sei ehrlich. Warum solltest du sonst fahren? Das ist nichts anderes. Letzte Ölung. Das tun, was noch zu tun ist. Könntest sie auch einfach liegen lassen.

Sein Handy summte. Jule. Ich bin da.

»Los«, sagte er trotzig zum Infusionsständer, »wir beide machen einen Ausflug.«

Sie fuhren durch den Regen und die Nacht. Als sie losgefahren waren, hatte es gewittert. Hier auf der Autobahn regnete es nur noch, stark und stetig. Das mit dem Infusionsständer war nicht so einfach gewesen, er ließ sich nicht zusammenschieben. Jetzt hing der Infusionsbeutel mit einer Schnur behelfsmäßig befestigt am Haltegriff über der Tür, und das Gestell lag hinten quer auf dem Rücksitz. Jule fuhr. Viel vorsichtiger und deutlich langsamer, als er gefahren wäre, aber er sagte nichts. Viel hatten sie sowieso nicht geredet, seit sie losgefahren waren. Es herrschte eine seltsame Stimmung. Die Autobahn war fast leer. Sie rauschten durch den strömenden Regen, und nachts und bei solchem Wetter war es immer so, als wäre man aus der Welt genommen und allein. Wie sehr er solche Fahrten immer gemocht hatte.

»Weißt du noch, als wir nach Kroatien gefahren sind? Da warst du zwölf oder so.«

Jule nickte. Er sah aus dem Fenster, weil diese Erinnerung plötzlich das ganz furchtbare Gefühl in ihm auslöste, so etwas nicht noch einmal erleben zu können.

»Wir fahren zu Clara, ja?«

Wie lange war es her, dass er mit seiner Tochter so vertraut zusammen gewesen war? Ohne andere, einfach nur sie beide. Jule und Papa. Dieses unglaubliche Gefühl, einfach bedingungslos zusammenzugehören. Familie zu sein. Ihm fiel gerade nur Kroatien ein, als sie auf diesem kleinen, völlig heruntergekommenen Campingplatz gezeltet hatten. Jeden Tag über die Bucht zur großen Wasserhüpfburg geschwommen waren, für die man eigentlich Eintritt bezahlen musste, die sie aber immer von der anderen Seite geentert hatten. Mit Clara hätte er auch gern einmal gezeltet. Er wusste gar nicht, ob sie das mochte. Aber so, wie ihr Garten aussah – konnte es eigentlich kaum anders sein, oder?

»Ja. Und du hast recht gehabt. Wir haben glücklich ausgesehen, weil wir glücklich waren. Und wir beide haben es nicht richtig gemerkt, glaube ich. Erst sie nicht und dann ich nicht.«

Weit vor ihnen leuchteten ab und zu verschwommen rote Rücklichter auf. Ab und zu überholte sie zischend ein schwerer, schneller Wagen. Ab und zu zogen die wenigen nächtlichen Lichter eines Dorfes vorbei.

»Was heißt das?«, fragte Jule. Zögerte dann, bevor sie vorsichtig tastend, stockend fragte: »Ist das … fahren wir … Papa, was machen wir hier? Was ist das mit deinen Blutwerten? Fahren wir deshalb zu ihr?«

Was sage ich jetzt? Jule, ich sterbe wahrscheinlich? Jule, hör mal, kann sein, dass ich … Jule, ich sterbe. Alles hörte sich falsch an. Viel zu dramatisch und gleichzeitig viel zu banal. Als wäre Sterben alltäglich. Was es ist – nur immer für alle anderen und nicht für einen selbst.

»Meine Blutwerte sind nicht sehr gut. Diese Bakterien werden gegen das Antibiotikum resistent und das …«

Jule fuhr sehr konzentriert. Er würde sie ablösen müssen, das würde sie nicht die ganze Strecke durchhalten.

»Und das? Was heißt das?«

Er atmete tief ein. Wie, um sich zu beruhigen. Es funktionierte nicht.

»Das heißt, dass …« er konnte es nicht sagen. Nicht zu Jule. »Man kann daran sterben.«

Er hatte nachgelesen. Bei Patienten mit Herzklappenersatz … keine günstige Prognose … drei Viertel … fünfundachtzig Prozent … am Schluss war er ins Bad gelaufen und hatte kotzen müssen vor Angst.

»Aber du siehst doch gut aus! Du hast dich erholt. Ich meine, heute Mittag waren wir noch im Garten, und du bist immer fitter geworden.«

Er lehnte sich müde zurück.

»Ich hätte es auch nicht gedacht. Ach, Jule, ich weiß doch auch nicht. Keine Ahnung. Aber es ist auch gerade ganz egal, weil wir gerade nichts ändern können. Ich habe es gar nicht gemerkt, wie schwer krank ich bin. Das mit der Herzklappe – bis jetzt hat mich das alles nur genervt, aber so richtig verstanden habe ich es nicht. Weil irgendwie alles weitergegangen ist. Aber jetzt …«

Er sah in den Regen. Draußen war alles perfekt, und warum, verdammt noch mal, musste man sterben, nur um vorher das erste Mal richtig zu verstehen, wie scheißschön das Leben war?

»Du willst das in Ordnung bringen zwischen dir und Clara?«

Jule hatte seine Hand genommen. Die Berührung war so ängstlich zärtlich, dass ihm die Tränen kamen.

Er zuckte die Schultern.

»Ja. Was soll ich machen? Sie ist gekommen und hat mir eigentlich gesagt, dass sie mich liebt und sie einfach einen großen Fehler gemacht hat. Und jetzt will ich, dass sie … nicht wegen mir, Jule. Ich will einfach, dass sie weiß, dass es richtig war zwischen uns.«

Jule schwieg. Ihre Hand blieb auf seiner. Als irgendwann die Scheinwerfer eines entgegenkommenden Lasters ihr Gesicht erhellten, sah er, wie ihr die Tränen übers Gesicht liefen, und da musste er denken, dass es für ihn irgendwann vorbei war, aber dass Jule und die anderen mit dem Schmerz zurückblieben. Kein Trost.

46

Nachdem es die ganze Nacht geregnet hatte, war der Morgen sehr kühl, aber es klarte auf. Je kürzer die Nächte waren, desto früher war sie unterwegs. Über ihr wirbelten die Mauersegler in stürzendem Flug durch die Luft: Der Sommer kam. Ihre schwirrenden, schwebenden Rufe hatten sie schon immer sehnsüchtig gemacht. Jetzt klangen sie so wie die Glocken in der Ruine der Nikolaikirche, aus einer anderen, unwiederholbar schönen Zeit, verloren und unsagbar traurig, wenn man ihnen zu lange zuhörte. Sie trat in die Pedale, so schnell sie konnte. Rennen, Rad fahren oder schwimmen bis zur Erschöpfung war das Einzige, was half. Der Fahrtwind war kalt, und ihre Ohren brannten, als sie zwischen den dunkelroten Klinkerfassaden die letzte Nebenstraße zum Verlag hinabfuhr. Und aus den Augenwinkeln das Auto sah, einen heißen Stoß im Magen spürte und weiterfuhr. Alles erinnerte sie an ihn. Immer wieder. Und wenn es nur ein Auto war, das so aussah wie seins.

»Clara!«

Sie sah sich im Fahren um, bremste, weil sie nicht gleich erkannte, woher der Ruf gekommen war. Wendete, und dann sah sie ihn. Elias. Neben seinem Auto, auf das Dach gestützt, die Beifahrertür geöffnet. Dieses tiefe Erschrecken, als sie ihn erkannte, schaltete alle Spannung in ihrem Körper in ein innerliches Beben um; auf einen Schlag. Sie stieg ab. Lehnte das Rad an die Klinkermauer und ging auf ihn zu. Er sah nicht mehr ganz so schmal aus wie vor vier Wochen, aber immer noch so zerbrechlich.

So ungewöhnlich schön. Er hatte es nicht vergessen, aber trotzdem war sie immer wieder von Neuem und überraschend schön. Nein, nicht schön. Vielmehr von dieser strengen Klarheit, der er ein für alle Mal verfallen war. Im Kostüm; viel zu elegant für das Mountainbike, das sie fuhr. Was für ein Gegensatz und wie sehr er sie vermisst hatte! Sie kam auf ihn zu, und er sah ihr keine Überraschung an. Was konnte er sagen?

»Ich dachte, ich fahre auch mal eine Nacht durch, um dich zu sehen.«

Warum konnte man sich nicht einfach in die Arme nehmen? Warum selbst jetzt nicht! Selbst jetzt noch, fast am Ende! Wieso ging das nicht?

Jule stieg ebenfalls aus. Clara sah, dass sie geweint hatte.

»Hallo, Clara«, sagte sie. »Es ist schön, dich zu sehen.«

»Hallo, Jule«, gab sie zurück. Sie verstand gar nichts. Was war los?

»Ich gehe einen Kaffee holen«, sagte Jule.

Jetzt erst bemerkte sie, dass Elias noch immer die Kanüle im Hals hatte. Der Schlauch verschwand im Inneren des Autos.

»Können wir reden? Ich hatte dir geschrieben, aber du hattest dein Handy nicht an.«

Ja. Sie schaltete es neuerdings aus, wenn sie ins Bett ging. Weil sie es nicht mehr ausgehalten hatte, nachts immer wieder aufzuwachen und danach zu greifen und dann keine Nachricht von ihm zu lesen, um dann stundenlang wach zu liegen und den Gedanken zuzusehen, wie sie im Kreis rannten.

»Und ich wusste nicht, wo du wohnst, deshalb haben wir hier gewartet.«

»Im Ernst? Warum? Warum jetzt auf einmal, Elias? Um mir … ich halte das nicht aus. Ich kann nicht noch mal so ein Gespräch führen wie im Pavillon oder bei dir in der Klinik. Was ist anders?«

Sie wollte das alles nicht sagen. Es kamen die falschen Worte aus ihrem Mund.

»Hilfst du mir mit dem Ding?«

Elias hatte die hintere Tür geöffnet und zog den Infusionsständer heraus. Dann knotete er den halb leeren Beutel vom Haltegriff. Clara griff fast automatisch danach und hängte ihn an. Fast musste sie lachen.

»Damit seid ihr hierhergefahren? Musst du das immer noch haben?«

Elias schloß die Autotüren. Dann drehte er sich wieder zu ihr.

»Gehen wir ein Stück?«

Es war noch ziemlich still. Das Rauschen des leichten Windes in den Linden um die Michelwiese vermischte sich mit dem des dünnen morgendlichen Verkehrs. Noch kein Lärmen. Eine erwachende Stadt, die leise und verschlafen sprach. Sie gingen auf den Kirchturm zu. Die allererste große Fremdheit zwischen ihnen wurde weniger, weil das Nebeneinander auf dem Weg, das Gleichmaß der Schritte, wie eine Erinnerung an die Vertrautheit war.

»Wahrscheinlich bin ich viel zu spät«, begann Elias vorsichtig. »Wahrscheinlich ist der richtige Zeitpunkt schon wieder vorbei. Du warst so mutig, als du zu mir gekommen bist. Das … davon hatte ich geträumt, und das hatte ich mir gewünscht, und dann hast du mich so gesehen. So kaputt, und ich wusste noch gar nicht …«

Er suchte nach den richtigen Worten.

»Warum hat Jule geweint? Habt ihr Streit gehabt?«

»Was?«

Ihre Frage kam so unvermutet, dass er eine Sekunde brauchte. Er hatte nicht davon erzählen wollen. Darum ging es nicht. Er hatte gestern Nachmittag lange gebraucht, um sich selbst zu verstehen, um zu wissen, weshalb er Clara sehen musste.

»Vielleicht erzählt sie es dir später. Oder ich sage es dir, aber das ist gerade wirklich nicht so wichtig.«

Sie wartete. Der helle morgendliche Sommerhimmel über dem Kirchturm war so klar wie selten. Ein durchsichtiges, kühl strahlendes Blau. In solchen Morgen hatte, als sie jung war, immer ein großes Versprechen gelegen, das sich nur ganz selten erfüllt hatte und niemals ganz. Sie wandte sich Elias zu. Noch immer schweigend.

Elias betrachtete sie wie mit anderen Augen. Wie sehr ihr Name zu ihr passte. Zu diesen strengen, wasserhellen Zügen ihres Gesichts, das von Anfang an jeden Durst in ihm gestillt hatte, wie es eben nur Wasser konnte, das nach nichts anderem schmeckte als nach Klarheit.

Klar sein.

Er lehnte sich gegen die Kirchenmauer.

»Clara, ich liebe dich. Ich denke, ich habe dich von Anfang an geliebt, ohne es richtig zu wissen. Nur deshalb bin ich gekommen. So wie du zu mir ins Krankenhaus. Weil ich dir das sagen wollte, ohne dass wir über irgendetwas anderes reden müssen. Nicht darüber, dass du hier in Hamburg bist. Und nicht über meine Krankheit. Und über nichts, was vorher war.«

Über ihnen der helle Pfiff eines Turmfalken, der sich aus den Schalllöchern in den Wind warf. Auf der Wiese funkelte noch der Tau. Das Dach der Kirche begann in der aufgehenden Sonne zu glänzen – es war ein Frühsommermorgen, als ob es davor noch nie einen gegeben hätte.

»Clara. Ich liebe dich, und ich will, dass du das weißt.«

Für diesen einen Moment, hier mit ihr in diesem Junimorgen, war das tatsächlich alles, was er wollte.

Er sah so müde aus. Und gleichzeitig leuchtete er. Vielleicht war es auch nur das Licht und weil er so schmal geworden war, aber er leuchtete wie von innen. In ihr ging alles durcheinander. Als ob das Herz plötzlich im Bauch schlüge.

»Deswegen bist du gekommen?«

Er war still. Sah nach dem Infusionsbeutel und tastete kurz nach der Kanüle im Hals. Sie hätte gerne gewollt, dass er das Ding los und wieder frei wäre. Frei, einfach loszurennen mit ihr und sie hochzuheben und mit großer Geste vor ihr auf die Knie zu fallen.

»Weißt du«, sagte er dann, und wie er sie ansah, das war, als würde er sie mit den Blicken streicheln, und am liebsten hätte sie die Hand nach seiner ausgestreckt, »ich habe darüber in den letzten Wochen immer wieder nachgedacht. Wir sind so modern und ironisch. Wir wissen, es sind alles nur Hormone und Pheromone, und die Verliebtheit endet dann nach zwei bis drei Jahren, und ein Drittel aller Beziehungen geht nach sechs, sieben Jahren kaputt, und man verliert die Lust aneinander und … und das alles habe ich gehabt und mir gedacht: So ist es eben.«

Er machte eine kleine Pause. Als ob er außer Atem wäre, wobei sie genauso aufgeregt war und viel zu schnell atmete.

»Nur – dann bist du gekommen.«

Sie verstand, was er meinte. Sie hatte es nur schwer für sich in Worte fassen können.

»Wir haben beide nicht so richtig daran geglaubt. Erst ich nicht, dann du nicht«, sagte sie langsam.

Er nickte.

»Clara, ich kann es nicht anders sagen: Du bist die Eine. Bevor ich dich kennengelernt habe, dachte ich, ich muss mein Leben ändern. Dann bist du gekommen. Da dachte ich schon, du hast es geändert. Und dann ist dieses Fieber gekommen und hat mein Leben …« Er stockte.

In einer plötzlichen Bewegung stellte sie sich neben ihn mit dem Rücken an die Kirchenmauer. In diesem Moment wollte sie sehen, was er sah.

»Ja?«, fragte sie leise.

»Das Krankenhaus hat mein Leben noch einmal verändert. Ja, ich weiß, es ist ein Klischee. Aber das heißt nicht, dass es nicht wahr ist. Weiß wahrscheinlich keiner besser als du, Clara«, er drehte sich zu ihr. Ihre Gesichter waren jetzt sehr nah beieinander. »Weißt du, da gab es einen Tag, an dem alles leer war, und du hast mir einfach gefehlt«, brach es plötzlich aus ihm heraus. »Jeden einzelnen Tag, jede Stunde, jede Nacht. Immer. Und es gibt niemand anderen, der diese Leere ausfüllen könnte. Ohne dich geht es nicht. Sie hat nämlich genau deine Figur«, endete er mit einem plötzlichen Lächeln.

Dann küss mich doch oder umarme mich, dachte sie, ich will auch nicht mehr nachdenken, küss mich oder …

Sie legte ihm die Hände auf die Schulter und drehte ihn weg von sich, und für einen herzstillen Moment dachte er, sie würde ihn wegschieben, weil sie jetzt nicht mehr mit ihm reden wollte oder konnte, aber dann spürte er, wie sie ihre Hände unter seinen Armen durchschob und sie über seinem Bauch kreuzte. Ihr Gesicht weich an seinem Hals; dort, wo die Narben von der Kanüle waren, und er hatte vergessen, wie warm sie sein konnte.

»Danke«, wisperte sie in sein Ohr.

Ein Schiffshorn. Mächtig und tief. Der Pfiff des jungen Falken. Das weiche Rauschen der Linden in der ablandigen Brise und sie beide mit der Kirche im Rücken und dem ersten Morgenlicht auf den Lidern.

Jetzt, dachte er, wenn es zu Ende geht, dann sollte es jetzt sein, und wenn nicht, dann bewahre, halte, bewahre, lass nicht mehr los, nie wieder, nicht bis zum Schluss, bewahre diesen Augenblick.

Als Clara die Augen öffnete, stand Jule ein paar Meter entfernt auf der Wiese. Die Tränen liefen ihr übers Gesicht, obwohl sie lächelte. Mit schwankender Stimme sagte sie: »Ich hab euch Kaffee mitgebracht.«

Sie saßen zu dritt in der Sonne und tranken Kaffee. Ein guter Weg, um die Farben und Geräusche der Wirklichkeit langsam zurücksickern zu lassen. Clara und er saßen Schulter an Schulter nebeneinander.

»Deswegen mag ich das Theater so«, sagte er.

»Weil nach einer großen Szene der Vorhang fallen kann und das im wirklichen Leben nie passiert?«

Clara hatte dasselbe Gefühl. Weil sich nach so einem Moment alles profan anfühlte, billig und unwichtig.

Elias nickte. Vom Kirchturm schlug es acht Uhr.

»Bleibt ihr hier?«

Jule schüttelte den Kopf, bevor Elias antworten konnte. Er hatte nicht weiter gedacht als bis zu Clara und zu diesem Morgen. Er hatte nicht weiter denken wollen.

»Papa muss zurück. Er braucht eine andere Infusion.«

Clara sah Jule an.

»Warum bist du so traurig? Oder ist das zu privat?«, setzte sie eilig nach.

Jule schüttelte erneut den Kopf. Schon wieder glitzerte es in ihren Augen, und Clara fühlte – wie das manchmal ist –, dass auch ihre Augen sich füllten, einfach aus Mitleid.

»Wir müssen fahren«, sagte Elias und stand auf. »Begleitest du uns zum Auto?«

»Gleich«, sagte Clara und rückte zu Jule, nahm ihre Hand. Es war so deutlich zu sehen, wie sehr sie um Beherrschung kämpfte.

»Lass sie«, sagte Elias. »Es ist nicht so wichtig.«

»Doch«, brach es aus Jule heraus wie ein Ruf, und plötzlich schüttelte sie das Weinen so sehr, dass sie kaum zu verstehen war. Clara kniete sich vor sie.

»Was«, fragte sie weich, »was?«

»Weil Papa stirbt«, schrie Jule verzweifelt im Kampf gegen das Schluchzen, »weil er vielleicht sterben muss.«

»Blödsinn«, sagte Clara automatisch, »er hat doch nur …« Sie sah Elias an. Jules Hände krampften sich um ihre. Ihr Weinen wurde leiser, aber das war noch schlimmer, weil es so hoffnungslos klang. In ihr wurde es kalt vor plötzlicher Angst.

»Wieso?«, fragte sie Elias. »Wieso?«

»Ich wollte nicht, dass du es weißt. Ich wollte das nicht, aber ich musste dich sehen. Einmal wollte ich das Richtige tun, und jetzt muss ich dir schon wieder wehtun, und ich wollte das nicht, aber ich habe es nicht ausgehalten ohne dich.«

Er sah, wie sie vor Jule kniete, sie hielt und zu ihm aufsah; fast, als wollte sie ihn bitten, sie anzulügen. Aber das tat sie nicht. Hatte sie nie. Sie war viel stärker als er.

»Jan hat es mir gesagt. Die Antibiose wirkt nicht mehr. Aber sie probieren eine andere. Deswegen müssen wir zurück.«

Als ob er es vor ihr kleinreden könnte. Ausgerechnet vor ihr.

Clara stand langsam auf.

Man denkt immer, es trifft einen nicht. Tut es aber. Und dann denkt man, dass man dem Schicksal seine Schuld doch bezahlt hat und dass es einen dann nicht mehr trifft. Weil das erste Mal schon so unfair war. Aber es trifft einen doch. Ein zweites Mal und dann vielleicht auch ein drittes Mal, und es hört überhaupt niemals auf, weil es dem Schicksal oder Gott oder dem Leben einfach scheißegal ist, wie oft es dich trifft. Ihr Mund war ganz trocken.

»Warum hast du mir das nicht gesagt?«

Elias sah so müde aus, dass sie sich fragte, wie sie so blind hatte sein können.

»Weil es nicht darum ging«, antwortete er. Er war erschöpft und fertig, aber das war trotzdem wichtig.

»Weil es nicht darum ging, sondern um dich und mich. Und um nichts sonst.«

Clara versuchte, ruhiger zu atmen. Und zu denken. Hat auch einen Vorteil, wenn es dich wieder und wieder trifft. Du weißt, was du tun musst.

»Elias und Jule«, sagte sie, so ruhig sie konnte, »ihr fahrt jetzt zurück. Und ihr nehmt den Zug. Wir buchen gleich, ich bringe euch zum Bahnhof. Ich muss ins Büro, aber ich glaube, ich kann heute Mittag los, und ich nehme dein Auto, ja? Ich rede mit Jan, und dann komme ich. Heute Abend bin ich da.«

Er konnte sehen, wie Jule sich etwas entspannte. Clara gab ihr Halt. Und er selber war so müde, dass er über Claras Idee einfach froh war.

»Clara«, begann er, aber sie hob die Hand wie zur Abwehr.

»Wir reden heute Abend«, sagte sie knapp.

Sie drehte sich noch einmal zu ihm um, sah ihn an. Er lächelte wie jemand, der nichts mehr zu verlieren hat. Sie nahm sein Gesicht zwischen ihre Hände und drückte ihre Stirn an seine.

»Auch wenn du nicht die ganze Nacht zu mir gefahren wärst, Elias: Ich liebe dich.«

47

Sie standen auf der leeren Terrasse der Cafeteria. Obwohl es schon auf halb elf zuging, war es noch nicht ganz dunkel. Eine warme Juninacht. Jan hatte einen Fuß auf die Mauer gestellt, seinen Ellenbogen auf den Oberschenkel und sein Kinn in die Hand gestützt. In diesem unsicheren Licht unter einem seltsam hellen Nachthimmel sah er malerisch aus – und müde. Auf einmal erinnerte sie das alles an die Zeit, als sie beide fünfzehn, sechzehn gewesen und in solchen Sommernächten durch die Stadt gezogen waren, von einer unnennbaren Sehnsucht getrieben, auf der Suche nach Abenteuern in den viel zu braven Straßen; auf der Suche nach der großen Liebe am Ufer eines viel zu gemächlich fließenden Flusses.

Die Fenster der Cafeteria waren dunkel; sie hatte längst zu. Auf dem Gelände war es so still, wie es in einem Krankenhaus nachts sein konnte. Die Schwestern im Nachtdienst sprachen leiser. Sogar in der Notfallambulanz herrschten die stillen Stunden, bevor nach Mitternacht die ersten blutenden Betrunkenen oder die Nasen- und Kieferbrüche aus einer Schlägerei vor den Clubs eingeliefert wurden. Und die stille Verzweiflung in manchen Krankenzimmern hörte man sowieso nicht.

»Es tut mir leid, dass es für dich wieder so ist«, sagte Jan leise. »Dass es wieder passiert.«

Die Glut seiner Zigarette glomm rot auf. Jan rauchte eigentlich fast nie. In der Jugend hatten sie beide geraucht. Selbstgedrehte. Er reichte sie Clara, und sie zog daran. Der Geschmack erinnerte sie einmal mehr an die Sommerversprechen von früher. Die alle nicht wahr geworden waren.

Nein. Das stimmte nicht. Das eine, große, das war doch wahr geworden. Heute Morgen, als er nach Hamburg gekommen war. Und dann war es ihr sofort wieder weggenommen worden.

»Jan«, begann sie und hörte die Heiserkeit in ihrer Stimme, die von den Schreien kam, im Auto heute Nachmittag. Den wortlosen, rasend wütenden Schreien gegen den Verkehr auf der Autobahn, gegen die Angst und vor allem gegen alles, was stärker war als sie und es ihr zeigen wollte: Gott oder das Schicksal oder das Leben oder einfach nur die Lotterie des Unglücks, in der sie schon wieder sechs Richtige hatte.

»Jan, ich kann nicht … ich kann diesen Mann nicht aufgeben.«

Jan machte eine kleine abwehrende Handbewegung, aber Clara ließ ihn nicht sprechen.

»Ich weiß es. Ich weiß, dass es dem Schicksal scheißegal ist, was ich will oder nicht. Ob ich ihn aufgebe oder nicht. Ob ich ihn liebe oder nicht.«

Jan nahm den Fuß von der Mauer und stand nun aufrecht. Eine schlanke, im Kittel weiß schimmernde Gestalt gegen die dunklen, weichen Umrisse der Ulmen. Er sah sie nicht an.

»Ich habe Paul nicht mehr geliebt, als er gestorben ist«, fuhr sie fort, »aber trotzdem ist meine Welt mit seinem Tod auseinandergeflogen. Wenn Elias stirbt«, sagte sie und sah für einen Moment in den Himmel, wo links oben über den Kronen der alten Bäume der große Wagen sichtbar wurde, »ich überstehe das vielleicht. Aber ich werde danach bis zum Ende nie wieder ganz sein. Es wird ein halbes Leben sein, und das ist noch weniger, als ich bisher hatte. Ich gebe Elias nicht auf. Der Schmerz wird derselbe sein, wenn er doch stirbt. Aber ich gebe ihn auf keinen Fall auf. Ich will, dass alles gemacht wird, was möglich ist. Alles.«

»Es gibt nicht sehr viel mehr, als sie schon tun«, sagte Jan nach einer kleinen Pause sehr leise. Er sah sie noch immer nicht an. Nur das Feuerzeug klickte ein zweites Mal hell auf.

Clara spürte, wie die Wut wieder in ihr aufstieg, aber sie hielt sich zurück.

»Es gibt immer mehr, und das weißt du. Ich … Jan, mir ist klar, dass du sowieso schon ganz viel tust. Elias hat mir gesagt, wie oft du da warst. Aber ich will, dass wir beide alles, alles, alles tun, was nur möglich ist. Kann man nicht das machen, was die damals bei Paul gemacht haben? Stammzellentransplantation oder so?«

Jan schüttelte den Kopf.

»Paul hatte Krebs gehabt. Da war das sinnvoll. Das hier ist … Clara, ich weiß nicht, was man noch machen könnte.«

Sie atmete tief ein. Dann trat sie neben ihn, nahm sein Gesicht in ihre Hände, wie damals, als sie noch klein waren. Zwang ihn, ihr in die Augen zu sehen.

»Diesmal gebe ich erst auf, wenn er tot ist.«

Sie hielt ihn kurz, dann ließ sie die Hände sinken. Jan rauchte, sah in die Nacht und schwieg lange. Die leichten aromatischen Fahnen des Tabakrauchs vergingen zwischen dem zarten, unverwechselbar sehnsuchtssüßen Duft der blühenden Robinien. Dann nickte er langsam, wie für sich.

»Wir sehen uns morgen, Clara.«

Sie klinkte leise die Tür zu seinem Zimmer auf. Aus dem Gang fiel ein Streifen Licht in den dunklen Raum; sie schloss sie schnell wieder, damit Elias nicht wach wurde. Das Fenster stand offen. Sie schlüpfte aus den Schuhen und ging hinüber zu seinem Bett.

In Krankenhäusern wurde es nie ganz dunkel, und sie konnte zumindest die Linien seines Gesichts erkennen. Er sah auf seltsame Weise schön aus.

»Hallo, Clara.«

Er hatte die Augen gar nicht geöffnet, aber seine Stimme klang wach.

»Ich wollte dich nicht wecken«, sagte sie leise und setzte sich auf den Bettrand.

»Hast du nicht«, antwortete er ebenso leise. »Ich kann nicht schlafen. Ich habe Angst.«

»Ich auch«, flüsterte sie.

Er schlug die Decke zurück.

»Komm neben mich.«

Ihr Kopf auf seiner Schulter, ihre unglaubliche Wärme neben ihm – wie lange hatten sie das nicht gehabt?

»Ich kann dein Herz ticken hören. Wie eine Uhr!«, flüsterte sie erstaunt.

Er lächelte in der Dunkelheit.

»Ich hab eine Weile gebraucht, mich daran zu gewöhnen. Nachts höre ich es immer.«

Sie lagen nebeneinander. Nichts außer ihnen und dem Ticken seines Herzens.

»Früher«, flüsterte er leise, »früher, wenn ich mir vorgestellt habe, was ich tun würde, wenn ich sterben müsste, da habe ich immer gedacht, ich würde auf jeden Fall noch unbedingt Sex haben wollen. Ein letztes Mal. Und jetzt …« Ein flüsterndes Lachen.

Sie lag genau da, wo sie sein wollte. An seiner Seite.

»Und jetzt?«, fragte sie.

»Jetzt? Jetzt bist du neben mir. Die einzige Frau, mit der ich unbedingt Sex haben wollte, und gleichzeitig die einzige, der ich sagen kann, dass ich viel zu viel Angst habe, um an Sex auch nur zu denken. Die einzige Frau, die … weißt du, Clara«, er drehte sich zu ihr, »ich hätte gerne noch ein paar Orte mit dir geteilt. Jetzt teile ich meine Angst mit dir, und sie wird weniger, weil ich das kann und weil du neben mir liegst.«

Sie konnte nichts mehr sagen. Sie konnte sich nur noch an ihn schmiegen, so fest es ging, und seine Hand halten und seinem Herzen zuhören, wie es durch die Nacht tickte. So blieben sie bis zum Morgen.

48

Er musste eingeschlafen sein. Als er die Augen öffnete, sah Elias Jan auf dem Tisch im Krankenzimmer sitzen, die Hände in den Taschen des Kittels.

»Wie süß«, sagte er trocken. »Ich habe schon ein Foto von euch gepostet.«

Clara wurde wach. Das Bettzeug, ihre Bluse, Elias' Hemd – alles war feucht. Sie hatten furchtbar geschwitzt. Als sie ihn berührte, erschrak sie. Er hatte Fieber.

»Ich muss mit euch reden.«

Elias setzte sich auf.

»Dir auch guten Morgen.«

Es tat gut, einen Augenblick Normalität zu spielen, mit Ironie und so, als wäre nichts.

»Elias hat Fieber«, sagte Clara.

Jan stand rasch auf, ging zu Elias und berührte seine Stirn. Er nickte zerstreut und setzte sich wieder auf den Tisch.

»Ich bin kein Internist und kein Infektiologe. Ich habe keine Ahnung von der Literatur und der aktuellen Forschung. Clara hat gestern etwas vorgeschlagen, was ich erst einmal für Blödsinn gehalten habe.« Er machte eine Kopfbewegung zu Clara hin. »Aber dann habe ich doch recherchiert. Es ist so.«

Er trat ans Fußende des Bettes. Elias und Clara saßen eng nebeneinander. Jan hob die Schultern in einer Geste der Hilflosigkeit, als er sich an Elias wandte.

»Hör zu, Elias, das ist eigentlich nicht mehr als eine verzweifelte Idee. Einfach, weil ich alles versuchen will. Aber …« Er stockte. Clara verstand ihn. Sie drückte Elias' Hand.

»Er will sagen, dass du dir keine Hoffnung machen sollst«, sagte sie mit trockenem Mund.

Elias schüttelte den Kopf, verzog den Mund und zog die Blechschublade seines Nachtkästchens auf.

»Nein«, sagte er. »Das ist es ja eigentlich nicht, oder? Wenn ich nicht mehr hoffen soll, könnte ich gleich die Schlaftabletten schlucken, die ich gesammelt habe oder? Jan, ich nehme alles. Ich würde mich ärgern, wenn ich gestorben bin, bloß weil ich nicht alles ausprobiert habe.«

Es fiel gar nicht so schwer, noch einen Witz zu machen.

Jan lächelte.

»Es kommt nicht nur auf dich an. Ich muss das den Kollegen erst mal vorschlagen. Das sind alles keine zugelassenen Therapien. Die müssen mitmachen, und dann … dann sehen wir weiter. Und noch was: Ist Jule volljährig? Wenn alles funktioniert, brauchen wir sie vielleicht als Spenderin.«

»Was ist das für eine Therapie?«, fragte Clara.

Jan hob noch einmal die Schultern wie in Verlegenheit über seine eigene Idee.

»Es gibt so eine bestimmte Art Stammzellen. MSC. Das wird dir nichts sagen. Mesenchymale Stammzellen; das sind andere als die üblichen. Die sind eigentlich für die Reparatur der Knochen zuständig, aber es gibt Versuche, da hat man sie auch bei schweren Infektionen eingesetzt.«

»Das ist doch gut!«, sagte Elias. »Hat es funktioniert?«

Jan nickte.

»Bei Kaninchen«, erklärte er trocken. »Aber die andere Sache, mit der man das vielleicht kombinieren könnte, wäre eine

Apherese. Eine Blutwäsche«, fuhr er rasch fort, als ob er fürchtete, dass sie ihn unterbrächen. »Ich sage es noch einmal: Es ist eine wilde Idee, und wahrscheinlich halten die Kollegen mich für völlig bekloppt. Ich werde jetzt mit denen reden. Falls sie es machen – falls –, dann wird das schnell gehen müssen. Kannst du Jule anrufen, dass sie kommen soll? Wir brauchen dann eine Spenderin, und vielleicht passt sie. Außerdem …«

»Was?«, fragte Clara ihren Bruder schnell. Sie kannte dieses Zögern.

»Nichts. Wir werden so schnell niemand anderen finden. Und selbst wenn sie passt, dauert es vier Tage, bis es genug Stammzellen wären.«

Elias nickte. Es war ein seltsames Gefühl, das sich in diese leichte, fiebrige Abwesenheit mischte, gegen die er nichts tun konnte. Clara stand auf.

»Danke, Jan«, sagte sie.

Als er gegangen war, legte Elias sich zurück und sah aus dem Fenster. Wie vertraut der Ausblick schon war. Er hatte an so vielen Orten gewohnt. Er war von Theater zu Theater gezogen, und er hatte sich immer schnell einleben können. Aber hier war das wie ein Fluch. Das Zimmer sagte: Du gehörst mir. Du bist zu Hause. Du gehst hier nicht mehr weg.

Clara war im Bad. Durch das Fenster hörte er die Vögel, es war noch früh. Grasmücken konnte er unterscheiden, das heiter monotone Auf und Ab eines Zilpzalp und das zart zirpende Singen eines Fitis. Und die Meisen. In dieser Morgenstunde war alles Gesang. Brutzeit. Die meisten Vögel sangen nur zur Paarung und wenn sie brüteten. Vielleicht sogar aus Lust und einfach deshalb, weil sie am Leben waren und um sie herum Leben war und weil sie Leben weitergaben.

Er wusste, was Jan getan hatte. Es war nicht für ihn. Es war für Clara und vielleicht für Jule. Damit sie beide später nicht das Gefühl hatten, zu wenig getan zu haben. Damit nichts unversucht blieb und vor allem, damit sie nicht einfach nur zusehen mussten, wie er starb.

Danke, Jan. Ich habe nicht gewusst, wie klug du bist. Und wie sehr du deine Schwester liebst. So sehr wie ich.

Er spürte, wie das leichte Fieber ihn überall wärmte. Es war kein schlechtes Gefühl. Aus dem Bad kamen die kleinen, wunderbaren Geräusche von Clara nach der Dusche. Das Nachtropfen des Brausekopfs. Das Klappern der Tür. Der Fön. Friedliche Geräusche, und es war schwer, sich nicht zu wünschen, das immer und immer wieder hören zu dürfen; die nächsten Wochen und Monate und Jahre und ein ganzes Leben lang.

Er sah wieder aus dem Fenster. Ein Stück blau-weißer Himmel, wie er sich für Süddeutschland im Juni gehörte. Vielen Dank, lieber Gott, dass du den Himmel so hübsch einrichtest und darüber vergisst, dass hier unten Menschen sterben. Macht nichts. Vielleicht gibt es dich deshalb nicht.

Seine Gedanken gingen ein wenig durcheinander. Immerhin. Wenn das Sterben so war wie das Fieber ganz zu Anfang, dann musste er keine Angst davor haben. Irgendwann wäre er einfach weg gewesen. Ohne Schmerzen. Nur vor den entsetzlichen Treppenträumen graute es ihm. Aber die würden ja dann auch irgendwann vorbei sein.

Clara kam aus dem Bad. Nackt. Sie bewegte sich so natürlich. An ihren Unterarmen waren Wassertropfen auf ihrer Haut.

Was für eine gottverdammte Scheiße. Er hätte so gerne weitergelebt. Nur dafür. Nur, um das immer wieder sehen zu können.

»Hast du Jule schon angerufen?«, fragte sie.

Elias atmete aus.

»Nein. Mache ich gleich.«

Am liebsten hätte er sich jetzt die Nadel aus dem Hals gezogen und wäre mit ihr frühstücken gegangen, in irgendeinem Café da draußen, an diesem Sommermorgen, mit dieser schönen, klugen Frau. Aber er konnte nur aufstehen, den Infusionsständer hinter sich herziehen und ihren nackten Körper so fest an sich drücken, wie es nur eben ging.

49

Jans Arztzimmer war winzig, und das eine Fenster ging auf den Innenhof.

»Wir haben es weit gebracht«, sagte Clara trocken. »So sieht mein Büro in Hamburg auch aus. Was gibt es? Was sagen sie?«

Jan setzte sich hinter seinen Schreibtisch und spielte mit einem Stift.

»Sie fanden die Idee interessant. Nein«, verbesserte er sich, »sie fanden sie sogar gut.«

Irgendetwas stimmte nicht. Jan klang viel zu resigniert.

»Das ist doch gut, oder?«

Jan sah aus dem Fenster. Clara sah überrascht, dass seine Hand zitterte.

»Was?«, fragte sie laut. »Was ist es, Jan?«

»Sie machen es nicht. Sie können es nicht machen. Es ist …«

»Wieso nicht?«, rief Clara wütend dazwischen. »Was ist los? Wieso?«

»Lass mich doch ausreden«, fuhr Jan wütend auf. »Es ist zu teuer. Die Therapie ist nicht anerkannt. Natürlich nicht. Das zahlt keine Kasse. Stammzellenentnahme, Blutwäsche, Zellvermehrung – das kostet so was zwischen fünfundzwanzig- und dreißigtausend Euro. Wenn es reicht. Seine Kasse zahlt das nicht. Also dürfen wir es nicht machen. Fertig.«

»Was?«

Es war, als ob er ihr mit der flachen Hand vor die Stirn geschlagen hätte. Wie damals, als sie Kinder waren. Dieser trockene Schmerz tief in der Nasenwurzel, und man bekam einen Augenblick lang keine Luft mehr.

»Aber man kann doch … er kann doch einen Kredit aufnehmen. Oder ich.«

Jan unterbrach sie. Er war auch wütend.

»Kriegst du heute noch einen Kredit? Oder spätestens morgen früh? Es ist Freitag. Es ist keine anerkannte Therapie. Es ist einfach ein wildes Experiment. Das ist nicht wie eine Spritze, die mal eben daneben rausgeht, ohne dass es einer merkt. Das ist nicht einfach eine Packung Kopfschmerztabletten. Das Geld muss einfach da sein, bevor die irgendeine Maschine anwerfen. Das ist kompliziert.«

Sie schwieg. Dachte nach.

»Hast du Elias schon irgendwas gesagt?«

Jan warf den Bleistift gegen die Wand.

»Klar!«, schrie er jetzt. »Hey, Elias, sorry, das war's für dich. Wir können uns dein Leben nicht leisten. Was denkst du denn, wie ich ihm das sagen kann? Ich hätte es euch nicht erzählen sollen, vorher. Ich bin so blöd.«

Clara wurde ruhig, was vielleicht daher kam, dass das Ganze Jan so berührte.

»Jan«, begann sie, »in Ordnung. Ich habe das Geld jetzt nicht. Aber, pass auf. Ich gebe dir das Haus. Ob du es später dann wirklich willst oder nicht, ist egal. Wir können es immer noch verkaufen, und du kriegst dann das Geld. Aber du hast doch … hättest du das Geld? Kannst du es mir leihen? Schau, ich brauche das Haus nicht mehr. Und ich weiß, du würdest es mir geben, wenn es um mich ginge.«

Sie stockte. Jan schwieg. Dann drehte er sich zu ihr.

»Ich wollte nie ein Haus«, grinste er plötzlich. »Ja, ich hätte vielleicht so ungefähr zweiundzwanzigtausend. Das kriege ich flüssig bis Montag. Und du musst deinen Dispo überziehen. Du hast doch einen, oder? Scheiße, was soll ich mit deinem Haus?«

Clara zuckte die Schultern und lächelte, trotz oder gerade wegen der Anspannung.

»Das ist dann nicht mehr mein Problem.«

Sie sahen sich an. Jan lehnte sich ans Fenster.

»So jemanden wie dich«, sagte er leise, »wie du für ihn bist. Das hätte ich … das wäre schön.«

Sie trat neben ihn, und sie standen Schulter an Schulter. Kindheit. Jugend. Heute.

»Ich habe das damals mit Paul nur ausgehalten, weil du immer da warst«, sagte sie. »Und jetzt auch. Ohne dich ginge es nie. Wir beide, hm?«

»Ich rede mit den Kollegen.« Jan legte ihr kurz die Hand auf den Arm. »Und du mit Elias, okay? Hoffen wir, dass er die vier Tage schafft, bis wir so weit sind.«

»Du darfst es ihm niemals sagen, Jan. Niemals.«

Jan verstand, was sie meinte.

»Ich erzähle ihm einfach, dass ich schon immer ein Haus auf dem Land wollte, sollte er jemals fragen.«

»Ja. Super. Du bist der schlechteste Lügner der Welt.«

Jan schob sie liebevoll zur Seite.

»Ich habe keine Zeit mehr für dich. Ich muss zur Bank.«

50

Sie sahen beide elend aus. Jule blass auf einer Liege liegend, Kanülen in beiden Armen. Elias auf einer anderen, Kanülen in den Armen, im Hals, Kabel hingen an seiner Brust, um das Herz zu überwachen. Ab und zu sah eine Schwester vorbei, aber sonst war es still in dem Behandlungsraum.

»Hey«, sagte Clara, als sie hereinkam. Sie war in die Stadt gefahren und hatte Eis geholt. Einfach, um etwas von der Welt draußen in die Klinik zu bringen.

»Hey«, sagte Jule schwach. »Tut mir leid, ich kann gerade nichts essen. Mir ist schlecht. Aber es geht schon«, beeilte sie sich hinzuzufügen, als Elias sie anschaute.

»Ich wollte gerade stolz auf dich sein, Tochter«, sagte er, »und jetzt jammerst du rum, nur weil dir ein bisschen schlecht ist.«.

Elias versuchte, leicht zu klingen, und es klappte sogar.

»Sei still, alter Mann«, gab Jule zurück. »Ich opfere mich für dich.«

»Genau dazu haben wir dich hergestellt, Mona und ich. Als Ersatzteillager. Nur aus dem Grund. Dachtest du, wir hätten einfach ein Kind haben wollen?«

Clara lehnte in der offenen Tür und musste lachen. Das war es, weshalb sie diesen Mann liebte.

»Möchtest du auch kein Eis?«

»Doch«, sagte Elias schnell, »ich nehme alles, was ich kriegen kann.«

Jule lachte auch, aber das war schlecht, denn sie musste sofort nach der Nierenschale greifen.

»Willst du immer noch Eis?«, fragte sie Elias mit einem mühsamen Lächeln, als sie sich wieder aufrichtete.

Er sah zu Clara, die Jule Wasser brachte und die Nierenschale säuberte. Ohne Ekel, sondern sachlich und mit sicheren Griffen.

Ich traue mich nicht, zu hoffen, dachte er. Sie tun das alles für mich, und sie tun alle, als ob es funktionieren würde. Jan und Jule und Clara. Sie tun alles, und sie tun so. Oder sie glauben es wirklich. Aber so soll es sein.

Clara setzte sich zu ihm.

»Ich muss zurück nach Hamburg. Sie sagen, dass die Apherese hilft, bis du die Stammzellen bekommen kannst. Elias, ich würde gerne hierbleiben, aber ich muss zumindest einmal im Verlag vorbeischauen, damit die wissen, wer ich bin. Ich komme sofort, wenn irgendetwas ist, und nächstes Wochenende sowieso.«

»Hoffen wir mal, dass ich dich dann noch erkenne.«

Er konnte nicht anders. Er wusste, dass sie nicht die ganze Zeit da sein konnte, aber er erinnerte sich auch an das Fieber. Wie schnell er Wirklichkeit und Traum nicht mehr hatte auseinanderhalten können. Er wollte nicht ohne sie sein.

»Du hast immer noch Angst, oder?«

Sie sprach sehr leise, damit Jule sie nicht hörte.

Er sah in die andere Richtung. Erst nach einer Weile konnte er sie anschauen.

»Ja«, flüsterte er. »Und du auch. Clara, du weißt es auch. Es hat keinen Sinn, das hier.«

Ihr Gesichtsausdruck wurde hart, und sie beugte sich zu ihm vor.

»Nein«, zischte sie leise, und er erschrak vor der scharfen Wut in ihrer Stimme. »Nein. Du gibst nicht auf. Du kannst aufgeben, wenn du tot bist. Da drüben liegt deine Tochter und gibt ihr Blut für dich. Jan hat mehr für dich getan, als du dir vorstellen kannst. Du gibst nicht auf!«

Ihr Griff um sein Handgelenk war eisern. Er sah, wie ihre Knöchel weiß wurden. Sie flüsterte noch leiser, aber voll heißer Intensität: »Wir beide gehören zusammen. Das heißt, ich dir. Und du mir. Du gehst nicht ohne meine Erlaubnis. Du kämpfst. Für mich. Für deine Tochter. Für Jan. Und meinetwegen sogar für Vera. Aber du gibst nicht auf!«

Jule sah blass und neugierig zu ihnen hinüber. Aber die Blutwäsche summte so laut, dass sie nichts hatte hören können. Claras Gesicht war immer noch ganz nah an seinem, und er spürte ihr schnelles Atmen.

»Ja«, flüsterte er schließlich erschöpft. »In Ordnung. Ich kämpfe.«

51

Die Tasche stand auf dem Bett. Die Schranktüren waren offen, und das Fenster hatte er auch weit geöffnet, um die graufeuchte Luft hereinzulassen. Ein wunderbarer Regen. Ein Regen, wie er sein sollte an so einem Sommertag. Unwillkürlich berührte er sich am Hals, wie er es tausendmal zuvor getan hatte. Fast zwei Monate waren es insgesamt gewesen. Jetzt hatte er auf der einen Seite drei und auf der anderen vier Narben von den verschiedenen Einstichstellen. Es fühlte sich gut an, es waren nur noch die kleinen Erhebungen zu spüren, sonst nichts Fremdes mehr.

Er legte die Hosen und die Hemden zusammen und verstaute sie in der Tasche neben den Büchern, dem Notizheft und all den anderen Kleinigkeiten. Es hatte sich einiges angesammelt, aber es dauerte nur zehn Minuten, bis er fertig war. Er trat noch einmal ans Fenster, aus dem er so oft hinausgesehen hatte. Voller Ängste, voller Verzweiflung und zumindest ein paar Nächte mit der Gewissheit, dass er sterben musste. Wenn man stand, konnte man jenseits der Mauer die Bäume im Klinikpark sehen und am Horizont den Wald. Der Regen fiel gleichmäßig. Die Erde trank. Leben.

Er ließ das Fenster offen, als er die Tasche nahm und ging. Einfach ging.

Ich will dieses Gefühl nicht vergessen. Ich will es behalten: Wie es ist, einfach überall hingehen zu können, ohne ein Gerät neben sich und einen Schlauch im Hals. Ohne die schwere Müdigkeit in den Beinen, die vom Fieber kommt.

Samstagmorgen. Es war ganz still in den Gängen. So still, dass er unter seinen Schritten das leise Ticken seiner Herzklappe hören konnte. Er lächelte. Das war es doch, oder? Wenn er dieses wunderbare Gefühl vergessen sollte, dann war da das Ticken seines Herzens, das ihn immer erinnern würde. Daran, dass sein Leben nicht selbstverständlich war, sondern ein Geschenk. Von Jan und den behandelnden Ärzten. Von seiner Tochter. Am meisten aber von Clara.

Clara hatte den Schirm aufgespannt und stand an den Kotflügel ihres Wagens gelehnt. Sie war bis zum Haupteingang vorgefahren; heute war nicht viel los. Sie sah an der Fassade der Klinik hoch. So oft war sie schon hier gewesen. Aber heute konnte sie Elias abholen. Nicht nur für ein paar Stunden und immer in der über allem schwebenden Angst, wie es morgen oder nächste Woche sein würde. Sie stand hier und konnte ihn endgültig abholen.

Es war ganz still in ihr. Auf dem Stoff ihres Schirms prickelte leise der stete Regen. Ein freundliches Geräusch. Wegen des Wetters wollte keiner hier draußen sein, obwohl es gar nicht kalt war. Dieser Augenblick gehörte ihr allein.

Die automatische Tür glitt auf. Elias kam heraus, blieb kurz stehen und sah sich nach ihr um. Er bewegte sich wieder wie früher. Das leichte Schwingen in seinem Gang war wieder da, und seine Gesten waren wieder rund. Die Kraft kam zurück. Sie sah kurz auf den Asphalt vor sich. In den Pfützen spiegelte sich unsicher ihr grauer Schirm. Jetzt sah er sie und lächelte. Sie richtete sich ganz auf und ging auf ihn zu.

»Was möchtest du tun?«, fragte sie ihn.

»Eigentlich hatte ich vor, dich die nächste halbe Stunde anzusehen«, sagte er, »aber wie dir vielleicht aufgefallen ist, regnet es.«

»Du bist in dieser Klinik völlig verweichlicht«, gab sie zurück. Ihre Gesichter waren sich sehr nah. »Wenn du möchtest, kannst du mich auch in einem Café ansehen. Komm.«

Sie ließen das Auto am Fluss stehen und nahmen die kleine Seilfähre auf die andere Seite. Normalerweise gab es hier auch immer ein paar verirrte Touristen, aber es war, als ob der Regen nicht nur alles verlangsamt, sondern auch geleert hätte. Sie hatten alles für sich. Die steilen Treppen, die nach oben in die Stadt führten. Die Gassen zwischen den kleinen Häusern mit ihren winzigen terrassierten Gärten. Sie gingen an verwitterten Zäunen und hohen Mauern entlang, und einmal langte Elias nach oben und griff sich eine Handvoll Kirschen, die von so dunkler Farbe waren, dass sie fast schwarz erschienen. Sie waren vom Regen aufgeplatzt; das Fruchtfleisch schimmerte rot. Er gab Clara eine.

»Ich weiß, das wird alles irgendwann wieder Alltag«, sagte er leise. »Die Kirschen. Eine Treppe hochsteigen, ohne außer Atem zu sein. Mit dir durch den Regen gehen. Aber dieses Gefühl darunter, diese Dankbarkeit, die will ich nie wieder ganz verlieren.«

Sie hielten sich locker an den Händen. Sie hatte das nie gemocht, mit anderen. Mit ihm – es war so, wie er sagte: Es war ein Geschenk, sich an den Händen halten zu können, für zehn Schritte, und sich dann wieder loslassen zu können. Das war ein Geschenk, und er war ein Geschenk. Nichts, das man verdiente. Das war wohl das Wesentliche: Ein Geschenk bekam man einfach.

Sie fanden ein neues Café, in dem keiner von ihnen jemals gewesen war. Clara kam es vor, als wäre sie schon sehr lange aus der Stadt fort. Elias ging es kaum anders. Sie waren wie auf Besuch.

»Man merkt immer erst, wie sehr sich etwas verändert, wenn man eine Zeit lang nicht dabei war.«

Er hielt ihr die Tür auf. Halb im Spiel, halb in altmodischer Höflichkeit. Sie gingen hinein. Es war ein großer Raum, fast ein Saal. Wäre nicht die Musik gewesen, sie wären wieder gegangen, denn außer ihnen war keiner da.

»Das ist doch, was dir gefällt, oder?«

Sie erinnerte sich an ihr Gespräch auf der Fahrt nach Bayreuth. Er lächelte.

»Du hast es dir gemerkt.«

Sie nahmen Platz an einem der großen Fenster. Die Kaffeemaschine summte. Das leise Klingen von Porzellan, das sortiert wurde. Und die Musik. Zeitlos lässig. Nichts, das er kannte. Einfach Loungemusik, von irgendjemandem komponiert, der keinen Namen bekam und sich damit nie einen verdienen würde. Und trotzdem: Diese Töne, die so perlten wie Regen von einem Tulpenblatt, keine Spur hinterließen und dabei doch eine wunderbare, sofort vergehende Schönheit hatten, diese Töne klangen nach einem stillen Glück. Clara hatte die Beine übereinander geschlagen und sah in dem grauen, eng anliegenden, hochgeschlossenen Wollkleid sehr damenhaft aus.

»Ich komme mir underdressed vor. Wir hätten bei mir vorbeifahren sollen.«

Clara lächelte spöttisch.

»Mein Lieber, ich habe dich jetzt zwei Monate in Hemden gesehen, die hinten offen waren. Oder in Krankenhauspyjamas. Für mich wirkst du so was von perfekt angezogen, das glaubst du gar nicht.«

Die Bedienung, ein junger Mann mit hippem Dutt und angenehmer Freundlichkeit, kam und nahm die Bestellung auf. Als die Getränke gekommen waren, nahm Elias einen Schluck und sah aus dem Fenster in den Regen.

»Ich hätte nicht gedacht, dass ich jemals wieder mit dir im Café sitzen würde.«

Sie sah ihn ernst an.

Ich auch nicht, Elias. Ob diese leise, kleine Angst je wieder weggeht? Diese Angst um dich?

Er holte ein zusammengebogenes schwarzes Notizheft aus der Jackentasche und reichte es ihr. Es war abgegriffen; die Ecken längst abgestoßen.

»Witzig, dass du dich gerade an unsere Autofahrt erinnert hast. Weißt du noch, dass ich damals gesagt habe, ich würde dir gerne ein Lied schreiben?«

Sie nickte. Natürlich.

Die Musik lag in dem großen Raum wie ein Duft. Wie der hellsüße Teeduft blühender Robinien mit einem Hauch von Bergamotte.

Sie nahm das Notizbuch. Elias sah auf ihre Hände.

»Ich kann nicht komponieren, aber das sind all die Gedichte, die ich für dich geschrieben habe. Alle, von Anfang an, durch das Fieber und die dunklen Nächte, bis gestern Abend.«

Sie schlug es auf und blätterte. Seine Schrift war besonders. Es gab nicht viele Menschen, die noch eine gute Handschrift hatten. Manche waren mit Bleistift geschrieben, andere mit Füller, wieder andere mit Kugelschreiber. An einem blieb ihr Blick hängen. *Mit dir reisen,* hieß es.

Die Nacht ist hell. Von fern hör ich die Züge schrein.
Ihr Stoßen auf den Gleisen stottert leise.
Durchs Fenster wispert eine Brise, wie's ist, mit dir
zu sein.
Zu ihr. Zu ihr! Sie weht mir bunte Bilder in den Kopf.
Ich reise …

»Mir hat noch nie jemand ein Gedicht geschrieben.«

Ihre Hände bebten ein wenig, als sie das Büchlein zuklappte.

»Jetzt schon«, antwortete Elias.

Clara lachte leise, als ihr etwas einfiel.

»Was?«, fragte Elias.

»Tja«, sagte sie. »Jetzt musst du zu mir nach Hamburg kommen.«

Elias spielte mit dem Zuckerstreuer. Er ließ das geriffelte Glas auf dem Tisch schnurren.

»Das wollte ich sowieso. Wenn du das noch willst. Mich hält hier … na ja«, sagte er plötzlich leicht, »wenn ich im letzten Vierteljahr nicht gemerkt hätte, was wichtig ist, wann dann?«

Er machte eine kleine Pause. Sie wollte etwas sagen, aber er war schneller. Sein Lächeln war ein bisschen schief.

»Ich will mit dir sein, Clara. Nimmst du mich noch?«

Sie lachte.

»Ich hatte eigentlich gemeint, dass du mich in Hamburg besuchen musst. Meine neue Wohnung sehen. Aber … ja.« Und fügte schnell an: »Hätte sich doch sonst gar nicht gelohnt, der ganze Aufriss!«

Elias stand auf und ging um den Tisch herum.

»Was?«, fragte sie.

»Ich will nur sehen, ob ich dich noch küssen kann.«

52

Es war ein komisches Gefühl, in die Wohnung zurückzukehren. Er war seit fast einem Vierteljahr nicht hier gewesen. Im Treppenhaus roch es staubig und nach Linoleum und nach altem Holz von den abgetretenen Stufen.

»Ich kann nur hoffen, dass der Kühlschrank nicht explodiert ist«, sagte Elias düster, als er die Tür aufschloss.

»Jule wird doch ein paarmal da gewesen sein«, sagte Clara.

Elias grinste.

»Jule ist achtzehn. Wenn die nur ein bisschen so ist, wie ich in dem Alter war, hat sie sich in den letzten drei Monaten nicht mit dem Kühlschrank befasst. Außer vielleicht, um nachzusehen, ob noch Sekt oder Bier drinsteht.«

Er ging in die Küche und öffnete das Fenster.

»Möchtest du einen Tee? Ich setze Wasser auf. Und dann muss ich mich umziehen. Ich werfe alles weg, was ich in der Klinik jemals anhatte. Alles.«

Clara stand am Fenster, spürte die Regenluft, schaute auf den Glockenturm über den Dächern und dachte, dass es trotz allem eine schöne Stadt war. Lächelnd rief sie ins Schlafzimmer: »Das ist ziemlich theatralisch, das weißt du. Ich bin froh, dass du wieder zu spielen beginnst.«

Das Teewasser kochte. Sie suchte im Schrank nach der Kanne. Elias kam herein. Sie konnte sehen, dass er immer noch schmaler war als früher. Das Hemd saß locker. Aber er sah gut aus. Richtig gut. Er nahm zwei Teetassen aus dem Schrank, sie goss den Tee auf. Ihr Handy klingelte, als sie die Kanne auf den Tisch stellte.

»Frau Wagenbach?«

Sie kannte die Nummer nicht und auch nicht die Stimme.

»Ja?«, fragte sie.

»Hier ist Tobler vom Luisenheim. Frau Wagenbach, es tut mir leid, Ihre Mutter ist tot.«

Clara verstand die Worte, aber nicht sofort die Bedeutung.

»Was?«, fragte sie zurück. »Was?«

Elias schaute sie fragend an.

»Aber sie war doch … sie ist doch eben erst zurückverlegt worden!«

Sie verstand immer noch nicht ganz.

»Sie war doch völlig gesund!«

Der Mann unterbrach sie sanft.

»Es ist sehr plötzlich gegangen. Direkt nach dem Essen. Wir haben noch versucht, sie zu reanimieren. Wir haben sie in ihrem Zimmer aufgebahrt. Sie können jederzeit kommen.«

Clara legte auf.

»Meine Mutter ist tot.«

Und dann war es wie damals, als sie gehört hatte, dass Elias die Operation überlebt hatte. Sie konnte nichts gegen die Tränen tun. Obwohl sie wusste, dass es gut war. Dass Mama ihre Demenz gehasst hatte und dass sie nie, nie, nie im Heim hatte sein wollen.

Elias nahm sie in den Arm. Er sagte nichts. Er hielt sie nur.

Wie nah alles beieinanderlag! An diesem regengrauen und trotzdem lichten Tag, an dem er zurück ins Leben durfte und an dem Claras Mutter gestorben war. Er wusste nicht, was er fühlen sollte.

Clara weinte lautlos. So viele Jahre hatte sie überhaupt nicht geweint. Und jetzt, in diesem letzten Vierteljahr mehr als in den zehn Jahren davor.

»Sollen wir hinfahren?«

Sie nickte.

»Ich muss Jan anrufen. Und Papa«, sagte sie. »Ach, Elias.« Die Tränen hörten nicht auf. »Sie war so eine starke, verrückte Frau.«

»Das war sie auf jeden Fall«, sagte er. »Eine großartige Frau. Und ich bin froh, dass ich sie kennenlernen durfte.«

Indem er Claras Mutter begegnet war, wusste er, woher Clara kam und was sie zu der Frau gemacht hatte, die sie jetzt war. Es war, als wäre er ihr dadurch näher.

Das Heim war nicht weit von der Klinik entfernt, und schon deshalb war es ein komisches Gefühl, dorthin zu fahren. Aber andererseits – er war dort wieder gesund geworden. Nicht die Klinik hatte ihn krank gemacht. Man vergaß das manchmal, weil dort so viel geschehen war, was ihm Angst gemacht hatte.

Sie gingen vom Parkplatz zum Eingang des Heims. Clara dicht neben ihm.

»Ich hätte nicht gedacht, dass es mich so umwirft. Eigentlich fand ich schon lange, dass es ja gar nicht mehr Mama war. Jedenfalls nicht so, wie sie immer hatte sein wollen.«

»Ich war im letzten Vierteljahr auch nicht der, der ich sein wollte«, erwiderte Elias. »Aber deine Mutter … so wie ich sie kennengelernt habe, ich glaube, ich konnte diese besondere Frau dahinter noch erkennen. Trotz der Demenz. Aber vielleicht hast du recht.« Er dachte an manche Nächte, in denen die Verzweiflung so groß gewesen war. »Vielleicht hast du recht, und es kommt darauf an, dass man noch mit sich leben kann.«

Sie stiegen die Treppen in den ersten Stock zur geschlossenen Station hoch. Eine der Schwestern öffnete fast sofort, nachdem sie geläutet hatten.

»Sie ist in ihrem Zimmer«, sagte sie. »Mein Beileid.«

Wie oft sie das hier wohl in einem Monat sagen mussten?

In dem Zimmer waren die Jalousien heruntergelassen; es herrschte ein ruhiges Halbdunkel.

Clara trat ans Bett. Ihre Mutter lag einfach da. Keine Spur von einem Todeskampf. Ihr Mund war leicht geöffnet, und die Augenlider waren nicht ganz geschlossen.

»Sie sagen immer: ›Als schliefe sie‹. Aber das stimmt nicht«, sagte Clara leise. »Man sieht doch sofort, dass sie tot ist.«

Elias nickte. Plötzlich hatte er dieses beklemmende Gefühl, dass er da hätte liegen können. Er hätte da liegen können, und Clara hätte dort gestanden, und er hätte sie nicht mehr sehen können. Das war es eigentlich, oder? Nicht der Tod. Da war alles vorbei. Kein Schmerz mehr und keine Angst. Aber dass er sie nie mehr hätte sehen können und alle anderen auch nicht, das war es. Die plötzliche Dankbarkeit dafür, dass er leben durfte, diese Dankbarkeit traf ihn so unvermittelt und unerwartet, dass er befürchtete, das Gleichgewicht zu verlieren. Es war viel heftiger als vor zwei Wochen, als sie ihm sagten, er sei über den Berg. Er griff nach Claras Hand.

Sie standen still neben der Toten. Dann seufzte Claras Mutter, und sie fuhren beide zusammen.

Sie ist gar nicht tot! Sie haben sich geirrt!

Das schoss Clara durch den Kopf, und für eine Sekunde war da eine wilde Hoffnung, aber dann merkte sie schon: Es war nur noch ein Rest Luft gewesen, der sich allmählich den Weg durch die Luftröhre gebahnt hatte. Mama war tot. Dann kamen erneut die Tränen.

»Ach, Mama!«

Clara wäre gerne stärker gewesen, aber Elias war da, und auch er konnte die Tränen nicht zurückhalten. Vielleicht aus tiefer Erleichterung, dass er lebte und mit Clara sein konnte; vielleicht, weil er Claras Mutter gemocht hatte und es überhaupt etwas Schreckliches war, dass man sterben musste.

Die Sonne fiel durch die Jalousien und zeichnete im Halbdämmer klare, helle Streifen auf das Linoleum des Sterbezimmers. Ein Sommerbild. Sie saßen neben dem Bett. Alles war friedlich.

»Sie hat dich gemocht.«

Clara lächelte bei der Erinnerung.

»Ich mochte sie auch.«

»Sie war eine nachlässige Mutter«, sagte Clara. Allmählich fanden die Gefühle ihren Ort in ihr. Seltsam. Es war, als hätte sie in den Jahren vor Elias nicht mehr richtig gefühlt. Als wären Liebe und Trauer und Verzweiflung und Mut nur Bilder gewesen; wie Fotos von Gefühlen, die man sich ansehen, die man aber nicht mehr spüren konnte. Jetzt fühlte sie wieder.

»Sie war eine nachlässige, verrückte Mutter, die lieber gelesen als erzogen hat. Aber wenn man sie brauchte, war sie da. Immer.«

»Wie du«, sagte Elias, und er meinte es genau so.

Später kamen Jan und ihr Vater und Verwandte, die Elias nicht kannte. Der Raum füllte sich, und Kerzen wurden angezündet. Eine Tante hatte Engelsfiguren mitgebracht, die sie der Toten auf die Brust legte. Dann verteilte sie Blumen im Raum, heftig weinend. Elias sah zu Jan hinüber, der fast unmerklich die Augen verdrehte und etwas hilflos die Hände hob, während er noch einen raschen Blick mit Clara wechselte. Clara zog nur eine Braue hoch und wisperte Elias zu, dass jede trauern konnte, wie sie wollte.

»Ich gehe mal lieber«, sagte er leise.

Clara nickte mit einem kleinen Lächeln.

»Ich komme nachher zu dir, ja?«

»Du musst nicht«, antwortete er rasch mit Blick auf die vielen Leute im Raum, »aber ich freue mich sehr, wenn du kommst.«

»Ich komme auf jeden Fall«, sagte sie.

Dann ging er.

53

Die Glocke der Friedhofskapelle läutete dünn und gleichmäßig. Clara erinnerte sich daran, wie oft sie diesen Klang in der Schulzeit gehört hatte, wenn die Tage warm waren und die Fenster des Klassenzimmers offen standen.

»Für mich hat dieses Läuten immer Sommer bedeutet.«

Clara und Elias waren die Letzten, die den anderen nach dem Gottesdienst aus der Kapelle folgten.

»Diese Glocke war der Klang meiner Sehnsucht nach dem Abenteuer. Wenn ich mich aus den langweiligen Stunden in die Ferne geträumt habe, hinaus aus dieser kleinen Stadt, dann war dieses Geläut der Lockruf.«

Elias schwieg. Er hatte seinen Arm unter den ihren geschoben. So brauchte es keine Worte, um ihr zu zeigen, dass er verstand. Dass es ihm in einem Dorf und mit anderen Klängen, einem anderen Bild genauso gegangen war. Diese große, manchmal reißende Sehnsucht nach dem richtigen Leben.

Der Sarg war schon herausgetragen und auf den Wagen gehoben worden. Die vielen Menschen überraschten ihn. Vorhin, an der Aussegnungshalle, wo man Claras Mutter noch einmal aufgebahrt hatte, waren es viel weniger gewesen.

Der Wagen rollte lautlos an, und alle setzten sich in Bewegung. Es war ein besonderes Bild. Die vielen aufgespannten Regenschirme waren bunte Farbtupfer auf einem kleinen Meer von Schwarz. Es nieselte. Kein Wind. Die immer noch jungen

Blätter der Birken hingen still an den Zweigen. Sie leuchteten hell und grün in der grauen Luft. Es war ein schöner Friedhof.

»Sie hat es ganz gut gemacht«, sagte Clara unvermittelt. »Hat nicht so getan, als hätte sie Mama gekannt.«

Die Vögel singen noch überall, dachte er. Noch ist der Sommer nicht ganz da.

»Vermisst du sie?«, fragte er Clara.

Sie dachte kurz nach, dann schüttelte sie den Kopf.

»Nein«, sagte sie nachdenklich. »Nein. Ich glaube, sie hatte einfach keine Lust mehr. In der Psychiatrie, da war es noch einmal … da hat sie noch mal gesprochen. Gelacht. Als ob sie noch einmal kurz aufgelebt wäre. Aber das Heim – sie hat es gehasst.«

Sie lachte.

»Das ist so typisch Mama. Sie hat bestimmt, wann sie stirbt. Als ob sie ihr Herz gezwungen hätte, stehen zu bleiben. Bestimmt mit der Zunge zwischen den Zähnen, wie früher, wenn sie eine klemmende Tür aufgedrückt oder mit aller Kraft ein Marmeladenglas geöffnet hat.«

»Du machst das auch manchmal«, sagte Elias lächelnd.

»Ich?«

Er nickte. Clara erwiderte nichts. Aber sie gingen noch enger nebeneinander, und das lag nicht am Regen.

Es ist schön, dass du so etwas von mir weißt. Dass du hier bist, dachte sie.

Das Grab lag am Rande des Skulpturengartens unter einer alten Linde. Ihr Vater stand ein wenig schwankend ganz vorne, aber er hielt sich gut. Vielleicht ging es ihm wie ihr. Dass auch er das Gefühl hatte, ihre Mutter hätte bestimmt, dass es genug wäre. Dass sie so nicht mehr leben wollte, weil es nicht mehr ihr Leben war, sondern ein fremdes, das zu führen sie nicht mehr gezwungen werden wollte.

Elias blieb ein Stück hinter Clara zurück, als sie nach vorne zu ihrem Vater, ihrer Schwester und Jan trat. Diese Minuten waren etwas, das nur ihnen gehörte. Die Pfarrerin stand am Kopfende des offenen Grabs zwischen zwei Hügeln frischer Erde. Der Sarg ruhte auf den zwei Balken, die man über die Grube gelegt hatte. Helles Birkenholz. Nur ein einzelner Kranz darauf. Elias faltete die Hände, nicht um zu beten, sondern weil er dieser Frau dort im Sarg noch einmal seine Ehre erweisen wollte.

Die Pfarrerin sprach die alten Worte von Erde und Staub, und sie klangen nicht ganz echt aus dem Mund dieser jungen Frau. Wie alt war sie wohl? Mitte dreißig vielleicht. Aber das war nicht der Grund. Nichts von dem, was die Lebenden über den Tod sagten, konnte jemals ganz echt klingen; egal, wie alt man war. Clara sah hoch. Dort stand Elias zwischen den Verwandten und Bekannten. Er hatte den Blick fest auf den Sarg gerichtet und wirkte sehr ernst und in sich gekehrt. Ein warmes Gefühl ging durch sie hindurch. Es war in der Ordnung. Als ob Mama noch einmal alles in Ordnung gebracht hätte. Als ob sie ihre Stimme noch einmal hörte; energisch, aber mit einer kleinen Belustigung darin: So ein Unsinn. Mit knapp vierzig stirbt man doch nicht! Lassen Sie mich das machen, ich bin alt, ich sterbe jetzt für den Mann.

Sie musste lächeln. Toni sah es und lächelte mit einem schnellen Blick auf den Sarg zurück.

Als die Pfarrerin fertig war, trat Jan an ihre Stelle. Mit einer Handbewegung forderte er sie und Toni auf, an seine Seite zu kommen.

»Unsere Mutter«, sagte er mit leicht schwankender Stimme, »ist ohne ihre Mutter und ohne ihren Vater aufgewachsen.«

Clara hörte überrascht, wie Jan mit den Tränen kämpfte. Sie berührte seine Hand.

»Ein Kriegskind. Ihr Vater hat die Familie noch im Krieg verlassen, ihre Mutter hat mit einem anderen Mann in einer anderen Stadt gelebt, während sie bei ihrer Großmutter aufwachsen musste. Sie hat sie erst nachgeholt, als sie schon vierzehn war.«

Jan hob die Stimme ein wenig.

»Und trotz dieser Kindheit ohne viel Liebe, trotzdem war unsere Mutter eine Frau, die wirklich lieben konnte. Wir Kinder haben es vielleicht damals nicht immer gemerkt. Sie hat viel lieber gelesen als gekocht, und wir haben früh gelernt, wie man sich selbst versorgt.«

Tonis und Claras Blicke begegneten sich lächelnd in gemeinsamer Erinnerung. Jan fuhr fort.

»Sie hat ihre Hunde und ihre Katzen so geliebt, dass in ihren alten Super-8-Filmen in zwanzig Minuten Tieraufnahmen nur ab und zu für wenige Sekunden einer von uns unscharf durchs Bild stolpert. Dafür hat sie uns lieber ins Theater mitgenommen, als mit uns Hausaufgaben zu machen. Dafür hat sie uns aus Polizeiwachen losgeeist oder uns nach zweitausend Kilometern Fahrt mit ihrem geliebten roten VW-Bus aus griechischen Krankenhäusern heimgeholt. Dafür hat sie nächtelang an unseren Betten gesessen, wenn wir krank waren; auch, als wir schon Mitte zwanzig waren. Ich schätze, sie hat uns so geliebt wie wir sie.«

Als Clara nach ihrem Vater die Schaufel Erde auf den Sarg geworfen hatte – ein komisches Gefühl, trotzdem –, machte sie eine kleine Kopfbewegung zur Seite, die Elias mittlerweile gut kannte. Er schaute in die Richtung und sah Vera, die neben Jan stand.

»Überraschung?«, fragte sie mit ein klein wenig Spott in der Stimme. Elias schüttelte den Kopf.

»Eigentlich nicht. Ich habe sie in der Klinik schon einmal zusammen gesehen.«

»Sie hat Mama gar nicht gekannt.«

Clara wusste gar nicht genau, was sie oder ob sie überhaupt etwas daran störte. Es war nicht zuletzt Vera zu verdanken, dass Elias hier neben ihr stehen konnte.

Elias hob die Schultern. Vera, das schien so weit weg zu sein.

»Nil pluriformius amore«, zitierte er. »Nichts ist vielgestaltiger als die Liebe, oder? Und sie möchte so gern ein Teil von etwas sein. Von all dem hier.«

Seine Handbewegung umfasste die ganze Trauergemeinde.

Clara kam ein Gedanke, und sie lachte.

»Was?«, fragte Elias.

»Ich muss an das Haus denken. Schau, wir beide haben uns kennengelernt, weil Vera mein Haus wollte. So haben wir uns gefunden. Sie hat uns zusammengebracht, oder?«

Elias hob in großer Geste die Brauen.

»Zum Glück!«, deklamierte er.

»Still doch«, sagte Clara streng. »Es ist immer noch eine Beerdigung. Was ich sagen wollte: Jetzt bekommt sie das Haus doch noch. Kosmische Gerechtigkeit, oder?«

Elias verstand nicht.

»Was? Wieso?«

Clara fühlte sich nach langer Zeit das erste Mal einfach unbeschwert.

»Weil ich Jan das Haus überlassen habe«, lächelte sie. »Ich brauche es nicht mehr.«

»Sie wird sich freuen. Aber wie kommt's? Wieso hast du …?«

»Lange Geschichte«, sagte Clara.

Der Regen wurde wieder stärker. Er fiel durch die Blätter der Linden und der Kastanien und der exotisch blühenden Tulpenbäume. Er fiel auf die bunten Regenschirme und in das offene Grab. Ein tröstliches Geräusch. Die Trauergemeinde begann sich zu zerstreuen.

»Lange Geschichte«, wiederholte sie und legte den Arm um ihn. »Erzähl ich dir ein andermal. Komm, wir gehen.«

54

Die Wohnung wirkte gar nicht so leer, er nahm auch nicht viel mit. Jule saß auf dem Fensterbrett in der Küche, hatte die Füße auf den Hocker gestellt und trank Kaffee.

»Tochter, ich sage das ja nur ungern, aber du wirst den Kühlschrank ab und zu putzen müssen. Es war kein so schönes Erlebnis, ihn nach drei Monaten zu öffnen. Ich weiß nicht, ob ich dir die Wohnung wirklich überlassen soll.«

Jule lächelte. Keine Spur von Schuldbewusstsein.

»Es ist jetzt mein Kühlschrank, und ich mache damit, was ich will. Außerdem habe ich mein Blut für dich gegeben. Da ist es nur gerecht, dass ich deine Wohnung kriege. Fairer Deal, würde ich sagen.«

Elias nahm ihr den Becher ab und trank einen Schluck.

»Fair wäre es, wenn du mir die volle Miete bezahlen würdest. Ich bin jetzt erst mal arbeitslos«, sagte er düster. »Aber so ist die Jugend. Pervers, arbeitsscheu und rücksichtslos. Keine Ahnung, was aus Deutschland noch werden soll.«

Jule lachte.

»Ich ziehe ja erst ein, wenn die Uni anfängt. In ein paar Monaten. Aber dann.«

Elias lächelte sie an.

»Nein. Mach dir keine Gedanken. Ich habe jetzt eine gut verdienende Freundin, die mich aushalten muss. Ach, vielleicht arbeite ich einfach nie wieder!«

Jule sprang spontan vom Fensterbrett und umarmte ihn.

»Alter Mann«, sagte sie leise, »ich bin so froh, dass du wieder gesund bist.«

Tochter, dachte er zärtlich, Tochter. Wie sehr sich ihr Verhältnis in den letzten Monaten geändert hatte.

»Gesund, na ja«, sagte er, als sie ihn losließ, »ich bin eine wandelnde Uhr.«

»Das stimmt«, sagte Jule. »Ich kann dein Herz bis hierher ticken hören. Vielleicht solltest du einfach die ganze Zeit singen, dann hört man das nicht so. Stell ich mir schön vor, wie du neben Clara im Bett liegst und die ganze Nacht trällerst.«

Elias schob den zweiten Koffer durch den Gang zur Tür.

»Ich freue mich schon jetzt darauf, wenn du mir deine Freundin vorstellst. Du kriegst alles zurück. Alles, das weißt du, oder?«

Jule kam ihm nach und nahm einen der Koffer.

»Ich helfe dir. Aber nur, um sicherzugehen, dass du auch wirklich fährst.«

Als sie unten die Koffer zwischen die Kisten im Kofferraum gezwängt hatten, sah Elias an der Fassade hoch.

»Ich bin froh, dass du die Wohnung nimmst. Ich mochte sie gern. Komm mich bald besuchen, Jule. Irgendwie habe ich mich anscheinend in letzter Zeit an dich gewöhnt. Lästig, so ein emotionales Band zwischen Vater und Tochter«, seufzte er theatralisch.

»Wem sagst du das«, seufzte Jule ebenfalls. Dann gab sie ihm einen raschen Kuss auf die Wange.

»Fahr gut, alter Mann.«

Sie ging zurück ins Haus, und er sah sie die Treppen hinaufspringen. Beste Tochter der Welt.

Es war später Nachmittag, als er zu dem Haus kam, in dem Clara eine Wohnung gefunden hatte. Feierabendverkehr auf den Elbbrücken. Er betrachtete die Fassade. Zwischen die Bögen über den Fenstern und die Verkleidung aus weißen Klinkern aus der späten Gründerzeit hatte sich schon etwas Jugendstil gemogelt. Die eisernen Gitter der Balkons waren verspielt geschwungen, und an den Seiten stiegen grün glasierte Ziegel in weiten Bögen hoch. Ein bisschen in die Jahre gekommen alles, aber nicht schäbig. Er wunderte sich, dass er auf einmal aufgeregt war. Es war doch kein erstes Date. Aber trotzdem: Als er die Haustür aufdrückte, tickte sein Herz schneller als sonst.

Das Treppenhaus war breit. Er hatte die Koffer noch im Auto gelassen. Vierter Stock. Er war ein bisschen außer Atem, als er oben ankam, aber das war endlich wieder ganz normal – er hatte immer zwei Stufen auf einmal genommen.

Sie war eben erst aus der Redaktion gekommen und hatte sich sehr beeilt, rechtzeitig da zu sein. Aber als sie im Haus war, hörte sie ihn auf der Treppe über sich. Unverkennbar, sein Schritt. Als sie auf der letzten Stiege war, sah sie ihn bereits vor ihrer Tür stehen.

»Elias!«

Er drehte sich um und sah sie ans Geländer gelehnt stehen; den einen Fuß auf der höheren Stufe in genau dem Kostüm, das sie damals im Garten getragen hatte. Lichtes Hellgrau. Das eng anliegende Jackett mit einem kleinen ausgestellten Schoß wie aus den Fünfzigern.

»Clara!«

Er kam auf sie zu, und sie beugte das Bein ein wenig. Lachend.

»Siehst du, jetzt könnte ich mal vor dir auf die Knie fallen. So zur Begrüßung. Wie du damals.«

»Auf keinen Fall!«, rief er laut, war schon auf den Knien vor ihr, bevor sie reagieren konnte, und deklamierte übertrieben: »Beschwingt von Liebe schwang ich mich nach Hamburg, denn Liebe macht vor keiner Grenze Halt.«

»Was ist das?«, fragte sie lachend, »Shakespeare?«

Er nickte und stand auf.

»Romeo und Julia. Die Balkonszene. Aber du hast ja keinen. Also nehme ich das Treppenhaus.«

»Ich habe einen Balkon«, unterbrach sie ihn. »Was bist du? Ein Romeo für Arme oder so?«

Sie schloss die Tür auf. »Ich bin nicht Julia. Ich bitte dich gleich herein.«

Sie ging vor, und er folgte ihr in die Wohnung. Und blieb schon im Gang stehen. Es war wie eine Galerie. Rechts und links an den Wänden hingen gerahmte Schwarzweißfotos. Sie war farbmutig – die Wände des kleinen Flurs waren dunkelgrün gestrichen, und das geschickt angeordnete Licht bewirkte, dass alle Bilder hervortraten. Und alle zeigten sie ihn. Ihn als Willy Loman auf der Bühne. Wunderbare Aufnahmen von ihm mitten im Spiel; genau so, wie er sich den Loman vorgestellt hatte: großspurig und dabei doch klein und im Geheimen immer um Anerkennung bettelnd. Andere von ihm im Park. In einer Allee. Oft hatte er nicht gemerkt, dass sie ihn fotografiert hatte. Da waren Porträts von ihm beim Autofahren. Bilder von ihm mit Jule im Wettlauf in Bayreuth; unbeschwert und voller Bewegung. Ein still leuchtendes Profil von ihm, als sie in einer Kirche gewesen waren. Und alle Fotos sahen aus, als sei die Kamera in ihn verliebt gewesen. Er fühlte sich auf einmal ganz klein, so eindringlich kraftvoll sprach diese Galerie von Claras Gefühlen.

Sie drehte sich an der Schwelle zur Küche um. Machte eine unsichere Handbewegung.

»Die Bilder habe ich alle rahmen lassen, als ich nach Hamburg gekommen bin. Ich wollte dich um mich haben. Immer. Und als du mir die Gedichte geschenkt hast, da dachte ich … du solltest sie sehen. Sie erzählen alles. Oder versuchen es zumindest.«

Er sagte gar nichts, als er zu ihr ging und sie ihm den Rücken zudrehte, damit er die Hände über ihrem Bauch kreuzen konnte und er sein Gesicht an ihrer Wange spürte.

»Willkommen, Elias«, flüsterte sie.

Viel später traten sie auf den Balkon. Obwohl es schon nach elf sein musste, war es immer noch nicht ganz dunkel. Die Silhouetten der Nachbarhäuser zeichneten sich schwarz und scharf gegen einen lichten Abendhimmel ab, in dem die Sterne nur ganz schwach zu sehen waren. Aus einem der vielen offenen Fenster unter und neben ihnen kam Musik. Merkwürdig klar klang sie zu ihnen herauf. Leicht und sommerlich. Eine Melodie, die nichts wollte, sondern nur gab. Fledermäuse schnellten durch die laue Luft. In der Ferne ragte die Spitze eines Kirchturms über den Dächern jenseits der Alster auf. Nichts Besonderes. Nur eine Frühsommernacht auf dem Balkon eines Hauses in einer großen Stadt.

Sie standen nebeneinander, die Hände auf der schmalen eisernen Brüstung des Balkons. Ihre Finger berührten sich wie damals.

»Man denkt immer, sie trifft einen nicht«, sagte Elias leise, »aber sie trifft einen doch.«

»Ja. Man denkt immer, sie trifft einen nicht.«

Sie drehte sich zu ihm und sah ihn an. Er wandte sich ihr zu und sah ihr leichtes, fast unsichtbares Lächeln.

»Und dann«, sagte sie, »trifft sie einen eben doch, diese eine große Liebe.«

Das Lied von unten klang aus. Sie schwiegen. Und dann begann es von vorn.

Leseprobe

368 Seiten / Auch als E-Book

1

Sie hätte auf den Bus warten können, aber der Nachmittag war sonnig, und außerdem war es gut, Zeit fürs Ankommen zu haben. Besser nach Hause gehen, auch wenn sie daheim den Kopf schütteln würden über den doppelten Weg. Den Koffer konnte sie ins Schließfach geben und morgen holen. Sie hatte nichts darin, was sie an diesem Tag noch brauchen würde.

Es hing eine schläfrige, heiße Stille über den Straßen der Stadt, der April war ungewöhnlich warm. Ein alter Herr, der im Eiscafé saß, hatte seinen Stuhl dicht an die Mauer der Stadtkirche in den Schatten gerückt, las Zeitung und rauchte seine Zigarre. Sie konnte sich nicht vorstellen, dass man bei dieser Hitze rauchen mochte. Ein, zwei Autos fuhren über den Platz; die meisten standen hitzeflirrend am Straßenrand und warteten auf gar nichts. Ein paar Kinder am Schweppermannsbrunnen hatten die Sandalen ausgezogen und saßen auf dem steinernen Rand, die Füße im Wasser. So etwas hatte sie als Kind nie gemacht. Bei ihnen im Dorf gab es keinen Brunnen. Es sah aus, als würde es Spaß machen.

Sie war froh, dass sie heute Morgen die Hosen doch in den Koffer getan und das Kleid angezogen hatte, obwohl es noch so frisch gewesen war. Jetzt war das Kleid genau richtig, und wenn sie erst aus der Stadt heraußen war, würde sicher ein Wind gehen.

Die Häuser wurden weniger und die Gärten größer. Ein letztes Mietshaus stand verloren auf einer Wiese. Dann war die Stadt auf einmal zu Ende. Auf der kleinen Brücke über die Umgehungsstraße blieb sie einen Augenblick stehen. Die Apfelbäume entlang der einsamen Landstraße. In der Ferne, auf dem Berg, die Festung. Der Bach, der wenig mehr war als ein Abzugsgraben. Wieder daheim. Sie hatte fast vergessen, wie es war, wenn man auf viele Kilometer keinen einzigen Menschen sah.

Sie nahm den langen Weg durch das Tal. Zwei Gehstunden, aber ein Stück des Weges verlief durch den Wald an der Quelle vorbei. Schöner als der kurze mit dem steilen Anstieg an der Hauptstraße entlang; sie hatte ja Zeit. Daheim erwarteten sie sie erst morgen, und ihre Leute waren sowieso auf dem Feld.

Das Laufen nach der langen Zugfahrt tat wohl. Überhaupt war es gut, eine lange Strecke gehen zu können. Die letzten drei Jahre hatte sie so viel gesessen. An der Nähmaschine oder in der Berufsschule. Sie war immer dankbar gewesen, wenn sie am Zuschneidetisch stehen konnte oder im Lager bei den Stoffen helfen musste. Im Winter ging es noch. Da kam man daheim auch manchmal nur morgens und abends aus dem Haus, um beim Melken oder beim Ausmisten zu helfen. Aber im Frühling, im Sommer, im Herbst … da hatte sie sich immer danach gesehnt, draußen sein zu können. Die Schneiderwerkstatt in einer kleinen Textilfabrik am Rande der Großstadt zwischen Brauerei und Spedition; die hohen Fenster vom ewigen Stoffstaub immer so trüb, dass die Sonne in den Räumen nie ihre wirkliche Farbe hatte. Wie hätte sie da die Kleider nähen können, die nach und nach in ihrem Kopf entstanden waren, wenn sie an die satten Farben im Dorf dachte? Das Zimmer bei der Tante wiederum hatte nur ein Dachfenster gehabt. Keine hellen Jahre. Aber im Nachhinein gab sie dem Vater recht. Es war gut, einen Beruf zu lernen. Man wusste nie. Aber genauso gut war es, zurückzukommen.

Als sie Mühldorf erreichte, blieb sie einen Augenblick stehen. Der Wind kam vom Hügel herab und brachte den Duft von Gras mit. In der Stadt, wenn sie die Rasen mähten, roch es manchmal so ähnlich, aber es war nur wie eine müde Erinnerung an diesen kraftvollen und zugleich lichten Geruch, der Frühling hieß. Man sollte ein Kleid aus diesem Duft machen können. Es müsste, natürlich, grün sein, aber durchsetzt von farbigen Flecken wie Blüten und schmalen, hellen Streifen wie letztjährige Weizenhalme.

Egal. Sie hatten sowieso fast immer nur hässliche Kleider gemacht. Die Zeit in der Schneiderei war endlich vorbei.

Sie passierte die Mosterei, die um diese Jahreszeit verlassen dalag. Ansonsten war es hier in dem Dorf lebhafter als in der Stadt. Vom vorbeifahrenden Traktor herab grüßte sie einer. Sie nickte, obwohl sie sich nicht an ihn erinnern konnte. Mühldorf lag für sie aus Salach jenseits des Bühls, da kam man im Jahr nur einmal zum Mosten her.

Allmählich wurde ihr heiß. Der schmale Weg vom Dorf zum Wald hin stieg leicht an. Auf dem Feld rechts von ihr hatten sie Kartoffeln gesetzt, und es wurde schon Zeit, sie anzuhäufeln. Wo der Vater wohl dieses Jahr Kartoffeln anbaute? Im Eichental vielleicht. Nein, da hatten sie geerntet, bevor sie die Lehre angefangen hatte. Dann am Steinbruch womöglich.

Der Steinbruch. Am Steinbruch hatten sie immer gespielt, früher. Manchmal hatte sie wach gelegen, in ihrem Zimmer bei der Tante, und hatte durch das Dachfenster in den Himmel geschaut. Mit etwas Glück war der Mond darüber hinweggezogen, dann war etwas zum Anschauen da gewesen. An den Winterabenden, wenn sie zum Rodeln am Steinbruch gewesen waren und die Zeit vergessen hatten, da hatte der Mond auch manchmal schon am Himmel gestanden, und sie hatten gewusst, sie würden es kriegen, weil sie zu spät für den Stall zurückgekommen waren. Hatte sich trotzdem immer gelohnt.

Sie war am Waldrand angelangt. Dort, wo früher der Bach unter dem Weg durch einfach in die Wiese geflossen war, hatten sie jetzt ein Becken gebaut. Sie wusste erst nicht, was es sein sollte. Für ein Bewässerungsbecken war es zu klein. Dann sah sie die Tafel. Die beiden Holzpfähle, an die sie geschraubt war, glänzten hell wie frisch entrindet und rochen auch noch nach Fichte. Ein Kneippbecken, hieß es. Anscheinend sollte man an dem Geländer in der Mitte entlang durchs kalte Wasser laufen. Sie musste lächeln. Der Bach hätte es auch getan, oder? Am Waldrand hatten sie sogar geschottert. Ein Parkplatz. Na ja, hier hatten sie jetzt anscheinend einen Fremdenverkehrsverein.

Aber die Tafel hatte sie auf einen Gedanken gebracht: An der Einmündung zum Waldweg blieb sie stehen und streifte die Schuhe ab. Als Kind war sie im Sommer immer barfuß gelaufen. Jetzt spürte sie Aststücke oder Steine sehr deutlich. Stadtkind geworden, dachte sie fast verächtlich.

In der Ferne ein Kuckuck. Sein eintöniges Rufen hatte immer schon Frühjahr geheißen. Sonst war es sehr still im Wald. Kein Wind. Nur das klare Wasser in seinem Bett aus Tuffstein hörte sich eilig an. War die steinerne Rinne höher geworden? Es kam ihr fast so vor. Aber was konnte in drei Jahren schon gewachsen sein? Ihre Lehrerin hatte einmal gesagt, dass es hundert Jahre gedauert hatte, bis sich der Bach sein Bett aus Kalk hatte bauen können. Weil der Bach sich aus dem Berg, aus dem er kam, den Stein mitnahm. Weil man bei jedem Wasser sagen konnte, wo es herkam. So war sie wohl auch. Etwas vom Dorf war immer in ihr, wie der gelöste Stein im Wasser war.

Oben, wo die Quelle aus dem Felsen sickerte, hatte sie noch kein Bett. Da war nur eine flache Kuhle, wo sich das Wasser sammelte, bevor es weiterfloss. Roberta kniete sich hin, schöpfte es mit beiden Händen und trank lange, bevor sie wieder aufstand und den Rest bergan stieg.

Sie trat ein paar Dutzend Meter unterhalb der Kuppe aus dem Wald. Das Sträßchen lag fast leuchtend in der Sonne, und sie zog die Schuhe wieder an, froh, dass sie an der Quelle getrunken hatte. Rechts und links wichen die Fichten zurück, und das Land wurde weit. An der Gabelung zögerte sie kurz. Über Pfraunfeld war es ein kleines Stück weiter, aber die Straße schattiger, weil es noch einmal durch den Wald ging. Andererseits war es schön, die Hitze auf den Schultern zu spüren. Sie ging gleichmäßig, es war gut, ausschreiten zu können. Von hier oben sah sie weiter im Norden die Landstraße liegen, auf der ab und an ein Auto fuhr, ohne dass sie es hätte hören können. Der Wind kam von Südwesten. Hoch über ihr surrte ein Flugzeug durch den leeren Aprilhimmel. Sie blieb stehen und sah ihm nach. Fliegen. Wie sich das wohl anfühlte?

Am Friedhof schloss der alte Satzinger gerade das Tor, als sie das Dorf erreichte. Den gab es immer noch. Eigentlich war sie nicht einmal ganze drei Jahre fort und an Weihnachten und die zwei Urlaubswochen im Sommer zum Helfen daheim gewesen, aber in diesem Moment kam es ihr so vor, als wäre sie ihm als Kind das letzte Mal begegnet. Seltsam.

»Sel, die Strasser Roberta«, sagte er in dem schweren Salacher Zungenschlag, »bist wieder daheim?«

Sie hätte fast gelacht. Nichts sagte ihr mehr, dass sie wieder daheim war, als dieses lang gezogene, bedächtige »sel«, das in der Stadt niemand verstand und das alles heißen konnte, »aha« und »wohl« und »soso« und »schau an«.

Sie nickte. Der Satzinger drehte den Schlüssel im schwarz geschmiedeten Schloss des Friedhofstors. Sie kannte es nicht anders, als dass er nach der Kapelle schaute, die alten Kränze auf den Mist warf und das Gras zwischen den Gräbern schnitt. Hier war schon immer alles gewesen wie immer.

»Den Vater wird's freuen«, nickte auch er wie zur Bestätigung. »Es ist Arbeit genug am Hof.«

Ja, dachte sie, als sie weiterging. Aber auch das war immer so gewesen: Arbeit genug.

2

Gertrud hängte Wäsche auf, als sie Roberta über den Dorfplatz auf den Hof der Eltern zugehen sah. Sie hasste Wäscheaufhängen, aber besser im Pfarrgarten als auf dem Dachboden wie im Winter. Und sie hasste es eigentlich auch, dass sie wusste, dass es Roberta war, die da nach ihrer Lehre in der Stadt – was war es gewesen? Verkäuferin? – wieder nach Hause zurückkehrte.

Fünf Jahre, hatte es damals geheißen, hatte Hermann damals gesagt, als er hierher versetzt worden war. Fünf Jahre, und dann bewerbe ich mich in die Stadt. Das ist meine erste Gemeinde, ich kann keine Ansprüche stellen, und überhaupt muss man überall wirken können als Pfarrer. Zwanzig Jahre waren daraus geworden. Wilhelm war anderthalb gewesen, als sie in dieser Eisburg angekommen waren. Schüröfen im Wohnzimmer und im Esszimmer. Keine Heizung im Kinderzimmer oder im Gästezimmer oder im Schlafzimmer. Im Winter Frostblumen an den Scheiben, und wenn man abends den Tee auf dem Fensterbrett hatte stehen lassen, dann war morgens eine dünne Eisschicht in der Tasse. Wie sie um die Ölöfen hatte kämpfen müssen! Der Kirchenvorstand … alles Bauern. Bei uns heizt auch keiner die Schlafstube. Die Gemeinde hat kein Geld. Die Orgel gehört überholt. Das Ziffernblatt der Kirchturmuhr wollen wir schon lange austauschen. Und warum sie kein Gemüse anbaue im Pfarrgarten wie alle anderen. Dann wäre nämlich Geld genug da für einen Ofen, den dann die Gemeinde nicht bezahlen müsste.

Nein. Natürlich heizte keiner die Schlafstube. Die war bei denen neben dem Stall, da war es warm genug.

Es war nicht nur wegen ihr. Wilhelm hätte sie gewünscht, dass er nicht nur hier aufgewachsen wäre. Nicht zehn Kilometer mit dem Rad fahren müssen, wenn man ins Kino wollte. Oder jeden Tag so früh aufstehen müssen, weil er den Bus zur Oberschule nahm. Ein einziger Junge aus dem Nachbardorf war auch aufs Gymnasium gegangen, und wie es so war – er und Wilhelm hatten sich nie leiden können. Wilhelm war ein Stiller, aber er wusste, wen er mochte und wen nicht. Vielleicht kam er zu sehr nach seinem Vater.

Wenn sie seine Freunde nicht manchmal mit in die Stadt ins Bad mitgenommen hätte, dann könnte hier im Dorf immer noch keiner schwimmen. Roberta auch, erinnerte sie sich. Die war auch immer unter denen gewesen, mit denen Wilhelm gespielt hatte. Vielleicht hatte sie die Lehre in der Stadt auch deshalb gemacht. Weil sie schon mal was anderes gesehen hatte als immer nur das Dorf.

Sie schlug das schwere, nasse Laken aus und klammerte es an die Leine. Immerhin war Frühling.

3

Der Hof war leer, die Eltern auf dem Feld. Sie ging durch den Stall ins Haus; die hintere Tür war nie zu. In der Stadt schlossen sie immer alle Türen ab, das hatte sie am Anfang gewundert. Aber dann auch wieder nicht. Die waren sich ja alle fremd. Hier schlossen sie immer nur die Haustür zu, wenn sie weggingen. Das Wertvolle war ja nicht im Haus, sondern in den Ställen und Scheunen, und die konnte man eh nicht alle zusperren.

In der Küche war es fast wärmer als draußen. Sie befühlte das Wasserschaff – es war noch heiß. Also hatte die Mutter gekocht, und das hieß, dass sie auf keinem der weiter entfernt liegenden Felder waren, wenn sie zu Mittag hatten heimkommen können. Der Geruch nach Holzfeuer – das hatte ihr gefehlt in der Stadt. Die ewige Hitze in der Küche nicht. Aber die Mutter würde niemals einen elektrischen Herd wollen. Nicht, weil sie gegen das Neue war. Schließlich hatten sie jetzt auch eine Melkmaschine. Aber das Holz kostete sie nichts. Der Strom schon.

Sie ging kurz nach oben auf ihre Stube. Alles wie immer. Das Bett frisch bezogen. Hier war es gleich kühler, weil die Mutter das Fenster musste aufgetan haben, bevor sie aufs Feld gegangen war. Sie nahm ein Buch aus dem Regal, das ihr der Vater gezimmert hatte, als es immer mehr geworden waren. *Sturmhöhe*. Das hatte sie immer gemocht. So voller Kraft.

Und darin auch eine, die auf einem Hof groß geworden war. Sie wog das Buch in der Hand, ohne es aufzuschlagen. Alte Geschichten.

Sie trat ans Fenster. Über dem hohen Scheunendach der Kirchturm. Nie war der Blick anders gewesen. Der weiche Glockenschlag hatte von Anfang an die Tage ihrer Kindheit gezählt und ihre Mädchenjahre. Das Abendläuten im Winter um sechs, im Sommer um acht. Der Vater im Stall nahm dann die Mütze ab und betete ein schnelles Vaterunser, obwohl er vom Pfarrer nicht viel hielt. Ob er an etwas glaubte? Wahrscheinlich tat er es nur, weil alle es taten. Weil es Herkommen war, und wenn man einmal anfing, das Hergekommene zu lassen, dann flog alles auseinander. Sie lächelte. Ja. Wahrscheinlich war es hier so. Wenn man das Hergekommene ließ, dann flog alles auseinander.

Sie sah noch einmal auf das Buch. Da war es auch so, dass alles auseinandergeflogen war. Sie stellte es zurück ins Regal zu den anderen. Obwohl das Buch schon so alt war: Diese Geschichte hatte sie immer berührt.

Es hielt sie nicht im Haus. Das Dorf war nachmittagsstill und die Gassen fast so leer wie an einem Sonntag. Sie holte sich das Fahrrad der Mutter aus der Scheune. Als sie auf die Hauptstraße abbiegen wollte, musste sie warten. Der Postbus kam und fuhr die Haltestelle an. Es war trotz der Jahre in der Stadt immer noch genug Dorf in ihr, dass sie nicht gleich weiterfuhr, als der Bus an ihr vorbei war, sondern dass sie wartete, bis alle ausgestiegen waren. Diese selbstverständliche Neugier, die es hier gab. Vielleicht konnte man es gar nicht Neugier nennen. Vielleicht war es ein selbstverständliches Wissenwollen. Wer kam und wer ging? In der Stadt gab es viel zu viele Menschen, da interessierte es niemanden, aber hier? Hier war es wichtig.

Sie hatte die Unterarme auf den Lenker gestützt und sah den Schmied Walter aussteigen und die Betty vom Hörnleinshof. Die war wohl beim Arzt gewesen, so wie sie sich aufgeputzt hatte, obwohl sie doch schon über fünfzig war. Es hieß, dass sie gerne zum Arzt ging und öfter als eigentlich nötig.

Ich habe das alles noch im Kopf, dachte sie ärgerlich. Wozu? Was geht's mich an, wenn die Hörnleins Betty gern zum Arzt geht. Ihr Mann … na, jeder wusste, dass der nicht gegen sie aufkam. Gerade, dass er nicht kleiner war als sie, aber ganz sicher nicht so stark. Wenn die aufs Feld fuhren, dann saß er hinten auf dem Traktor.

Sie schüttelte unwillig den Kopf über sich. Jetzt dachte sie doch weiter und wollte das gar nicht. Sie hob sich aus dem Sattel und wollte los, als der Wilhelm hinter dem anfahrenden Bus auftauchte. Er sah sie und hob nach einem kurzen Zögern die Hand als Zeichen des Wiedererkennens.

»Roberta. Bist du wieder da oder nur auf Urlaub?«

Er sah nicht mehr so sehr wie der Junge aus, den sie in Erinnerung hatte.

»Die Lehre ist vorbei. Ich bin jetzt wieder auf dem Hof. Die Eltern brauchen mich da. Und du? Studierst du jetzt?«

Er schüttelte den Kopf.

»Noch nicht. Meine Mutter hat es eigentlich gewollt, weil ich dann nicht zum Militär hätte müssen, aber ich hab gedacht …« Er zögerte einen Augenblick, als ob er nachdächte, dann machte er sich gerade. »Ich mache gerade Zivildienst. Im Krankenhaus.«

»Du hast verweigert?«

Sie kannte niemanden im Dorf, der verweigert hätte. Man

schloss die Schule ab, man machte seine Lehre, und dann ging man zum Bund. Wenn sie ein Junge gewesen wäre … sie überlegte einen Augenblick. Ja, vielleicht. Vielleicht auch nicht. Sie hatte sich noch nie Gedanken darüber gemacht. Es betraf sie nicht.

»War es schwer?«

Wilhelm schüttelte den Kopf.

»Der Papa hat mir geholfen. Allein hätte ich es nicht schreiben können. Die Anhörung war streng, aber sie haben mich dann doch durchgelassen.«

Wie selbstverständlich er »Papa« sagte. Sie hatte den Vater niemals anders als »Vater« genannt. Sie musste lächeln und sah für einen Augenblick nach unten, weil er es nicht sehen sollte. Aber er hatte es schon bemerkt.

»Was denn?«, fragte er höflich.

»Nichts. Ich fahre zum Steinbruch«, sagte sie schnell, weil sie nicht wusste, wie sie hätte erklären sollen, dass es … so seltsam zärtlich klang, wie er vom Herrn Pfarrer sprach.

»Ah.« Er wandte sich zum Gehen. »Na, es ist schön, dass du wieder da bist, Roberta.«

Er ging, die Hände in den Hosentaschen, mitten auf der Gasse in Richtung Pfarrhaus. Er war immer ein bisschen komisch gewesen, zwischen scheu und wild, der Wilhelm.

Sie stieg endgültig auf und trat in die Pedale; auf einmal in Eile, aus dem Dorf herauszukommen, bevor sie mit noch jemandem reden musste.

In der Kastanie am Ortsausgang bildeten sich allmählich die Blütenkerzen. Noch kein Nektar, deswegen schwärmten die Bienen woanders. Sie war lange nicht mehr mit dem Rad gefahren. In der Stadt hatte sie keins gehabt und zur Schneiderei sowieso immer die Tram nehmen müssen. Der Fahrtwind war schon sommerlich weich und der Himmel immer noch hoch, obwohl es bald auf den Abend zugehen würde. Auf dem Feld neben ihr waren die Rüben bereits aufgelaufen und würden bald gehackt werden müssen. Wenn der Vater welche angebaut hatte. Auf dem Feld draußen an der Teufelsmauer sicher nicht, da war der Boden sandig.

Sie schüttelte den Kopf, ärgerlich über sich selbst. Morgen war Zeit genug für diese Gedanken, heute war sie noch frei.

Auf dem Feldweg, der von der Landstraße abbog, standen Pfützen in den Schlaglöchern, die immer wiederkamen, auch wenn man sie noch so oft mit Ziegelschutt auffüllte. Es musste geregnet haben. Sie wich den größten Lachen aus, aber ab und zu rollte sie doch spritzend durch und hob dann rasch die Füße von den Pedalen. Hier waren sie oft gewesen. Wilhelm auch manchmal. Dieses eine Mal war er auf jeden Fall dabei gewesen. Komisch, dass es sie trotzdem immer wieder hierherzog. Alle paar Monate, wenn es daheim zu viel wurde, eine Zeit lang sogar fast jede Woche. Vom Dorf kam keiner hierher, außer vielleicht die Jäger, aber die waren nachts da oder in der Frühe.

Es war schön, dass alles blühte. Blühen versprach die Frucht, sah schön aus und bedeutete noch keine Arbeit. Die war noch weit weg. Das Äpfelauflesen und die Kartoffelernte und das Rübenhacken und … und schon wieder waren ihre Gedanken bei der Arbeit, dabei rollte sie eben an den Holunderhecken vorbei, die so dunkelsüß dufteten. Zum Steinbruch ging es leicht hügelan. Er lag unterhalb des Waldes, der über die Jahre immer näher an seine Kante herangewachsen war, seit der Steinbruch aufgelassen wurde. Kurz davor gabelte sich der Weg, und sie entschied sich für den breiteren, der steil bergab ging; da, wo früher die Fuhrwerke direkt in den Bruch gefahren sein mussten, um die Steine aufzuladen. Dort unten hatten sie immer gespielt, wenn sie es ungesehen aus dem Hof geschafft hatte. Räuber und Schander. Indianer. Krieg. Die Amis hielten im Herbst immer ihre Manöver im Wald ab, und manchmal hatten sie Patronenhülsen gefunden, aus denen sie sich dann Cowboygürtel bastelten. Und einmal eine Handgranate, aber die hatten sie versteckt, weil der Wolfgang gesagt hatte, dass sie zu gefährlich war. Cowboy hatte sie nie sein dürfen. Indianerin eben. Aber Räuber schon. Dagegen konnten sie nichts sagen.

Sie lehnte das Rad an einen der riesigen Blöcke, die hier immer noch herumlagen. Wenn sie den Steinbruch heute so ansah, dann kam es ihr vor, als hätten sie von einem Tag auf den anderen mit der Arbeit aufgehört. Nach der letzten Sprengung vielleicht. Ein paar der Brocken waren schon rechteckig zugerichtet, aber sie waren nicht mehr abgeholt worden.

Von den Steinen ging eine Hitze aus, die gar nicht zum späten April passen wollte. Viel wuchs nicht hier unten. Ein paar Disteln. Steinbrech natürlich. Und da, wo sich im Laufe der Zeit angewehtes Laub gesammelt hatte, ein paar Brennnesselinseln.

Sie hatten ihnen den Steinbruch immer verboten, streng sogar. Wegen der losen Steine und der Abbruchkante, hatten die Eltern gemeint. Der alte Satzinger wiederum hatte behauptet, da läge noch Munition aus dem Krieg. Und der Bürgermeister hatte irgendwann ein Schild am Zaun anbringen lassen: Betreten verboten. Einsturzgefahr. Was genau hätte einstürzen sollen, war ihnen nie klar gewesen. Aber vor dem Sommerkeller am Rand des Bruchs hatten sie von sich aus schon Angst gehabt. Keiner von ihnen hatte sich jemals tief in die Höhlen getraut. Der Wolfgang hatte behauptet, es gäbe einen Gang bis hinein ins Dorf, in den Keller vom Pfarrhaus, noch von irgendeinem Krieg von ganz früher. Sie musste lächeln, wenn sie daran zurückdachte. Ihre Fackeln hatten nie gebrannt. Gerade, dass sie noch glommen, wenn man ein paar Meter hineingegangen war. Der Wilhelm hatte einmal Kistenspäne mitgebracht, die er vorher mit Kerzen abgerieben hatte. Die leuchteten wenigstens ein wenig, aber sobald das Wachs weggebrannt war, gingen die auch aus.

Sie suchte den Weg zum Eingang des Sommerkellers. Früher hatten sie das Bier da gelagert und das Eis. Es gab im Umkreis von fünfzehn Kilometern keinen See und keinen Fluss, deshalb hatten sie im Winter das Eis von weit her holen müssen, aus einem Weiher bei der Anlauter vielleicht oder noch weiter im Süden. Das hölzerne Gatter hing schief in den Angeln. Im Eingang des Kellers wuchsen ebenfalls Brennnesseln und ein wenig Gras, so weit das Licht reichte. Sie legte den Kopf zurück und sah nach oben. Das frühere Wirtshaus war direkt über den gemauerten Eingang gebaut worden, und es hatte denselben Namen gehabt: Zum Sommerkeller.

Warum kam sie immer wieder her? Sie konnte es nicht sagen. Nur, dass es sie immer wieder hierherzog. Wie eine seltsame Lust war es, ein kleiner Schmerz, den man immer wieder fühlen musste. Sie hatte als Kind ihre Wunden nie in Ruhe lassen können. Aber das allein war es nicht. Es war auch das immerwährende Rätsel, zu dem man immer wieder zurückkehren musste.

Das Haus war noch verfallener als damals. Einen der hölzernen Läden hatte es wohl bei einem Sturm heruntergehauen. Er lag auf der völlig überwachsenen Außentreppe zum Wirtshausgarten hinauf und verrottete da. Die anderen hingen schief in den Angeln. In ein paar Fenstern fehlte das Glas. Vielleicht war der Kitt so alt geworden, dass sie einfach herausgefallen waren – sie sah keine Scherben. Am Ende war das damals auch schon so gewesen; sie erinnerte sich nicht. Aber die kleine Birke, die aus dem Mauervorsprung vor den Fenstern im ersten Stock wuchs, die hatte es noch nicht gegeben, da war sie sich sicher.

Sie stand im völlig verwilderten Biergarten vor dem Eingang. Die verrosteten, nackten Metallgestelle der Stühle lagen im hohen Gras herum, kaum noch sichtbar, die hölzernen Sitzflächen längst herausgewittert. Die Kastanie in der Mitte wölbte sich über den gesamten Garten. Es musste ein schönes Wirtshaus gewesen sein. Der Vater hatte erzählt, dass seine Eltern vor dem Krieg hierher zum Tanz gekommen waren, am Samstagabend oder manchmal, wenn Kirchweih war, auch an den Sonntagnachmittagen im Sommer. Das lag schon lange zurück, dachte sie, als sie zu den Gastzimmern hochsah, sie war noch ein Kind gewesen. Dann trat sie in den Gang. Wie damals.

Wilhelm, Wolfgang und sie. Sie wussten, es war verboten. Ende Februar musste es gewesen sein. Die Nächte noch frostig, und Schnee war auch noch gelegen. Aus dem Grund waren sie überhaupt hergekommen. Noch einmal rodeln, bevor der Winter ganz vorbei war. Aber auf dem Feld unterhalb vom Wald hatte es schon angefangen zu tauen; der Schnee war schwer und schmutzig gewesen, und der Schlitten hatte nicht mehr rutschen wollen. Dann waren sie zum Steinbruch gelaufen und hatten das Wirtshaus entdeckt. Der Wolfgang hatte eigentlich nicht mitkommen wollen, der Schisser. War er heute noch, dachte sie.

Der Vater haut mich recht her, hatte er gesagt. Immer wieder. Bis der Wilhelm stehen geblieben war und gesagt hatte:

Du kannst auch heimlaufen. Roberta und ich gehen auf jeden Fall.

Dabei hatte er sie angesehen, als wollte er wissen, ob das stimmte. Es hatte gestimmt. Obwohl sie wusste, obwohl das ganze Dorf wusste, dass der Vater vom Wolfgang wirklich so war. Schellen gab es bei allen. Aber der Vater vom Wolfgang nahm den Gürtel oder auch Haselgerten, und die zündeten so, dass einem die Haut aufplatzte. Wolfgang hatte es ihnen einmal vorgemacht, nach der Schule auf dem Kirchhof, und alle hatten es sich geben lassen. Weil keiner feig sein wollte, aber Wolfgang hatte so zugehauen, dass Wilhelm an der Schulter wirklich geblutet hatte.

Neun oder zehn mussten sie gewesen sein. Sie wusste es nicht mehr genau. Zusammen hatten sie die Tür aufgezogen. Sie hatte sich nur schwer drehen lassen; das Holz aufgequollen von der Winternässe und die Angeln rostig von der Zeit. Der Gang dunkel, aber im alten Gastraum war es hell und eisig gewesen. Auf einem der Tische am zerbrochenen Fenster sogar ein angewehter Haufen Schnee, aus dem es gleichmäßig auf den Boden tropfte. Wolfgang hatte aus Spaß den Lichtschalter gedreht, aber natürlich gab es hier schon lange keinen Strom mehr. An den Zapfhähnen hatten sie gespielt, und dann hatte Wilhelm angefangen, die Biergläser aus den Regalen in den Raum zu schmeißen. Hatte er einfach so gemacht. Schließlich sie und sogar Wolfgang. Lachend und schreiend. Jedes einzelne Glas hatten sie an die Wände gefeuert und auf den Boden, bis keins mehr übrig war und der Boden unter ihren Sohlen knirschte, weil alles voller Scherben war.

Dann waren sie nach oben gegangen; fiebrig und aufgeregt und immer noch lachend. In jedes Zimmer hatten sie geschaut. In einem hatte sogar noch ein Bett gestanden; immer noch bezogen, voller Mäuseschiss und Taubenfedern. Und im Zimmer gegenüber hing der schöne Bernd an einem Strick von der Decke, ganz still. Zu dritt in der Tür stehend, waren sie auch ganz still geworden.

Sie stand da, wo sie damals gestanden hatte. Im Türrahmen. Durch das glaslose Fenster ragten die Zweige der jungen Birke, die außen auf dem Vorsprung im Mauerwerk wuchs. Die Blätter bewegten sich leicht in der aufkommenden Abendbrise. Die Luft war leicht und warm. Es überlief sie, aber es war kein unangenehmes Gefühl. Eher wie die Erinnerung an eine längst überwundene Angst. Noch ein Grund vielleicht, neben dem ewigen Rätsel, weshalb sie immer wieder herkam.

Ganz still hatte er gehangen, der schöne Bernd aus Raitenbühl. Sie kannten ihn alle drei. Er hatte die Fußballer trainiert, und im Kirchenchor hatte er gesungen. Für die Kirchenjugend waren sie alle drei noch zu klein gewesen und daher lange neidisch auf die Großen, weil die einmal im Jahr mit dem Bernd ins Zeltlager fahren durften; hinunter an die Donau.

Der Vater schlägt mich tot, hatte Wolfgang mit ganz kleiner Stimme gesagt. Der schlägt mich tot.

Unter dem schönen Bernd lag ein umgestürzter Wirtshausstuhl. Daneben ein Schuh. Den anderen hatte er noch an, aber einer lag am Boden. Daran erinnerte sie sich immer wieder. An den Schuh. Heute wusste sie: Er musste mit den Beinen im Todeskampf gestrampelt und dabei den Schuh verloren haben. Damals hatte sie das Bedürfnis gehabt, hinzugehen und ihm den Schuh wieder anzuziehen. Als ob sie dadurch alles wieder hätte gutmachen können.

So hatten sie dagestanden und ihn angeschaut.

Wir müssen es sagen.

Aber Wolfgang schüttelte wild den Kopf. Seine Stimme war so voller Angst, wie sie sie noch nie gehört hatte.

Wir haben doch alles kaputt geschlagen unten. Und sie haben es doch verboten. Wir hätten nie herkommen dürfen. Der Vater schlägt mich tot, wenn wir es sagen. Wirklich. Der schlägt mich tot.

Ja, sie hatten es ihnen verboten. Jedes Kind im Dorf wusste, dass der Steinbruch verboten war.

Wir dürfens nicht sagen. Ihr müsst schwören. Wir sagen nichts.